Quand **Chloe Neill** n'écrit pas, elle fait des gâteaux (beaucoup), regarde vraiment trop la télévision et supporte son équipe de football américain préférée. Elle passe également du temps avec son compagnon et ses amis, et joue avec Baxter et Scout, ses chiens. Elle vit dans le Midwest, aux États-Unis.

Chloe Neill

Permis de mordre

Les Vampires de Chicago – 7

Traduit de l'anglais (États-Unis) par Sophie Barthélémy

Milady

Milady est un label des éditions Bragelonne

ISBN : 978-2-8112-0936-0

Bragelonne – Milady
60-62, rue d'Hauteville – 75010 Paris

E-mail : info@milady.fr
Site Internet : www.milady.fr

À Jeremy, Baxter et Scout, avec tout mon amour,
et à Krista, pour son incroyable patience,
son ardeur au travail et son étonnante mémoire.

« *La mort n'épargne pas les vampires.* »
Ethan Sullivan

« *J'adore le bacon.* »
Merit

1

La révolte des Boxers

Mi-décembre
Chicago, Illinois

T out évoquait une scène de divorce : les possessions divisées en plusieurs piles, les livres étiquetés au nom de l'un ou de l'autre, et l'épuisement émotionnel.

Sauf que, dans ce cas, il n'y avait pas de rupture. Du moins pas au sens humain du terme. Il s'agissait davantage d'une sécession, d'une déclaration d'indépendance.

D'une rébellion, dirigée par le vampire aux cheveux blonds qui se tenait à mon côté : Ethan Sullivan, Maître non officiel de la Maison Cadogan, qui se trouvait également être mon petit ami.

Ces derniers mots sonnaient toujours de manière étrange à mon oreille.

Ethan, incroyablement séduisant dans son pantalon noir et sa chemise blanche rehaussée d'une cravate noire, examinait un livre mince à reliure de cuir.

— Celui-ci appartient au PG, affirma-t-il en inspectant le dos de l'ouvrage. « *Métamorphose de l'homme : des pouces opposables aux crocs rétractiles.* »

— Quel titre affreux, commentai-je.

—Maintenant, ce sera leur titre affreux.

Si la réplique d'Ethan se voulait humoristique, le ton de sa voix était on ne peut plus sérieux. La nervosité régnait dans la Maison. L'atmosphère était embrumée d'une tension magique qui n'avait cessé de croître depuis le lancement du compte à rebours : il ne restait plus que soixante-douze heures avant la cérémonie qui proclamerait la scission entre Cadogan et le Présidium de Greenwich, le conseil basé en Europe régissant les Maisons vampires d'Amérique du Nord. Le balancier de l'horloge oscillait au-dessus de nos têtes comme une épée de Damoclès. Les représentants du PG venaient à Chicago dans l'unique but d'expulser notre Maison de manière officielle. De rompre avec nous en public.

Nos préparatifs s'étaient en grande partie déroulés dans le calme. Nous avions mis de côté les biens appartenant au PG avant de les placer dans des cartons et avions contrôlé nos finances, qui semblaient en ordre. Les membres du Présidium s'étaient montrés étonnamment muets depuis que nous avions annoncé notre intention de quitter leurs rangs. Ils n'avaient communiqué avec la Maison que pour discuter des détails de la cérémonie et de l'organisation de leur voyage à Chicago.

Ethan trouvait ce silence très suspect. Il était allé jusqu'à nommer une «équipe de transition» composée de vampires et d'autres surnaturels à qui il avait demandé conseil dans le cadre de la séparation.

Ethan s'adossa à son siège et observa les étagères garnies de livres qui occupaient l'un des longs murs de son vaste bureau.

—Ça va prendre du temps.

— Oui, concédai-je, mais nous n'avons pas le choix, à moins de laisser Darius s'en charger lui-même. Et je ne crois pas que ce soit souhaitable pour nous.

Darius West, le chef du PG, était quelqu'un de très distingué, très british, et très mal disposé envers la Maison.

— Ce ne serait pas souhaitable, non, reconnut Ethan.

Alors qu'il me tendait le livre, ses doigts effleurèrent les miens. À ce contact, mon sang s'échauffa instantanément, et je sentis mes joues s'enflammer sous l'intensité du regard émeraude d'Ethan. Nous ne sortions officiellement ensemble que depuis quelques semaines et n'avions pas encore terminé notre phase de lune de miel. J'avais beau me transformer en féroce guerrière avec un katana entre les mains – le sabre de samouraï que les vampires, moi incluse, portaient afin de se protéger –, mon cœur battait la chamade dès qu'Ethan posait les yeux sur moi.

Cependant, comme il nous restait de nombreux ouvrages à trier, je retirai ma main et remisai le livre dans l'antique malle en bois aux poignées en laiton qui se trouvait au sol.

— Il y a un temps pour jouer, et un temps pour travailler, lui rappelai-je.

— Je pense que mêler les affaires et le plaisir renforce l'intérêt des deux.

— Et moi, je pense que je préférerais occuper mes loisirs à autre chose que ranger des vieux bouquins poussiéreux.

— Ce n'est pas parce que tu es une vampire que tu obtiens toujours tout ce que tu veux, Sentinelle. Quoique, je te le concède, j'imagine d'autres manières bien plus agréables de passer le temps en ta compagnie.

Ethan m'avait nommée Sentinelle, m'attribuant la responsabilité de protéger la Maison. Il utilisait ce titre quand je l'agaçais ou qu'il tentait de faire valoir son point de vue.

—Alors, tu n'aurais pas dû énerver le PG au point de te faire renvoyer.

—Ils ne nous ont pas renvoyés, rétorqua-t-il avec un regard blasé.

—Je sais. Nous avons voté et décidé de partir avant qu'ils aient le temps de nous chasser.

Il signifia cette fois son désaccord en arquant un sourcil, geste typique d'Ethan. Cette expression, tout comme le reste, lui allait très bien.

—Ferais-tu exprès de m'agacer ? demanda-t-il.

—Oui. Est-ce que ça marche ?

Il grogna, mais un sourire flottait sur ses lèvres. Je reportai mon attention sur les livres et demandai :

—On ne pourrait pas se contenter d'en jeter la moitié au hasard dans la malle ? Tu crois que Darius se rendrait vraiment compte de la différence ?

—Lui, peut-être pas, mais moi, si. Et le bibliothécaire aussi. (Il me lança un regard oblique.) Ta proposition me surprend, Sentinelle. Tu es plutôt du genre sérieux, d'habitude.

Ayant poursuivi mes études après l'obtention d'un master, je reconnaissais être plutôt sérieuse, et j'en étais fière. Cependant, le commentaire d'Ethan ne me semblait pas franchement flatteur. Je plissai les yeux.

—Je ne sais pas si je dois considérer cette remarque comme un compliment.

—Je n'en suis pas sûr non plus, rétorqua-t-il avec un clin d'œil avant de me tendre un nouveau livre. Mais je comprends ton point de vue.

Alors que je rangeais l'ouvrage dans la malle, Ethan recula pour examiner la bibliothèque.

Je l'imitai, à la recherche d'un volume qui n'aurait manifestement pas dû se trouver là. Genre *Le Guide du Présidium pour s'aliéner les Maisons d'Amérique* ou quelque chose du style.

Mais à peine avais-je commencé mon inspection qu'Ethan se faufila à côté de moi, une main appuyée sur une étagère.

—Vous venez souvent ici ? lâcha-t-il.

—Pardon ?

—Je vois que vous êtes dans cette… (il désigna les rangées de livres) bibliothèque toute seule. Vous étudiez ici ?

Il traça du bout du doigt le creux de ma gorge, me donnant des frissons.

Étant donné que mon cerveau peinait à fonctionner dans ce genre de situation, il me fallut un moment pour comprendre ses paroles. Engageait-il un jeu de rôle… se déroulant dans une bibliothèque ?

—Ethan Sullivan ! m'émerveillai-je. Tu nourris le fantasme de la bibliothèque !

—Je nourris le fantasme de la thésarde transformée en vampire, répliqua-t-il avec un sourire malicieux.

Avant que j'aie pu répondre, il enroula un bras autour de ma taille et m'attira contre lui d'un geste autoritaire, comme un pirate sur la couverture d'un roman sentimental. Je faillis éclater de rire, jusqu'à ce que je croise son regard. Des flammes argentées brûlaient dans ses yeux d'un vert intense.

Il se pencha et me murmura à l'oreille :

—Tu ne ris plus.

—Non, reconnus-je d'une voix rauque. Je ne ris plus.

—Hum hum, toussota quelqu'un sur le seuil.

Je me retournai. Luc, ancien Capitaine de la Garde de Cadogan, à présent enferré dans la position de Second de la Maison, se tenait sur le pas de la porte. Mon titre de Sentinelle me rattachait de manière officieuse à l'équipe de gardes, ce qui faisait plus ou moins de Luc mon patron.

—Sentinelle, commença-t-il, les invités arriveront dans une heure, et on a presque fini les préparatifs extérieurs.

Puisque c'est ta soirée, tu aimerais peut-être te joindre à nous à un moment ou à un autre ?

Il avait raison. J'étais la présidente du comité des fêtes de la Maison, charge que m'avait confiée Ethan à la fois pour me punir et me forcer à faire la connaissance de mes camarades vampires de Cadogan. Cependant, Luc avait tort en sous-entendant que j'avais échappé à mon devoir. J'avais assisté mon chef, du moins celui qui portait un costume.

Je glissai à Ethan un regard suspicieux et poursuivis notre conversation en privé en activant le lien télépathique qui nous unissait :

— *Je croyais que tu avais dit à Luc que tu avais besoin de mon aide pour terminer ce travail avant la soirée ?*

Il haussa légèrement les épaules.

— *Je pensais que nous aurions déjà fini depuis longtemps.*

Cela aurait sans doute été le cas si ses badinages amoureux ne nous avaient pas ralentis. Mais ce qui était fait était fait. J'avais quelques détails à régler, et lui des invités à accueillir.

— Toutes mes excuses, Luc, déclarai-je. C'est ma faute, j'avais mal compris.

Après tout, je m'étais laissée distraire. Je pouvais bien en assumer la responsabilité.

Soudain nerveuse, je lissai l'ourlet de ma veste en cuir ajustée, que j'avais assortie à un jean moulant et à un débardeur fluide, une tenue que je m'étais autorisée en raison des températures qui s'étaient révélées particulièrement élevées pour la saison ces dernières semaines.

— J'espère vraiment que c'était une bonne idée, soupirai-je.

Ethan saisit sa veste taillée sur mesure sur le dossier de son fauteuil de bureau pendant que je me dirigeais vers la porte.

— Inviter tous les Solitaires de Chicago dans notre jardin ? ironisa Ethan. Comment cela pourrait-il mal tourner ?

La plupart des vampires du pays appartenaient à l'une des douze Maisons disséminées sur tout le territoire : Navarre, McDonald, Cabot, Cadogan, Taylor, Lincoln, Washington, Heart, Lassiter, Grey, Murphy et Sheridan. Chicago abritait trois d'entre elles : Navarre, Cadogan et Grey.

Les douze Maisons étaient placées sous l'autorité du Présidium de Greenwich ; ce serait du moins encore le cas pendant les soixante-douze prochaines heures, au terme desquelles ce nombre ne s'élèverait plus qu'à onze. Lorsque notre défection serait reconnue, nous rejoindrions les Solitaires, les vampires indépendants. Ces derniers se débrouillaient seuls ou se regroupaient en bandes non officielles. Quoi qu'il en soit, ils refusaient de se faire gouverner par une instance basée outre-Atlantique.

Les Solitaires s'apparentaient en quelque sorte à des colonies américaines vampires.

Nous intégrerions très bientôt leurs rangs, ce qui justifiait que je les aie invités à une petite réception sur le vaste terrain qui entourait la Maison.

Eh oui, une fête allait enfin avoir lieu.

Cette soirée fournirait aux vampires Cadogan l'occasion d'apaiser leurs inquiétudes au sujet des Solitaires – à savoir qui ils étaient et ce que nous étions sur le point de devenir – et permettrait également à ces derniers de mieux nous connaître.

— C'est la Maison Cadogan, et Merit est la présidente du comité des fêtes, ricana Luc. Je crois que c'est la recette parfaite pour un désastre.

Luc, tout comme Ethan, adorait me taquiner.

— Très drôle, maugréai-je tandis qu'Ethan enfilait sa veste. Si tu as raison, ce sera la punition d'Ethan pour m'avoir nommée présidente du comité des fêtes.

—Cela dit, tu l'as bel et bien attaqué en lui reprochant de t'avoir transformée en vampire, souligna Luc.

—Seulement parce qu'il n'avait pas bien fait son travail.

—Je rejette l'idée que je sois capable de mal faire quoi que ce soit, intervint Ethan.

—Toujours aussi modeste, Sire, se moqua Luc.

Luc appelait Ethan « Sire » même si ce dernier n'était plus à proprement parler le Maître de la Maison. Cet honneur incombait à Malik, le vampire qui lui avait succédé à sa mort. Depuis son retour, et même si aucun changement officiel n'avait été effectué, tout le monde considérait que chacun avait repris ses fonctions : Ethan celle de Maître, Malik celle de Second, et Luc celle de Capitaine de la Garde. C'était tout bonnement plus simple que d'obéir à deux fois plus de supérieurs ou se demander comment les appeler. Ethan ne voyait manifestement aucune objection à rendosser son rôle de Maître, et les autres ne semblaient pas montrer la moindre réticence à renoncer à leur promotion.

—Toujours est-il que je suis désolé de vous avoir dérangés, ajouta Luc.

—Tu ne nous dérangeais pas du tout, protestai-je.

—Non, pas du tout, répéta-t-il en me gratifiant d'une tape amicale dans le dos. J'adore te voir rougir. C'est tellement humain. Des rappels comme ceux-là te permettent de garder les pieds sur terre.

—Elle a parfaitement les pieds sur terre, affirma Ethan en nous rejoignant sur le seuil. Sauf quand je la fais tomber, c'est-à-dire à chaque entraînement.

—Dans tes rêves, Sullivan.

Ethan avait entrepris de s'occuper de ma formation de Sentinelle. Avec ses quatre cents ans d'expérience, il me battait la plupart du temps. Mais pas toujours, pensai-je en souriant. Je l'avais surpris une fois ou deux et savourais tout particulièrement ces victoires.

— Mes rêves sont bien plus intéressants que ça, Sentinelle.

Luc esquissa un geste en direction du couloir avant de déclarer :

— Nos invités ne vont pas tarder à arriver, je suis déjà assez perturbé comme ça, et je n'ai aucun désir d'en apprendre davantage sur ces rêves, alors allons-y, d'accord ?

— Lucas, je maudis le jour où je t'ai offert cette promotion, lança Ethan d'un ton sarcastique.

— Je n'en doute pas, boss. Je n'en doute pas. Tu accomplis des miracles sur son sens de l'humour, ajouta Luc à mon intention.

— C'est drôle, je ne m'étais pas rendu compte qu'il en était pourvu.

— Et maintenant, vous vous liguez contre moi, soupira Ethan. J'espère que nos invités se montreront plus généreux.

— Avec toute la viande qu'on s'apprête à faire griller dehors, ils devraient l'être, gloussa Luc.

Cela ne surprit personne que je détale dans le couloir à la mention du barbecue. Mais cette fois, la nourriture ne constituait pas l'unique raison expliquant ma précipitation. C'était le fournisseur qui m'intéressait.

Le couloir principal de la Maison traversait le rez-de-chaussée jusqu'à la cafétéria, où une porte permettait d'accéder au jardin.

Luc et Ethan me suivirent dehors. La pelouse depuis longtemps jaunie grouillait de vampires Cadogan occupés à perfectionner le décor et à disposer tables et chaises. Tous envoyaient dans l'air des ondes de magie chargées d'excitation. La chanson *Howlin' for You* des Black Keys s'échappait des haut-parleurs extérieurs, résultat d'une autorisation spéciale que nous avait octroyée la ville et de la playlist que j'avais concoctée avec Lindsey, ma meilleure amie au sein de la Maison. Cela faisait aussi partie des devoirs de la présidente du comité de fêtes, après tout.

Luc s'éloigna en trottinant dans le jardin, agitant les bras à l'intention d'un journaliste qui tentait d'escalader la grille dans l'espoir de voler une photo de la soirée. Les paparazzis raffolaient des vampires et des fêtes. J'imaginais que les deux combinés formaient un cocktail irrésistible.

Cependant, avant que Luc ait pu l'atteindre, l'intrus poussa un cri puis disparut derrière la haie.

Il avait sans doute été repéré par l'une des fées mercenaires que nous avions engagées pour assurer notre sécurité. Elles détestaient les humains et n'aimeraient certainement pas voir un journaliste essayer de briser les défenses érigées autour de la Maison.

Hormis ce léger incident, les préparatifs pour accueillir les invités – désirés, ceux-ci – allaient bon train. Je ressentis une bouffée de culpabilité à la pensée que je m'étais laissé distraire par Ethan. D'un autre côté, notre couple avait traversé son lot d'épreuves, et nous profitions de chaque moment d'intimité qui s'offrait à nous.

En temps normal, s'aventurer dehors à Chicago en plein hiver se révélait une expérience glaciale, ce qui faisait du jardin un lieu de réception pour le moins discutable. Cependant, la ville bénéficiait de températures exceptionnellement douces, et nous avions installé des chauffages extérieurs afin de nous prémunir contre les petits courants d'air frais résiduels. D'énormes ballons blancs flottaient paresseusement dans la brise légère, et un chapiteau immaculé ouvert sur les côtés abritait des tables ainsi qu'une piste de danse en parquet. Avec son toit composé de tissu extensible et d'arches métalliques, il évoquait une œuvre architecturale qui n'aurait pas déparé aux Beaux-Arts de Paris. Des centaines de vampires indépendants vivaient à Chicago, et nous avions bien l'intention de les impressionner, du moins par notre raffinement et notre bon goût.

Et, bien entendu, par la profusion de nourriture. Aucune fête digne de ce nom ne pouvait s'en passer, et il n'aurait certainement pas été très poli d'inviter les Solitaires chez nous sans leur offrir à manger. Nous avions beau adorer le sang, dont nous avions besoin à des fins nutritionnelles, cela ne diminuait en rien notre penchant pour la cuisine humaine. D'ailleurs, notre métabolisme accéléré avait plutôt tendance à accroître notre appétit.

J'avais planifié le menu en conséquence, m'assurant de garnir nos tables de viandes rôties correspondant aux religions carnées les plus populaires – porc, bœuf et poulet –, prenant soin de ne proposer que des morceaux de choix. La ville avait été autrefois réputée pour son élevage florissant, et cet héritage n'avait pas disparu. On trouvait sans peine des pièces de boucherie aptes à satisfaire tous les goûts, des plus simples aux plus exigeants.

Et la tâche s'avérait d'autant plus facile quand on savait où chercher. Dans mon cas, je scrutai la foule jusqu'à poser les yeux sur une frêle jeune femme en jean et tablier qui se dirigeait vers les tables, un plateau d'aluminium chargé de nourriture fumante dans les mains.

Il s'agissait de Mallory Carmichael, sorcière fraîchement confirmée et – peut-être – ma meilleure amie. Notre relation avait souffert de ses récents efforts pour libérer un mal ancien qui avait failli causer la destruction de Chicago. Rien que ça.

Ses cheveux brillaient d'une nouvelle couleur bleue vibrante. Ou plutôt de plusieurs tons de bleu. Elle les avait teints dans un style dégradé. Bleu pâle à la racine, ils s'assombrissaient jusqu'aux pointes, qui étaient indigo. Ce soir-là, elle les avait relevés en un chignon lâche, car elle travaillait officiellement pour le *Little Red Traiteur*.

Après avoir relâché un ange déchu, elle avait été engagée par la Meute des Grandes Plaines en qualité de fille à tout faire au *Little Red*, le bar-restaurant d'Ukrainian Village qui servait de QG aux métamorphes. Ces derniers avaient plutôt tendance à rester repliés sur eux-mêmes, d'habitude, mais le comportement de Mallory les préoccupait tellement qu'ils avaient consenti une exception. Elle subissait à présent le traitement *Karate Kid*, effectuant du travail manuel tout en apprenant à se contrôler et à dominer la magie qui bouillonnait en elle.

Les membres de la Meute avaient également pris conscience qu'avec une sorcière tentant de se racheter, ils avaient assez de personnel pour augmenter leur chiffre d'affaires. Le *Little Red* proposant déjà d'excellents plats d'Europe de l'Est, ils avaient créé un service traiteur capable de fournir des repas complets aux citoyens surnaturels de Chicago. Uniquement surnaturels pour l'instant, car les humains n'osaient encore pas se risquer à manger des victuailles préparées par des métamorphes.

Dès que Mallory eut posé ses plateaux, Margot, le chef cuisinier de la Maison Cadogan, une vampire bien reconnaissable à ses cheveux noirs coupés au carré, entreprit de les disposer sur la table.

— Mallory a l'air en forme, commenta Ethan à côté de moi.

J'approuvai d'un signe de tête, aussi soulagée qu'il le paraissait. Par bonheur, Mallory guérissait de l'addiction à la magie noire qui l'avait dévoyée. Cependant, les plaies ne s'étaient pas encore refermées, et les vampires avaient la mémoire longue. Nous tentions toutes deux de reconstruire notre relation, et sa traîtrise n'était pas du genre de celles qui se résolvent à l'aide d'un grand pot de crème glacée ou d'une crise de larmes cathartique. Il me faudrait du temps avant de lui accorder de nouveau ma confiance, et j'éprouvais l'impression qu'elle aussi avait besoin de reprendre foi en elle.

Comme nous nous retrouvions moins souvent qu'auparavant, je me sentis rassurée de la voir là, en train d'aider les autres au lieu de semer une quelconque pagaille magique. C'était précisément la raison pour laquelle j'avais demandé à Margot de faire appel au *Little Red* pour la soirée. Soutenir le bar revenait à encourager la nouvelle aventure commerciale des métamorphes et les efforts de guérison de Mallory. Cela semblait une bonne idée à tous points de vue.

— Elle a vraiment l'air en forme, concédai-je. Je vais lui dire bonjour.

— Très bien, approuva-t-il, une main dans mon dos. Je vais à l'entrée pour accueillir nos hôtes.

— Et les inviter formellement à pénétrer dans la Maison de manière à ne déroger à aucune règle de l'étiquette ?

Il était vrai que les vampires adoraient les protocoles.

— Tout à fait, répondit-il avec un sourire. Et peut-être pourrions-nous poursuivre notre discussion au sujet de la bibliothèque un peu plus tard ?

Je peinai à contenir le rouge qui me monta aux joues.

— On verra, répliquai-je, mais le regard entendu d'Ethan m'indiqua qu'il ne croyait pas un instant à ma timidité.

Mes projets pour la soirée planifiés, je rejoignis Mallory alors qu'elle s'éloignait de la table, s'apprêtant sans doute à aller chercher un autre plateau de viande.

—Salut, lançai-je, soudain gênée, nos rapports n'ayant pas encore retrouvé leur simplicité passée.

—Salut.

—J'aime beaucoup tes cheveux.

J'avais beau ne dire que l'absolue vérité, c'était ce que ce changement symbolisait, plus que la couleur en elle-même, qui me réjouissait. Depuis que je la connaissais, Mallory avait toujours eu les cheveux bleus… sauf pendant sa phase « méchante sorcière de l'Ouest ». Cette évolution m'apparaissait comme un bon signe.

Elle esquissa un sourire et porta sa main à sa chevelure.

—Merci. Ça m'a pris une éternité et m'a coûté quatre serviettes, mais je crois que le résultat est correct.

—Plus que correct. Le dégradé de couleurs te va vraiment bien.

—J'ai d'autres trucs à sortir du camion, déclara-t-elle avec un geste en direction du portail. (Je hochai la tête et l'accompagnai.) Vous êtes prêts pour la fiesta ?

—Aussi prêts qu'on peut l'être. On tente de mélanger deux groupes de personnes qui ont plus ou moins juré de ne jamais se fréquenter. Tu vois ce que ça peut donner.

—C'est si mal parti que ça ?

—Je m'attends à quelques tensions, répondis-je avec honnêteté.

Nous avions invité des Solitaires à lier connaissance alors que la plupart d'entre eux avaient volontairement évité le système des Maisons.

Un métamorphe aux bras chargés d'une pile de quatre plateaux d'aluminium dégageant un délicieux fumet de porc nous dépassa. Je ne pus m'empêcher de suivre la viande des yeux jusqu'à ce qu'elle disparaisse de mon champ de vision.

— Il faudra que je le retrouve plus tard, lâchai-je distraitement. Et ton travail, comment ça se passe ?

— C'est riche en métamorphes, répondit-elle en pointant du doigt un camion de livraison blanc garé devant le portail de Cadogan. Je me sens beaucoup mieux, mais j'ai un nouveau problème.

— Quoi donc ? demandai-je, craignant une autre addiction magique ou un nouveau demi-dieu lunatique.

Le « problème » apparut sans tarder, et il était résolument plus petit qu'un demi-dieu.

— Mishka !

Mallory fronça les sourcils tandis qu'une femme corpulente aux cheveux décolorés descendait du véhicule. Il s'agissait d'une métamorphe prénommée Berna qui tenait le bar et dirigeait les cuisines du *Little Red*. Elle était aussi chargée de superviser Mallory, au grand regret de cette dernière, semblait-il.

— Elle t'appelle Mishka ? m'étonnai-je.

— Entre autres. Et elle me rend folle. (Mallory saisit d'autres plateaux d'aluminium, puis se tourna vers la source de ses ennuis, un sourire visiblement forcé sur les lèvres.) Oui, Berna ?

Dès que la métamorphe nous rejoignit, elle me tâta le bras. Étant donné qu'elle s'inquiétait toujours que je ne me nourrisse pas suffisamment – ce qui ne m'arrivait jamais ; c'était juste mon métabolisme vampire –, l'index qu'elle m'enfonçait dans le biceps constituait une manière affectueuse de me saluer.

— Bonjour, Berna. Les plats ont l'air délicieux.

— Tu manges assez ? me demanda-t-elle avec un accent prononcé d'Europe de l'Est.

— Toujours, lui assurai-je.

— Mange plus, affirma-t-elle avant de tapoter Mallory du doigt. Toi, au travail.

— Je disais juste bonjour à Merit.

Berna émit un grognement sarcastique et me pinça le bras – fort – avant de prononcer sa sentence :

— Encore trop maigre.

Puis elle s'éloigna en criant sur un autre métamorphe qui se dirigeait vers le jardin avec des sacs plastique remplis de petits pains dans les mains.

— Je devrais m'y remettre, déclara Mallory. Elle a une idée bien précise de la façon de faire le boulot.

— J'en déduis que vous ne vous entendez pas très bien ?

— Elle me rend complètement dingue.

— Berna est un peu autoritaire, reconnus-je en massant mon bras douloureux. Maternelle, à sa manière, mais autoritaire.

— C'est justement là le problème. Ça fait longtemps que je n'ai pas été maternée, et vingt-huit ans, c'est un peu trop tard pour ce genre de choses.

Les parents de Mallory étaient décédés dans un accident de la route des années auparavant, et elle n'avait plus de famille.

— Je comprends que ce ne soit pas toujours facile.

— C'est loin de l'être. Mais elle essaie de bien faire, alors je décompresserai plus tard avec un bain chaud et une pile de magazines people.

Je me demandai si elle décompresserait également en parlant à Catcher Bell, son petit ami, ou, du moins, celui qui avait été son petit ami avant les incidents magiques qu'elle avait provoqués. Je ne savais pas exactement où ils en étaient, mais, comme elle n'évoqua pas le sujet, je ne lui posai pas de questions. Même si j'étais morte de curiosité.

— C'est efficace, un bain et des magazines ?

—Pas assez, déplora-t-elle. Mais quand on n'a pas le droit d'utiliser la magie, on fait ce qu'on peut. J'ai l'impression de suivre le pire régime au monde.

—Mishka!

—J'arrive! cria Mallory avant de m'adresser un sourire contrit. Je suis contente de te voir, Merit.

—C'est réciproque.

—Hé, on pourrait peut-être faire un truc ensemble, un de ces quatre, si ça te dit? ajouta-t-elle, levant sur moi un regard teinté de timidité.

L'hésitation que je marquai malgré moi avant de répondre me peina un peu. Mais j'avais encore besoin de temps.

—Euh, oui. D'accord. Appelle-moi.

Son sourire s'élargit légèrement, puis elle trottina en direction du camion où elle se chargea de plateaux de nourriture suivant les instructions de Berna.

On pouvait dire ce qu'on voulait de Mallory, elle s'accrochait pour reprendre le contrôle de sa vie. Je devais respecter ses efforts, et j'espérais sincèrement qu'elle poursuivrait dans cette voie.

2

PAS DE DEUX[*]

Une heure plus tard, le jardin grouillait de Solitaires et de vampires Cadogan. Ils semblaient assez bien se mêler les uns aux autres, ce qui correspondait d'ailleurs à l'objectif de la fête. Si l'habillement constituait une quelconque indication, les Solitaires présents arboraient des tenues bien plus excentriques que ceux qui avaient déjà pénétré dans l'enceinte de la Maison. Quelques-uns étaient vêtus du même genre d'uniforme militaire noir que ceux que nous avions rencontrés, mais les autres n'auraient jamais passé avec succès la moindre inspection de l'armée. Ils portaient des vestes et pantalons en cuir épais, des tee-shirts batik, des ensembles gothiques classiques ou des robes de soirée.

Certains avaient été refoulés ou exclus du système des Maisons, tandis que d'autres avaient choisi de leur plein gré leur vie de Solitaires. Et à en juger d'après les apparences, cette existence leur convenait.

En diplomate confirmé, Ethan évoluait de groupe en groupe, serrant les mains et participant aux conversations en prêtant une oreille attentive.

---

[*] En français dans le texte. (*NdT*)

— Pas mal pour une fête de dernière minute, déclara Luc en se postant à côté de moi.

— C'est une fête de dernière minute uniquement parce que nous étions accaparés par la transition, soulignai-je.

Ethan apparut à mon côté et désigna un homme aux larges épaules qui discutait un peu plus loin avec Kelley, la vampire qui avait pris le poste de Capitaine de la Garde quand Luc avait été promu Second. Étant donné que celui-ci avait plus ou moins réintégré ses fonctions, je supposai qu'elle était à présent coCapitaine. Franchement, notre organisation managériale laissait à désirer.

— Noah vient d'arriver, annonça Ethan. Allons le saluer.

Je n'avais pas revu Noah depuis qu'il m'avait proposé d'intégrer la Garde Rouge, une formation clandestine qui s'était fixé pour mission de tenir à l'œil le Présidium de Greenwich et les Maîtres des différentes Maisons afin de s'assurer que les vampires étaient traités avec justice.

J'avais accepté l'offre, et Jonah, le Capitaine des gardes de la Maison Grey, avait été désigné comme mon partenaire.

Ethan ne savait rien de la GR ni de Jonah, et ignorait également que Noah faisait partie de cette organisation. Une bouffée de nervosité m'envahit. Je ne jouais pas souvent au poker, mais j'allais devoir bluffer si je voulais afficher une certaine nonchalance.

Suivant Ethan, je traversai la pelouse en direction de Noah, qui était entouré de vampires vêtus de noir conformes à l'image que j'avais gardée des Solitaires. Il leva les yeux à notre approche et nous salua d'un léger hochement de tête.

— Ethan, Merit, dit-il avant de s'adresser à ses camarades. Je vous retrouverai plus tard.

Ses compagnons disparurent dans la foule.

— Tout va bien ? demandai-je.

—Juste quelques petits problèmes personnels, répondit-il sans préciser avant d'esquisser un sourire. Vous avez l'air heureux et en forme, tous les deux. J'ai été soulagé d'apprendre que vous aviez réussi à maîtriser Mallory et les deux Tate.

Seth Tate, l'ancien maire de Chicago, s'était révélé être un ange lié par la magie à son jumeau démoniaque Dominique. Il avait occis son frère et quitté la ville afin de chercher la rédemption et se faire pardonner les crimes qu'il avait commis quand son double partageait son âme. Nous n'avions plus entendu parler de lui depuis lors.

—Nous aussi, affirma Ethan. Même si la situation a été critique pendant un moment.

—Eh bien, l'important, c'est que vous ayez mis fin à la crise.

Il embrassa du regard l'imposante silhouette de la Maison Cadogan, notre foyer situé dans le quartier de Hyde Park. Le manoir de deux étages était bâti en pierre pâle et paré d'ornements en fer. Il datait de l'âge d'or de Chicago, époque où d'ambitieux citoyens s'étaient enrichis grâce au développement de l'élevage et de l'industrie, et avaient fait construire de majestueuses demeures pour le montrer. Certaines d'entre elles avaient disparu, d'autres avaient été divisées en appartements. Quelques-unes restaient des propriétés familiales… mais une seule abritait une troupe de vampires.

—Est-ce que vous êtes prêts à quitter le PG ? s'enquit Noah en braquant de nouveau son regard sur nous.

—Seul le temps nous dira à quoi ressemble la vie de l'autre côté, répondit Ethan. Cela dit, vu le venin que le PG a craché dans notre direction dernièrement, je ne m'attends pas à un changement significatif. S'ils doivent nous haïr, autant qu'ils le fassent sans percevoir notre dîme. Toi et les tiens avez plutôt bien réussi.

— Avec de la prudence et de la technique, répliqua Noah. On garde les yeux ouverts, en prenant soin de se tenir à l'écart de la ligne de mire du PG.

— À ce point-là ? m'étonnai-je à voix haute.

Ethan m'avait expliqué que le Présidium adoptait une approche « tout ou rien » avec les vampires : ceux qui n'étaient pas des membres étaient considérés comme des ennemis. Cependant, je n'avais jamais vu les représentants du PG s'en prendre à un Solitaire. Harceler les Maisons et punir ceux qui n'adhéraient pas à leurs standards comportementaux à l'intérieur du système semblait les intéresser davantage.

— La plupart des problèmes que nous avons rencontrés récemment concernent des affaires internes, ajouta Noah. Des histoires entre Solitaires, où les vampires affiliés ne jouent aucun rôle. Mais à une époque, le PG marquait très clairement les frontières entre Maisons et Solitaires, frontières qu'il faisait respecter à la lame de l'épée.

— Avec toutes les sources de préoccupations qui existent au monde, le Présidium crée de l'animosité sans raison particulière, soupirai-je.

— Oh, il y a une raison, objecta Ethan. Si le PG réussit à convaincre les Maisons que les Solitaires sont dangereux, il gagne par défaut. Il propose une critique constructive et préserve de tout ce qui est mauvais.

— Donc le PG provoque le crime contre lequel il offre une protection, conclus-je.

— Il y a un an, j'aurais jugé cette remarque ridicule, reprit Ethan. Aujourd'hui, je crains qu'elle ne soit pas si éloignée que cela de la réalité. Mais le PG n'est pas là, et notre accréditation ne nous a pas encore été retirée. Alors pour l'instant, mangeons, buvons et amusons-nous.

—Pour demain, nous…? commença Noah.

—Nous verrons, répondit Ethan avec un sourire rusé. (Il jeta un coup d'œil à quelqu'un que je ne vis pas dans la foule et hocha la tête avant de reporter son regard sur nous.) Si vous voulez bien m'excuser, on m'appelle. Sois gentille avec nos nouveaux alliés, Sentinelle.

—Très drôle, marmonnai-je, profitant du spectacle qu'il m'offrit en s'éloignant.

—Tu sembles conquise, commenta Noah.

Mes joues s'enflammèrent.

—Il se trouve que oui. Même si je me demande encore comment c'est arrivé.

—Ce n'est pas le genre d'homme avec qui je t'aurais imaginée.

—Moi non plus, et pas seulement parce qu'il a des crocs. (J'avais initialement prévu d'éviter de sortir avec des vampires ; ce plan avait échoué.) Mais quelle qu'en soit la raison, on s'entend bien. On se complète. J'ai beau essayer de l'expliquer, je n'y arrive pas.

—Des liens comme celui-ci sont rares et précieux, déclara Noah avec un soupçon d'amertume qui me conduisit à penser qu'il avait expérimenté cette rareté. D'après ce que m'a indiqué Jonah, ta relation avec Ethan n'affectera pas ton implication au sein de la GR ?

En dépit de son ton nonchalant, je me doutais qu'il ne m'aurait pas posé la question s'il avait vraiment cru l'affirmation de Jonah.

Margot se dirigea vers nous avec un plateau de délicates flûtes de cristal dans lesquelles étincelait du champagne doré.

—Vous désirez boire quelque chose ? s'enquit-elle.

Acquiesçant d'un signe de tête, je m'emparai d'un verre et avalai une longue gorgée. Noah m'imita.

— J'ai fait une promesse, assurai-je une fois que Margot se trouva hors de portée de voix. Et j'ai l'intention de la tenir.

— Très bien.

Il avait parlé avec juste assez de douceur pour que je me demande s'il confirmait mon allégeance ou s'il la mettait en doute.

Lorsque le dîner fut servi, je rejoignis Lindsey à table sous le chapiteau.

Blonde et athlétique, elle était dotée d'une intelligence incroyable. Elle possédait également un sens aigu de la mode, un humour décapant et un sentiment de loyauté si fort qu'il avait failli tuer dans l'œuf sa relation avec Luc. Elle avait craint qu'une histoire amoureuse ruine leur amitié, mais tout paraissait bien se passer pour eux.

Deux Solitaires étaient attablés en face de nous.

Alan, qui portait une chemise écossaise, avait l'air merveilleusement normal, pour un vampire. Il nous expliqua qu'il était employé par une compagnie d'assurances. Je ne compris pas exactement la nature de ses activités, mais cela semblait impliquer beaucoup de maths et, par chance, lui permettait de travailler la nuit.

Beth, qui arborait un style gothique, tenait une boutique de tatouage à Wrigleyville et exerçait à mi-temps comme danseuse de cabaret. Elle avait des cheveux noirs ondulés, une silhouette aux formes généreuses soulignées par une taille de guêpe, et elle grognait un peu quand elle riait, ce qui lui arrivait souvent.

Alan et Beth avaient récemment fait connaissance sur un site Internet de rencontres consacré aux vampires de Chicago, et cette soirée constituait leur toute première sortie. Cet aveu me procura une immense fierté, même si ce n'était en rien grâce à moi qu'ils s'étaient trouvés.

Après avoir bu une gorgée de soda, Alan reposa sa bouteille, puis prit la parole :

— Vous savez, le PG aura beau vous appeler des Solitaires, il y aura toujours une grande différence entre vous et nous.

— Qu'est-ce que tu veux dire ? demanda Lindsey.

— Vous avez une Maison, expliqua Alan. Même si vous ne faites pas partie du PG, vous appartenez à un groupe. Vous avez accepté de vivre et travailler ensemble, de sortir ensemble. C'est plus ou moins une communauté, je me trompe ?

En fait, je n'avais pas vraiment accepté de vivre et de travailler à la Maison Cadogan. J'avais été attaquée par un Solitaire qui m'avait laissée pour morte, et Ethan m'avait transformée en vampire pour me sauver la vie. Intégrer la Maison Cadogan n'avait constitué qu'un bénéfice collatéral. Ou un coût, en fonction du point de vue d'où l'on se plaçait.

— Alan, le réprimanda Beth.

Il chassa son reproche d'un haussement d'épaules.

— Je ne veux pas vous vexer, ajouta-t-il. Je me montre juste honnête. C'est ce que croient de nombreux Solitaires. Que vous pensez faire partie d'un club et estimez que ça vous rend supérieurs aux autres.

Cette idée ne m'avait même pas effleuré l'esprit, et j'imaginais qu'il en était de même pour Lindsey. Nous n'étions pas du genre élitiste. Du reste, Cadogan était sans doute la Maison la moins élitiste de Chicago. D'après mon humble avis, les vampires Navarre se montraient bien plus snobs, et ceux de la Maison Grey, qui valorisaient le sport par-dessus tout, avaient une forte tendance à l'entre-soi.

D'un autre côté, il avait raison en affirmant que nous faisions partie d'un club. Trois cents vampires étaient associés à la Maison Cadogan. Nous étions presque une centaine à vivre sous le même toit à Hyde Park, dans nos chambres d'internat. Nous mangions ensemble, nous entraînions ensemble, et parfois travaillions ensemble. Nous avions des positions et des titres, des règles, des tee-shirts et des médailles qui proclamaient au monde notre appartenance au groupe.

— Nous formons une sorte de communauté, reconnus-je. Ce qui nous rend loyaux les uns envers les autres et désireux d'œuvrer pour le bien de la Maison. Mais je ne connais personne à Cadogan qui nous juge supérieurs au reste des vampires.

— En tout cas, je trouve que tu as l'air cool, affirma Beth.

— Elle est cool, confirma Lindsey. Pour une intello.

Beth et Alan me paraissaient cool, eux aussi, et ils ne semblaient pas malheureux de vivre en marge du système des Maisons.

— Et on ne pense pas qu'il y ait quoi que ce soit de mal à faire partie d'une Maison, poursuivit Beth avec un sourire. Ce n'est pas notre truc, c'est tout.

Une série de tintements nous incita à nous tourner vers Ethan qui se tenait non loin de là, une flûte de champagne dans une main, une fourchette dans l'autre.

— Si vous voulez bien m'accorder votre attention, déclara-t-il en posant sa fourchette sur la table voisine pendant que le silence s'installait dans la foule. J'aimerais profiter de cette occasion pour souhaiter la bienvenue aux vampires non affiliés de cette ville à la Maison Cadogan. J'espère que vous avez eu l'impression que notre porte vous était ouverte, et, surtout, que vous conserverez ce sentiment après notre changement de statut. Il est vrai que nous sommes des vampires Cadogan. Mais nous avons toujours été et resterons un collectif de vampires. Nous avons choisi de nous unir tout comme vous avez choisi de préserver avec fierté votre individualité, et nous respectons votre décision. Nous cherchons un nouveau moyen de vivre et de prospérer en tant que vampires. (Un sourire décontracté s'étira sur ses lèvres.) Il est possible que nous vous demandions conseil.

Quelques rires appréciateurs s'élevèrent dans l'assistance, accompagnés de quelques grognements dubitatifs. De toute évidence, les Solitaires de la ville ne nous accueilleraient pas à bras ouverts d'entrée de jeu ; nous devrions faire nos preuves auprès d'eux comme nous l'avions fait auprès du PG. Et peut-être que, contrairement au Présidium, eux nous écouteraient.

Ethan baissa les yeux un moment, son front barré d'une ride, signe d'inquiétude. Et, effectivement, lorsqu'il reporta son attention sur la foule, l'anxiété se lisait dans son regard.

— Nous vivons une époque étrange, poursuivit-il. Nous avons été mis à l'épreuve, tout comme cette ville. Les récents événements ont durement affecté Chicago et ses vampires, et la situation ne devrait pas s'arranger à l'avenir. L'annonce de l'existence d'autres surnaturels, bien qu'efficace pour détourner les feux des projecteurs des vampires, a accru la méfiance des humains à notre égard. Les exactions de Tate n'ont pas contribué à améliorer cet état de fait, pas plus que l'attitude du nouveau maire.

Ce dernier point était indéniable. Diane Kowalczyk, le nouveau maire de Chicago, ne brillait pas par son intelligence et ne cachait pas les préjugés qu'elle nourrissait à l'égard des surnaturels. Elle s'était même acoquinée avec un certain McKetrick, un ancien militaire qui vouait aux vampires une haine féroce.

— Au risque de médire de nos futurs ex-dirigeants, je ne vous surprendrai pas en vous apprenant que le Présidium de Greenwich a fermé les yeux sur ces incidents et refusé d'accepter les changements du monde qui nous entoure. Nous réprouvons cette attitude et pensons qu'il est temps d'évoluer. Cette semaine, nous prenons position. Nous ne sommes pas capables de prédire l'avenir, mais nous agissons au mieux, en espérant que l'amour, la chance et l'amitié nous aideront à survivre à cette période tourmentée. (Il leva sa coupe de champagne.) Que les vents soient favorables à vos voyages, quelle qu'en soit la destination. Santé.

— Santé, renchérirent les membres de l'assistance avant de boire une gorgée.

Sans perdre un instant, Ethan se dirigea vers Noah et lui serra la main. Les discussions recommencèrent, et les convives reprirent leur ingestion de protéines pendant que deux des plus éminents vampires de la ville fraternisaient sous les yeux de leurs subalternes.

Je devais reconnaître qu'Ethan avait réussi un tour de force : comme il l'avait affirmé, nous traversions une époque troublée, et pourtant, il était parvenu à convaincre une partie des vampires non affiliés de Chicago de s'aventurer sur notre domaine, de partager un repas avec nous et de porter un toast à notre avenir commun. Crocs ou pas, cet homme savait manier les mots.

Heureusement pour moi, ses talents ne se limitaient pas à sa maîtrise du vocabulaire.

Comme s'il avait senti que mes pensées prenaient une tournure quelque peu indécente, Ethan posa les yeux sur moi et m'adressa un sourire qui suffit à me chavirer.

Sa conversation avec Noah terminée, il se mit à marcher dans ma direction sous les regards appréciateurs de toutes les femmes – et de quelques hommes –, véritable incarnation de la masculinité, idéal de perfection vampire.

Il s'arrêta derrière ma chaise et tendit la main. Tous les convives installés autour de la table se turent.

— Danse avec moi, déclara-t-il.

Mes joues s'enflammèrent.

— Il n'y a pas de musique.

Avant qu'il ait eu le temps de répondre, le quatuor qui se tenait dans un coin – un groupe de vampires Cadogan et de Solitaires possédant des talents de musiciens – entonna un morceau de jazz.

— Tu leur as demandé de commencer à jouer par télépathie ? lançai-je à Ethan en lui décochant un regard sardonique.

— À quoi bon être doué de télépathie si on ne peut pas s'en servir pour faire quelques petites plaisanteries, Sentinelle ?

J'entendis le soupir langoureux d'une femme à ma droite et captai l'expression rêveuse d'un homme à ma gauche. Ethan attisait les convoitises des deux bords.

— Merit ? insista-t-il en agitant les doigts.

Vu que tous les invités guettaient ma réaction, il aurait été difficile de décliner la proposition d'Ethan, même si je n'avais pas eu de sentiments pour lui. Le fait que j'en aie rendait tout refus impossible.

— Bien sûr, dis-je en glissant ma main dans la sienne avant de le laisser me conduire jusqu'à la piste de danse improvisée.

Dieu que cet homme savait bouger…

Il m'enlaça la taille d'un geste ferme, comme un danseur sur le point de disputer une compétition télévisée. Avec des mouvements mêlant swing et tango, il m'emporta sur la piste avec l'agilité d'un expert tout en gardant rivés aux miens ses yeux d'un vert incroyable. Par chance, j'avais été ballerine dans mon ancienne vie d'humaine, ce qui me permit de le suivre sans peine. Je m'efforçai même d'offrir une belle performance – du moins autant que possible compte tenu de mon pantalon et de ma veste en cuir ajustée –, à la grande surprise des Solitaires et des vampires Cadogan.

Lorsque la musique s'arrêta, Ethan me renversa dans ses bras, un sourire espiègle sur les lèvres et des étincelles dans les yeux. La réalité se rappela à moi sous forme d'une assourdissante clameur tandis que les spectateurs autour de la piste de danse applaudissaient à tout rompre.

Ethan me redressa avec une vigueur qui fit voler ma queue-de-cheval par-dessus mon épaule.

— Et voilà comment on impressionne les foules, Sentinelle.

La chaleur envahit mes joues pendant que j'agitais la main à l'intention desdites foules, les remerciant de leurs ovations.

Cependant, lorsque j'aperçus Noah entouré des vampires vêtus de noir avec lesquels il discutait plus tôt dans la soirée, je compris que ma joie serait de courte durée. Impossible de ne pas remarquer le désarroi qu'affichait Noah ou les coups d'œil anxieux que ses compagnons ne cessaient de jeter dans notre direction.

Je posai délicatement la main sur le bras d'Ethan et me penchai de manière à effleurer son oreille de mes lèvres. Nos observateurs prendraient ce geste pour un signe d'affection, ce que j'escomptais.

— Il se trame quelque chose, chuchotai-je. Noah est entouré de Solitaires, et ils ont l'air inquiets. Tu les trouveras à 8 heures.

Feignant de m'embrasser sur la joue, Ethan lança un regard par-dessus son épaule.

— Je les ai repérés, déclara-t-il en reportant son attention sur moi. Est-ce que tu comprends de quoi il retourne ?

En tant que prédateurs, les vampires possédaient des sens exceptionnellement aiguisés, qu'il s'agisse de l'ouïe, de la vue ou de l'odorat. Toutefois, la masse de convives et d'énergie magique autour de moi m'empêchait de saisir ce qui se passait.

— Non, répondis-je. Peut-être qu'une invitation dans ton bureau… ?

— C'est sans doute une bonne idée, concéda-t-il.

Il me prit la main et quitta les feux des projecteurs en adressant des sourires et des gestes de salutation à l'assistance.

—Distrais nos hôtes, murmura-t-il à Luc, qui hocha docilement la tête avant de se diriger vers le centre de la piste en parquet.

—C'est la fête! cria ce dernier en tapant des mains alors que résonnaient les premières notes enjouées d'une chanson de David Bowie. Que tout le monde danse!

Sous les encouragements de Luc, les vampires se pressèrent vers la piste.

Je sortis du chapiteau au côté d'Ethan pour rejoindre Noah et son groupe de Solitaires visiblement agités. La peur se lisait sur leurs traits, et il émanait d'eux une magie tendue qui me donna la chair de poule.

—Est-ce que tout va bien? s'enquit Ethan.

Noah se tourna vers ses compagnons et porta son regard sur une jeune femme aux cheveux courts arborant un pic argenté à chaque arcade sourcilière. Ses yeux rougis par les larmes tranchaient avec son look provocateur. Elle adressa un hochement de tête à Noah, lui signifiant une quelconque approbation. La démocratie des Solitaires à l'œuvre.

Noah marqua une pause, comme pour peser une décision.

—Peut-être pourrions-nous parler en privé? demanda-t-il. Nous avons un problème dont nous aimerions vous faire part.

—Bien sûr, dit Ethan en esquissant un geste en direction de la porte. Allons dans mon bureau. Nous y serons tranquilles pour discuter. (Son regard passa sur les autres membres du groupe.) Tous ceux qui veulent se joindre à nous sont les bienvenus.

Mais ils s'écartèrent avec fébrilité, comme des chats sauvages craignant de se faire capturer.

—Je reviens, leur affirma Noah.

Il pressa la main de la fille aux piercings en signe d'encouragement, et ils nous suivirent tous deux à l'intérieur de la Maison.

Notre petit groupe traversa le couloir en silence. Une fois tout le monde entré dans le bureau, Ethan ferma la porte. Noah alla aussitôt s'asseoir sur l'un des fauteuils en cuir du coin salon. Sa compagne l'imita. Je m'installai sur le canapé d'en face, et Ethan prit place à mon côté.

— Qu'est-ce qui vous préoccupe ? interrogea Ethan.

— Deux de mes vampires ont disparu, et nous craignons qu'ils aient des ennuis.

Ethan écarquilla les yeux.

— Je suis désolé de l'entendre. Raconte-nous tout depuis le début, si tu veux bien.

Noah acquiesça d'un signe de tête.

— La nuit dernière avait lieu une réunion, une rencontre que nous organisons une fois par mois pour les Solitaires de la ville. Rien de formel ni d'officiel, juste l'occasion de nous retrouver et de discuter. Certains sont intéressés par ces soirées, d'autres non. En moyenne, une trentaine ou une quarantaine de vampires y assistent. La plupart viennent régulièrement, dont un jeune couple, Oliver et Eve. Ils ont quitté Kansas City quand le PG y a créé la Maison Murphy pour rassembler et contrôler les Solitaires. Ça ne leur disait rien d'intégrer une Maison, alors ils ont déménagé pour s'installer à Chicago. Mais on ne les a pas vus à la soirée.

— Est-ce vraiment anormal ? demanda Ethan.

— Plutôt, affirma Noah. D'après mes souvenirs, ils n'ont manqué aucune réunion depuis leur arrivée à Chicago.

— Ils n'ont pas agi conformément à leurs habitudes, commenta Ethan.

— Précisément, confirma Noah. Et ça a inquiété quelques-uns de nos Solitaires.

— C'est compréhensible.

— Je vais me montrer honnête avec vous : je ne suis pas convaincu que ça signifie quoi que ce soit. Oliver et Eve sont des jeunes gens plutôt discrets, et je ne suis pas du genre à poser beaucoup de questions personnelles. Il n'est pas impossible qu'ils aient eu à régler une affaire dont ils n'auraient pas voulu nous parler. Les vampires de Kansas City ont tendance à être assez réservés.

— S'ils n'ont pas assisté à votre soirée, où les a-t-on vus pour la dernière fois ? interrogea Ethan.

L'expression de Noah se fit plus grave.

— À un endroit où nous devrons tous aller un jour ou l'autre.

Cette réponse énigmatique piqua ma curiosité. Où les vampires devaient-ils tous se rendre ? Chez un orthodontiste spécialiste des crocs ? Dans un centre de collecte de plasma ? Chez un couturier spécialisé ?

— Dans un centre d'enregistrement ? tenta Ethan.

Les politiciens de Chicago avaient décrété, dans une crise d'ethnocentrisme, que forcer les vampires à se déclarer auprès des services municipaux renforcerait la sécurité à Chicago. Ce en quoi ils se trompaient. Le fichage provoquait colère et frayeur chez mes semblables, émotions que les humains cherchaient précisément à éviter. Chicago comptait plusieurs bureaux d'enregistrement, financés par les taxes que les vampires devaient payer pour obtenir leurs papiers.

Noah confirma d'un hochement de tête.

— Exactement. Avant-hier, Eve a pris une photo d'elle et d'Oliver dans la file d'attente du centre avec son téléphone. Elle l'a envoyée à quelques amis, dont Rose.

Il désignait la femme assise à côté de lui.

— Vu ce que tu nous as appris sur eux et les raisons pour lesquelles ils ont déménagé à Chicago, je suis surpris qu'ils aient décidé de se déclarer auprès de la ville, remarqua Ethan.

— Ça m'a étonné aussi, reconnut Noah. La plupart d'entre nous ont refusé de se présenter aux services municipaux. De nombreux Solitaires ont le sentiment que le fichage des vampires ne constitue que le premier pas avant la prison. Ils rejettent déjà le système des Maisons de leurs semblables ; ils ne comptent certainement pas se livrer de leur propre gré aux humains au risque de se faire incarcérer.

Je comprenais ses inquiétudes, même si j'étais moi-même dans l'impossibilité d'échapper à cette loi. Avec mon père qui était un vrai magnat de l'immobilier et ma photo qui s'était étalée dans les journaux, j'étais trop connue pour éviter l'enregistrement, ce qui expliquait pourquoi ma carte d'identité plastifiée dormait bien à l'abri dans mon portefeuille, aussi offensante fût-elle.

— Si on les a vus il y a deux jours, qu'est-ce qui vous a rendus nerveux ce soir ? poursuivit Ethan.

— Rose a reçu un coup de téléphone d'Oliver un peu plus tôt dans la soirée. En fait, elle ne lui a pas parlé ; personne n'a rien dit à l'autre bout du fil. Mais elle croit avoir entendu quelque chose.

— Quoi donc ? lui demandai-je.

— Je ne suis pas sûre, répondit-elle d'une voix douce. J'ai cru qu'il m'avait appelée par erreur, qu'il s'était trompé de numéro ou quelque chose comme ça. Personne ne parlait, mais il m'a semblé entendre un bruit, puis des voix, mais elles étaient étouffées. Je ne suis pas vraiment certaine…

Elle jeta un coup d'œil à Noah, hésitant visiblement à en révéler davantage.

— Rien d'autre ? l'encourageai-je.

— J'ai cru entendre… du remue-ménage, peut-être une bagarre ? Comme si on bougeait des meubles ou que des gens tombaient par terre, ce genre de bruits.

Ethan hocha la tête, puis reporta son attention sur Noah.

— Est-ce que tu as prévenu la police qu'il était possible qu'Oliver et Eve aient disparu ?

— Non, et je n'en ai pas l'intention. Nous n'apprécions pas particulièrement les autorités policières de la ville. Leur histoire avec les vampires laisse quelque peu à désirer. (Il joignit les mains, les coudes posés sur ses genoux, et se pencha en avant.) Écoutez, peut-être qu'il se passe quelque chose, peut-être pas. Oliver et Eve ont déjà quitté une communauté vampire. Ils pourraient l'avoir fait de nouveau. Et nous n'aimons pas particulièrement faire appel aux autres. Vous impliquer dans cette affaire est… difficile pour nous. Mais la situation nous semble assez préoccupante pour qu'on juge qu'elle vaille la peine de s'y intéresser. Je suis désolé de jouer les trouble-fête. Nous n'avions vraiment pas l'intention de vous causer des ennuis ce soir.

Ethan chassa ses craintes d'un geste avant d'affirmer :

— Vous êtes inquiets, et nous sommes collègues. Nous sommes heureux de vous écouter.

Subtile manœuvre politicienne, notai-je en mon for intérieur.

— Au risque de vous mettre dans l'embarras, est-ce que vous pourriez mener quelques recherches ? s'enquit Noah. Vous avez quelques relations. Ton grand-père, tout d'abord, précisa-t-il à mon intention. Chuck Merit est quelqu'un de bien. Toute l'aide qu'il pourra nous offrir sera la bienvenue.

J'acquiesçai. Mon grand-père était indéniablement quelqu'un de bien. Et même d'extraordinaire, à mon avis. Il avait occupé le poste de Médiateur de la ville, du moins jusqu'à ce que Diane Kowalczyk supprime cette fonction. Cependant, mon grand-père n'avait pas pour autant abandonné sa mission ; il avait transféré son bureau dans sa propre maison.

Le silence flotta un moment. Je soupçonnais Ethan de se demander s'il possédait les ressources nécessaires pour se charger des problèmes de quelqu'un d'autre, d'autant plus que la réalité desdits problèmes n'était pas avérée.

— Je sais que vous avez fort à faire en ce moment, ajouta Noah. Mais de toutes les Maisons, Cadogan est la seule susceptible de nous écouter.

Ethan posa son regard sur moi.

— *Est-ce que tu es prête à en discuter avec ton grand-père ?* m'interrogea-t-il par télépathie. *Comme Noah l'a souligné, j'ai fort à faire, en ce moment.*

— *Bien sûr,* répondis-je. *Et puis, si on ne les aide pas, qui va le faire ?*

Le nouveau maire se moquerait de leurs angoisses, et les autres Maisons évitaient la politique et la controverse à tout prix.

Une lueur de fierté éclaira les yeux d'Ethan. Il était satisfait que je ne recule pas devant le problème, que je sois prête à m'y attaquer de front. De mon côté, j'étais heureuse qu'il ne laisse pas le souci des apparences et les considérations politiques le dévier de la voie que nous devions emprunter. Bien entendu, notre départ du PG nous permettait une plus grande marge de manœuvre.

— C'est d'accord, déclara enfin Ethan. Peut-être pourrait-on examiner la photo qu'Eve a prise devant le centre d'enregistrement ?

— J'ai encore mieux à vous proposer, répondit Noah. Je vais vous escorter jusque-là.

Ethan informa Luc et Malik de nos intentions, tout en s'assurant que la soirée se déroulait sans encombre. Tandis que Rose rejoignait son groupe de Solitaires, j'accompagnai Ethan dans le hall, où nous attendait Noah. Tous vêtus de noir, notre gravité détonnait parmi les décorations festives de la Maison.

—Tu montes dans notre voiture? proposa Ethan, ce que Noah refusa d'un signe de tête.

—J'ai d'autres affaires à régler quand nous aurons terminé. Je vous retrouve là-bas?

Ethan approuva. Noah nous avait déjà communiqué l'adresse du centre d'enregistrement. Il se trouvait dans le quartier de Little Italy, près du campus universitaire.

—On te suit.

Ethan, en qualité de dirigeant, avait le privilège de détenir une place de parking au sous-sol de la Maison, ce qui lui évitait d'avoir à dégager sa voiture après une tempête de neige, demander à quelqu'un de lui réserver une place en approchant de Hyde Park ou tenter de se garer en double file entre d'énormes véhicules et une montagne de neige solidifiée formant un trottoir secondaire.

Après avoir descendu l'escalier principal menant au sous-sol, il inséra sa clé dans la serrure du garage et ouvrit la porte. Je m'immobilisai sur le seuil.

Sur la place de parking d'Ethan, qui avait temporairement été occupée par une Aston Martin, se trouvait un coupé deux portes rutilant rouge carmin au capot muni d'une grille évoquant un sourire.

—Qu'est-ce que c'est que ça? m'exclamai-je.

Ethan débloqua la sécurité avec un «bip» avant de se diriger vers le côté conducteur.

—Ça, Merit, c'est une Bentley Continental GT.

—Elle a l'air toute neuve.

— C'est le cas.

Je fouillai le parking du regard ; pas d'Aston Martin.

— Il est arrivé quelque chose à l'Aston Martin ?

— Non, répondit-il en ouvrant la portière, les sourcils froncés. C'est juste qu'elle ne me convenait pas.

Ethan avait perdu son précédent véhicule, un cabriolet Mercedes fuselé, à la suite d'une rencontre infortunée avec les jumeaux Tate quand ils ne formaient encore qu'un seul homme. L'ex-maire avait fait sortir notre voiture de la route – et nous à l'intérieur. Une chute à laquelle la Mercedes n'avait pas survécu.

Je comprenais très bien le lien unissant un conducteur à sa voiture. J'utilisais toujours la grosse Volvo orange que je possédais depuis des années. Elle n'avait rien d'exceptionnel, mais j'avais fini de la payer, et elle me menait là où j'avais besoin de me rendre.

Mais tout de même. Il avait été propriétaire d'une Aston Martin. Un bijou de mécanique flambant neuf que lui avait livré un vendeur ravi de la transaction.

— Sans vouloir te manquer de respect, une Aston Martin toute neuve ne te convenait pas ? C'est la voiture de James Bond !

— Je ne suis pas James Bond, rétorqua-t-il d'un ton malicieux. J'adorais ma Mercedes. Elle m'allait très bien. L'Aston… ne m'allait pas.

— Alors tu l'as échangée ? conclus-je avant d'ouvrir ma portière. Est-ce que tu traites tes petites amies de la même façon ?

— Oui, confirma Ethan avec gravité. Et j'ai passé quatre cents ans à faire des essais avant de te rencontrer.

C'était grâce à des commentaires comme celui-là que je restais avec Ethan, alors qu'il pouvait se montrer insupportable.

Il en laissait filtrer juste assez souvent dans la conversation pour me faire fondre.

— Bon, voyons ce qu'elle sait faire, lançai-je.

3

LES PÈRES FONDATEURS

E than conduisit en direction de Little Italy, quartier situé au sud-ouest du centre de Chicago.

En toute honnêteté, la Bentley filait sur la route comme une pure merveille, ce qui, je le supposais, constituait tout l'intérêt de dépenser autant d'argent pour une voiture. En plus d'impressionner ses amis et d'intimider ses ennemis.

La rue que nous avait indiquée Noah se trouvait dans une zone plutôt calme comprenant de nombreux petits commerces dont quelques banques, ateliers de tailleurs et agences immobilières. La plupart des bâtiments étaient indépendants les uns des autres et comportaient deux ou trois étages dont les fenêtres portaient des panneaux promettant de futurs appartements.

À proximité du numéro que nous avait donné Noah, Ethan gara la Bentley devant un restaurant à sushis désaffecté. L'édifice voisin abritait un pressing, et le suivant hébergeait l'administration constituant une insulte à notre existence, le bureau d'enregistrement des vampires. En cette soirée de week-end, les locaux étaient plongés dans le noir. Mais lundi dès le crépuscule, mes semblables s'aligneraient devant la porte dans l'attente de renoncer au privilège de l'anonymat au profit de la bureaucratie de la ville de Chicago.

Je sortis de la voiture et, imitant Ethan, passai le fourreau de mon katana à la taille. Les policiers de Chicago deviendraient fous s'ils savaient que nous portions plusieurs dizaines de centimètres d'acier trempé finement aiguisé, mais cette certitude ne suffit pas à me dissuader. Nous ignorions quel danger nous attendait et je préférais me tenir prête.

Je sursautai en entendant une portière claquer à proximité. Noah, qui s'était garé non loin de là dans la même rue, nous rejoignit.

— Tout va bien ? me demanda Ethan.

— Oui, affirmai-je. Le bruit m'a surprise.

Il me pressa la main en signe d'encouragement.

— Ainsi, Oliver et Eve sont venus ici pour se déclarer, commença-t-il en regardant alentour. Pourquoi avoir choisi ce bureau en particulier ?

— Ils habitent dans le coin, expliqua Noah. Je suppose que c'était le plus proche.

— Sentinelle ? Des idées ?

— Ils ne devaient pas être seuls, suggérai-je. Il y avait sans doute d'autres vampires, sans compter les employés du centre. Peut-être qu'ils ont vu quelque chose ou qu'ils pourraient nous dire si Oliver et Eve se sont effectivement fait enregistrer ? Ça nous aiderait certainement à préciser la chronologie des événements.

— C'est à vérifier, reconnut Noah.

— Et il n'y a pas eu de sang versé, ajoutai-je.

Mes instincts de vampire m'auraient alertée si tel avait été le cas. J'espérai que cela signifiait qu'il n'était rien arrivé de mal à Eve et Oliver.

— Je n'insinue pas qu'il s'est passé quoi que ce soit de fâcheux, mais auraient-ils pu être visés en raison de leur volonté de se faire enregistrer ?

—C'est possible, répondit Noah. Mais cette formalité administrative est supposée rassurer les humains. Pourquoi punir des vampires qui font ce qu'on leur demande ?

—Peut-être que ce ne sont pas des humains qui les ont pris pour cible, avança Ethan. Certains Solitaires ont pu ne pas apprécier leur décision de se déclarer et considérer cela comme une trahison.

Le raisonnement d'Ethan se tenait, selon moi, mais Noah accueillit son hypothèse avec froideur.

—Tu es en train de suggérer que nous créons nos propres problèmes ? rétorqua-t-il avec un regard acéré.

—Je pose juste la question, affirma Ethan sans se laisser décontenancer. Est-ce que tu penses que ce serait possible ?

—J'aimerais te répondre non. Mais je ne contrôle personne.

Ainsi, deux vampires s'étaient évanouis dans la nature après s'être rendus dans un centre d'enregistrement. Aucun signe évident de violence ni quoi que ce soit d'autre n'indiquait qu'ils avaient disparu à cet endroit, et rien ne permettait de dire où ils étaient allés – ou avaient été emmenés – ensuite.

Les mains sur les hanches, j'examinai les alentours en me mordillant la lèvre inférieure. Il était soit très tard, soit vraiment très tôt, selon le point de vue, et le silence régnait dans le quartier. D'autres édifices se dressaient en face du centre d'enregistrement : une pizzeria, fermée pour la nuit, et un ancien immeuble d'habitation aux fenêtres condamnées entouré de grillage. Et entre les deux, une bâtisse intéressante : une étroite et élégante résidence de deux étages… gardée par un portier en uniforme.

—Est-ce que tu as la photo d'Eve et Oliver ? demandai-je à Noah.

—Dans mon téléphone, oui.

— Il travaille de nuit, déclarai-je en désignant le portier. Avec un peu de chance, peut-être qu'il était de service avant-hier soir.

Le coin des lèvres d'Ethan se retroussa légèrement.

— Bien vu, Sentinelle, me félicita-t-il avant de m'inviter à avancer d'un geste. Les demoiselles en premier.

J'attendis qu'un camion-poubelle très odorant soit passé pour traverser la rue en trottinant, Ethan et Noah sur les talons.

Le gardien, vêtu d'une veste bordeaux aux boutons cuivrés scintillants, nous regarda approcher avec nervosité, les yeux écarquillés. Je sentis les battements de son cœur s'accélérer. S'il avait possédé la magie, j'aurais sans aucun doute perçu les ondes amères de sa peur à des mètres de distance.

Comme s'il protégeait un château contre de dangereux maraudeurs, il sortit de l'encadrement de la porte et fit un pas dans notre direction.

— Puis-je vous aider ?

— Noah, dis-je en tendant la main.

Lorsqu'il eut glissé son téléphone dans ma paume, j'observai l'écran, sur lequel s'affichaient les visages souriants de deux vampires blonds, un homme et une femme.

Je l'orientai vers le portier.

— Nos amis ont disparu, et nous essayons de les retrouver. Nous pensons qu'ils se trouvaient en face avant-hier soir. Les reconnaissez-vous ? (Sans prendre la peine de regarder l'image, le gardien croisa les bras sur son torse puissant et me considéra en plissant les yeux.) Pas même un petit coup d'œil ?

Il cilla.

— Peut-être que ceci vous rafraîchira la mémoire, intervint Ethan en lui tendant un billet de vingt dollars plié entre ses doigts.

Le portier s'en empara avant de le glisser dans la poche de sa veste, puis croisa de nouveau les bras. Je supposai que Jackson n'était pas son président favori.

—Grant, peut-être ? insista Ethan en offrant un billet de cinquante dollars auquel le gardien jeta un regard soupçonneux.

—Je préfère le bon sens et l'humour simple de Benjamin Franklin. Mais le président Grant ne manque pas de qualités. (Il saisit le billet et le fourra dans sa poche.) Que puis-je faire pour vous ?

Je réprimai un sourire.

—Avez-vous vu ce couple ? répétai-je en agitant le téléphone sous son nez.

Cette fois, il baissa les yeux sur l'écran.

—Oui, répondit-il. Ils sont allés au centre d'enregistrement.

—Comment vous en souvenez-vous ? m'étonnai-je.

—Ils se sont photographiés dans la queue, comme s'ils étaient sur le point d'assister à un concert et non de s'inscrire auprès de la ville. (Il haussa les épaules.) Je ne sais pas, je suppose que leur attitude m'a paru bizarre.

Elle me paraissait bizarre, à moi aussi, mais je n'en savais pas assez sur Oliver et Eve pour déterminer si elle correspondait à leurs habitudes.

—Et qu'ont-ils fait ensuite ? l'interrogeai-je.

Lorsqu'il haussa encore une fois les épaules et regarda droit devant lui, je poussai un soupir exaspéré.

—Vous avez entendu parler de l'inflation ? lâcha-t-il.

Alors que la colère montait en moi, je posai une main sur mon katana et avançai d'un pas.

—*Sentinelle*, m'avertit silencieusement Ethan.

Mais il était temps de passer à l'action.

—Ce sabre ne sert pas à décorer, affirmai-je. La lame est bien affûtée, tranchante à souhait, et je la manie très bien.

— Elle ne ment pas, renchérirent Ethan et Noah en chœur.

— On ne vous demande pas grand-chose, juste quelques informations que nous avons généreusement payées. (Je tapotai le pommeau de mon katana.) J'imagine que vos résidents ne seraient pas ravis d'apprendre que vous agacez des personnes armées au lieu de vous contenter de leur révéler ce qu'elles veulent savoir et de leur laisser poursuivre leur chemin. (Il se renfrogna.) Du bon sens, lui rappelai-je avec un sourire mielleux.

Le portier me fusilla du regard en retroussant la lèvre supérieure, puis se radoucit.

— Ils sont entrés, puis sortis.

— Et ils sont repartis avec leur voiture ? questionnai-je.

— Non, affirma-t-il en pointant son doigt en direction du trottoir d'en face. Un véhicule s'est avancé dans la ruelle.

Le centre d'enregistrement était bordé par le pressing d'un côté, par une allée étroite de l'autre.

— Un véhicule ? répéta Noah. Quel genre de véhicule ?

— Je ne sais pas, répondit le portier avec un haussement d'épaules. J'ai juste vu les phares éclairer le passage. Les vampires se sont approchés, comme pour vérifier qui c'était, peut-être pour parler au chauffeur. Après ça, la lumière a progressivement disparu, comme si la voiture s'était éloignée.

— Est-ce qu'ils sont revenus ensuite ? demandai-je.

— Je ne sais pas, et je m'en moque. Ils auraient très bien pu avoir prévu de retrouver des amis, après tout. Nous sommes en Amérique. Je n'espionne pas les gens.

Se sentant visiblement insulté, il se détourna pour porter un regard indifférent sur la rue. Nous ne l'intéressions plus.

— Merci de votre aide, lui dis-je.

Il ne parut pas particulièrement impressionné par ma marque de gratitude, mais hocha néanmoins la tête.

—Vous gênez l'entrée, ajouta-t-il.

—Allons jeter un coup d'œil dans ce passage, proposa Ethan en posant une main sur mon bras.

Sous le regard mauvais du portier, on traversa la route.

J'essayai de m'imaginer dans la peau d'un policier en train de patrouiller, comme l'avait fait mon grand-père pendant des années, en me servant de ma sensibilité accrue de vampire.

Arrivée au coin de la ruelle, je fermai les yeux et inspirai l'air de la nuit tout en me laissant imprégner par les sons ambiants. Des gouttelettes d'un liquide indéterminé tombaient devant nous dans le passage qui sentait l'humidité, la poubelle, le métal rouillé et la crasse. Par chance, je ne décelai aucun signe de violence. Ni arôme de sang ni odeur de poudre.

Une fois certaine de ne rencontrer personne, je m'avançai dans l'obscurité. Ce n'était pas la première ruelle dans laquelle je m'engageais. À Chicago, elles se ressemblaient à peu près toutes : des flaques d'eau boueuse au sol, des murs de brique, une benne à ordures et une ou deux issues de secours.

Je scrutai les alentours à la recherche de tout indice permettant d'expliquer pourquoi Oliver et Eve s'étaient aventurés dans cet endroit.

Au bout d'un moment passé à inspecter le bitume, un reflet capta mon regard et je m'accroupis. Du verre. Pas des éclats, mais des morceaux de forme carrée. Il s'agissait de verre de sécurité, le genre que l'on utilise pour les vitres de voiture.

—Qu'est-ce que tu as trouvé ? demanda Ethan en me rejoignant.

—Il y a du verre, ici. Il provient peut-être du véhicule que le portier a repéré.

—Ça paraît pour le moins étrange, remarqua Ethan. Si du verre avait été brisé, les vampires l'auraient entendu depuis la rue et seraient allés voir de quoi il retournait.

—Sans doute, concédai-je en me relevant, m'essuyant les mains sur mon pantalon.

La sonnerie stridente d'un téléphone retentit dans l'allée. Je sortis le mien par réflexe, mais il était éteint et silencieux.

—C'est le tien ? s'enquit Ethan.

Je secouai la tête et examinai le passage avant de comprendre que le bruit émanait d'un endroit situé à quelques mètres de nous, près d'une benne à ordures métallique rouge.

Quand je m'approchai, le son s'intensifia, et j'écartai du pied quelques déchets que le vent avait éparpillés. Un téléphone rose vif gisait sur le bitume. Il s'allumait par intermittence pendant que quelqu'un tentait de joindre son propriétaire.

Et ce quelqu'un n'était pas n'importe qui. Un numéro et un nom s'affichaient sur l'écran lumineux : ceux de Rose, l'amie Solitaire de Noah. J'avais le sombre pressentiment de savoir à qui appartenait ce portable ; mon estomac se tordit de manière désagréable.

—Noah ! criai-je.

Je le sentis approcher derrière moi ; il irradiait une énergie nerveuse.

—C'est le téléphone d'Eve, annonça-t-il d'un ton grave. Je le reconnaîtrais entre mille. C'est un vieux modèle qui ne fait pas grand-chose d'autre que recevoir les appels, mais elle refuse d'en changer. Rose essaie sans doute de la joindre, de vérifier si tout va bien. Elle est inquiète. Elle n'arrête pas de tenter de la contacter. Je lui ai dit que ce n'était pas la peine, mais…

Je comprenais les craintes de la jeune femme et ne pouvais que compatir. Cependant, à mon avis, la découverte du téléphone d'Eve dans cette ruelle n'augurait rien de bon.

— Peut-être qu'elle l'a simplement laissé tomber là ? suggéra Ethan. Oliver a bel et bien appelé Rose il n'y a pas très longtemps. Avec un peu de chance, tout cela n'est qu'un quiproquo.

Ethan parlait sur un ton optimiste, sans doute afin de rassurer Noah. Et il avait raison. Nous ignorions totalement comment le téléphone de Rose était arrivé là, même si sa présence confirmait le fait qu'Eve s'était trouvée dans la ruelle. Cela étant, la disparition du jeune couple apparaissait de moins en moins comme un acte volontaire.

— Il semble peu probable qu'elle l'ait simplement oublié là, objecta Noah.

Il se passa la main sur le visage, l'air soudain épuisé.

La sonnerie cessa, laissant l'allée silencieuse… et quelque peu lugubre.

— L'un de vous aurait-il un mouchoir ? demanda Ethan. Nous avons intérêt à le transmettre au bureau du Médiateur – ils ont des relations –, mais il vaudrait mieux éviter de risquer de détruire d'éventuelles preuves.

Il avait raison. Le téléphone pouvait porter des empreintes digitales ou du matériel biologique susceptible de nous aider à déterminer ce qui s'était passé.

— J'ai un bandana, annonça Noah en tirant de sa poche un foulard aux motifs camouflage qu'il me tendit.

Je m'en servis pour ramasser le portable avec précaution. En profitant pour collecter d'autres indices, je retournai vers les débris de verre et en recueillis un morceau que j'enveloppai délicatement dans le tissu.

— Je vais donner ça à Jeff Christopher, dis-je à Noah. Il vérifiera la liste d'appels du téléphone d'Eve. Peut-être que cela nous renseignera sur l'endroit où elle se trouve.

Jeff, un génie de l'informatique adorable et un peu excentrique, faisait partie des employés officieux de mon grand-père. Également métamorphe, il était membre de la Meute des Grandes Plaines. L'équipe de mon grand-père comprenait aussi Catcher, un sorcier indépendant, Marjorie, la secrétaire, et un vampire affilié anonyme dont je n'avais pas entendu parler depuis un moment. Ensemble, ils surveillaient les allées et venues des surnaturels et nous aidaient à gérer les diverses crises que nous traversions. Depuis que leur bureau avait été fermé par le maire, ils travaillaient au domicile de mon grand-père.

Un chat noir bondit sur le mur de la propriété voisine. Après nous avoir jeté un regard circonspect, il trottina en direction de la benne à ordures, sans doute à la recherche d'un petit en-cas. Inconscients du danger, des oiseaux commencèrent à chanter, entonnant une joyeuse mélodie qui annonçait l'imminence de l'aube.

Je levai la tête vers le ciel. À l'est, l'horizon se teintait d'une pâle lueur. Le soleil pointerait bientôt, ce qui signifiait qu'il ne nous restait plus beaucoup de temps. Les vampires et la lumière du jour ne faisaient pas bon ménage ; toute exposition avait des conséquences fatales.

— Nous avons moins d'une heure avant l'aube, déclara Ethan en consultant sa montre. Nous devrions rentrer à la Maison.

— Le monde continue de tourner, commenta Noah.

— C'est vrai, approuva Ethan. Espérons qu'il tourne aussi pour Oliver et Eve. (On regagna l'entrée de la ruelle, suivis par le gazouillis des oiseaux.) Nous les retrouverons.

Noah hocha la tête, sans pourtant paraître convaincu.

—Je l'espère. Ce sont des jeunes sympas.

—Je n'en doute pas, affirma Ethan.

Ils se serrèrent la main, puis Noah s'éloigna en direction de sa voiture tandis que nous montions en silence dans la Bentley.

—Tu crois vraiment qu'on va les retrouver ? demandai-je sans oser exprimer ma crainte de les découvrir trop tard.

—Je ne sais pas, répondit Ethan. Mais nous ferons tout notre possible.

Bien entendu. Mais cela suffirait-il ?

Je possédais des preuves susceptibles de nous conduire à Eve et Oliver, mais j'allais bientôt être réduite à l'inactivité. Le soleil représentait notre ultime faiblesse, provoquant une allergie qui nous condamnait à une vie nocturne. Vu que nous étions en hiver, notre enquête resterait au point mort pendant les neuf prochaines heures.

En revanche, les employés du Médiateur, eux, étaient en mesure d'affronter la lumière du jour, même s'ils adoptaient souvent les horaires tardifs des surnaturels. J'utilisai donc les gadgets électroniques dont était équipée la voiture d'Ethan pour composer le numéro de Jeff, espérant qu'il compatirait à nos tourments.

—Yo, lança la voix de Jeff depuis l'impeccable système stéréo de la Bentley.

—Salut, c'est Merit.

—Merit. Tu as enfin décidé de plaquer le zéro pour sortir avec le héros ?

Ethan se racla la gorge – bruyamment – pendant que je réprimais un sourire. Je ne voyais rien de mal à rappeler à Ethan que je disposais d'autres options. Même s'il s'agissait d'options un peu particulières que je ne sélectionnerais jamais.

—Jeff, tu es sur le haut-parleur de la voiture d'Ethan. Il conduit.

S'ensuivit un silence gêné.

— Et par «zéro», s'empressa de rectifier Jeff, je voulais dire, tu sais, euh… Tu devrais commencer à supporter les White Sox. Go, Sox, ajouta-t-il sans grande conviction, sachant très bien que j'étais une fan notoire des Cubs et que je nourrissais pour mon équipe préférée un amour indéfectible.

— Bonjour, Jeffrey, lança Ethan d'un ton sec.

Jeff émit un rire nerveux.

— Oh, salut, Ethan. Tiens, voilà Catcher. Catcher, pourquoi tu ne viendrais pas te joindre à nous ?

— Vampires ? demanda la voix lointaine du sorcier.

— Ethan et Merit, confirma Jeff.

Catcher laissa entendre un son sarcastique situé quelque part entre le reniflement et le grognement ; impossible de le déterminer au téléphone.

— Quelque chose ne va pas ? l'interrogeai-je.

— J'ai une nymphe des rivières qui panique au sujet d'une modification du zonage à Goose Island, et une autre qui a peur qu'un magasin d'Oak Street vende une paire d'escarpins de créateur avant qu'elle ait le temps d'aller les chercher. Parce que c'est notre boulot : servir d'assistants personnels aux surnaturels de Chicago.

Catcher parlait avec amertume, et je compatissais. Les nymphes des rivières étaient de petites demoiselles apprêtées et plantureuses qui contrôlaient les flots de la Chicago River. Elles avaient une fâcheuse tendance au mélodrame, qu'elles aimaient jouer en public à grand renfort de piaillements et autre crêpage de chignon. Si Catcher n'appréciait pas particulièrement écouter leurs disputes, mesquines ou non, il rendait service à tout le monde en les gardant à l'écart des médias, même si ça le rendait grognon. Et il était déjà plutôt grincheux de nature.

— Désolée pour toutes ces scènes, déclarai-je. Et sans vouloir t'accabler davantage, on a un problème. Deux des Solitaires de Noah, Oliver et Eve, ont disparu.

— Nous venons de quitter l'endroit où ils ont été aperçus pour la dernière fois, ajouta Ethan. Près du centre d'enregistrement de Little Italy.

— Vous avez trouvé quelque chose ? s'enquit Catcher.

— Ce qui ressemble à du verre de sécurité et le téléphone d'Eve, répondis-je. On a interrogé le portier de l'immeuble d'en face. Il a vu Oliver et Eve entrer dans le bureau, en ressortir et approcher une voiture dans la ruelle voisine. Il ne nous a donné aucune information sur la marque ou le modèle ; il a juste vu la lumière des phares. Oliver et Eve n'ont pas reparu ensuite. Nous n'avons rien trouvé d'autre que le verre et le portable.

— Je ne suis pas sûr que ce soit bon signe, commenta Catcher.

— Moi non plus, concédai-je. Mais au moins, ce sont des indices. Le soleil se lève, nous rentrons à la Maison. Est-ce qu'il y aurait moyen que vous demandiez à vos contacts au sein de la police de les examiner dans la journée ? Nous préférerions ne pas attendre ce soir.

— Chuck devra sans doute solliciter une faveur, mais on s'en occupe. Vous pourriez peut-être les laisser aux fées ?

Je jetai un coup d'œil à Ethan, cherchant son approbation. Il hocha la tête.

— D'accord.

— C'est noté, confirma Catcher. Vous savez autre chose au sujet de ces vampires ?

— Ce sont des jeunes plutôt discrets originaires de Kansas City, révéla Ethan. Ils semblent être bien intégrés aux Solitaires et sont appréciés.

— Pas d'ennemis ? s'étonna Catcher. Même s'ils avaient décidé de s'enregistrer ?

— Nous nous sommes posé la même question, répondit Ethan. S'ils en avaient, nous l'ignorons.

— En tout cas, désolé d'apprendre leur disparition. Je ne les connaissais pas, mais si c'étaient des amis de Noah, je suis sûr que c'étaient des gens bien.

Il parlait d'eux au passé, comme si leur sort était couru d'avance. Mais je refusais de m'avouer vaincue.

— On te rappellera dès que le soleil se sera couché, affirmai-je. Si tu découvres un élément susceptible de nous apprendre où ils se trouvent, tu auras droit à une récompense.

— Quel genre de récompense ?

Voilà le problème avec les propositions impulsives.

— Euh, je vous commanderai des pizzas ?

— Double garniture de viande et c'est d'accord, répliqua Catcher.

— Marché conclu, dis-je.

Les accents guillerets d'une chanson country – qui parlait de faire la fête après de longues heures de travail de nuit – jaillirent soudain des enceintes, emplissant l'habitacle.

Catcher marmonna un juron, puis la musique s'arrêta. Le silence n'empêchait pas les questions.

— C'était la sonnerie de ton téléphone ? demandai-je, à la fois réconfortée et amusée par l'étrange paradoxe Catcher Bell.

Bien bâti et bourru, c'était un expatrié de l'Ordre, le corps dirigeant des sorciers l'ayant exclu de ses rangs. C'était également le protecteur de Mallory – du moins jusqu'à son épisode de misanthropie magique –, un amateur de films à l'eau de rose et, à ce qui semblait, un fan de musique country.

Je n'avais rien contre la country. C'était juste que Catcher n'admettrait jamais aimer ce genre de chansons. Sauf qu'il en avait fait sa sonnerie, bon sang, ce que pouvaient attester deux autres témoins.

Parfois, il y avait de la justice en ce bas monde, même si elle se réduisait à quelques notes d'un morceau de pop country du Top 50.

— Tu es un fan de musique country, on dirait ? lançai-je.

— Ne commence pas, grommela Catcher. La nymphe de la branche sud m'appelle ; je dois lui parler. On se recontacte ce soir.

Il raccrocha avant que j'aie eu le temps de répondre. Ou de le taquiner encore un peu au sujet de la sonnerie de son téléphone.

— Tu vas t'en servir contre lui, je me trompe ? demanda Ethan.

— Autant que possible, confirmai-je.

Nos affaires réglées avec le bureau du Médiateur, j'envoyai un texto à Jonah – mon partenaire au sein de la GR – afin de l'informer que Noah nous avait impliqués dans l'enquête. Mon équipier faisant partie des amis et collègues gardes rouges de Noah, ce dernier avait dû lui annoncer la disparition des deux vampires. Cependant, je devais prévenir Jonah que nous avions pour ainsi dire accepté cette mission.

« Demande-moi si besoin aide », écrivit-il en réponse.

Je le lui promis, mais notre conversation ne se termina pas là.

« Initiation GR imminente. Détails + tard. »

Je gardai les yeux rivés sur son message pendant un moment, le cœur battant sous l'effet d'un soudain accès de nervosité. J'avais certes toujours su que cette cérémonie aurait lieu tôt ou tard, mais j'ignorais quand au juste. C'était moins le rituel en lui-même que l'engagement envers la GR qui me rendait anxieuse. Ma relation avec Ethan décollait à peine, et notre Maison se trouvait dans une situation précaire. Je croyais en la mission de la Garde Rouge – tenir à l'œil le Présidium de Greenwich ainsi que les Maîtres –, à présent plus que jamais. Mais cela n'atténuait en rien mon malaise à l'idée de me lier avec cette organisation par des serments officiels et inviolables.

—Un problème? demanda Ethan en me glissant un regard en coin.

—Rien que je ne sois pas capable de gérer, répondis-je en rangeant mon téléphone.

J'espérais dire la vérité.

Une seule crise à la fois, pensai-je.

Je me répétais souvent cette phrase. Malheureusement, notre monde ne fonctionnait pas de cette façon.

La Maison Cadogan comptait trois niveaux aussi chics les uns que les autres, garnis de mobilier luxueux et richement décorés. Les appartements d'Ethan – nous les partagions, mais ils reflétaient sa personnalité – se situaient au deuxième étage.

Dans l'escalier, on croisa Malik, qui s'apprêtait également à aller se coucher. Chacun fit un compte-rendu de sa soirée. Après qu'Ethan lui eut raconté notre visite dans la ruelle, Malik nous parla de la fête.

—Bravo pour le choix du traiteur, le repas était excellent, et tout le monde s'est montré plutôt amical. Mais votre absence a été remarquée. L'ambiance est un peu retombée après votre départ.

—C'est ce que je craignais, commenta Ethan. Deux familles organisent une soirée, et leurs chefs s'éclipsent en plein milieu? Ce n'est pas un signal très positif.

—Les Solitaires sont au courant de la possible disparition d'Eve et Oliver. Certains s'inquiètent pour leurs amis et sont soulagés de voir que nous nous impliquons dans cette affaire. D'autres redoutent de se faire entraîner dans les intrigues politiques de Cadogan.

Ethan leva les yeux au plafond, comme exaspéré par cette remarque.

—Nous faisons de la politique parce que nous y sommes contraints, précisa-t-il. Si les vampires se contentaient d'agir de manière appropriée, nous n'en aurions pas besoin. (Il se tourna vers moi.) Nous devrions écrire ça sur un tee-shirt.

—Ce n'est pas vraiment un slogan accrocheur, mais je devrais pouvoir le faire.

—J'en suis sûr. Quoi qu'il en soit, Malik, merci de t'être chargé de la soirée.

—De rien, Sire.

Ethan grimaça à la mention de son titre.

—S'il te plaît, arrête de m'appeler comme ça. Tu es toujours le Maître officiel de cette Maison.

—Oh, je sais. Mais comme Merit, ça m'amuse de t'agacer.

Lorsque Malik eut disparu dans le couloir, Ethan posa sur moi un regard accusateur.

Je haussai les épaules d'un air innocent.

—Je n'y peux rien si les gens me considèrent comme un exemple.

Poussant un soupir, Ethan me prit par la main et m'entraîna dans l'escalier jusqu'au deuxième étage, souhaitant bonne nuit aux vampires que nous rencontrions.

Luc se dirigeait vers la chambre de Lindsey, qui se trouvait non loin de celle d'Ethan. Vu l'adoration que trahit son regard lorsqu'elle lui ouvrit la porte – et si on ne tenait pas compte de son chignon négligé et de la couche de matière visqueuse verdâtre étalée sur son visage –, ils semblaient filer le parfait amour.

— Masque à l'avocat, expliqua-t-elle avant que je l'aie interrogée. C'est génial pour la peau.

— Tu as préparé du guacamole et tu en avais trop, c'est ça ?

— Ma copine la salade, lâcha Luc. Miam.

— Essayez de rester discrets, lança Ethan d'un ton débonnaire avant de poser une main dans mon dos et de me conduire doucement dans le couloir. Et ne me regarde pas comme ça, ajouta-t-il à mon intention avec un gloussement. Ce sont tes amis.

— Ce sont tes gardes.

— Je ne les ai pas engagés pour leur sens de l'humour. C'est pourquoi le poste de Sentinelle te convient mieux. Les gardes sont supposés se montrer obéissants.

Là, il me tendait une perche.

— Et pas la Sentinelle ? demandai-je avec un sourire. Parce que si tu es prêt à admettre que je ne suis pas soumise à ton autorité, je t'écoute attentivement.

Il glissa sa main dans la mienne.

— N'exagère pas.

Cette soirée n'avait pas été des plus agréables ; j'étais reconnaissante des petits détails qui me rappelaient que nous étions chez nous.

J'utilisai ma propre clé, que j'avais passée dans le même anneau que celle de ma Volvo et celle de la maison de mon grand-père, pour ouvrir la porte. Bien entendu, Ethan possédait la sienne, mais il m'accorda ce cérémonial.

Sa posture changea dès qu'il franchit le seuil : ses épaules se détendirent, comme libérées du poids du pouvoir et de l'autorité.

Sa suite comprenait trois pièces : un salon, une chambre et une salle de bains. À l'instar du reste de la Maison, la décoration évoquait une sorte d'élégance européenne, avec de hauts plafonds ornés de moulures et de coûteuses peintures aux murs.

Le salon était baigné de la lueur chaleureuse des lampes et des bougies préparées pour notre arrivée. Les halos lumineux contrastaient avec l'obscurité opaque enveloppant les recoins de la pièce. Les meubles, de taille imposante, étaient faits de bois sombre. J'imaginais sans peine Marie-Antoinette regagner des appartements similaires au terme d'une nuit de divertissement à la française.

Une partie du salon était consacrée aux souvenirs accumulés durant les siècles de l'existence vampire d'Ethan. Des runes et des armes étaient exposées sur une table, et une grande vitrine contenait un œuf d'or, d'émail et de pierres précieuses autour duquel était lové un dragon aux yeux de rubis. Derrière la paroi de verre et sous le rayon lumineux qui l'éclairait, ses gemmes scintillaient d'un éclat magique.

Cet œuf avait été offert à Peter Cadogan, le Maître éponyme de la Maison, par un membre de l'aristocratie russe qui se trouvait également être une fée. J'ignorais la raison expliquant un tel présent, hormis un vague « service » que Peter aurait rendu, mais l'œuvre d'art était d'une beauté indéniable.

Comme je vivais moi aussi dans cette suite, Margot avait laissé un en-cas à mon intention à côté de la boisson destinée à Ethan sur le plateau qu'elle avait posé sur une table basse. J'avais droit à une truffe au chocolat, Ethan à une bouteille d'eau pétillante. Découvrir une petite douceur en rentrant chez soi à la fin de la nuit n'avait rien de déplaisant.

Cela dit, l'aspect le plus remarquable de nos soirées n'était pas ces agréables raffinements, mais le simple fait que nous soyons ensemble. J'avais défié Ethan après avoir appris qu'il m'avait transformée en vampire. Nous avions entretenu une relation tendue et chaotique, et le bref épisode de sa mort n'avait rien arrangé. J'avais encore du mal à croire que nous avions fini par former un couple qui semblait fonctionner. Ethan était un stratège politique, un homme têtu qui voulait toujours tout régenter, et, de temps à autre, son côté autoritaire pouvait se révéler agaçant. Mais il aimait ses vampires, et, assurément, il m'aimait, moi. Alors, j'essayais de profiter avec reconnaissance de tous les petits moments que nous avions l'occasion de partager, même les plus simples, tels ceux qui accompagnaient notre rituel du coucher, comme se brosser les dents, enfiler son pyjama ou planifier le lendemain.

Ethan disparut à l'intérieur de son dressing, qui était aussi vaste que mon ancienne chambre et aussi élégamment aménagé que le reste de la suite.

Je me débarrassai de mes bottes d'un coup de pied et jetai ma veste sur le lit – je trouvais également très agréable d'avoir quelqu'un qui s'occupait du ménage à ma place tous les jours – avant de me laisser tomber au milieu du matelas, allongée sur le dos. Je m'enfonçai dans les draps frais et moelleux, et fermai les yeux.

—Bon, ta première soirée en tant qu'organisatrice n'a pas été un complet succès, lança Ethan depuis sa penderie.

—Je ne peux pas surveiller tous les Solitaires.

—C'est vrai. Tu arrives à peine à te surveiller toi-même.

Je poussai un soupir faussement exaspéré avant de me lever et me diriger vers le dressing, que j'aurais pu compter comme une pièce supplémentaire. Le sol était couvert d'une épaisse moquette et les murs garnis d'étagères en merisier.

Vestes, pantalons, chaussures, cravates et manteaux étaient suspendus dans différentes sections qui leur étaient consacrées, tandis que des tiroirs accueillaient le linge plié. Ethan m'avait gracieusement libéré de la place dans chaque partie de la penderie, même si ma modeste garde-robe n'en nécessitait pas autant.

Au centre, le dressing était pourvu d'un espace de rangement qui ressemblait à un luxueux meuble européen et d'une banquette en cuir permettant de s'asseoir pour changer de vêtements ou mettre des chaussures. Des miroirs occupaient les surfaces vacantes, et des luminaires sur rails éclairaient l'ensemble à la manière d'un décor parfaitement agencé de *Vogue*.

Ethan portait un costume presque toutes les nuits, expliquant la quantité de vestes noires taillées sur mesure et de pantalons à l'intérieur du placard. Cependant, la qualité du tissu et de la coupe ne parvenait à égaler l'artefact accroché à la paroi du fond, dans une alcôve, une peinture tourmentée de Van Gogh entourée d'un cadre ouvragé plaqué or. Elle représentait un paysage au crépuscule, un champ de blé doré surmonté d'un ciel sombre indigo voilé de tourbillons de nuages illustrant la touche personnelle de l'artiste.

Je m'adossai au chambranle et croisai les bras pour la contempler. Il s'agissait d'un tableau assez simple et de dimensions modestes, une dizaine de centimètres de côté à peine. Mais il émanait de cette scène une sorte de profondeur qui m'attirait… un peu comme le vampire qui se déshabillait à côté.

Ethan ne portait rien d'autre qu'un caleçon, son long corps mince exposé à mon regard concupiscent. Il était facile de l'admirer d'un point de vue purement esthétique. Il évoquait une sculpture, avec ses lignes parfaites, ses muscles finement dessinés et sa peau dorée qui aurait dû depuis longtemps céder la place à la pâleur vampire. Et il arborait à la cheville un mystérieux tatouage qu'il refusait d'expliquer, même à moi.

Heureusement qu'il n'avait aucune idée du contrôle que je devais exercer sur moi-même quand il se tenait à proximité. Mais étant donné le regard entendu qu'il me lança lorsque nos yeux se croisèrent, peut-être en avait-il conscience.

Je fermai les yeux pour reprendre mes esprits. Aussi fascinant fût-il, nous avions des problèmes plus urgents à gérer.

— Quel est ton avis au sujet d'Oliver et Eve? demandai-je.

— Les hypothèses sont tellement nombreuses qu'il est difficile d'échafauder une théorie pour l'instant. Il pourrait s'agir d'une simple méprise. Ou peut-être qu'Oliver et Eve ont subi un quelconque affront et ont préféré ne pas contacter Noah et les autres pendant un moment.

— Il est possible qu'ils se soient disputés avec certains Solitaires au sujet de leur décision de se faire enregistrer. Leur choix n'a pas dû plaire à tout le monde.

— Et le téléphone d'Eve dans la ruelle? interrogea Ethan.

— Elle l'a peut-être jeté de colère? Genre «je suis furieuse qu'ils soient en colère contre moi sans raison»? ajoutai-je en feignant de lui envoyer violemment un objet à la figure.

Ethan éteignit la lumière du dressing et se dirigea vers moi en arquant un sourcil.

— En tout cas, j'espère que tu es capable de meilleurs lancers. Celui-là était plutôt pathétique.

Sa tentative d'humour, sa volonté de conclure notre nuit autrement que sur une note de peur et de découragement, me fit sourire. Le soleil se levait, et nous ne pourrions rien faire pour Oliver et Eve tant qu'il ne se serait pas couché.

Nous pouvions cependant être nous-mêmes et goûter avec joie quelques moments de paix et de solitude dans ce foyer que nous avions créé ensemble.

— Tu serais incapable de reconnaître un bon lancer si tu en voyais un. Et mes prouesses athlétiques sont inégalées.

Ethan se figea, toujours aussi agaçant avec son sourcil arqué, et s'appuya d'une main contre l'encadrement de la porte en se penchant sur moi.

— Tes prouesses athlétiques ?

— Tout à fait, répondis-je, utilisant l'une de ses répliques favorites. Je connais tous les mouvements qu'il y a à savoir.

Avec un regard assez brûlant pour me faire totalement fondre, il me saisit la main, puis plaqua fermement mon corps contre le sien.

— D'accord, tu les connais aussi, concédai-je, les paupières lourdes sous l'effet de l'aube… et de ses mains sur mes reins qui me pressaient davantage contre lui.

— Tu cèdes si facilement, Sentinelle, susurra-t-il.

Il me fit reculer en direction du lit, laissant planer peu de doutes quant à ses intentions. Il s'était transformé en prédateur dominant… et il était prêt à passer à l'action.

Les mains posées sur mes hanches, il s'empara de mes lèvres en un baiser intense, presque brutal. Il s'agissait d'une preuve de son excitation, et également d'autre chose. De ses sentiments pour moi, sans doute. De la frustration qu'il éprouvait, aussi, probablement.

Mes jambes heurtèrent le rebord du lit. Déséquilibrée, je vacillai, mais il me maintint debout.

— J'ai l'avantage, affirma-t-il.

— Je n'essaie pas de résister.

— Dans ce cas, il n'y a aucune raison de jouer les timides, déclara-t-il en glissant un bras derrière mes genoux avant de me jeter sur les draps.

Il s'étendit sur moi. Les battements de mon cœur s'accélérèrent, tout comme les pulsations du sang dans mes veines. C'était comme si mon corps reconnaissait le sien, son odeur, sa magie, et anticipait sa morsure. Comme si nos natures vampires étaient connectées à un niveau biologique indépendant de notre volonté et de notre esprit, comme si le prédateur en chacun de nous avait trouvé son âme sœur.

Je me redressai pour lui rendre son baiser, bien décidée à profiter de tout ce qu'il m'offrait. De tout ce qui m'avait manqué et que je n'avais vraiment commencé à apprécier qu'une fois qu'il avait disparu, vaincu d'un pieu dans le cœur.

Le jour pointait, accompagné de la torpeur accablante qui touchait tous les vampires. Je luttai contre le sommeil en pressant ma peau contre celle d'Ethan, en épousant les mouvements de son corps et, alors que l'aube nimbait l'horizon d'une couronne d'orange et d'or, je m'effondrai sur le matelas et dormis lovée contre lui jusqu'à ce que le soleil se couche de nouveau.

4

Horaires de visite

Je me réveillai dans les bras d'Ethan, tirée du sommeil par le bruissement accompagnant l'ouverture des volets automatiques qui obstruaient les fenêtres.

— Bonsoir, dit Ethan en déposant un baiser sur mon épaule dénudée.

Je poussai un grognement et enfouis de nouveau mon visage dans mon oreiller. Il faisait froid dans la chambre, et j'étais enlacée par un homme puissant et séduisant. Rien ne m'incitait à sortir du lit… hormis mon devoir à l'égard de la Maison et mon amitié pour Noah. Des vampires avaient disparu ; le travail m'attendait. Première tâche sur la liste ? Appeler Catcher pour savoir s'il avait découvert quelque chose.

Je m'assis à contrecœur et écartai les cheveux de mon visage, les rassemblant en une lâche torsade que je repoussai sur ma nuque. Ils n'y resteraient pas, mais, au moins, j'aurais le temps de me lever sans être aveuglée par un rideau de mèches.

Ethan s'adossa à la tête de lit pour consulter les messages qu'il avait reçus sur son téléphone.

— Du nouveau ? demandai-je.

— Les fées ont confirmé que Catcher avait récupéré le paquet que nous leur avions confié. Et j'ai des nouvelles de l'équipe de transition. Je les ai invités à la Maison, tu sais. J'ai pensé qu'il serait préférable de les réunir en personne. Et, pour être franc, j'espère que leur présence nous tiendra à l'abri des éventuelles manigances de Darius.

Je hochai la tête.

— Le journal de la salle des opérations indiquait que des gens nous rendraient visite, sans entrer dans les détails. Je suppose que leur voyage n'était pas encore tout à fait organisé.

Luc préparait à l'intention des gardes des rapports quotidiens concernant l'activité de la Maison. Les contraintes liées à la lumière du soleil compliquaient souvent les déplacements des vampires.

— Qui s'est occupé des invitations officielles ? questionnai-je.

— Paige, qui a conquis le cœur du bibliothécaire.

— Comme je l'avais prédit.

La Maison abritait une sublime bibliothèque gérée par un homme cultivé, quoiqu'un peu grognon. Paige, une sorcière rousse qui s'était trouvée impliquée dans le saccage provoqué par Mallory dans le Midwest, avait séjourné à Cadogan après que Dominique Tate eut réduit sa demeure en cendres en guise de représailles. Elle avait récemment loué un appartement – au deuxième étage d'un immeuble sans ascenseur également situé à Hyde Park –, mais restait une visiteuse assidue de la Maison… et du bibliothécaire. Tous deux grands amateurs de livres et de savoir, ils étaient rapidement tombés amoureux l'un de l'autre.

— Mmh-mmh, marmonna Ethan d'un ton évasif. Ils recherchent des précédents dans les ouvrages de la bibliothèque concernant la Décertification.

— Des précédents ? m'étonnai-je.

— Tu ne seras sans doute pas surprise d'apprendre que les membres du PG sont à cheval sur les règles, répondit-il avec aigreur. (Bien sûr ; il énonçait une évidence.) Et celles-ci sont nombreuses. Les Décertifications restent rares. Ce n'est arrivé que deux fois depuis la fondation du PG. Le problème, c'est que quand le Présidium se sépare d'une Maison, il n'a pas pour habitude de dire poliment au revoir et de reprendre le cours de ses affaires. Paige et le bibliothécaire étudient les autres cas afin de déterminer si le PG avait orchestré certaines manœuvres qu'il serait tenté de répéter. Notre conseiller financier fait également partie de l'équipe, ainsi qu'un consultant en sécurité, Michael Donovan. Nous l'avons chargé de nous fournir une analyse objective de nos protocoles de sécurité. Luc et moi communiquons avec lui depuis plusieurs semaines, mais il semblait approprié de l'inviter à prendre part à la bataille finale, pour ainsi dire.

Luc ne m'avait pas parlé de ce Michael Donovan, ce qui me conduisait à me demander s'il était vexé qu'un consultant ait été engagé pour juger son travail. Mais c'était Ethan le patron. Du moins officieusement.

— Ça me paraît une bonne idée. (Ethan devint soudain étrangement silencieux.) Qu'est-ce qu'il y a ? l'interrogeai-je en arquant un sourcil.

— Lacey fera partie des invités.

Lacey Sheridan, la Maîtresse de la Maison Sheridan de San Diego, une blonde élancée avec de longues jambes que toute femme envierait, était sortie avec Ethan par le passé. Elle était venue une fois à Cadogan depuis mon intronisation, occasion au cours de laquelle elle m'avait clairement fait comprendre qu'elle avait l'intention de renouer leur relation. Si Ethan avait évolué, au grand désarroi de Lacey, elle n'était pas prête à renoncer à lui.

Cette attirance s'expliquait sans doute en partie par le fait qu'Ethan avait transformé Lacey en vampire et l'avait formée à diriger sa propre Maison. Parmi les « enfants » vampires d'Ethan, elle était la seule à avoir accédé au statut de Maître. Les États-Unis ne comptant que douze Maisons, cela faisait d'elle une alliée précieuse.

D'un autre côté, Ethan savait bien que Lacey n'avait pas vraiment contribué à nous rapprocher par le passé, d'où mon interrogation sur ses motivations réelles. Pourquoi sa présence était-elle soudain devenue vitale?

— Darius et elle entretiennent des liens d'amitié privilégiés, précisa Ethan, comme s'il avait deviné mes inquiétudes.

— Une amitié romantique?

— Non. Plus une affinité. Une complicité. Ils se ressemblent beaucoup, tous les deux.

Je trouvais Darius snob et pointilleux, et les vampires Cadogan appelaient Lacey la Reine des glaces. Elle était aussi stylée et posée qu'Ethan, sans sa personnalité attachante. Le fait que Darius et elle s'entendent bien ne semblait finalement pas si étrange que cela.

— Darius est de la vieille école, poursuivit Ethan. En défiant l'autorité du PG, nous défions la sienne. En devenant des Solitaires, nous devenons tout ce qu'il déteste: des marginaux et des traîtres. J'espère que la présence de Lacey – qu'il considère plus ou moins comme une alliée – atténuera ses velléités dictatoriales.

Ethan se passa les mains dans les cheveux puis les croisa derrière sa nuque et s'adossa de nouveau à la tête de lit. Il semblait soucieux et n'avait visiblement pas conscience que la tension qui l'habitait contractait les muscles de son torse, le faisant d'autant plus ressembler à un mannequin à la moue songeuse posant pour une publicité vantant les mérites d'une marque de parfum.

Son raisonnement se tenait. Inviter Lacey paraissait tout à fait justifié. Cette idée ne me plaisait guère – disons plutôt que Lacey ne me plaisait guère –, mais j'étais une adulte.

—D'accord, conclus-je.

Il me considéra d'un air suspicieux.

—D'accord?

—D'accord, répétai-je avec un sourire. J'apprécie ton honnêteté. Lacey ne m'inspire pas une grande confiance, mais je la supporterai.

—Pourquoi ne t'inspire-t-elle pas confiance?

Je décelai de la crainte dans ses yeux; il redoutait que je le croie capable d'infidélité. Mais ce n'était pas lui qui m'inquiétait.

—Elle est toujours amoureuse de toi.

—Elle n'est pas amoureuse de moi, rétorqua-t-il, avec toutefois une pointe de rose sur les joues.

—Je t'assure que si, et elle serait ravie de se débarrasser de moi pour te récupérer.

Il parut vaguement amusé… et flatté. Cette révélation avait dû toucher son ego masculin.

—Et qu'est-ce qui te pousse à croire ça?

—Elle te dévore tout le temps des yeux, elle boit chacune de tes paroles… et elle me l'a dit.

—Elle te l'a dit? répéta-t-il, apparemment surpris.

—Oui.

Peut-être pas en des termes aussi précis, mais elle me l'avait clairement laissé entendre.

—Merit, Lacey vit à la Maison Sheridan depuis des années. Elle est l'unique Maîtresse d'une ville qui abrite des centaines de vampires et – je le dis sans aucun intérêt personnel – c'est une femme très séduisante. Je t'assure qu'elle doit avoir l'embarras du choix parmi ses prétendants.

Peut-être, mais c'est toi qu'elle veut, songeai-je. Je gardai cependant cette réflexion pour moi. S'il se montrait effectivement assez naïf pour ne pas remarquer les sentiments qu'elle éprouvait pour lui, cela me rendait sans doute service.

Ce serait plus difficile pour elle de l'attirer dans ses filets s'il ne la considérait pas sous un jour romantique.

— Bon, d'accord.

Ethan me dévisagea. Il scruta mon expression, vérifiant si ce « d'accord » devait être compris au sens masculin du terme – « d'accord » – ou au sens féminin – « c'est peut-être d'accord ; ça dépend de ce que tu vas dire ensuite ».

— Tu es sincère, conclut-il.

— Oui. Je me méfie d'elle, mais je te fais confiance. (Je posai ma main sur la sienne.) De plus, je sais que tu es inquiet au sujet de la Maison, de Darius et du PG. Fais ce que tu as à faire. Je survivrai.

Sans prévenir, il se jeta sur moi et m'enveloppa de son corps, me transmettant sa chaleur. Depuis ma transformation en vampire, je souffrais souvent du froid. Ethan Sullivan était de loin la meilleure couverture dont une fille puisse rêver.

— Quand est-ce qu'ils arrivent ? murmurai-je.

— Pas avant plusieurs heures.

Il me mordilla le cou et m'attira tout contre lui, me suggérant de quelle manière il avait l'intention de passer ce laps de temps.

Malheureusement, ce n'était pas possible pour moi.

— Tu as du travail, et je dois y aller. On a des vampires portés disparus et un Médiateur qui a sans doute déjà laissé une demi-douzaine de messages sur mon téléphone.

— Ça devrait t'occuper toute la nuit, commenta-t-il.

Le poids de son corps toujours sur le mien, je m'étirai pour attraper mon portable posé sur la table de chevet. Aucun appel manqué, et rien sur mon répondeur, ce que je trouvai étrange, mais le soleil n'était couché que depuis quelques minutes. Peut-être Catcher n'avait-il pas jugé utile de me laisser un message que je n'aurais pas pu consulter avant le crépuscule.

—Si je n'essuie pas une attaque de zombies en prime.

—Une attaque d'humains me semble plus probable qu'une attaque de zombies, répliqua Ethan.

—Bah, c'est pareil. Dans tous les cas, ce serait à leurs risques et périls. Hé, lançai-je en lui tapotant la poitrine du doigt. Que crient des zombies lors d'une manifestation ?

—Grrraaahhrr ? tenta-t-il dans une imitation étonnamment convaincante du zombie au regard vide.

—Non, mais c'était vraiment bien. Je suis impressionnée.

—J'ai été mort un moment.

—C'est vrai. Bon, bref, les manifestants sont très énervés, et ils scandent : « Que voulons-nous ? Des cerveaux ! Quand les voulons-nous ? Des cerveaux ! »

Je partis d'un grand éclat de rire tout à fait justifié ; Ethan, pour sa part, ne semblait pas vraiment convaincu.

—J'espère sincèrement que le salaire que nous te versons ne sert pas à inventer ce genre de blagues.

—Il sert à acheter de la viande fumée pour pallier le piètre choix proposé par cette Maison.

—Il existe sans doute un programme en douze étapes destiné à guérir de l'addiction à la viande, et je suppose que la première consiste à admettre que l'on a un problème.

—Aimer la viande fumée n'est pas un problème. C'est un droit imprescriptible. Surtout pour ceux qui ont des crocs. Bon, lançai-je en lui donnant une claque sur les fesses. Allons-y. Je dois m'habiller, et toi aussi.

Mais il ne bougea pas ; au lieu de ça, il prit mon menton entre le pouce et l'index.

—Sois prudente.

—Oui, Sire, dis-je docilement.

Ethan se tourna sur le flanc pendant que je descendais du lit pour me diriger vers la salle de bains. Je marquai une pause sur le seuil pour lui décocher un clin d'œil.

— Et essaie de garder tes mains dans tes poches.

Son sourire s'élargit.

— Michael Donovan est un homme séduisant, Sentinelle. Mais je ferai de mon mieux.

Ethan Sullivan, comique notoire.

Je me lavai, m'exfoliai le corps à l'éponge végétale et me fis un rapide shampoing, passant moins de temps que je l'aurais souhaité sous le jet puissant de la douche d'Ethan. Une fois assez propre à mon goût, je me séchai les cheveux à l'aide d'une serviette puis les nouai en queue-de-cheval haute – ma coiffure habituelle – et démêlai ma frange.

Ethan se glissa dans la salle de bains pendant que je retournais m'habiller dans la chambre. Je n'hésitai pas longtemps sur le choix de mes vêtements : pantalon en cuir, tee-shirt à manches longues, veste en cuir et bottes. Un ensemble qui me protégerait du froid tout en me permettant de combattre… si jamais cela s'avérait nécessaire.

Je portais déjà autour du cou le médaillon doré sur lequel étaient inscrits mon nom et mon titre, signe de mon appartenance à la Maison Cadogan. Je glissai une dague effilée – cadeau d'Ethan dont la garde comportait un disque similaire à mon pendentif – dans ma botte, puis m'emparai du fourreau contenant mon katana que j'avais posé sur la table à côté de la porte. Je ne l'avais pas utilisé la veille, mais j'avais l'intention de rendre visite aux gars de l'Agence de Médiation, notamment Catcher. C'était lui qui m'avait fait don de ce sabre et m'avait appris à m'en servir ; hors de question de le porter en sa présence sans m'assurer que la lame était propre.

Dans un chuintement métallique, je le dégainai. La lumière se déversa sur l'acier aiguisé. Il paraissait immaculé, mais, par prudence, je sortis une feuille de papier de riz d'un tiroir de la table – le tiroir d'astiquage de katana, comme je l'avais baptisé – et essuyai la lame. Deux précautions valent mieux qu'une, me dis-je, surtout quand un sorcier bourru était susceptible de se livrer à une inspection. Ce ne serait pas la première fois.

— Tu vas voir Catcher, je suppose ?

Je levai la tête. Sur le seuil de la salle de bains, son pantalon encore ouvert, Ethan se frottait les cheveux à l'aide d'une serviette.

Le spectacle n'était pas pour me déplaire.

— Oui, répondis-je en me forçant à le regarder dans les yeux. Je l'appellerai dès que j'aurai pris un petit déjeuner et bu un peu de sang.

— Et Jeff ?

Il y eut un léger trémolo dans la voix d'Ethan. Il ne s'agissait certainement pas de jalousie, puisqu'il avait juré ne pas en être capable tant il était sûr de notre couple. Il était vrai que Jeff en pinçait visiblement pour moi. Cependant, étant donné qu'il entretenait une relation intermittente avec une métamorphe prénommée Fallon – la seule fille de la fratrie qui dominait la Meute des Grandes Plaines –, Ethan n'avait à mon avis pas grand-chose à craindre. Même si je n'étais pas amoureuse de lui et que j'avais un faible pour Jeff, je ne prendrais jamais le risque de contrarier une métamorphe, encore moins une prétendante au trône de la Meute. J'espérais profiter d'au moins quelques années de mon immortalité, merci bien.

— Oui, Jeff aussi. J'apprécie sa compagnie, et il apprécie la compagnie de Fallon.

— Très bien. Reste vigilante, Sentinelle.

— Ne t'en fais pas. Et je serai de retour à temps pour saluer nos invités.

J'aurais certes aimé interdire l'entrée de cette Maison à Lacey, mais Ethan souhaitait sa présence ; je pouvais bien consentir à ce sacrifice.

— J'espère bien, répliqua-t-il avec un clin d'œil.

Avant que j'aie pu faire la sortie en beauté que j'escomptais, quelqu'un frappa à la porte.

— C'est sans doute Helen qui veut me parler de l'organisation de la cérémonie, avança Ethan.

Il avait en partie raison. Helen, qui faisait ni plus ni moins office de cheftaine de la Maison, apparut sur le seuil lorsque j'ouvris, mais elle semblait agitée. Elle entra en cherchant Ethan du regard, entourée d'un nuage de parfum fleuri et de magie nerveuse.

Ethan entra dans le salon, les cheveux toujours mouillés, mais habillé, cette fois.

— Que se passe-t-il ? s'enquit-il avec inquiétude.

Il avait sans doute décelé la magie tendue qui enveloppait Helen.

— Ils sont arrivés. En avance.

Ethan se figea. « Ils » ne pouvait désigner que les membres du PG, et leur venue un jour plus tôt que prévu n'augurait certainement rien de bon.

— Sentinelle, lâcha-t-il en s'emparant de sa veste avant de se diriger vers la porte.

Je glissai mon sabre dans son fourreau et passai le ceinturon à ma taille.

— Je te suis, affirmai-je en lui emboîtant le pas jusqu'au rez-de-chaussée.

En plus de Malik et Luc, sept personnes, hommes et femmes, nous attendaient dans le hall, formant un « V » inversé à la pointe duquel se tenait Darius, le directeur du Présidium de Greenwich. Il s'agissait des membres du PG, qui comptaient parmi les vampires les plus puissants au monde.

Darius, un individu élancé au crâne rasé et au maintien aristocratique, avait le caractère d'un principal de lycée égocentrique.

Je n'avais jamais vu les représentants du PG qui l'accompagnaient, quatre hommes et deux femmes. Je ne connaissais que leurs noms, et savais juste qu'ils avaient semé la pagaille dans notre Maison depuis l'Europe. Je parvins cependant à identifier l'un d'eux : Harold Monmonth, une infâme crapule qui avait jadis aidé Célina Desaulniers, l'ancienne Maîtresse de la Maison Navarre, à assassiner une femme qui contrecarrait ses plans. Célina avait tenté de m'éliminer à plusieurs reprises, et, quand elle avait tué Ethan d'un pieu dans le cœur, je lui avais rendu la pareille. Morgan Greer, avec qui j'étais sortie pendant environ cinq minutes, lui avait succédé à la tête de Navarre.

Je remarquai un espace libre dans le « V » entre les deux dernières personnes du côté gauche. Il s'agissait sans doute de la place autrefois occupée par Célina. Sa disparition donnait au PG une raison supplémentaire de ne pas m'apprécier.

— Vous êtes en avance, commenta Ethan avec un sourire crispé.

— Mais bienvenus malgré tout, je suppose, répliqua Darius.

Là, il se montrait incroyablement présomptueux.

L'intervention d'Helen évita à Ethan de s'attirer davantage d'ennuis :

— J'ai parlé au gérant du *Dandridge*. Vos chambres sont prêtes et disponibles à votre convenance.

Le *Dandridge*, établissement de taille modeste mais très chic, comptait parmi les hôtels de luxe les plus sélects de

Chicago, et était visiblement l'unique endroit assez bien pour accueillir les membres du PG lors de leur séjour.

Darius acquiesça d'un hochement de tête :

— Nous allons nous installer. Nous reparlerons de la cérémonie plus tard.

— Très bien, dit Ethan.

Telle une volée d'oiseaux, les représentants du Présidium pivotèrent avec une synchronisation parfaite puis se dirigèrent en ligne vers le portail, où des limousines les attendaient.

Leur départ fut suivi par un silence.

Ethan marmonna un juron, mais, quand il se tourna de nouveau vers nous, il glissa les mains dans ses poches et se redressa, irradiant l'aplomb et l'autorité d'un seigneur vampire. Il avait beau ne pas être le Maître officiel de la Maison Cadogan, il en conservait le charisme et la prestance.

Je trouvais réconfortant de le voir si sûr de lui, même s'il bluffait.

— Qu'ils pensent de nous ce qu'ils veulent, commença-t-il. Ce qui importe, c'est ce que nous formons ensemble : un groupe de vampires plus forts que nous ne pourrions jamais l'être en tant que marionnettes du PG et sujets de son prétendu roi. (Il s'adressa ensuite à Malik.) Rassemble tous les membres de la Maison ce soir. Nous attendrons la dernière heure avant l'aube.

— Pour être sûrs que Darius soit enfermé au *Dandridge* et ne puisse pas nous espionner ? devina Luc.

— Exactement, confirma Ethan. Je parlerai de la Décertification lors de cette réunion. Quoi qu'il se passe cette nuit, faites en sorte d'être de retour à temps. (Il se tourna vers Luc.) Appelle Paige et le bibliothécaire. Darius mijote quelque chose, et je dois savoir quoi. Tout de suite.

— Sire, acquiesça Luc.

— Faites ce que vous avez à faire, conclut Ethan. Nous nous reverrons bien assez tôt.

Depuis qu'Ethan m'avait transformée en vampire, j'avais besoin d'absorber du sang de manière régulière afin d'assurer ma survie. J'avais fini par m'habituer à cette obligation routinière. Je m'arrêtai donc à la cafétéria de la Maison et étudiai les en-cas proposés. Une poche de notre fournisseur *Sang pour sang* me paraissait indispensable, tout comme la mini barre chocolatée que je fourrai dans ma veste pour plus tard. Je choisis pour satisfaire mon appétit immédiat un bagel tartiné de beurre de cacahouète, dans lequel je mordis pendant que je réchauffais l'hémoglobine au micro-ondes. Je la versai ensuite dans un gobelet muni d'un couvercle que j'emportai, comme n'importe quel habitant de Chicago en route pour le bureau.

Peut-être était-ce dû à la rupture du jeûne de la journée ou au réveil des papilles gustatives, toujours est-il qu'il y avait quelque chose dans la première bouchée de la nuit qui faisait du petit déjeuner un moment divin.

Et j'exagère à peine. L'intensité de ma relation à la nourriture amusait certaines personnes et intriguait les autres. Elle était sans doute liée au fait que j'avais grandi en me sentant à l'écart de ma très riche et très mondaine famille. J'avais compensé ce manque affectif par mon autre passion, les livres, que je consultais habituellement en grignotant. J'aimais tout particulièrement ce qui pouvait se tremper dans une sauce sucrée ou salée, comme les chips tortillas, les bâtons de céleri, les quartiers de pomme ou les pépites de chocolat. Manger s'apparentait alors à une activité à part entière, où le geste répétitif avait un petit côté zen.

Heureusement, à cette époque, j'étais assez sportive pour garder la ligne. J'avais pratiqué la danse classique pendant de nombreuses années, ce dont mes orteils pouvaient témoigner. Et à présent, par chance, mon métabolisme accéléré de vampire me permettait de dévorer toute la nuit sans répercussions fâcheuses. Non que j'aie vraiment le temps de m'adonner à ce genre de grignotage. Pas quand sévissait un probable ravisseur de Solitaires et que notre Maison affrontait un avenir incertain. Et que Lacey Sheridan s'apprêtait à faire son apparition.

J'avais beau croire au couple que nous formions, Ethan et moi, je restais une fille. La dernière chose dont j'avais besoin, c'était qu'elle me surprenne plongée jusqu'au coude dans un seau du meilleur poulet frit de *Chez Frank*.

Même si cette perspective me faisait monter l'eau à la bouche. Il faudrait vraiment que je nous paie ce délice pané pour fêter la victoire, une fois que nous aurions retrouvé Oliver et Eve sains et saufs. J'espérais sincèrement en avoir la possibilité.

Quand j'empruntai le couloir principal avec mon petit déjeuner à la main, je perçus la tension qui habitait la Maison. Dans quarante-huit heures, nous couperions les liens qui nous unissaient au PG, et les membres de cette organisation s'étaient déjà montrés. Le bourdonnement de magie nerveuse se muait en un torrent d'inquiétude. Je le sentais au picotement dans l'air, au brouillard d'excitation qui flottait entre les murs de la bâtisse. Les vampires Cadogan avaient beau faire confiance à leurs deux Maîtres, Ethan et Malik, ils étaient sur le point de s'aventurer en territoire politique inconnu.

Retenant mon bagel entre les dents, je plongeai la main dans ma poche pour en sortir les clés de ma vieille Volvo. Contrairement à la nuit précédente, il régnait au-dehors un froid glacial, du genre dont seuls un bain chaud ou un feu crépitant permettent de se remettre.

Ce soir-là, point de festivités ni de camionnettes remplies de mets savoureux dans le jardin, même si des fées mercenaires presque identiques à celles de la veille montaient toujours la garde devant les grilles de la Maison. Lorsque je franchis le portail, elles conservèrent une expression stoïque, mais me saluèrent néanmoins d'un hochement de tête. Cette discrète marque de respect constituait un développement de fraîche date et une victoire durement gagnée. Les fées ne portaient pas les vampires dans leur cœur, mais nos récentes interactions avec Claudia, leur reine, semblaient avoir comblé le fossé qui nous séparait.

Tandis que les essuie-glaces balayaient mon pare-brise, je conduisis vers le sud, en direction de la modeste demeure de mon grand-père. En dépit de la circulation plutôt fluide, le trajet nécessiterait plusieurs minutes. Je profitai de l'occasion pour contacter Jonah.

Au bout de quatre sonneries, son beau visage encadré de cheveux auburn apparut sur mon écran.

—Tu étais occupé? demandai-je.

—Malheureusement, oui. L'histoire de votre Maison s'est ébruitée. Des vampires déjà agressifs de nature commencent à critiquer le PG et parlent de faire sécession.

—Déjà agressifs de nature? répétai-je.

—Des gros bras, précisa Jonah avec un sourire. Ils ont passé leur vie humaine à soulever des poids et détruire leurs adversaires de première ligne. L'adrénaline ne disparaît pas comme ça.

—Et pourquoi veulent-ils faire sécession?

—Pour boire.

Cette réponse était surprenante, même pour des vampires. La plupart des Maisons d'Amérique interdisaient de se nourrir d'une autre personne, humaine ou non. Leurs membres ne consommaient que de l'hémoglobine fournie par *Sang pour sang*, qu'ils buvaient à même la poche ou dans une tasse. Bannir l'abreuvement direct était censé aider les vampires à s'intégrer ; ainsi, les aspects les plus rebutants de leur nature demeuraient cachés au public. Cadogan faisait partie des rares Maisons autorisant à boire à la source, ce qui nous valait des critiques de la part de tout le pays, ainsi que du PG.

Même si je me considérais encore comme une novice au regard de cette pratique, j'avais acquis assez d'expérience pour savoir que jamais je ne me sentais aussi vampire – et moins humaine – que lorsque je buvais le sang d'Ethan ou que je lui offrais le mien.

— Vous devriez vous joindre à nous, affirmai-je. C'est usant d'être l'unique cible du PG dans ce jeu de ballon prisonnier.

— Même si vous proposiez de me payer, je ne voudrais pas prendre votre place.

— On s'en sort, répliquai-je d'un ton sec.

— Pour l'instant. Mais sache que j'ai entendu certaines rumeurs au sujet du Présidium et de la Décertification qui ne s'annoncent pas particulièrement prometteuses.

— Par exemple ?

— Par exemple, que le PG espère vous mettre autant de bâtons que possible dans les roues.

Cette révélation me noua l'estomac, même si elle ne m'étonnait pas vraiment. Ethan et les autres avaient fréquenté le PG pendant des siècles en croyant que cette organisation œuvrait dans l'intérêt des Maisons.

J'avais beau n'être une vampire que depuis quelques mois, j'avais acquis la conviction que les membres du Présidium n'œuvraient que dans un seul intérêt : le leur. Il me semblait que leur priorité numéro un consistait à s'assurer de conserver le pouvoir.

—Malheureusement, ça colle avec le fait qu'ils soient arrivés un jour plus tôt que prévu.

Jonah émit un sifflement.

—Ce n'est pas très bon signe.

—Je sais.

—J'aimerais ne pas avoir à te dire que la Maison Cadogan est foutue, mais…

—Alors, tais-toi. Tu te montrerais bien plus utile en m'informant de ce qu'ils sont en train de tramer. Comme ça, je pourrais préparer ma Maison en conséquence.

—La raison et la logique ne suffiront qu'un temps. Tout ce que je sais, c'est que le contrat entre le PG et Cadogan représente un point crucial.

Je ne voyais pas très bien à quel contrat il faisait allusion, mais je ferais en sorte de le découvrir.

—Tu tiens ton information d'autres membres de la GR ?

—De notre réseau de communication, répondit-il. Auquel je ne pourrai t'intégrer qu'une fois que tu feras officiellement partie de nos rangs. Soit demain soir.

Le soir de la Décertification. La Garde Rouge n'aurait pu choisir pire moment pour mon intronisation, même si j'appréciais l'ironie de la situation : je rejoindrais la GR, et par là promettrais de surveiller le Présidium, le jour même où nous quitterions cette organisation pour fuir sa tyrannie.

—Où et quand ?

—Je te le dirai plus tard. Je dois m'assurer que je pourrai m'échapper de mon côté. Je tâcherai de t'envoyer un message dans la soirée.

—D'accord. Pour ton information, je vais chez mon grand-père. Nous avons trouvé du verre et le téléphone d'Eve la nuit dernière près du centre d'enregistrement où ils se sont rendus, et j'ai demandé à l'Agence de médiation d'y jeter un coup d'œil.

— Ton grand-père dispose des installations nécessaires ?

— Pas à moins d'avoir réaménagé sa salle de jeux. Mais il a des amis haut placés, et nous n'avons pas d'autre piste pour l'instant.

— C'est une bonne idée. J'espère que l'enquête va donner des résultats.

— Moi aussi. La soirée ne fait que commencer. J'espère encore qu'Oliver et Eve appelleront Noah pour lui dire qu'ils ont dû retourner en urgence à Kansas City ou un truc du genre.

— Ce serait un dénouement heureux, reconnut Jonah. Bonne chance.

— Merci. Je te téléphone s'il y a du nouveau.

— D'accord. Entre-temps, j'essaierai de faire en sorte que la Maison Grey reste dans les petits papiers de Darius.

— Vu que le bien-être de ta Maison fait partie de mes principales préoccupations, ça me rassure, répliquai-je d'un ton sarcastique.

— Je reconnais bien là ma Merit.

Je n'étais pas « sa » Merit, mais il raccrocha sans me laisser l'occasion de protester. Ce qui valait sans doute mieux pour nous deux.

Avec ses bardeaux blancs, sa porte-moustiquaire et son petit perron en béton, la modeste demeure de mon grand-père dégageait un charme suranné. Les lumières étaient allumées à l'intérieur, et une file de cinq ou six véhicules s'étirait de l'allée jusque dans la rue. Il s'agissait pour la plupart de minuscules cabriolets, ce qui ne pouvait signifier qu'une chose.

Nymphes des rivières.

Je supposai que Catcher n'avait pas réussi à résoudre la crise des escarpins.

Quand je gagnai l'escalier, de la musique et des couinements me parvinrent. J'entrai sans prendre la peine de frapper.

Je m'attendais à tout, sauf à ça.

La porte donnait directement sur le salon, que je trouvai bondé. Parmi les personnes présentes figuraient mon grand-père et un petit groupe de nymphes vêtues de leurs habituelles robes courtes au généreux décolleté.

Agenouillées en demi-cercle autour de ce qui ressemblait à une nouvelle télévision, elles poussaient des piaillements visiblement destinés à Jeff, qui se tenait debout devant l'écran, une manette de jeu vidéo dans la main.

Détail encore plus étrange : Jeff Christopher, geek absolu, était déguisé.

Il portait des bottes en cuir qui lui arrivaient aux genoux ainsi qu'une tunique vert pâle par-dessus laquelle il avait passé une cape vert foncé au liseré marron. La capuche était relevée sur sa tête, laissant apparaître ses cheveux bruns qui retombaient sur ses épaules.

Jeff était grand et mince, et ce costume lui allait étonnamment bien. Il semblait tout droit sorti d'une forêt médiévale ; seuls lui manquaient l'arc et le cheval.

D'après les images qui défilaient sur l'écran, son déguisement reproduisait la tenue de l'un des personnages du jeu, qui pourfendait actuellement des créatures ressemblant à des gobelins à l'aide d'une épée en or. L'excitation monta à son comble dans la pièce tandis que le héros qu'incarnait Jeff, une sorte d'aventurier, faisait pleuvoir sa lame sur ses adversaires.

Quand, dans un ultime assaut, il occit le dernier gobelin, sifflements et applaudissements fusèrent dans l'assistance. Les nymphes se levèrent d'un bond pour entourer leur champion d'un nuage de cheveux bouclés, de soie et de parfum fruité.

Je me plaquai contre la porte pour m'écarter de la mêlée. J'avais déjà été entraînée malgré moi dans une bataille de nymphes des rivières par le passé et n'avais aucune envie de renouveler l'expérience.

—Merit! s'exclama mon grand-père lorsqu'il remarqua enfin ma présence.

Il se dirigea vers moi pour me prendre dans ses bras, vêtu de son éternelle chemise écossaise et de son pantalon en velours côtelé.

—Qu'est-ce qui se passe? demandai-je.

—Diplomatie en action, répondit-il à voix basse. Les nymphes rendaient Catcher complètement fou, et Jeff a pensé qu'une démonstration de force virtuelle les calmerait un peu.

Cette idée ne m'aurait pas effleuré l'esprit, mais le spectacle semblait avoir fait son petit effet sur ces demoiselles. Au bout d'un moment, Jeff se libéra de l'étreinte de ses groupies. Son expression redevint sérieuse dès qu'il m'aperçut.

—Mesdemoiselles, je vous remercie infiniment de m'avoir accordé un peu de votre temps, déclama-t-il après avoir frappé dans ses mains. Le travail m'attend, mais vous pensez que vous pourriez me dénicher les codes d'accès aux niveaux suivants? Ce serait super.

Elles accueillirent cette mission par un chœur de glapissements et d'applaudissements, puis se trémoussèrent vers la sortie avant de claquer la porte derrière elles.

Un silence assourdissant s'installa à leur départ, du moins jusqu'à ce que la console nous rappelle que Roland de Westmere était prêt à poursuivre sa quête.

—Les nymphes aiment les jeux vidéo? m'étonnai-je. Ça ne semble pourtant pas leur genre.

—Pas les jeux vidéo en eux-mêmes, répondit Jeff en repoussant sa capuche, révélant ses cheveux humides de transpiration. (Aventure numérique ou non, il s'était dépensé.) Ce qu'elles aiment, c'est regarder les métamorphes gagner. Elles trouvent ça viril.

Je fronçai les sourcils de compassion, puis m'approchai de Jeff pour essuyer une marque écarlate sur son visage.

— Eh bien, monsieur le mâle, tu as l'équivalent d'un tube de rouge à lèvres sur la figure.

Jeff poussa un soupir et se frotta la joue.

— Ça ne m'arrange pas du tout. Je dois retrouver Fallon tout à l'heure.

— À mon avis, elle ne serait pas ravie d'apprendre à quel point elles s'intéressent à toi. Ni d'en découvrir la preuve.

— Elle deviendrait folle, approuva-t-il. Je crois qu'elle a suffisamment été trompée par le passé.

— Ah, me contentai-je de dire, ne connaissant pas assez Fallon pour m'étendre davantage.

— La bonne nouvelle, c'est qu'elles se laissent facilement distraire. Comme Catcher n'arrivait pas à les calmer, elles ont piqué une crise pour une histoire sans importance – encore une fois – et ont rappliqué ici. On a découvert que quelques minutes de jeu vidéo suffisent à les radoucir et à leur faire retrouver la raison.

— Elles doivent s'unir pour résoudre les problèmes, intervint mon grand-père. Et la console est beaucoup moins salissante que le paintball.

— Du moment que ça fonctionne, commentai-je avec un sourire avant de désigner l'accoutrement de Jeff. Et c'est quoi, ce déguisement ?

— La tenue de Roland de Westmere. C'est l'un des personnages de *Jacob's Quest*, le jeu auquel je jouais à l'instant.

— Je n'imagine pas m'impliquer dans un jeu vidéo au point de porter un costume. Je veux dire, quel est l'intérêt ?

— L'intérêt, c'est que j'incarne quelqu'un d'autre et que j'oublie mes propres soucis pour un moment.

D'accord, ça, je pouvais le comprendre. Mon ensemble en cuir représentait une sorte de déguisement pour moi, un uniforme qui me faisait passer pour une dure à cuire et me permettait de bluffer un peu plus facilement. Même si ce rôle apportait son lot d'ennuis.

— C'est une explication qui se tient, concédai-je.

— Je vais me changer en vitesse, puis je reviens te donner les dernières nouvelles, déclara Jeff en esquissant un geste en direction de l'arrière de la maison. Catcher est au fond, si tu veux lui parler.

— Tu veux boire quelque chose, mon bébé ? s'enquit mon grand-père.

— Non merci, ça va. Je vais voir Catcher.

J'empruntai le couloir menant à l'ancien débarras que mon grand-père avait transformé en bureau pour ses employés bénévoles. Je trouvai Catcher assis derrière une table de travail aux lignes simples. Heureusement, il n'était pas déguisé, lui. L'air maussade, il portait un jean et un tee-shirt orné d'un vélociraptor qui montrait les crocs, à cheval sur un chat géant arborant lui-même un tee-shirt sur lequel était écrit « XPTDR ».

— Pour ton information, je crois qu'Internet a vomi sur ton tee-shirt, lançai-je en entrant dans la pièce.

Catcher leva les yeux au ciel.

— C'est une impression, ou on doit sans arrêt s'occuper d'histoires de vampires ?

— Malheureusement, ce n'est pas qu'une impression, et je m'en occupe, figure-toi. Quoique je pourrais dire la même chose au sujet des histoires de sorcières. D'ailleurs, comment va la tienne ?

Je faisais allusion à Mallory, bien sûr, car je brûlais d'envie qu'au moins l'un d'eux me renseigne sur l'état de leur relation.

Catcher rougit, ce qui n'était pas dans ses habitudes. Je considérai cela comme un bon signe.

— On se parle, répondit-il.

— Ça me semble plutôt positif. D'autant plus que tu vis chez elle.

Avant que Mallory développe son addiction à la magie, elle partageait sa maison de grès brun de Wicker Park avec Catcher. Quand elle avait été assignée à résidence chez les métamorphes, il était resté.

Voyant ses joues s'enflammer davantage, je m'octroyai cinq points supplémentaires. Avantage : Merit.

— Notre relation est un feuilleton à rebondissements, avoua-t-il.

Jeff, qui s'était déjà changé, entra dans la pièce, vêtu d'une chemise bleu pâle dont il avait retroussé les manches et d'un pantalon kaki, tenue qui composait son uniforme personnel. Il s'assit à son bureau et commença à pianoter sur le clavier de son ordinateur, constitué en fait d'un agglomérat de claviers qu'il avait transformés en véritable monstre de Frankenstein.

— J'ai vérifié la liste d'appels du portable d'Eve, annonça-t-il. Elle avait effacé la mémoire un ou deux jours plus tôt, ce qui fait que je n'ai trouvé que deux numéros : celui de Rose, et celui du centre d'enregistrement.

— La poisse, marmonnai-je. J'espérais quelque chose de plus intéressant que ça. Elle a sans doute téléphoné au centre pour connaître les horaires d'ouverture.

— C'est ce que je me suis dit.

— Et vous avez découvert du matériel biologique sur le portable ? Des empreintes digitales, quelque chose comme ça ? Ou bien sur le verre ?

—On a demandé à l'inspecteur Jacobs d'y jeter un coup d'œil.

L'inspecteur Jacobs était un policier sérieux et un ami de mon grand-père. Contrairement à certains de ses confrères du commissariat, il ne considérait pas tous les vampires comme des fauteurs de troubles.

—Bien, dis-je.

Jeff fit pivoter sa chaise vers moi, les mains jointes sur son ventre.

—C'est bien, oui. Le problème, c'est que les flics sont surbookés. Même en demandant un traitement de faveur, il faudra sans doute patienter plusieurs jours avant d'apprendre quoi que ce soit.

Déçue, je m'assis et poussai un soupir. J'avais espéré tirer davantage de renseignements de ces deux objets. Ils constituaient les seuls indices dont nous disposions, et ne semblaient ouvrir que de maigres perspectives.

—Je suis à court d'idées, déplorai-je.

—Peut-être qu'il n'y a pas de quoi s'inquiéter, intervint Catcher. Si ça se trouve, ils n'ont pas disparu et ont simplement décidé de faire ce dont ils avaient envie sans rien dire à personne. Après tout, ce sont des Solitaires.

—Oui, mais même les Solitaires ont leurs habitudes. Et d'après Noah, ces deux-là ne sont pas du genre à s'évanouir du jour au lendemain.

—Merit ?

Tout le monde leva les yeux. Mon grand-père se tenait sur le seuil.

—J'ai pensé que tu aimerais rencontrer les personnes qui viennent d'arriver, annonça-t-il avec une expression indéchiffrable.

Je sentis l'espoir renaître en moi. S'agissait-il d'Eve et Oliver ? Étaient-ils passés nous dire que tout allait bien et que cette histoire n'était fondée que sur un stupide malentendu ?

Je le suivis dans le couloir en direction du salon, Catcher et Jeff sur les talons.

Noah, Rose et une troisième vampire que je n'avais jamais vue attendaient devant la porte d'entrée, emmitouflés dans leur veste. Rose avait les yeux rougis et gonflés. L'inconnue, qui avait le teint mat et des cheveux noirs et raides, lui entourait les épaules d'un bras.

Leurs visages fermés ne présageaient rien de bon, pas plus que la magie mélancolique qui flottait dans leur sillage.

— Désolés de vous déranger, s'excusa Noah.

— Vous ne nous dérangez pas du tout, affirma mon grand-père. Entrez, je vous en prie. Je peux vous débarrasser de vos vestes, si vous voulez.

— Non merci, déclara Noah en franchissant le seuil.

Avec un sourire chaleureux, mon grand-père les invita d'un geste à s'installer sur le canapé.

— Asseyez-vous.

Noah hocha la tête, et le trio prit place sur le sofa en silence.

— Tu connais Rose, dit Noah à mon intention. Je te présente Elena.

— Catcher et Jeff Christopher, annonçai-je en désignant les deux garçons derrière moi. Et mon grand-père, Chuck Merit. Que s'est-il passé ?

— On les a retrouvés.

Alors que Rose éclatait en sanglots, Noah sortit son téléphone de sa poche. Après avoir appuyé sur quelques touches, il me le tendit.

5

UNE IMMORTALITÉ VOLÉE

J e m'étais préparée au pire, mais cela ne suffit pas, loin de là. En dépit du grain grossier et de la piètre qualité des couleurs de l'image, impossible de se méprendre sur ce qu'elle montrait.

Oliver et Eve étaient morts.

Seules quelques méthodes assuraient de supprimer un vampire de manière définitive : pieu de tremble, exposition à la lumière du soleil, démembrement total, décapitation. Les deux dernières options expliquaient pourquoi le sabre était notre arme de prédilection. Notre lame nous permettait d'éliminer un ennemi immortel à coup sûr.

Celui qui les avait tués, le monstre sans cœur qui avait commis ce meurtre, avait choisi la décapitation.

Eve et Oliver gisaient côte à côte sur un plancher, baignant dans une mare de sang. Ils se tenaient la main, les doigts entrelacés dans un ultime geste d'amour ; un déni de la mort. Leurs bras étaient couverts de tatouages qui paraissaient n'en former qu'un, comme s'ils avaient été réalisés dans ce but par un seul et même artiste.

Leurs cheveux blonds étaient englués de sang. Ils avaient eu la gorge tranchée. Leurs têtes sectionnées reposaient à quelques centimètres à peine de leurs corps, semblant railler leur immortalité. Ils auraient survécu à bon nombre de lésions susceptibles de tuer la plupart des humains. Les vampires guérissaient rapidement, et les plaies finissaient par se refermer. Mais la décapitation, bien évidemment, constituait une atteinte mortelle. Cruelle.

Je ne décelai aucun autre signe de traumatisme. Ils auraient pu être en train de dormir… abstraction faite de cette blessure insultante.

J'avais déjà rencontré la mort et avais moi-même pris la vie, mais toujours dans le feu de la bataille, pour protéger quelqu'un ou quelque chose que j'aimais. Là, c'était différent. À moins que Noah possède de nouvelles informations au sujet d'Oliver et Eve, ce crime semblait avoir été commis de sang-froid et choquait par sa brutalité.

Mon estomac se tordit. Ma peau devint soudain moite et une goutte de sueur froide coula le long de mon dos. Ma tête tournait. Je fus brusquement assaillie par les souvenirs de la souffrance que m'avait causée la perte d'Ethan quelques mois plus tôt, avant qu'il me revienne…

Je tendis le portable à mon grand-père d'une main tremblante, puis posai les yeux sur Noah, Rose et Elena.

—Je suis vraiment désolée.

—Nous ne sommes pas des fauteurs de troubles, déclara Noah. Je ne sais pas qui a pu faire une chose pareille.

—Un monstre, assura mon grand-père en passant le téléphone à Catcher et Jeff avant de regarder tour à tour Noah, Rose et Elena. Je suis moi aussi sincèrement désolé. Je sais que ce n'est qu'une bien piètre consolation, mais je compatis à votre chagrin.

Je me demandai combien de fois il avait dû prononcer ces mots au cours des dizaines d'années qu'avait duré sa carrière de policier.

— C'est l'un des vôtres qui a pris la photo ? s'enquit Catcher.

Noah acquiesça.

— L'un de nos amis est photographe professionnel. Il aime immortaliser la décadence urbaine : les immeubles désaffectés, les graffitis, le métal rouillé, les trucs comme ça. Il y a un ancien bâtiment qui servait au stockage d'archives pas très loin de son atelier. Il date des années 1940, et notre ami pensait qu'il ne durerait plus très longtemps. Il voulait y jeter un coup d'œil avant que ça s'écroule ou que ce soit démoli, et il est allé le visiter avec un collègue. (Noah se racla la gorge, comme si l'explication lui demandait de plus en plus d'efforts.) En traversant l'un des étages supérieurs, ils ont senti une odeur de sang, sans parvenir à détecter d'où elle provenait. Ils ne voyaient rien d'anormal. James – c'est notre ami – a fini par trouver une porte dérobée menant à une autre pièce, une sorte de chambre secrète. Ils sont entrés… et ont découvert Oliver et Eve.

Rose poussa un sanglot. Mon grand-père lui tendit une boîte de mouchoirs nichée dans un panier tricoté par ma grand-mère. Elena en sortit quelques-uns et les donna à Rose, qui les pressa sur son visage, mais ne fit que pleurer de plus belle.

— Nous sommes allés jeter un coup d'œil, juste pour confirmer leur identité, puis nous sommes venus ici. J'ai laissé d'autres vampires se charger de leurs corps. Nous avons préféré vous avertir, au cas où des indices seraient restés sur place.

Je consultai mon grand-père du regard. Les affaires de meurtre dépendaient de la police de Chicago, mais on ne pouvait pas dire que la ville nourrissait des sentiments amicaux à notre égard. Après tout, nous n'étions que des animaux nécessitant une autorisation de circuler.

— Je peux passer un appel discret au commissariat, avança mon grand-père. (Il s'adressa ensuite à Catcher.) Entre-temps, ce serait bien que tu examines la scène de crime à la recherche de preuves éventuelles. Si ça ne vous dérange pas, ajouta-t-il à l'intention de Noah.

Ce dernier approuva la proposition d'un signe.

— J'irai avec Merit, affirma Catcher.

Noah avait beau être un homme solide et robuste, je lus du soulagement dans ses yeux. Il ne voulait pas retourner sur les lieux du meurtre, ce que je saisissais tout à fait.

— Oui, confirma-t-il. C'est sans doute la meilleure chose à faire.

— Désolé de demander ça, mais existe-t-il une probabilité pour que James ou son ami soient impliqués dans cette affaire ? interrogea Catcher.

— Je comprends la nécessité de la question, et la réponse est non, affirma Noah. J'y ai déjà réfléchi, et je crois sincèrement qu'ils n'ont rien à voir dans cette histoire. Oliver et Eve étaient des gens bien. James aussi. Il préfère les appareils photo aux armes et travaille comme bénévole dans un centre qui accueille des types souffrant de problèmes de dépendance à la drogue. Il est plutôt du genre à rendre service.

— Alors, nous commencerons par inspecter les lieux, reprit Catcher. Jeff, pendant ce temps, essaie de trouver des informations sur ce bâtiment. Son propriétaire, son histoire, tout ce qui pourrait nous indiquer pourquoi le meurtrier a choisi cet endroit.

— D'accord, acquiesça Jeff avant d'esquisser un geste en direction du couloir. Ceux qui souhaitent me rejoindre dans mon bureau sont les bienvenus. Vos connaissances seront utiles.

Noah se leva pour suivre Jeff hors du salon, laissant Elena et Rose blotties l'une contre l'autre sur le canapé, accablées de chagrin.

— Et si je préparais du café ? proposa mon grand-père. Ou peut-être du thé ? (Il adressa un sourire amical aux deux vampires.) Est-ce que cela vous tenterait, mesdemoiselles ?

— J'aimerais beaucoup une tasse de thé, dit Elena avec gratitude.

Mon grand-père hocha la tête avant de disparaître dans la cuisine.

— Nous serons de retour très bientôt, assurai-je à Elena. Noah sait comment nous contacter si nécessaire.

— Trouvez quelque chose, m'enjoignit-elle.

J'espérais sincèrement que ce serait le cas.

Catcher se porta volontaire pour conduire jusqu'à l'adresse que nous avait indiquée Noah, dans le quartier de Little Italy. Le fait que le tueur commette son crime non loin du centre d'enregistrement où Eve et Oliver avaient été enlevés paraissait d'une sinistre logique.

En chemin, je pris le temps d'appeler la Maison. Je composai d'abord le numéro d'Ethan mais, n'obtenant pas de réponse, je préférai raccrocher plutôt que laisser un message lugubre. Il s'agissait du genre de nouvelles qu'il valait mieux annoncer de vive voix.

— Deux vampires assassinés, déclara Catcher quand j'eus rangé mon téléphone. Deux vampires honnêtes et innocents, à ce qu'il semble.

Deux vampires qui s'étaient étendus côte à côte, doigts entremêlés, pour ne plus jamais se réveiller. J'ignorais pourquoi je repensais sans cesse à ce détail. Peut-être touchait-il l'amoureuse de littérature anglaise qui sommeillait en moi.

J'avais étudié cette discipline à l'université et cette scène n'était pas sans m'évoquer Roméo et Juliette.

Le tueur avait-il eu cette intention ? Non seulement exécuter des vampires – ou ces deux-là en particulier –, mais aussi dresser un tableau à la fois doux, triste et amer de la mort ?

Cette idée avait quelque chose de terriblement dérangeant. Je comprenais que l'on prenne la vie dans le feu de la bataille, que l'on commette un meurtre dans un élan de colère ou par vengeance ; dans ces cas-là, la motivation était claire. Mais tuer pour créer une émotion ? Pour choquer ou offenser ? Cela me semblait beaucoup plus étrange et j'éprouvais des difficultés à le concevoir.

— L'assassin les a mis en scène, déclarai-je. Il les a intentionnellement disposés ainsi. Ils n'auraient pas pu se tenir la main pendant… ce qui leur est arrivé.

— Et il savait comment éliminer un vampire. Il était sûr de l'effet de la décapitation, ou alors, il a vraiment eu de la chance dès son premier essai.

J'approuvai d'un hochement de tête.

— Il aurait été plus facile de leur enfoncer un pieu dans le cœur. Avec du bois de tremble, c'est tellement rapide… Ils se seraient évanouis en l'espace d'une seconde. Mais dans ce cas, il ne serait resté d'eux que des cendres.

— Il aurait aussi été plus simple de les exposer à la lumière du soleil, ajouta Catcher. Si le meurtrier avait vraiment voulu les faire disparaître, il aurait trouvé le moyen de dissimuler son crime et nous n'aurions jamais retrouvé les corps. D'où la question : qu'essaie-t-il de nous dire ? Et deuxième question : pourquoi ces vampires en particulier ? Pourquoi Oliver et Eve ? Voulait-il les tuer, eux… ?

— Ou voulait-il tout simplement tuer ? terminai-je à sa place.

Une perspective qui n'avait rien de rassurant.

Il tombait une fine bruine qui rendait l'atmosphère de cette soirée encore plus lugubre. Quand Catcher eut garé la voiture dans une petite rue déserte, je levai les yeux en direction de notre destination, un entrepôt de brique blanc sur la façade duquel était écrit « Wilkins » en lettres bleues dont la peinture s'écaillait. Les fenêtres étaient presque toutes condamnées, et une barrière en plastique déchiré visant à empêcher les visiteurs de passer entourait le bâtiment. Malheureusement, l'état de l'édifice reflétait celui des constructions voisines. Vieilles ou délabrées, elles auraient toutes nécessité d'importants travaux et une bonne couche de peinture.

Catcher releva le col de sa veste et ferma les boutons jusqu'en haut afin de se protéger du froid et du crachin persistant.

— Tu es prête ? demanda-t-il.

Je hochai la tête et me préparais à ouvrir la marche quand une silhouette émergea de l'obscurité au bout de la rue. Je posai la main sur le pommeau de mon sabre.

— Merit, chuchota Catcher en guise d'avertissement.

— C'est un vampire, dis-je à voix basse lorsque la magie familière parvint jusqu'à moi. Il ne nous est pas hostile, d'après ce que je sens.

Grand, le corps anguleux, il portait un complet-veston noir à l'élégance désuète soulignant la longueur de ses bras et de ses jambes. Ses cheveux noirs coupés court contrastaient de manière étonnante avec ses épais favoris.

Les phares d'une voiture se reflétèrent dans ses yeux, révélant leur éclat argenté.

Nos iris devenaient argentés quand nous éprouvions d'intenses émotions. Malheureusement, j'étais incapable de deviner celles qu'il ressentait à cet instant : sa magie, quoique nerveuse, restait neutre. Était-il doué pour maîtriser ses sentiments, ou montrait-il une réaction purement biologique ?

— Tu es Merit ? demanda-t-il.

Je confirmai d'un signe de tête tout en gardant une main sur mon katana afin de l'avertir que j'étais prête à passer à l'action et que je ne tolérerais aucune entourloupe. Eh oui, même dans des moments aussi stressants que celui-ci, je ne disais jamais non à petite une pointe de sarcasme.

— Je suis Catcher. Tu connais notre nom, mais nous ne connaissons pas le tien, déclara le sorcier en le considérant avec prudence.

— Horace Wilson, dit le vampire en tendant la main. Caporal, si vous préférez, mais Horace, ça me convient très bien.

— Tu fais partie de l'armée ? s'enquit Catcher.

— J'en ai fait partie, précisa-t-il. Onzième régiment d'infanterie volontaire du Maine.

J'en déduisis qu'il avait combattu pendant la guerre de Sécession, ce qui signifiait qu'il avait au moins cent cinquante ans.

— Nous sommes désolés pour Oliver et Eve, ajouta Catcher.

— Je vous en sais gré, même si je ne les connaissais pas personnellement. Je suis juste venu donner un coup de main. Les Solitaires possèdent une brigade chargée des services publics. Elle n'est composée que de volontaires, mais nous assumons toutes sortes de tâches. Certaines plus macabres que d'autres.

Horace jeta un regard circulaire autour de lui. Le quartier semblait calme et endormi, mais notre groupe insolite finirait forcément par attirer l'attention.

—Entrons, proposa Horace. Nous nous sommes occupés des gamins.

—Des gamins? répétai-je.

—Oliver et Eve. Ils étaient relativement jeunes. Des gamins, pour moi et la plupart des personnes que je côtoie.

Il nous indiqua un endroit où la barrière était chiffonnée, puis la souleva de sorte que nous puissions nous faufiler dessous. Une fois dans l'enceinte de la propriété, Horace nous conduisit vers une double porte.

—Toi aussi, tu es une gamine, ajouta-t-il à mon intention.

—Je suis une vampire depuis avril.

—La transition s'est bien passée?

—Il y a eu des hauts et des bas.

Les battants du lourd portail industriel pendaient misérablement sur leurs gonds. Quand Horace les poussa des deux mains, le métal frotta contre la dalle de béton, faisant jaillir des étincelles. Lorsqu'il eut ménagé un espace assez large pour s'y glisser, il alluma une lampe torche.

À l'intérieur, il se dirigea vers une cage d'escalier. Catcher sur les talons, je le suivis jusqu'au deuxième étage et émergeai dans une gigantesque salle vide, sans doute celle qui abritait autrefois les archives.

Si ce bâtiment avait servi d'entrepôt par le passé, il était depuis longtemps désaffecté. Il ne comportait aucun meuble, aucune étagère, aucune source d'éclairage. Les murs de brique nue étaient couverts de graffitis et l'eau qui gouttait des tuiles du toit formait des flaques sur le plancher en bois profondément marqué.

Horace dirigea le faisceau lumineux vers le fond de la vaste salle, où la porte menant à la pièce dérobée que James avait trouvée était restée ouverte.

— Je vous laisse là, annonça-t-il. J'y suis entré une fois, ça me suffit. Je vous attends ici.

Je saisis la lampe qu'il me tendait et hochai la tête. Catcher à mon côté, le cercle de lumière tressautant devant moi, je traversai la pièce qui résonnait de l'écho de nos pas sur le vieux parquet.

J'atteignis la porte secrète, une plaque imitant l'aspect de la brique qui, une fois fermée, devait s'insérer discrètement dans le mur. James ne l'aurait jamais repérée s'il n'avait pas décelé une odeur de sang.

Le battant pivotait sur un seul gond supportant tout son poids. À droite, une brique dépassait légèrement du bord. Sans doute le loquet permettant d'actionner l'ouverture.

— Intéressant, ce système, commenta Catcher.

— Pour quelqu'un désireux de dissimuler quelque chose, oui.

Un puissant arôme de sang émanait de la pièce dérobée. Je me félicitai d'en avoir bu avant de quitter la Maison. Même si l'hémoglobine de deux Solitaires assassinés ne m'attirait pas du tout d'un point de vue personnel, mes instincts primitifs de vampire ne se souciaient guère de l'éthique, et l'origine du sang ne diminuait en rien son attrait. J'étais une vampire ; du sang était du sang.

Je pénétrai dans la pièce.

Comme Horace l'avait promis, les corps d'Eve et Oliver avaient disparu. Restaient cependant les traces de leur meurtre brutal. Une flaque sombre s'étalait au sol, encore luisante dans l'humidité de la nuit.

Les effluves qui s'en dégageaient me submergèrent, et je fermai les yeux un moment pour réprimer l'attraction instinctive qu'ils exerçaient sur moi.

— Maîtrise-toi, chuchota Catcher en avançant vers la mare sanglante.

—Je suis en train, lui assurai-je.

Une fois sûre d'être en mesure de me contrôler, je rouvris les yeux, puis balayai les alentours du faisceau de la lampe torche dans l'espoir de découvrir des indices. La pièce, assez grande, mesurait environ neuf mètres sur neuf.

Elle était dépourvue de fenêtres, d'étagères et des autres éléments que l'on aurait pu s'attendre à trouver dans un entrepôt. Comme ailleurs dans le bâtiment, les murs étaient composés de brique nue. Hormis ses dimensions et la porte dérobée, rien ne distinguait cet endroit du reste de l'édifice.

—Peut-être qu'ils utilisaient cette pièce comme lieu de stockage sécurisé? avança Catcher.

—Possible, approuvai-je. Les clients paient un peu plus cher, et leurs biens sont mis sous clé dans la chambre secrète.

—Si ce bâtiment date des années 1940, ça veut dire qu'il a été construit pendant la guerre. Nous ne sommes pas loin du site où a été mené le projet Manhattan. Des informations scientifiques sensibles ont pu être entreposées ici, ce qui expliquerait les mesures de sécurité.

Je hochai la tête en parcourant la pièce, déplaçant le rai lumineux de la lampe de quelques centimètres à chaque pas, comme le faisaient les inspecteurs procédant à l'investigation d'une scène de crime à la télévision. Et, exactement comme dans les séries médico-légales, le suspens ne se brisa qu'à la fin, quand quelque chose sur le sol capta mon regard.

—Catcher, appelai-je en figeant le jet de lumière.

Là, dans la poussière et la crasse, reposait un petit éclat de bois.

Sachant désormais ce que je cherchais, j'examinai attentivement les alentours… et en découvris davantage. Deux, puis une dizaine, puis une centaine disséminés en triangle dont la base mesurait environ trois mètres.

—Qu'est-ce que tu as trouvé? s'enquit Catcher.

J'en ramassai un et le plaçai dans la paume de ma main. Il n'était pas plus large qu'un cure-dents, mais déchiqueté, et non lisse.

— Des fragments de bois. Et je parie que c'est du tremble.

— McKetrick ? demanda Catcher.

— Ça pourrait provenir de ses balles spéciales, reconnus-je avec réticence.

McKetrick avait inventé une arme qui permettait de tirer des munitions de tremble destinées à réduire les vampires en cendres. Il avait essayé de l'utiliser contre moi. Heureusement pour moi, son fusil avait explosé dans ses mains, et il avait reçu la plupart des débris de bois et de métal qui avaient été projetés. Je ne l'avais pas revu en personne depuis lors. Même si je soupçonnais que nous n'avions pas fini d'entendre parler de McKetrick, l'éventualité qu'il reprenne du service ne m'enchantait guère. Malheureusement, les preuves pointaient dans sa direction.

Catcher s'agenouilla pour ramasser un autre éclat de bois.

— Oliver et Eve ont été décapités. Si le meurtrier possédait un fusil, pourquoi ne pas l'avoir utilisé pour les tuer ? Il voulait d'abord les effrayer ?

— Je ne sais pas, avouai-je. Il est possible qu'il s'en soit servi lors de la première étape de l'agression, en guise d'arme de dissuasion. Peut-être que c'est ce qui lui a permis de les emmener jusqu'à cette pièce. Si c'est lui qui a fait ça…

La colère enflait en moi à la pensée que McKetrick pouvait être impliqué dans cette affaire et avoir pris la vie de deux vampires innocents.

— Nous ne sommes pas sûrs que ce soit McKetrick qui les ait tués, objecta Catcher. Peut-être qu'il s'est servi de son arme, puis que quelqu'un d'autre a terminé le travail. Aucune preuve directe ne l'incrimine.

J'avais cependant un pressentiment.

— Ça correspondrait tout à fait à McKetrick. Supprimer des vampires qui tentent de se faire enregistrer ? Montrer que nous sommes fichus, même si nous essayons de nous plier aux lois humaines ?

— Je suis tout à fait d'accord avec toi, confirma Catcher. Mais ça ne suffit pas.

Je savais qu'il avait raison, ce qui ne me soulagea en rien.

Après avoir remercié Horace, on regagna la maison de mon grand-père. Noah, Rose et Elena étaient partis. Ils avaient aidé Jeff à collecter toutes les informations possibles avant de ramener Rose, qui était accablée de chagrin.

Je trouvai Jeff assis devant son ordinateur en entrant dans le bureau. Je lui donnai l'éclat de bois.

Il siffla à la vue du fragment, connaissant le penchant de McKetrick pour le tremble.

— Est-ce que c'est ce que je pense ?

— C'est ce que tu dois découvrir. Tu peux le faire analyser ?

— Je m'en occupe tout de suite.

Catcher s'assit sur sa chaise en posant les pieds sur son bureau, puis se passa les mains sur le visage. Étant donné qu'il avait commencé sa journée en récupérant des pièces à conviction des heures et des heures plus tôt, il devait être épuisé.

— La propriété ? interrogea-t-il.

De toute évidence, il était trop fatigué pour construire des phrases complètes.

—Comme vous l'avez constaté, le bâtiment est un ancien entrepôt, répondit Jeff. Mais je n'ai rien trouvé concernant l'identité de l'actuel propriétaire.

—Rien d'autre? demandai-je en m'appuyant contre le bureau situé en face du sien.

—Il faut attendre de recevoir les résultats du labo, déclara Catcher. Ça prendra un peu de temps, mais on te tiendra au courant.

J'acquiesçai et me redressai.

—Dans ce cas, je vous laisse. Je dois informer Ethan et Luc. Vous pourriez creuser un peu dans le passé d'Oliver et Eve? Si ça se trouve, ils n'ont pas été choisis par hasard. Peut-être qu'ils sont allés quelque part ou qu'ils ont fait quelque chose qui a rendu quelqu'un furieux, ce qui permettrait d'expliquer ce qui s'est produit.

Je savais que c'était peu probable, mais j'avais besoin de croire qu'il existait une justification, une certaine forme de logique, à ce que j'avais vu.

—Sois prudente sur la route, m'enjoignit Jeff. Et appelle-nous si tu découvres quelque chose d'intéressant.

J'aurais déjà aimé découvrir quelque chose tout court.

J'exécutai le trajet de retour la vitre de la Volvo entrouverte afin que l'air frais dissipe les odeurs de sang et de mort.

Après avoir garé la voiture, je trottinai jusqu'à la Maison et me rendis immédiatement dans le bureau d'Ethan. Je trouvai la porte entrebâillée, et Ethan debout devant la table de conférence, en train d'examiner une liasse de documents.

Il leva la tête à mon arrivée, et une fine ride d'inquiétude se creusa sur son front.

—Merit?

—Oliver et Eve sont morts, annonçai-je en entrant.

Il ferma les yeux un instant.

—Comment?

Je m'approchai de lui afin de pouvoir parler à voix basse. Inutile d'ébruiter les détails morbides.

—Décapités. On les a retrouvés dans un entrepôt de Little Italy, dans une pièce sécurisée dissimulée au fond d'une des salles de stockage. Leurs corps avaient été mis en scène, mais nous n'avons trouvé aucun indice notable à l'exception d'éclats de bois au sol. De nombreux éclats de bois, ressemblant fortement à ceux projetés par l'arme de McKetrick.

Ethan plissa les yeux de manière menaçante.

—Vous avez découvert des preuves de son implication?

—Uniquement des preuves indirectes. Rien d'autre que le bois, pour le moment. Jeff et Catcher envoient l'un des fragments à l'inspecteur Jacobs. Le téléphone et le verre qu'on a retrouvés dans la ruelle sont déjà en sa possession. Malheureusement, nous n'avons pas d'autres éléments. La piste des actes de propriété n'a rien donné.

Il s'avança vers moi et posa une main sur ma joue.

—Et toi, comment tu vas?

—Je suis sous le choc, avouai-je. Noah et ses Solitaires sont clairement abattus, et on n'a rien d'autre que de potentiels résultats de laboratoire. Jeff va tout de même fouiller dans le passé d'Eve et Oliver. Peut-être qu'il trouvera quelque chose.

Ethan me caressa la joue du pouce puis déposa un baiser sur mon front.

—C'est une bonne idée, Sentinelle.

—Des nouvelles de Darius?

—Non. Mais je suppose que ça ne va pas tarder. Darius agit rarement sans motif précis.

—Est-ce que Paige a découvert ce que pourrait être ce motif?

— Pas encore. Les données concernant les autres Décertifications ne nous ont pas vraiment aidés. Elles ont eu lieu il y a de nombreuses années, et les désaccords portaient notamment sur des équations d'alchimie et le traitement des tenanciers. Les éventuelles leçons à en tirer ne sont guère applicables à l'époque moderne.

Je poussai un soupir de déception puis, me rappelant le commentaire de Jonah au sujet d'un contrat crucial, je feignis un éclair de génie.

— Tu sais, vu que les vampires, comme tu me l'as dit, aiment suivre des règles, peut-être qu'il y a quelque chose à creuser dans les règles elles-mêmes. Je suppose qu'il existe un contrat entre la Maison et le PG traitant du partage des bénéfices et ce genre de choses. Est-ce qu'il n'évoquerait pas également la transition ?

Ethan haussa les sourcils, surpris.

— Ce n'est pas une mauvaise idée, Sentinelle. Je vais en parler à Paige.

Sans représenter une évolution vraiment positive, c'était toujours un progrès. Et j'en avais vraiment besoin.

Quelqu'un frappa à la porte. Un homme aux cheveux noirs apparut sur le seuil. La mâchoire carrée, les pommettes sculptées, il avait un visage anguleux, mais non dénué de charme, notamment grâce à ses grands yeux noisette ourlés de longs cils recourbés. Il portait un pantalon noir et une chemise blanche, et arborait une chevalière à la main droite. Il était séduisant, mais d'une beauté presque austère, comme s'il avait été Spartiate dans une vie antérieure.

— Je vous dérange ? s'enquit-il.

— Tu arrives juste à l'heure, répondit Ethan en se dirigeant vers lui, la main tendue. Je suis content de te voir.

Ils se saluèrent en s'empoignant le coude, l'un de ces rituels masculins suggérant qu'ils se connaissaient de longue date.

— Je suis content de te voir, moi aussi, Ethan, affirma l'étranger en glissant un regard vers moi. C'est elle, je suppose?

Avec un sourire malicieux, Ethan me désigna d'un geste.

— C'est elle, en effet. Merit, je te présente Michael Donovan, notre consultant en sécurité.

— Merit, dis-je en tendant la main.

Michael la serra avec fermeté et assurance.

Sa magie, subtile, m'analysait, prenait ma mesure. Ce n'était pas le premier vampire à me tester ainsi – Célina était réputée pour ce genre d'examen –, mais, étant donné qu'Ethan lui faisait confiance, je le laissai faire.

— Michael Donovan, déclara-t-il. Vous êtes Sentinelle?

— Toute la nuit.

Il esquissa un sourire qui creusa une fossette au coin de ses lèvres.

— Elle ne manque pas d'esprit, Ethan.

— Non, confirmai-je en les dévisageant tour à tour. Comment vous êtes-vous rencontrés, tous les deux?

— Nous avons fait connaissance il y a quelques années, répondit Ethan. Michael fréquentait Célina.

Je considérai le nouveau venu avec méfiance et retins le commentaire sarcastique qui aurait dû suivre une remarque de ce genre. Je n'étais certes pas une fervente adoratrice de Célina, loin s'en fallait, mais de nombreux vampires, y compris les membres du PG, ne partageaient pas mon opinion.

— Ah bon? me contentai-je de dire. Vous faites partie de la Maison Navarre?

—Non, répondit Michael en se penchant vers moi, des étincelles dans les yeux. Et je n'étais pas non plus un admirateur de Célina Desaulniers.

—Alors, vous êtes du côté du droit et de la justice, et je ne vous en tiendrai pas rigueur.

—Ça me semble raisonnable, déclara-t-il en me tendant une main amicale.

Lorsque je la serrai, je me surpris à apprécier le nouveau gourou de la sécurité d'Ethan.

On frappa de nouveau à la porte. Le bureau d'Ethan était apparemment devenu un véritable hall de gare.

Malik apparut.

—Je suis désolé, mais pourrais-je vous interrompre un moment? demanda-t-il. Notre banquier a une question urgente.

—Bien sûr. Excusez-moi, dit Ethan avec un sourire poli avant de suivre Malik hors de la pièce, me laissant seule avec Michael Donovan.

Leur évidente amitié mise à part, j'étais curieuse de savoir pourquoi Ethan ressentait le besoin d'engager un expert en sécurité alors qu'il disposait de gardes à l'intérieur de la Maison et de fées mercenaires à l'extérieur.

—En quoi consiste exactement le travail d'un consultant en sécurité? demandai-je.

Même si je n'avais pas eu l'intention de le provoquer, je perçus dans ma voix une pointe de suspicion que Michael Donovan ne put manquer.

J'en blâmai mon père. C'était un as en affaires, mais, au cours de ses diverses négociations, j'avais vu aller et venir des dizaines de conseillers dont l'unique talent, d'après ce que j'avais pu constater, se résumait à valider tout ce que mon père leur disait. Pour moi, ce n'étaient que des béni-oui-oui qui n'apportaient rien d'autre que leur volonté de chanter les louanges de mon père et d'abattre tous ceux qui menaçaient leur carrière.

—Je ne facilite pas la synergie synergique, répondit Michael.

—Pardon ?

—La synergie synergique. C'est l'une de ces phrases vides de sens du jargon de l'entreprise qui signifie que l'on va vous soutirer une grosse somme d'argent.

Je me sentis rougir jusqu'aux orteils, mortifiée par sa repartie.

Il croisa les bras et ébaucha un petit sourire.

—J'apprécie votre évident scepticisme. Il est facile de s'autoproclamer consultant, mais plus difficile de fournir un réel service à ses clients. En bref, mon travail consiste à faire en sorte que la Maison soit plus forte après la séparation qu'avant. J'analyse entre autres votre capacité à réagir face à la crise et étudie votre sécurité d'un point de vue physique et technique. J'essaie d'identifier les fissures dans l'armure de Cadogan afin de les combler, ou, du moins, j'ai fait mon possible dans le court laps de temps qui m'a été imparti depuis le vote ayant décidé de la scission.

—Et avez-vous trouvé des failles ?

Il acquiesça d'un hochement de tête.

—Pas beaucoup. Luc connaît son métier, mais certains aspects peuvent encore être améliorés. Vos protocoles de sécurité de l'information ne sont pas aussi solides que je le souhaiterais ; nous les avons mis à jour. Le plan d'évacuation de la Maison est excellent, mais je préférerais que vous disposiez de plus d'options d'hébergement alternatif. (Il se pencha légèrement.) Et, pour être franc, je n'approuve pas vraiment le choix des gardes extérieurs, mais Ethan ne veut rien entendre à ce sujet.

—Les fées peuvent être assez inconstantes, reconnus-je.

—En effet. Mais ce que je redoute le plus, c'est le PG. Je ne suis pas non plus un admirateur de Darius West, mais il a des couilles en acier. Il a accompli assez de prouesses au cours de son existence de vampire pour le prouver.

—Malheureusement, je partage votre avis.

Les membres du PG avaient la réputation de faire partie des plus forts vampires au monde, avec des compétences physiques et psychiques – comme la capacité à charmer les humains – qui leur conféraient une certaine supériorité. C'était précisément la raison pour laquelle ils avaient été choisis pour nous diriger, même s'il paraissait évident que la puissance ne s'accompagnait pas forcément de qualités de leadership.

—Je ne sais pas ce que vous en pensez, poursuivit Michael, mais j'aimerais également accélérer la réinvestiture d'Ethan en tant que Maître de la Maison. Malik et moi croyons tous les deux que cela contribuerait à renforcer la position de Cadogan. Ethan ne partage pas ce point de vue.

Je n'étais pas au courant, mais j'appréciais que Michael me confie cette information.

—Et pourquoi ?

—Je suppose qu'il préférerait que la passation de pouvoirs se déroule dans des circonstances plus gaies. Que ce soit un événement festif et non pas une formalité précipitée par les craintes qu'inspire le PG.

Ce raisonnement se tenait. Michael reprit :

—À mon tour de poser des questions.

Il changea d'attitude. Les bras croisés, il baissa le menton et étrécit les yeux, me jaugeant d'un regard critique. Il était passé en mode « sécurité ».

—Vous étiez étudiante ?

—Oui. À l'université de Chicago. Littérature anglaise.

— Et vous avez été transformée à vingt-sept ans.

— Presque vingt-huit.

— Vous avez intégré la Maison la même année ?

— Oui. J'ai été nommée Sentinelle lors de ma Recommandation en avril.

— Ethan a-t-il dû vous courtiser ?

— Pardon ?

Faisait-il allusion à notre couple ?

— Pour vous convaincre de rejoindre Cadogan, je veux dire. Il ne peut s'agir d'une simple coïncidence que vous soyez la fille de Joshua Merit. Je suppose que c'est la raison pour laquelle Ethan vous a changée ? Même si je ne doute pas que vous possédiez d'autres qualités qui vous sont propres, bien entendu.

Seules quelques rares personnes connaissaient les circonstances de ma transformation en vampire, notamment le fait qu'Ethan m'avait mordue pour me sauver la vie après une violente agression. Malheureusement, ce n'était pas la première fois que l'on m'accusait d'avoir accédé au vampirisme et à l'immortalité grâce aux relations de mon père.

— Ethan ne m'a pas recrutée à cause de ma famille.

D'ailleurs, Ethan ne m'avait pas recrutée du tout, même s'il aurait été faux d'affirmer que mon père n'avait joué aucun rôle dans cette histoire.

Michael me considéra un moment avec une expression insondable.

— Très bien, dit-il finalement.

— S'agissait-il d'un test ? Juste pour voir comment je réagirais ?

— En partie. Et en partie de la simple curiosité. Ethan est quelqu'un d'assez solitaire. J'ai été surpris d'apprendre qu'il avait choisi de partager sa vie avec quelqu'un.

L'intéressé reparut dans la pièce.

— Tout va bien ? demandai-je.

— Très bien, assura Ethan avant de s'immobiliser pour nous regarder tour à tour, ayant sans doute perçu la tension dans l'air. Et ici, tout va bien ?

— Pas de problème, affirma Michael. Nous ne faisions que tester nos défenses mutuelles.

C'était tout à fait cela, pensai-je.

— C'est dans votre nature à tous les deux, commenta Ethan en posant une main sur mon bras. Nous avons du travail, Sentinelle. Si tu veux bien descendre à la salle des opérations pour informer Luc des derniers détails au sujet des Solitaires…

Je savais reconnaître quand on me congédiait.

— Bien entendu, Sire, dis-je avec un léger salut militaire.

Ethan leva les yeux au ciel.

— Merit, déclara Michael. J'ai été ravi de faire votre connaissance. Je suis sûr que nous nous reverrons.

S'il devait guider la Maison Cadogan durant les ultimes étapes de la transition, cela semblait plus que probable.

Alors que je me dirigeais vers l'escalier, je reçus un texto de Mallory qui voulait savoir si j'avais envie d'aller manger une pizza.

Elle me manquait, sincèrement. Lindsey était une chic fille et j'étais heureuse d'avoir des amis au sein de la Maison à qui conter mes malheurs, mais Mallory et moi partagions une histoire commune et l'intimité qui accompagne une longue amitié.

Soudain submergée par une vague de mélancolie, je regrettai mon ancienne vie, où mon unique souci consistait à me demander si je serais prête pour les cours du lendemain à l'université. À cette époque, je m'inquiétais de dates de remise, de rédaction de mémoires, de notation de devoirs, de savoir si ma voiture résisterait à un hiver de plus à Chicago – réponse : oui – et si les Cubs gagneraient un autre championnat – réponse : non.

À présent, je me préoccupais de meurtres, de la sécurité de ma Maison et d'empêcher ma meilleure amie de replonger la main dans le pot de magie noire.

Cela étant, ces tourments surnaturels s'accompagnaient de la présence d'Ethan et de la satisfaction de savoir que j'aidais véritablement les vampires de ma Maison.

À cet instant, Cadogan constituait ma priorité.

« Pas possible ce soir », écrivis-je. « Suis en pleine enquête. Une autre fois ? »

« Bien sûr », répondit-elle.

Je glissai de nouveau mon téléphone dans ma poche. Un jour, je l'espérais, Mallory et moi nous retrouverions.

6

LES REMPLAÇANTS

L e sous-sol abritait la salle des opérations, le quartier
général de la Garde où nous débattions des problèmes
surnaturels et élaborions des stratégies destinées à les
résoudre. C'était également le centre névralgique de la
sécurité de la Maison, avec son réseau d'écrans reliés à un
système de vidéosurveillance permettant d'observer Cadogan
et son domaine, et de détecter d'éventuelles menaces.

La pièce, high-tech, comportait de multiples ordinateurs,
une grande table de conférence et toutes sortes de gadgets
électroniques dernier cri. Elle se trouvait à proximité de
la salle d'entraînement et de l'arsenal, nous offrant la
possibilité de nous exercer à tout moment et garantissant un
accès rapide aux armes, si jamais le besoin s'en faisait sentir.

Je ne faisais pas à proprement parler partie de la
Garde, mais je renforçais les effectifs à l'occasion, quand la
situation tournait mal. Ce qui était arrivé fréquemment ces
derniers temps.

Trois gardes chevronnées composaient l'équipe : Juliet,
Lindsey et Kelley, la remplaçante provisoire de Luc. Elles
étaient assistées de quelques intérimaires que Luc avait
engagés pour occuper les postes vacants.

Ce soir-là, le silence régnait dans la salle des opérations. Kelley était absente, sans doute partie faire une ronde, tandis que Juliet, une vampire rousse et gracile, étudiait la file d'écrans retransmettant les images des caméras de surveillance.

Lindsey était assise à la table de conférence devant une tablette numérique, un pot de yaourt et une cuillère en plastique à la main. En face, Luc lisait un journal, jambes croisées, les pieds posés sur la table. J'avais l'impression de pénétrer dans l'intimité de leur cuisine au moment du petit déjeuner.

— Il faut qu'on trouve un surnom pour votre couple, affirmai-je en m'installant avec eux. Lucsey, peut-être ?

Sans ciller, Luc tourna une page de son journal.

— Appelle-nous comme tu veux, Sentinelle. On a déjà un surnom pour vous.

Voilà une nouvelle inquiétante. Même s'il n'existait aucun moyen d'y échapper, je n'étais pas sûre d'avoir envie que ma vie amoureuse alimente les potins de la salle des opérations.

— Non.

— Si si, assura Lindsey en raclant bruyamment son pot de yaourt à l'aide de sa cuillère. Vous êtes Methan.

— Quoi ?

— Methan. Merit et Ethan. Methan.

— Personne ne nous appelle comme ça.

Tous les vampires présents se tournèrent vers moi avec des expressions sardoniques. Quand ils hochèrent tous la tête en même temps, je me tassai légèrement sur ma chaise.

— Tout le monde vous appelle comme ça, déclara Luc à la place des autres. Enfin, on s'efforce de ne pas parler de vous en permanence. Nous avons tous mieux à faire que disséquer votre relation…

— Pas moi, l'interrompit Lindsey en levant sa cuillère.

— D'accord, nous avons tous mieux à faire, sauf Lindsey, et je ne prendrai pas ce commentaire comme un affront personnel. Bon, vu qu'on a zappé les politesses, je te souhaite le bonsoir, Sentinelle.

— Bonsoir, marmonnai-je. Le consultant en sécurité est arrivé, il est en réunion avec Ethan. Il m'a dit que tu lui avais déjà parlé ?

— Nous nous sommes parlé, oui, confirma Luc. Pour être franc, je trouve ses suggestions inutiles. Pas dangereuses, mais d'une prudence exagérée. Cela dit, si ça fait plaisir au big boss, je m'incline.

— Je l'ai rencontré en début de soirée, annonça Lindsey en jetant son pot de yaourt et sa cuillère dans une poubelle à l'autre bout de la salle. (Elle avait exécuté un lancer parfait, et son tir atteignit sa cible dans un choc sonore.) Il est canon, lâcha-t-elle en s'essuyant les mains. Grand, ténébreux, avec un petit côté sauvage.

— Eh oh, je suis là, protesta Luc.

— C'est vrai, tu es là alors que j'affirme qu'un homme n'ayant aucun rapport avec toi est super sexy.

Luc grommela, mais n'insista pas.

— Sentinelle, quoi de neuf par chez toi ? me demanda-t-il.

— Oh, pas grand-chose, dis-je avant de leur parler d'Oliver et Eve, des Solitaires en deuil et de ce que nous avions découvert dans l'entrepôt.

Pendant que je leur livrais mon récit, Lindsey se leva pour aller chercher notre accessoire préféré – un énorme tableau blanc sur lequel nous notions les idées qui nous venaient à l'esprit et les pistes dont nous disposions –, et commença à écrire ce que nous savions.

— Le bois, si c'est du tremble, nous mènera de nouveau vers McKetrick, conclus-je.

Lindsey se figea et échangea avec Luc un regard qui ne me disait rien qui vaille.

— Qu'est-ce qui se passe ? demandai-je.

— Il y a quelque chose que tu dois voir.

Il tapota sur une console insérée dans le plateau de la table jusqu'à ce qu'une image apparaisse sur l'écran du vidéoprojecteur.

Il avait sélectionné sur Internet un extrait des informations télévisées qui avaient été diffusées dans la journée.

La vidéo montrait Diane Kowalczyk derrière un pupitre. À côté du maire de Chicago se tenait McKetrick. Nous l'avions déjà vu dans cette position auparavant, léchant les bottes de Kowalczyk et montant la garde auprès d'elle comme une Sentinelle humaine malveillante.

Il portait un costume qui changeait de son habituel treillis militaire. Les cicatrices qu'avait laissées sa mésaventure avec son fusil chargé de tremble sautaient aux yeux. Son visage était grêlé de cratères, zébré de balafres et de brûlures du cou jusqu'au front. Il avait un œil d'un blanc laiteux, tandis que l'autre, vif et alerte, brillait d'une lueur indéniablement mauvaise.

— Attends, je mets plus fort, dit Luc en modifiant les réglages à l'aide de la console.

Le son, symbolisé par une barre verte en bas de l'écran, s'amplifia progressivement, et avec lui la voix d'hôtesse de l'air de Kowalczyk. C'était une belle femme, élégante et séduisante, mais elle défendait des convictions politiques anti-surnats détestables.

« *Cette ville a été fondée par des humains*, déclama-t-elle. *Nous vivons ici ; nous travaillons ici ; nous payons des impôts.* »

— Nous aussi on vit ici, on travaille ici et on paie des impôts, marmonna Luc. Et on le faisait déjà alors qu'elle et les autres humains de cette ville n'étaient pas encore nés.

« Les habitants de Chicago méritent une ville libérée de la délinquance des surnaturels. De leur violence. De leurs tromperies. Nous, citoyens de Chicago, ne reculons pas devant les difficultés, assena-t-elle d'une voix soudain teintée d'un accent du Midwest. *Nous les affrontons. Un jour, l'ancien maire a jugé important de créer un bureau où les "surnats", comme on les appelle, pourraient se présenter et demander à la ville de les aider à résoudre leurs problèmes. Il l'a appelé "Agence de médiation", et je suis fière de dire que je l'ai fermé. Nous n'en avions pas besoin alors, et n'en avons pas plus besoin maintenant. Ce dont nous avons besoin, ce dont la ville de Chicago a besoin, c'est d'une administration capable d'aider les humains à régler les problèmes que leur posent les surnaturels. »*

— Oh non, murmurai-je, devinant la suite.

« C'est pourquoi je suis très heureuse aujourd'hui de vous annoncer la création du Bureau de liaison. J'ai également le plaisir de vous apprendre que j'ai demandé à John Q. McKetrick d'en assurer la direction et de remplir la fonction de responsable de liaison. »

Oh, c'était mauvais. Très très très mauvais. Elle avait nommé « responsable de liaison » un homme nourrissant le projet de débarrasser la ville de ses vampires par n'importe quel moyen. Elle lui avait offert un titre, un bureau, une équipe, et une totale légitimité. Ce qui signifiait que, même s'il était impliqué dans les meurtres d'Eve et Oliver, il était à présent politiquement intouchable.

Mon grand-père allait devenir fou.

« Tous les surnaturels ne sont pas des criminels, bien sûr. Mais cet homme porte les cicatrices de sa rencontre avec l'un de leurs éléments indésirables, et je crois qu'il a beaucoup à nous apprendre sur ceux qui partagent notre ville. »

Une rage sourde s'empara de moi. McKetrick portait ces cicatrices parce que c'était un criminel qui haïssait les vampires. Il s'était lui-même infligé ces blessures, et de manière littérale, alors qu'il comptait déchaîner sur moi ses pulsions misanthropes.

McKetrick adressa un sourire à Kowalczyk avant de prendre sa place derrière le pupitre.

« Chicago n'est pas ce qu'elle semble être. Nous vivons dans un monde de soleil et de lumière. Mais la nuit, un mal sombre se répand dans les rues. Pour l'instant, nous contrôlons toujours cette ville, mais, si nous ne nous montrons pas vigilants, si nous n'agissons pas avec fermeté, nous deviendrons une minorité dans notre propre cité. »

Ces propos xénophobes me laissèrent sans voix. McKetrick avait apparemment été engagé par le maire pour cracher sur les surnaturels. Était-ce un exemple de ce qu'allait devenir le discours public?

« Cette administration a pour but de faire briller la lumière sur Chicago. Mon travail consiste à protéger les humains des manigances des surnaturels et faire en sorte que cette ville soit non pas un exemple d'excellence pour le pays, mais pour le monde entier. »

S'ensuivirent quelques applaudissements timides – et sans doute dirigés – qui se turent lorsque Luc éteignit la vidéo.

— Ce type est un crétin! lança Lindsey. Astérisque: je le hais. Note de bas de page: qu'il aille se faire foutre.

— On a compris, chérie, dit Luc avec bienveillance. Même si je partage ton sentiment. Et je n'ai vraiment aucune envie d'en parler à Ethan.

— Comme s'il avait besoin d'une source de soucis supplémentaire en ce moment, soupirai-je avec un élan de compassion pour lui. Maintenant, un agitateur d'épouvantails trône à un poste officiel. Il ne nous reste plus qu'à espérer que McKetrick n'a pas tué Oliver et Eve, parce que, si c'est le cas, le maire vient de nommer un assassin à son cabinet.

Quoi qu'il en soit, les éclats de bois semblaient l'incriminer et devaient être analysés.

— Quand j'aurai parlé à Ethan, j'informerai les Capitaines des autres Maisons, déclara Luc. Non mais franchement, John Q. McKetrick ? Pourquoi pas John Tartempion, tant qu'on y est ? Comment peut-elle ne pas se rendre compte que c'est un faux nom ? Ça paraît évident.

— Parce qu'elle est stupide, répliquai-je. Elle l'est forcément, pour croire que ce soit une bonne idée de donner du pouvoir à ce type.

Mon téléphone vibra, annonçant l'arrivée d'un message. Je le sortis de ma poche ; c'était Jeff.

« D'après insp. Jacobs, pas d'empreintes ni autre matériel biologique sur téléphone d'Eve. Mais bois est du tremble. »

C'était toute l'information dont j'avais besoin. Je me levai et me dirigeai vers la porte.

— Où tu vas ? s'enquit Luc.

Je me tournai vers lui, animée d'une détermination farouche.

— Deux vampires sont morts, et le crime porte la signature de McKetrick. Étant donné que je sais maintenant où se terre ce cher John Q., ou quel que soit son nom, je crois que le moment est venu d'avoir une petite discussion avec lui.

À cette heure avancée – presque minuit –, la plupart des bureaux devaient être déserts. Cependant, McKetrick avait été affecté à un service consacré aux surnaturels ; la plupart d'entre eux vivant la nuit, je supposai que j'aurais de grandes chances de le trouver à son poste.

De plus, je suspectais cet homme d'avoir commis un meurtre. Je n'allais pas lui fixer rendez-vous chez lui ou au « QG », dont j'avais entendu parler une fois. L'administration de cette ville avait beau ne pas affectionner les vampires, une visite au bureau de McKetrick paraissait l'option la plus sûre.

Après avoir trouvé son numéro sur Internet, je m'isolai dans un coin tranquille du rez-de-chaussée pour l'appeler.

—John McKetrick.

—C'est Merit. J'ai appris que vous aviez eu une promotion.

Il marqua une pause au cours de laquelle il me sembla entendre les battements précipités de son cœur.

—C'est vrai, finit-il par dire. Que puis-je faire pour vous, Merit ?

—J'ai pensé que nous pourrions nous rencontrer. Et si vous me faisiez visiter votre bureau ?

Et m'expliquiez pourquoi vous vous êtes arrogé le droit de tuer d'innocents vampires, ajoutai-je en mon for intérieur.

Il hésita un moment, réfléchissant sans doute à notre dernier tête-à-tête et aux multiples cicatrices qui en avaient résulté. Mais il avait dû décider que le jeu en valait la chandelle, car il s'exclama :

—Quelle bonne idée !

Son enthousiasme, qui semblait sincère, ne me rassurait pas vraiment, mais je ne pensais pas qu'il m'agresserait dans son bureau alors qu'il venait juste de prendre ses fonctions. Il ne bénéficiait pas encore d'une aura politique suffisante pour tuer un vampire au Daley Center.

Du moins je l'espérais.

—Je peux être là dans une demi-heure, avançai-je.

—Je préviendrai la sécurité de votre arrivée. Je suis impatient de vous revoir, Merit.

Cet homme me donnait la chair de poule. Même si je ne le pensais pas capable de commettre un vampiricide dans son cabinet, j'avertis Jonah de mon rendez-vous par texto, ainsi que Jeff. Juste au cas où.

Jetant un regard au bureau d'Ethan, je marquai une courte pause. Luc connaissait mes intentions ; je n'avais donc pas à dévoiler mon plan à Ethan. Ce qui m'arrangeait, car, à mon avis, il n'approuverait pas que je rende visite à notre ennemi politique numéro un au beau milieu de la nuit, qui plus est sur son territoire.

Dans certaines situations, je préférais foncer tête baissée et m'excuser ensuite plutôt que demander la permission.

Un subalterne doit parfois savoir manager ses supérieurs.

Je conduisis jusqu'au centre-ville et me garai dans une rue secondaire du Loop. La plupart des hommes d'affaires étaient rentrés chez eux pour la nuit depuis des heures – sans doute grâce au métro qui desservait la banlieue –, livrant le quartier au calme et à l'obscurité. M'attendant à devoir franchir des gardes et des détecteurs de métaux, je laissai mon sabre et ma dague dans la voiture.

Quand je levai la tête au pied du gratte-ciel, une bouffée de nervosité m'envahit. Le Daley Center était un bâtiment intimidant, avec sa structure de style fédéral soulignée par des colonnes qui entouraient l'édifice jusqu'à mi-hauteur comme une couronne de pierre.

— Vous venez souvent par ici ?

Je crus que mon cœur s'arrêtait de battre, jusqu'à ce que je pose les yeux sur l'homme qui avait troublé le silence. C'était Jeff, les mains dans les poches et un grand sourire aux lèvres.

— Qu'est-ce que tu fais là ?

— Je me suis dit que tu aurais besoin de quelqu'un pour protéger tes arrières, répondit-il avec un haussement d'épaules.

Jeff était un métamorphe, et je ne doutais pas de sa force ; je l'avais déjà vu se battre, mais jamais sous sa forme animale. Cela étant, je n'avais aucune envie qu'il se livre à une démonstration de brutalité bestiale avec McKetrick à l'intérieur du Daley Center.

Jeff à mon côté, je contournai le bâtiment jusqu'à la place qui le longeait, où une gigantesque sculpture de Picasso scrutait les ténèbres. L'œuvre de métal brillait d'une teinte rouille sous la lumière des lampadaires, arquée vers le ciel tel un insecte robotique. Derrière se dressaient trois énormes hampes que l'on avait déjà dépouillées de leur drapeau pour la nuit.

Tandis que nous traversions la place, je me sentis soudain seule et minuscule, petite vampire impuissante au milieu d'un empire humain qui ne se souciait guère de ma survie.

— Tout va bien ? s'enquit Jeff.

Je le rassurai d'un hochement de tête.

— Ça va. Je suis juste un peu tendue.

— Je peux monter avec toi, si tu veux.

— Non, je préfère que tu restes ici. Je n'ai pas envie qu'il se sente piégé, ni que tu te retrouves dans sa ligne de mire. Ça ira. C'est de la simple nervosité. Je suis sûre que mon courage reviendra dès que j'entrerai dans son bureau.

Il vaudrait mieux, car McKetrick avait des réponses à me fournir ; ce n'était pas le moment de se dégonfler.

Les nerfs à fleur de peau, je pénétrai avec Jeff dans le hall principal tapissé de marbre et dépassai les divers hommages à Richard Daley en direction du comptoir derrière lequel étaient postés les vigiles. Un homme et une femme à la coiffure sévère, tous deux en uniforme, levèrent les yeux à notre approche.

— Je m'appelle Merit, annonçai-je. J'ai rendez-vous avec John McKetrick au Bureau de liaison.

S'ils connaissaient mon nom, ils n'en montrèrent rien. L'homme me communiqua le numéro de l'étage, puis m'indiqua un détecteur de métaux, une machine à rayons X et un portique de sécurité. J'avais bien fait de ne pas emporter mes armes.

Jeff m'accompagna sur quelques mètres puis exerça une pression sur ma main.

— Tu en es capable.

J'acquiesçai.

— Si je ne suis pas revenue dans une heure, préviens quelqu'un.

Il gloussa et me considéra avec une expression présomptueuse qui me surprit.

— Merit, si tu n'es pas revenue dans une demi-heure, j'irai te chercher moi-même.

— Ils sont armés, lui rappelai-je.

— Je suis un métamorphe, se contenta-t-il de dire avec un sourire.

Mon plan de secours au point, j'expirai et avançai vers le défi qui m'attendait.

Le bureau de McKetrick se trouvait au troisième étage, entre un service municipal et une salle d'audience du tribunal de police.

La porte arborait son nom et sa fonction en lettres dorées. Je mourais d'envie de les arracher, mais parvins à me contrôler.

Je ressentis ensuite un certain soulagement en constatant que ma peur cédait le pas à la colère. La colère était un sentiment bien plus facile à assumer.

À l'intérieur, je découvris un comptoir de réception désert et une porte ouverte. Je marchai jusqu'au seuil, d'où j'aperçus McKetrick debout devant une fenêtre, une tasse à la main, contemplant la place plongée dans l'obscurité de la nuit.

Il se tourna vers moi et m'adressa un mince sourire. Les cicatrices de son visage m'apparurent encore plus marquées qu'à la télévision. Sa peau paraissait désagréablement boursouflée par endroits, aussi fine que du papier à d'autres. Ces lésions le faisaient sans nul doute souffrir.

— Merit. C'est tellement gentil de votre part de passer me dire bonjour.

J'observai la pièce avec une vague curiosité.

— Alors, c'est ici que vous a mis Mme Kowalczyk. Dans votre propre petit bureau, derrière un masque de légitimité.

— J'ai bonne réputation, répliqua-t-il. Contrairement à certains.

— Je suis une vampire dûment enregistrée, lui assurai-je. Je peux vous montrer ma carte, si vous ne me croyez pas.

Un sourire aux lèvres, il alla s'asseoir sur son siège de bureau, appréciant visiblement notre joute verbale.

— Vous savez quel est votre problème, Merit ? Vous et vos semblables vous croyez meilleurs que nous. Je sais ce que vous pensez. Vous vous considérez comme un progrès de l'évolution grâce à votre mutation génétique. Mais être des vampires ne vous rend pas spéciaux. Cela vous rend nuisibles. (Il joignit les mains sur son bureau et se pencha en avant.) Et je suis là pour protéger Chicago des vermines de votre espèce.

— Vous n'êtes qu'un raciste d'un nouveau genre.

— Je dirige une équipe, j'ai un bureau et les faveurs du maire. Elle me croit, vous savez.

— Elle croyait Tate aussi. Et vous avez pu constater le résultat. La ville entière a vu ses ailes de chauve-souris.

Il secoua la tête.

—Dire que je pensais que vous me montreriez un peu de respect maintenant que mes opinions ont été validées.

Je n'étais pas persuadée que la stupidité du maire équivalait à une validation de ses convictions, mais cela ne valait pas la peine d'en discuter.

—Est-ce que cela signifie que vous êtes autorisés à éliminer des vampires ?

Ma question sembla amuser McKetrick.

—Vous voulez parler de notre petit incident du Midway ? C'est du passé, Merit.

Il faisait allusion à notre dernière rencontre, au cours de laquelle il avait pointé son fusil à tremble sur moi.

—Je veux parler des deux vampires que vous avez tués. Des personnes serviables assassinées sans raison.

—Je n'ai tué aucun vampire, assura-t-il avec un sourire carnassier. Pas récemment, du moins.

Son ton désinvolte me hérissa. La colère monta et se répandit en moi, m'échauffant instantanément le sang et faisant virer mes iris à l'argenté.

Il écarquilla les yeux de peur, ce qui me réjouit plus que ça ne l'aurait dû.

—Deux vampires sont morts, et votre fusil à tremble a été utilisé pour les empêcher de fuir.

Il semblait sincèrement surpris par cette révélation, à en croire son expression. Ou alors, il jouait vraiment bien la comédie. Mais comment pouvait-il être surpris ?

—C'est impossible, affirma-t-il en retrouvant son impassibilité.

Il avait beau ne pas être enchanté d'avoir un vampire furibond dans son bureau, son tempérament de guerrier lui permettait de maîtriser ses émotions.

—J'ai vu les éclats de bois, et nous les avons fait analyser. C'était du tremble.

Je l'observai un moment, épiant sa réaction à cette accusation grâce à mes sens exacerbés. En tendant suffisamment l'oreille, je percevais les battements sourds de son cœur et les pulsations rythmiques du sang dans ses veines. Les deux semblaient rapides, mais sans plus. Peut-être n'était-il pas tout à fait détendu, mais il n'avait rien d'un prédateur inquiet non plus.

—Arrêtez d'utiliser votre magie sur moi.

À mon avis, il ignorait si je possédais de réels pouvoirs, mais c'était à mon tour de bluffer.

—Je ne vois pas de quoi vous voulez parler.

—Comme si je pouvais croire un mot de ce que vous dites. Regardez-moi en face, Merit. Regardez ce que vous m'avez fait.

Une lueur fanatique brillait dans ses yeux. Il avait réussi à se convaincre que j'avais causé ses blessures, alors que lui seul était à blâmer. Je supposai qu'il était plus facile pour lui de me décréter coupable plutôt qu'avouer qu'il s'était mutilé lui-même.

—Votre fusil a explosé, lui rappelai-je. Un fusil que vous avez tenté d'utiliser contre moi, alors que je n'étais pas armée.

—Mensonges, se contenta-t-il de rétorquer.

Cet échange ne nous menant nulle part, je revins au sujet qui m'intéressait.

—Dites-moi pourquoi vous avez choisi Oliver et Eve. Ils essayaient de s'enregistrer, exactement ce que la ville attendait d'eux. Pourquoi les avez-vous tués ?

—Je ne sais pas de quoi vous parlez, affirma McKetrick avec un petit rictus aux lèvres. Quoi qu'il en soit, si vous voulez m'accuser d'un crime, vous devrez entamer une procédure officielle.

— McKetrick, vous pouvez vous asseoir dans votre fauteuil et sourire dans ce bureau autant que vous voudrez, porter un costume et vous prétendre le meilleur ami du maire, vous restez un assassin, nous le savons tous.

Son sourire s'élargit, et, cette fois, son visage exprimait la malveillance pure, une haine si violente qu'une bouffée de nervosité m'envahit.

— Et vous, vous devriez vous rappeler qui commande, ici, répliqua-t-il en pointant un doigt vers sa poitrine. C'est moi, pas vous ni votre bande de sauvages. Les choses ont changé. Mon nom est inscrit sur la porte, Merit. Le maire m'a donné le pouvoir d'aider les humains de cette ville à lutter contre la gangrène que vous et vos semblables représentez.

Un agent de sécurité apparut sur le seuil, prêt à me jeter dehors. Je supposai que mes yeux argentés avaient vraiment effrayé McKetrick. Lui inspirions-nous de la crainte, en plus de la haine ?

Je n'avais pas l'intention de me battre contre un garde qui se contentait de faire son travail, même s'il obéissait aux ordres d'un toquard tel que McKetrick.

— Ce n'est pas terminé, le menaçai-je.

— Oh, je le sais bien, lança McKetrick pendant que le vigile m'escortait jusqu'à la porte. C'est justement ça qui m'amuse.

Lindsey avait raison. Ce type était vraiment un crétin.

Jeff eut la sagesse de me laisser ruminer ma colère quelques minutes avant de me poser des questions sur ma visite, non qu'il y ait grand-chose à en dire. Comme il avait trouvé une place de parking non loin de là où je m'étais garée, il m'accompagna en silence jusqu'à ma voiture.

—Je ne suis pas sûre que ce soit lui le coupable, déclarai-je finalement. Je ne suis pas non plus certaine de son innocence, mais je pense que, s'il avait su qui étaient Oliver et Eve, il aurait fait le malin, ou aurait du moins laissé entendre que la nouvelle lui faisait plaisir.

Jeff s'appuya contre la Volvo.

—Et il n'a pas fait le malin ?

—Pas vraiment. Il s'est vanté de sa position, ça oui, mais quand j'ai mentionné le fusil à tremble… Il a vraiment eu l'air surpris.

—Peut-être que quelqu'un lui a volé une arme, avança Jeff. Il a bien un endroit qui lui sert de QG, non ? Et des hommes de main ?

—Oui, reconnus-je.

Nous savions qu'il possédait un QG, mais pas où celui-ci se trouvait. Nous avions vu ses sbires en action à maintes occasions, des adeptes du genre de treillis noir que McKetrick portait avant de prendre ses fonctions.

Comment se faisait-il que je considérais cette époque comme le bon vieux temps ?

—C'est ça, notre théorie ? demandai-je à Jeff. Quelqu'un a volé un fusil à tremble au QG de McKetrick et décidé d'éliminer deux vampires ?

Jeff croisa les bras.

—Ce n'est pas une mauvaise théorie. Peut-être que l'un des laquais de McKetrick, en découvrant qu'il allait travailler pour la ville, s'est dit que son boss était un vendu et a pris l'initiative d'agir seul.

—C'est une possibilité, concédai-je. Mais ça ne nous rapproche pas du tueur. McKetrick ne dénoncerait jamais un collègue, même après s'être fait dérober une arme. Ça reviendrait à préférer les vampires aux humains.

—La trahison ultime, conclut Jeff, remarque que j'approuvai d'un hochement de tête.

—Je devrais rentrer à la Maison. Merci de m'avoir accompagnée.

Avant qu'il ait pu émettre la moindre objection, je le serrai dans mes bras. Jeff avait beau être fin et élancé – il était plus grand que moi –, sa silhouette dégingandée dissimulait des muscles solides.

—Oh, de rien, balbutia-t-il en me tapotant maladroitement le dos avant que je le libère. J'ai une petite amie, ajouta-t-il, les joues cramoisies.

—Bien sûr, dis-je avec sérieux. Quoi qu'il en soit, merci.

—À plus, lança-t-il avant de monter dans sa voiture pour retourner chez mon grand-père.

Je partais plus ou moins dans la même direction, et il était très probable que nous trouverions chacun notre lot de drames en arrivant à destination.

En revanche, je ne m'attendais pas à trouver une Maison totalement silencieuse.

Le hall était désert, tout comme le bureau d'Ethan.

J'entendis soudain un bruit suivi de quelques jurons prononcés par une voix féminine. Craignant le pire – émeute, attaque, crise de nerfs surnaturelle –, je courus en direction du tapage.

Je découvris Helen à genoux dans le hall, affairée à ramasser un bouquet de fleurs fanées à terre. Un grand vase transparent – en plastique, apparemment, puisqu'il ne s'était pas brisé – gisait à côté d'elle. Elle portait une jupe et une veste en tweed élégamment coupées avec des escarpins aux talons d'une hauteur raisonnable, et se baissait comme l'aurait sans doute fait Coco Chanel, avec une prudence toute féminine et une grâce distinguée.

—Je vais vous aider, proposai-je en me courbant afin de rassembler les fleurs.

Il s'agissait de roses blanches qui commençaient à se flétrir, les pétales défraîchis et brunis, les tiges dégageant un léger relent de matière organique en voie de dégradation.

—Merci, dit-elle en se redressant avec une brassée de roses. Je remplaçais les compositions florales de la table du hall quand je me suis piquée avec une épine. Ça m'a surprise. Une si petite chose… Mais voilà, le mal est réparé.

Petite, mais suffisante pour la blesser ; je percevais l'arôme acidulé du sang derrière les fragrances de son parfum et l'odeur des fleurs.

Je reposai le vase sur la table, ramassai les dernières roses à terre, puis suivis Helen dans la cuisine, où elle jeta les fleurs fanées dans l'une des grandes poubelles de Margot.

—Où sont-ils tous passés ? demandai-je.

—Dans la salle d'entraînement. Ethan a décidé de tester les capacités de notre nouveau consultant en sécurité.

À peine avait-elle terminé sa phrase que je dévalais les marches de l'escalier.

7

LE CAS VAMPIRE CONTRE VAMPIRE

La salle d'entraînement de la Maison Cadogan se composait de deux parties distinctes : le tatami sur lequel combattaient les participants, et la galerie qui le surplombait, d'où le public pouvait observer le spectacle qui se déroulait en dessous.

Les concurrents n'étant pas encore entrés sur le ring, je m'assis sur le balcon à côté de Lindsey, Luc et la moitié des gardes intérimaires de la salle des opérations.

— Comment s'est passé ton rendez-vous ? s'enquit Luc.

— McKetrick n'a pas tenté de me tuer, mais je ne suis pas sûre qu'il soit impliqué dans les meurtres. Même si l'annonce de la mort d'Eve et Oliver ne lui a fait ni chaud ni froid, il a tout de même paru surpris quand je lui ai parlé du fusil à tremble.

Luc sembla stupéfait.

— Il prétend que quelqu'un le lui a volé ?

— Il n'a rien dit, mais je me pose la question.

Lorsqu'un tonnerre d'applaudissements retentit sur la galerie, je me penchai par-dessus la balustrade pour observer Ethan pénétrer dans la salle, vêtu d'un kimono noir fermé par une ceinture à la taille. Pieds nus, il avait noué ses cheveux sur la nuque à l'exception d'une mèche blonde qui lui retombait sur le visage.

Une bouffée de fierté m'envahit. Cet homme qui irradiait la puissance et l'assurance était tout à moi.

—Franchement, bien joué, chuchota Lindsey à mon intention.

—Oui, hein?

Une fois sur le tatami, Ethan sautilla sur la pointe des pieds, les bras tendus au-dessus de sa tête, tout en me cherchant du regard sur le balcon d'une manière assez peu discrète. Quand nos yeux se croisèrent, je lui adressai un clin d'œil en signe de soutien.

—*Écrase-le, grand fauve*, l'encourageai-je par télépathie.

—*Tu ne devrais pas être en train de travailler?* répliqua-t-il.

—*Si. Mais le monde extérieur me déprime ; j'ai bien besoin d'une distraction. Allez, vas-y, impressionne-moi, maintenant.*

Ses lèvres s'étirèrent en un sourire provocant visible par tous, mais dont les raisons resteraient entre nous, tout comme les paroles que nous venions d'échanger.

Michael fit son entrée sous les applaudissements bienveillants des spectateurs. Il avait opté pour un kimono blanc rappelant celui d'Ethan. Si leurs tenues se ressemblaient, elles offraient un contraste de couleurs frappant. Les concurrents étaient tous deux grands et athlétiques, mais leurs manières et leur allure les différenciaient sans équivoque. Michael avait des cheveux noirs et une démarche souple teintée de nonchalance tandis qu'Ethan, blond aux yeux verts, ne laissait pas planer le moindre doute quant à la préparation et la précision de chacun de ses mouvements.

Au bord du tatami, Michael joignit les mains et se courba vers Ethan qui lui rendit son salut, une expression indéchiffrable sur le visage. Puis ils s'avancèrent vers le centre du tapis.

Le combat commença presque instantanément.

Michael bondit en effectuant un coup de pied circulaire qui envoya Ethan au sol, où il s'écarta d'une roulade avant que son adversaire puisse tenter de l'atteindre à nouveau.

—Pas mal, concéda Ethan.

—Il faut bien que je t'apprenne un tour ou deux pour justifier mes honoraires, rétorqua Michael.

Il lança un coup de pied latéral qu'Ethan para sans difficulté, puis avança en décochant une série de coups de poing. Ethan esquiva l'attaque par un saut de main arrière, se propulsant à plus de trois mètres au-dessus du sol.

—Je vois que tes quatre cents ans de pratique t'ont été bénéfiques, ironisa Michael en poussant un grognement tandis qu'il bloquait du bras droit un coup de pied en croissant parfaitement exécuté.

Le bruit provoqué par le choc se répercuta dans la salle, et tout le monde grimaça par compassion. Ils avaient dû le sentir passer.

Ils poursuivirent la lutte, prenant l'avantage à tour de rôle, donnant l'impression de se livrer à une démonstration de tous les sauts, coups de poing et coups de pied que contenait leur arsenal.

Michael était doué. Il combattait avec ardeur et agilité, même s'il ne ripostait pas avec autant de créativité que son adversaire. Peut-être Ethan était-il favorisé par ses années de pratique, d'expérimentation de la relation spéciale que les vampires entretenaient avec la gravité et qui leur permettait d'évoluer dans les airs.

Cependant, Michael compensait son manque d'inventivité par sa force. Quoique mince, il était plus large d'épaules qu'Ethan et possédait une musculature plus puissante.

Ils s'écartèrent pour marquer une pause, tous deux pantelants, et s'observèrent mutuellement avec méfiance, chacun estimant et jaugeant les aptitudes de l'autre.

Au bout d'un moment, Michael rompit le silence :

— Si tu veux t'améliorer, il faut que tu laisses parler ta nature sauvage.

— Elle l'avait dit, chuchota Luc à côté de nous pendant que Lindsey toussait pour dissimuler une exclamation de triomphe.

— Ma nature sauvage ? répéta Ethan.

Les mains sur les hanches, un sourcil arqué de façon aristocratique, il dévisageait Michael avec scepticisme.

— Ta nature sauvage, confirma Michael. Tu te bats comme un prince. Honorablement. C'est très bien sur un tatami, mais au cours d'un réel combat, il y a de grandes chances pour que ton adversaire se foute complètement que tu suives l'étiquette vampire. Il n'ira pas vérifier après coup les règles du *Canon*. Tu dois te battre comme lui. Sinon, tu risques de perdre, d'être tué ou blessé, ou de manquer l'occasion de maîtriser ton ennemi. Ce qui en laisse la responsabilité à quelqu'un d'autre.

Le silence s'installa dans la salle tandis que nous regardions tous Ethan, impatients de voir comment il prendrait ce conseil. Il ne faisait pas souvent l'objet de critiques, encore moins en matière de techniques de combat. Mais il tendit la main vers Michael.

— J'apprécie ta franchise. Nous avons beau nous entraîner régulièrement selon les méthodes traditionnelles, il est facile d'en oublier l'objectif : nous protéger nous-mêmes et ceux que nous aimons.

— Exactement, dit Michael avec un hochement de tête pendant qu'ils échangeaient une poignée de main.

Au moment même où ils se séparaient, Malik franchit la porte et se dirigea vers Ethan sans attendre d'y être invité.

— Seigneur, marmonna Lindsey. Juste quand je commençais à m'amuser. Qu'est-ce qui va encore nous tomber dessus ? Des robots ? Des monstres ? Ou bien McKetrick est là dehors avec une torche, prêt à mettre le feu à la Maison ?

— Peut-être pire, soupira Luc en consultant son téléphone avant de lever les yeux sur moi. Kelley vient de m'envoyer un message. Lacey Sheridan ne va pas tarder.

Autour de moi, tous les vampires se turent, m'observant comme s'ils attendaient ma réaction. Je devinais sans peine leurs interrogations : « *Va-t-elle piquer une crise ? se mettre à hurler et crier ? sortir comme une furie ?* »

Mes joues s'enflammèrent en constatant que tout le monde me considérait apparemment comme une hystérique.

— J'étais déjà au courant de sa visite.

— Merci mon Dieu ! s'exclama Luc d'un air théâtral avec un soulagement évident. La catastrophe est évitée.

— Je ne suis pas si terrible que ça, affirmai-je en lui décochant un regard noir.

— Si, rétorquèrent la plupart des vampires à proximité.

Me retenant de leur adresser à tous un geste obscène, je suivis Luc lorsqu'il quitta le balcon.

— Allons accueillir notre invitée, déclara-t-il avant de pointer un doigt sur moi. Et interdit de lui planter un pieu dans le cœur.

Malheureusement pour Luc, ce n'était pas à elle que j'avais envie de planter un pieu dans le cœur.

Après avoir regagné le rez-de-chaussée, Ethan partit se changer pendant que nous attendions l'arrivée de Lacey. Alors que les ténors de la Maison se rassemblaient dans le foyer, je remarquai l'absence de Michael. Ethan l'avait sans doute reclus dans un bureau ou à la bibliothèque pour travailler.

Je m'étais préparée. Je savais qu'elle allait bientôt franchir notre porte, et j'étais persuadée qu'elle ressemblerait à un top model prêt à défiler : parfaitement maquillée, ses cheveux blonds impeccablement coiffés, sa mince silhouette drapée dans un tailleur raffiné qui la moulerait comme s'il avait été conçu spécialement pour elle. Ce qui était sans doute le cas.

Je m'attendais à tout… sauf à ça.

— C'est quoi, cette tenue ? s'exclama Lindsey. Pourquoi est-ce qu'elle ne porte pas un tailleur ? Elle est toujours en tailleur.

— Un jean, murmurai-je. Elle a mis un jean.

Plus précisément un jean, des bottes en cuir qui lui arrivaient aux genoux et un sweat très chic couleur caramel. Pourtant Maîtresse de sa propre Maison, elle avait renoncé à son élégance habituelle, et avait même adopté un style que l'on pouvait qualifier de décontracté, pour servir Ethan, son Maître, et l'aider à assurer la transition de Cadogan.

Elle n'était certes pas la première vampire que l'on voyait en jean. La plupart des résidents de la Maison Cadogan en portaient en dehors des heures de service, et même Ethan s'y était mis. Mais Lacey Sheridan n'était pas n'importe quelle vampire.

Le changement ne s'arrêtait pas à sa tenue. Ses cheveux, quoique toujours de la même longueur, étaient désormais coiffés en un carré plongeant. Cette coupe, moderne et audacieuse, soulignait le bleu de ses yeux et la ligne parfaite de ses pommettes.

— Elle est… différente, murmura Lindsey. Jolie, mais habillée si normalement que c'en est bizarre.

— Bizarre, confirmai-je, et sans doute purement intentionnel.

—Une façon de mieux correspondre aux goûts actuels d'Ethan ? chuchota Lindsey en me jetant un coup d'œil en coin. C'est plus que probable.

Lacey choisit ce moment pour poser les yeux sur moi à travers la foule ; une indéniable lueur de défi brillait dans son regard. Je supposai qu'elle avait appris ma relation avec Ethan, même si, de toute évidence, elle n'y prêtait guère d'importance. Elle le voulait et ne me laisserait pas constituer un obstacle à ses projets.

Je poussai un soupir.

—C'était un soupir bien triste, remarqua Juliet.

—Je déteste les drames, dis-je. Vraiment. Et je parie vingt dollars qu'elle en apporte tout un chargement.

—Pas dans les poches de son jean, en tout cas, commenta Lindsey. Elle ne peut plus rien mettre dans ce pantalon à deux cents dollars ultra moulant.

Je lui donnai un coup de coude qui me soulagea un peu.

Ethan m'invita à les rejoindre d'un geste.

—Mets-lui en plein la vue, chuchota Lindsey.

J'esquissai un vague signe d'approbation puis avançai. Quand je parvins à leur hauteur, Ethan posa une main dans mon dos.

—Lacey, tu te souviens de Merit.

—La Sentinelle, dit-elle. Bien sûr. Heureuse de te revoir, Merit.

Ethan avait l'habitude de m'appeler « Sentinelle » au travail. Je supposai que Lacey avait décidé de l'imiter. Ce qui paraissait logique, vu qu'elle me considérait apparemment davantage comme une employée qu'une collègue. Pas de problème.

—Heureuse de vous revoir, moi aussi. C'est gentil de votre part de venir aider Ethan.

Son expression confiante vacilla. Mon commentaire, quoique poli, lui avait subtilement rappelé ma position au sein de la Maison : au côté d'Ethan.

Ce dernier sourit et se tourna vers Lacey.

— Est-ce que tu aimerais prendre le temps de te rafraîchir un peu ? Je sais que le voyage a été long.

— Peut-être juste quelques minutes. Je pourrais monter mes valises et m'installer avant de te rejoindre dans ton bureau ?

— Je t'en prie, approuva-t-il.

Helen apparut à côté d'Ethan. Elle s'empara de l'un des bagages de Lacey et tendit la main en direction de l'escalier.

— Vous séjournerez dans la suite des invités, annonça-t-elle.

Pendant qu'Helen escortait notre hôte à l'étage, le comité d'accueil se dispersa, à l'exception des gardes.

— Tu as un moment, Ethan ? demanda Luc.

— Allons dans mon bureau.

Je les suivis, comme si la nuit se déroulait tout à fait normalement… et comme si la Maîtresse d'une Maison vampire située à des milliers de kilomètres de là ne venait pas de faire son entrée habillée exactement comme moi.

Je sentais que j'allais encore passer une bonne soirée.

Tous les cadres de la Maison qui s'étaient rassemblés au rez-de-chaussée pour accueillir Lacey participèrent à la réunion. Serrés les uns contre les autres, on attendit que quelqu'un annonce la mauvaise nouvelle à Ethan. Je laissais volontiers cet honneur à Luc.

Il alla droit au but :

— Kowalczyk a nommé McKetrick nouveau Médiateur de la ville. Il a un titre différent, bien entendu, mais le travail reste le même, apparemment.

— Elle a fait quoi ? s'exclama Ethan, incrédule.

— Il a un bureau et une équipe, poursuivit Luc. Ce qui le rend, sinon intouchable, du moins beaucoup plus difficile à atteindre.

Ethan leva les yeux au ciel.

— Que Dieu me protège de ces stupides humains. (Il reporta son attention sur moi.) Est-ce qu'on a des preuves le liant au meurtre d'Oliver et Eve ?

— Jeff a confirmé que le bois que nous avons trouvé dans l'entrepôt était du tremble. Mais ça ne suffit pas à le désigner coupable. Pas vraiment. Et il a nié toute implication.

Ethan se figea.

— Et tu sais ça parce que… ?

— Parce que Jeff et moi lui avons rendu visite à son bureau, ce qui, selon nous, était l'endroit le plus sûr pour l'interroger.

Ethan émit un vague grognement suggérant que nous n'avions pas fini de parler de ce sujet mais qu'il préférait ne pas insister étant donné le public présent.

Intéressant de voir comment j'apprenais à interpréter les bougonnements masculins.

— Tu as des nouvelles de Paige ? s'enquit Malik.

— Ça ne va pas tarder.

Toutes les têtes se tournèrent vers la porte. Paige, une rousse mince aux yeux d'un vert éclatant, se tenait sur le seuil, flanquée du bibliothécaire, qui portait une boîte à archives. Ils paraissaient tous deux contrariés.

— Tu avais raison, affirma-t-elle tandis que le bibliothécaire laissait tomber la boîte sur la table de conférence. Le contrat est la clé. Les membres du PG se moquent de perdre la Maison. Par contre, ils n'ont aucune envie de perdre le patrimoine qu'elle représente.

Je remerciai intérieurement Jonah d'avoir partagé cette information et de m'avoir permis d'indiquer à Paige l'endroit où se trouvait la brèche.

— Et ils n'utilisent pas les mécanismes traditionnels, ajouta le bibliothécaire. Ils épluchent les contrats liant le Présidium à la Maison à la recherche des failles pour en tirer profit.

— Quelles failles ? demanda Ethan. Peter a négocié ces contrats lui-même. Il n'y a pas de failles. Je les ai lus.

— Pas dans les principaux contrats, reconnut le bibliothécaire en tirant de la boîte à archives un dossier de cuir rouge qu'il tendit à Ethan. Mais il existe d'autres écrits.

Les sourcils froncés, Ethan saisit le dossier et le porta vers la table de conférence, où il le posa au sommet de la pile de documents qui s'y trouvait déjà avant de dénouer le ruban de soie qui le maintenait fermé. Malik et lui parcoururent les feuillets qu'ils découvrirent à l'intérieur.

J'échangeai un regard nerveux avec Luc.

— Qu'est-ce qu'il y a là-dedans ? demandai-je à Paige à voix basse.

— Lesdites failles, répondit-elle. Des annexes au contrat que Peter Cadogan est censé avoir signées.

Ethan se tourna vers nous. Son visage demeurait impassible, mais son inquiétude était évidente.

— Les documents sont signés. Ils contiennent des clauses abusives et scabreuses, mais je suis à peu près sûr que la signature est bien celle de Peter.

— Que disent-ils ? demandai-je.

— En résumé, que l'ensemble des gains engrangés par la Maison depuis sa création appartient au PG, répondit Paige. Que la Maison quitte le Présidium avec ce qu'elle lui a apporté. C'est-à-dire rien, ou presque.

Un silence abasourdi s'abattit sur la pièce. Nous avions jugé Cadogan en bonne santé financière grâce aux investissements fructueux réalisés par Ethan et Malik. Nous vivions également dans un certain luxe : nous occupions des chambres simples, mais bien aménagées ; la Maison était dans un état impeccable, la nourriture disponible en abondance, et nos salaires suffisaient amplement à satisfaire nos besoins personnels.

Cependant, à ce qui semblait, le PG pouvait prétendre à la quasi-totalité de ces richesses.

Ethan proféra un juron.

—Il faudra payer. Et même si nous arrivons à négocier, le montant du chèque sera substantiel. Ça engloutira une part significative de nos économies. Nous ne ferons pas faillite, mais, si le pire des scénarios venait à se produire, nous pourrions perdre le capital que nous avons patiemment amassé.

—En quoi cela servirait-il les intérêts du PG de mettre des vampires à la rue ? s'étonna Paige. Ça ne contribuerait qu'à créer la panique.

—Ça dissuaderait fortement les autres Maisons de tenter de quitter le PG, avançai-je, explication qu'Ethan approuva d'un hochement de tête.

—Ils vous utilisent comme exemple, conclut Paige.

—C'est très probable, confirma Ethan en se massant les tempes. Mais ne nous en préoccupons pas pour l'instant. Concentrons-nous sur ce que nous savons et sur les possibilités que nous pourrions négocier. Il est fort possible que le PG se satisfasse de nous malmener un peu, au lieu de tous nous détruire.

Vu ce que je connaissais de cette institution, je ne la croyais pas incapable de « tous nous détruire ». Pour une organisation créée dans le but d'aider les vampires à survivre à la haine des humains, le Présidium ne contribuait pas vraiment à assurer la pérennité et la santé des Maisons.

— Je vais rendre la Bentley, ajouta Ethan d'un air absent. C'était une extravagance, et je peux certainement m'en passer. (Il posa les yeux sur moi.) Il me faudra sans doute emprunter ta voiture jusqu'à ce que j'aie remplacé la mienne par un autre modèle plus… approprié.

— Et qu'est-ce que tu dirais d'un vélo avec des sacoches ? proposa Luc.

— Refusé.

— Hé, lança Luc avec un gloussement manquant toutefois de conviction. On en est capable. On a déjà traversé des périodes tourmentées. La grande dépression ? La crise du pétrole de 1973 ? Le règne de terreur d'Al Capone ?

— Nous survivrons et en sortirons plus forts, approuva Ethan. Il faut simplement surmonter tout d'abord cette épreuve. (Il saisit le dossier, qu'il donna à Malik.) Transmets ces documents à nos avocats. Je veux qu'ils les étudient à la première heure demain matin.

— Sire, dit Malik avec un hochement de tête.

— Y a-t-il une chance pour qu'ils trouvent une solution ? demanda Luc à voix basse.

— Pas sans procès, et la dernière chose dont nous ayons besoin, c'est d'interminables procédures destinées à régler un litige pour lequel les tribunaux d'Amérique ne disposent d'aucun précédent. (Pendant le silence qui suivit ce commentaire, il leva les yeux vers nous et ébaucha un sourire dénué de joie.) Désolé. J'ai déjà parlé à nos avocats ce soir. Comme il n'existe aucun antécédent, la justice devra interpréter un contrat liant des vampires rédigé il y a plusieurs siècles. L'entreprise serait coûteuse et le résultat incertain.

Ethan se tourna vers Malik, avec qui il échangea un long regard. Peut-être communiquaient-ils par télépathie.

Malik hocha la tête et quitta le bureau, le dossier à la main. J'ignorais ce dont ils avaient discuté, mais un accord avait visiblement été convenu entre eux.

—Je dois parler aux vampires Cadogan dans une heure, déclara Ethan en consultant sa montre. Nous évoquerons le sujet à ce moment-là. Je vous libère.

À ces mots, tout le monde se dirigea vers la porte en file indienne.

Profitant de mes prérogatives de petite amie, je restai dans le bureau et attendis que les autres soient partis avant de demander à Ethan :

—Tu vas bien ?

Il se passa les mains dans les cheveux, qui retombèrent en un halo doré autour de son visage.

—Je m'en sortirai. Nous nous en sortirons tous. (Il m'invita à avancer d'un geste.) Viens ici, Sentinelle.

Je me glissai entre ses bras et il m'étreignit avec soulagement, comme si le fait de me toucher lui ôtait un poids des épaules. En dépit de l'absence de mots, c'était peut-être le compliment le plus flatteur qu'il m'ait jamais adressé.

Il me tint serrée contre lui un long moment, jusqu'à ce qu'un grondement sonore retentisse dans la pièce.

Je reculai et considérai Ethan avec un grand sourire.

—C'était ton estomac, non ?

Posant une main sur son ventre, il répondit :

—J'ai une Meritite. Je meurs de faim, clarifia-t-il, ce à quoi je réagis en levant les yeux au ciel. Il nous reste un peu de temps avant que je prenne la parole devant les autres vampires. Si on mangeait un morceau ?

—C'est un rendez-vous ?

Il examina son bureau du regard. D'habitude impeccablement rangé, il était à présent encombré de boîtes, de classeurs et de piles de documents.

— Dans cet humble décor, oui.

— Pour toi, je veux bien me contenter de quelque chose de « humble ».

— Tu voulais parler de la nourriture, bien sûr, mais je vais voir ce que je peux trouver.

Cette fois, il avait le dos tourné quand je levai les yeux au ciel.

8

CONTE D'ŒUFS FÉES

C omme d'habitude, Margot dépassa toutes mes espérances. Ethan avait demandé un en-cas susceptible de nous revigorer et elle avait préparé un véritable brunch avec œufs brouillés, toasts, pommes de terre et saucisses. Vêtue de son uniforme blanc de chef, elle franchit le seuil en poussant un chariot garni de plats protégés par des cloches en argent et d'un pichet en verre rempli de jus d'orange.

—Ça sent délicieusement bon, la félicita Ethan en ménageant suffisamment d'espace sur la table de conférence pour que Margot puisse y déposer les plateaux.

—La Maison Cadogan, pour vous servir, déclara-t-elle avec un sourire. (Elle m'adressa un clin d'œil avant de découvrir les assiettes et d'allumer une bougie argentée qu'elle plaça au centre de la table.) Ambiance.

—Merci, dit Ethan.

Margot esquissa une légère révérence, puis poussa de nouveau le chariot vers la porte, qu'elle referma derrière elle.

D'un geste galant, Ethan tira une chaise et m'invita à m'y asseoir.

—Madame.

—Merci, monsieur, soufflai-je en m'installant.

Ethan prit place en bout de table, perpendiculairement à moi, et nous servit du jus d'orange.

—Portons un toast, déclara-t-il en levant son verre. À la Maison Cadogan. Puisse-t-elle résister, du point de vue des finances et du reste.

Après avoir trinqué, je bus une gorgée. Le jus, délicieux, possédait la saveur parfumée et acidulée des oranges fraîchement pressées.

—Alors comme ça, Michael connaissait Célina, dis-je en plongeant ma fourchette dans mes œufs brouillés.

—Oui. Tous les Maîtres n'ont pas la chance d'expérimenter des relations comme celle que j'entretenais avec Peter. Certaines ressemblent davantage à celle que j'ai vécue avec Balthasar, ajouta-t-il en se rembrunissant.

Ethan avait rencontré Peter Cadogan, le fondateur de la Maison, après avoir traversé l'Europe avec son sire, un vampire nommé Balthasar qui l'avait sauvé sur un champ de bataille. Ethan m'avait révélé un jour qu'il se considérait comme un monstre après sa transformation. Je me demandais s'il voyait également Balthasar comme une créature démoniaque.

—Tu as eu de la chance de connaître Peter, commentai-je.

—C'est vrai. C'était quelqu'un de bien, et il a fait de moi un homme meilleur. Nous sommes nombreux à le regretter.

—Je ne crois pas t'avoir déjà posé la question : comment est-il mort ?

Il pressa délicatement sa serviette sur ses lèvres.

—Extrait de tremble.

J'écarquillai les yeux. Enfoncer un pieu de tremble dans le cœur faisait partie des méthodes permettant de tuer un vampire. Mais l'extrait de tremble ? Je n'en avais jamais entendu parler.

—Je ne savais même pas que ça existait.

— C'est souvent désigné par des noms plus poétiques. On l'appelle parfois « poison écarlate » ou « sang d'aubépine » en raison de la couleur rouge que prend le liquide lors de sa préparation. Il était jadis connu des alchimistes et des scientifiques. Ses effets sur les vampires n'ont été découverts que plus tard.

— Quelle est son action ?

— C'est un poison lent et mortel, répondit-il en portant à ses lèvres une fourchette chargée d'une impressionnante quantité d'œufs brouillés.

— Quand est-ce que tu as mangé pour la dernière fois ?

— Oui oui, se contenta-t-il de marmonner, répugnant à avouer à sa petite amie à quel point il avait négligé ses besoins élémentaires.

Je pris une bouchée qui semblait vraiment raisonnable par comparaison.

— La complète réorganisation d'un système politique peut bousculer l'emploi du temps.

Ethan avala de travers, puis toussa entre deux éclats de rire.

— Bien dit, Sentinelle. Bien dit.

— Bon, revenons-en à Peter. Il a été empoisonné. Par qui ? Et pourquoi ?

— Par les parents de sa bien-aimée, malheureusement.

J'ouvris de grands yeux. J'adorais les belles histoires – j'avais étudié la littérature anglaise, après tout –, et celle-ci s'annonçait fascinante. Je plantai ma fourchette dans une saucisse que j'agitai devant Ethan à la manière d'une baguette magique.

— Continue.

— Peter était un vampire. Il est tombé amoureux d'une femme qui ne l'était pas.

— Une humaine ?

—Une fée.

—Ouille, lâchai-je avec une grimace, pressentant les complications.

—Exactement. À cette époque, la Maison Cadogan était basée au pays de Galles, mais nous étions partis en voyage en Russie. Elle s'appelait Anastasia. Ses parents étaient des fées puissantes qui avaient obtenu un titre dans l'aristocratie russe, des personnalités politiques entretenant des liens avec Claudia, qui vivait encore en Irlande, en ce temps-là. Ils prêtaient une grande importance au respect des convenances, et étaient fermement convaincus que les fées ne devaient pas se mêler aux humains ni à qui que ce soit d'autre. Mais Peter était amoureux. (Un sourire passa sur ses lèvres et ses yeux se perdirent dans le vide tandis qu'il se replongeait dans ses souvenirs.) Il t'aurait plu. C'était un homme, un vrai, tout en muscles. Il était soldat avant de devenir vampire, comme moi. Il avait un tempérament de guerrier, et il n'a pas changé en intégrant la brigade de nuit, si je peux utiliser cette expression. Il était gallois et prononçait à peine les voyelles. Il avait le visage rubicond, plus comme un Irlandais qu'un Gallois, en fait, même s'il ne voulait pas entendre parler de la possibilité que du sang irlandais coule dans ses veines. (Lorsqu'il reposa les yeux sur moi, son regard se fit plus dur, et son sourire s'évanouit.) Ils ont vécu une grande histoire d'amour. Passionnée et intense. Avec autant d'amour que de haine, je crois, même si ni Peter ni Anastasia ne l'auraient jamais admis. Malheureusement, les parents d'Anastasia détestaient Peter et répugnaient à voir leur fille se « rabaisser » en fréquentant un non-fée, qui plus est un vampire. Il était Maître, mais ni assez fée ni assez riche à leur goût.

—Alors, que s'est-il passé ?

—Comme elle refusait de rompre, son père a décidé de mettre lui-même un terme à leur relation. Anastasia avait un domestique, un individu sournois nommé Evgeni. C'était un cloporte, un menteur et un meurtrier. Et il exécutait les ordres des parents d'Anastasia, à l'insu de Peter.

—C'est lui qui l'a empoisonné, compris-je.

Ethan hocha la tête.

—Lentement, mais sûrement. Par petites doses, qu'il a administrées pendant assez longtemps pour que le poison s'accumule dans le cœur de Peter. Au final, le processus équivalait à un empalement, en plus insidieux, malheureusement. En fait, il s'est avéré qu'Evgeni n'était pas uniquement motivé par la haine qu'il portait à Peter et son désir de flatter le père d'Anastasia. Il s'était pris de passion pour elle.

—Un dangereux triangle amoureux, commentai-je en écarquillant les yeux.

—En effet. Un soir, après avoir donné à Peter ce qu'il imaginait être la dose fatale d'extrait de tremble, Evgeni a dévoilé ses sentiments à Anastasia. Quels que soient les défauts de son peuple, elle aimait sincèrement Peter et ne s'intéressait pas à Evgeni qui, il faut bien l'avouer, était une ordure.

—D'après ton récit, oui.

—Mais il n'a pas pris son rejet au sérieux. Il s'était convaincu qu'elle le désirait, que Peter l'avait charmée et qu'il représentait l'unique obstacle se dressant sur son chemin. Alors, quand elle a dit non...

—Il a insisté ?

—Plus que ça. Il l'a agressée, révéla Ethan d'un ton morne. Peter l'a entendue hurler, mais il était déjà très affaibli. On pensait qu'une sorcière lui avait jeté un mauvais sort. (Il émit un rire sans joie.) Comme ça semble stupide, maintenant...

—Pas tant que ça. Réfléchis à ce qu'a fait Mallory. Considère aussi le fait que tu es là aujourd'hui grâce à sa magie… et que tu manges ton toast à la fourchette. Quelle idée ?

—C'est comme ça que ça se mange, répliqua-t-il avec un haussement d'épaules.

—Ce n'est pas du tout comme ça que ça se mange, et je suis sûre que je t'ai déjà vu manger des toasts.

Je compris qu'Ethan essayait de détendre l'atmosphère en adoptant des manières incroyablement prétentieuses – même pour lui – pour me faire rire. Mais cette histoire délicieusement sordide et horrible me captivait trop pour que je me laisse distraire par ses marottes de vampire.

—Bref, repris-je. Peter l'a entendue hurler ?

—Il a volé à son secours. Je suis arrivé juste à temps pour le voir repousser Evgeni. Anastasia avait beau être toute menue, elle se battait comme une véritable guerrière. Elle manquait simplement de force… (Ethan baissa la voix, parcouru d'un frisson.) En dépit de son extrême faiblesse, Peter restait un vampire. Il a envoyé Evgeni valser à travers la pièce, puis il s'est effondré. Les parents d'Anastasia ont accouru et ont remercié Peter d'avoir sauvé la vertu de leur fille. Evgeni avait beau faire partie de leur peuple, il appartenait à une caste inférieure à la leur. Quelques secondes plus tard, c'était terminé. Peter était parti.

—Il s'est transformé en cendres ?

—Sous nos yeux. L'extrait agit plus lentement qu'un véritable pieu. Et le pire, c'était que nous ne pouvions plus rien faire pour lui.

—Il savait qu'il était en train de mourir ? demandai-je à voix basse.

Ethan acquiesça.

—Et nous avions compris qu'il n'était pas victime d'un sort. Sous la contrainte, Evgeni a avoué son crime, ainsi que le rôle joué par les parents d'Anastasia. Par son acte de bravoure, Peter a trouvé grâce aux yeux du couple. Le sol était en pierre. De grosses pierres aux bords acérés. Je suis resté à côté de lui pendant qu'il agonisait. J'avais mal aux genoux à cause de cette roche froide. (Il posa le regard sur moi.) N'est-ce pas étrange que je me rappelle un détail aussi insignifiant d'un événement qui s'est déroulé il y a des années ?

—La mémoire est étonnante, reconnus-je. La douleur a probablement fixé ce souvenir, l'a scellé dans ton cerveau. Je parie que tu te rappelles aussi l'odeur de cette pièce.

Ethan ferma les yeux.

—Une odeur d'ambre. Il flottait toujours un parfum riche et chaud dans la maison d'Anastasia. Roses d'été entêtantes. Viande rôtie. Bière. Mais je me souviens surtout des effluves d'ambre. (Il rouvrit les yeux.) Cela faisait longtemps que je n'avais pas évoqué cette histoire. Je suis heureux de te l'avoir racontée. C'est important que quelqu'un la connaisse, d'autant plus qu'elle se réécrit en ce moment même.

—Je suis vraiment désolée qu'il soit mort, affirmai-je en posant ma main sur la sienne. Peter semblait être un véritable ami.

Ethan hocha la tête.

—C'est la malédiction qui accompagne l'immortalité, Merit : voir partir ceux qu'on aime, y compris ceux qui ne sont pas censés nous quitter.

Le silence flotta un moment.

—Qu'est-il arrivé à Evgeni ? finis-je par demander.

Ethan plissa les yeux avant de répondre :

—Il a payé pour son crime.

Mon sang se glaça dans mes veines.

—Tu l'as tué?

—J'ai vengé la mort de Peter et l'agression d'Anastasia. Son père était trop lâche pour s'en charger.

Cette révélation me rappela qu'Ethan avait vécu une grande partie de son existence à une autre époque, une époque où les questions de vie et de mort n'étaient pas arbitrées de la même manière qu'aujourd'hui. Je ne le jugeais pas indifférent, mais il possédait la capacité de faire preuve de détachement et de violence s'il l'estimait nécessaire et conforme au code de l'honneur. Une violence qu'il assumait, et dont il ne s'excuserait jamais.

—Et Anastasia?

—Je ne sais pas ce qu'elle est devenue. Je l'ai perdue de vue après la mort de Peter. D'après ce que j'ai entendu, ses parents l'ont de nouveau isolée du reste du monde, du moins de sa partie vampire.

—Ils ont dû être soulagés. Je veux dire, choqués, sans doute, mais soulagés.

—Ils étaient ravis, en tout cas autant que peuvent le montrer des fées. Deux problèmes résolus d'un seul coup. Le vampire qui courtisait leur fille était mort, tout comme le domestique qui l'avait attaquée. (Il chiffonna sa serviette sur la table et croisa les jambes.) Tu as rencontré Claudia. Je suppose que tu as compris le système de valeurs des fées?

—Elles aiment l'argent et les richesses matérielles, répondis-je. Elles sont moins portées sur les émotions, y compris l'amour, du moins d'après ce qu'elles veulent bien admettre.

Claudia avait eu une aventure avec Dominique, le jumeau maléfique de Seth Tate, et, même si elle était clairement éprise, elle affirmait que l'amour était un sentiment auquel les fées ne daignaient pas accorder de l'importance.

—Tout à fait, confirma Ethan.

—L'œuf de dragon! m'exclamai-je, comprenant soudain son origine. Luc m'a dit qu'une duchesse russe l'avait offert à Peter. Qu'ils s'étaient «liés». C'est la mère d'Anastasia la duchesse?

Un sourire s'étira sur les lèvres d'Ethan.

—Oui, même si je crois que sa version de l'histoire change chaque fois qu'il la raconte.

—Comme au jeu du téléphone arabe?

—Le téléphone arabe? répéta Ethan, l'air perplexe. Qu'est-ce que c'est?

—Un jeu auquel je jouais quand j'étais petite, répondis-je. On s'assoit en cercle, et une personne prononce une phrase à l'oreille de son voisin, qui la transmet à son voisin, et ainsi de suite, jusqu'à ce que le dernier joueur essaie de deviner ce que le premier avait dit au départ. Le message est toujours déformé après être passé par plusieurs intermédiaires.

—Ah. Alors oui. Ça ressemble beaucoup à ça, sauf que Luc a retenu l'essentiel. La duchesse et son mari ont offert l'œuf à Peter pour le remercier de ce qu'il avait fait pour Anastasia. Un présent posthume. Et extrêmement précieux, du point de vue des fées.

Précieux non seulement en raison de sa valeur intrinsèque et de ce qu'il représentait pour les fées, mais parce qu'elles avaient exprimé leur reconnaissance à des vampires, alors qu'elles les détestaient cordialement.

—Un point pour les relations entre surnaturels, conclus-je.

Quelqu'un frappa et ouvrit. Helen entra.

—Les vampires sont rassemblés.

—Merci, Helen. On arrive dans un instant.

Elle hocha la tête avant de sortir, fermant la porte derrière elle.

Quand je reposai les yeux sur Ethan, il avait rendossé son rôle de Maître vampire : le visage impassible, les épaules droites, le menton relevé d'un air autoritaire. Il rajusta les manchettes de sa chemise avant de me jeter un regard en coin.

— Je crois que tu apprécieras le spectacle, Sentinelle.

J'ignorais ce qu'il avait en tête, mais je n'avais pas l'intention de mettre sa parole en doute.

Bien entendu, avant de le suivre, je pris le temps de partager le scoop de la soirée avec Mallory en lui envoyant un bref texto : « Ethan mange toast avec fourchette. »

Il lui fallut un moment pour répondre : « Dark Sullivan = play-boy prétentieux. »

Franchement, je ne pouvais pas la contredire. Et j'adorais reprendre mes conversations avec elle.

La salle de bal se trouvait au premier étage, juste à côté de la bibliothèque. Elle éblouissait par sa splendeur, avec son parquet, ses hauts plafonds et ses chandeliers majestueux qui répandaient une lumière dorée. Quoique la magie nerveuse qui régnait à présent paraissait suffisamment chargée d'électricité pour illuminer toute la pièce.

Michael Donovan se tenait au fond, à côté de Lacey. Ils bavardaient à voix basse comme de vieux amis. Sans doute s'étaient-ils connus quand Lacey vivait encore à la Maison Cadogan. Ils me suivirent tous deux des yeux lorsque je franchis le seuil au côté d'Ethan. Si le regard de Michael exprimait la sympathie, celui de Lacey dénotait la méfiance.

Je leur adressai un sourire affable – j'étais une adulte, après tout – tandis qu'Ethan prenait place sur l'estrade dressée à l'entrée. Les mains dans les poches, il attendit que cesse le brouhaha.

— Bonsoir, commença-t-il. Dieu merci, la nuit a été calme.

Des gloussements polis parcoururent la foule. Nous savions quand il fallait rire des blagues du grand chef. Mais le ton changea rapidement.

— J'arrête là les civilités pour aborder le sujet qui nous préoccupe, poursuivit-il. Demain, au cours d'une cérémonie qui se déroulera ici à minuit, nous quitterons le PG. Elle sera brève, même si je suppose que Darius ne nous épargnera pas quelques leçons de sagesse. Lorsque ce sera terminé, notre Maison ne sera plus affiliée au Présidium de Greenwich. Et elle ne fera plus partie du Registre des Vampires d'Amérique du Nord. (Ethan effleura le pendentif qu'il portait autour du cou.) Demain, nous rendrons nos médaillons au PG.

S'ensuivit une cacophonie de voix, de cris effrayés et d'exclamations de colère. Personne ne voulait se défaire de son médaillon, moi pas plus que les autres. Nous les considérions comme la marque de notre identité, nos badges d'honneur. Ils faisaient de nous des vampires, des vampires Cadogan, des Novices d'une noble et fière Maison. Ils signifiaient également notre appartenance au Registre des Vampires d'Amérique du Nord, ce qu'Ethan venait de nous rappeler.

— Novices! cria Ethan, et la foule se tut. Nous n'avons pas le choix, et je ne nous en autoriserais de toute manière aucun autre. Il est juste et honorable de rendre les badges symbolisant le pouvoir que le PG exerce sur nous. Mais je serai le premier.

Il porta les mains à sa nuque pour détacher son médaillon et le tint un moment dans son poing fermé avant de le laisser tomber dans une boîte posée sur l'estrade, à côté de lui.

— Si nous devons le faire, faisons-le tous ensemble, ajouta-t-il.

Luc l'imita, puis Malik, suivi de Kelley, Juliet et Helen. Un par un, tous les vampires réunis dans la salle de bal marchèrent jusqu'à la scène, retirèrent leur pendentif et le déposèrent dans la boîte aux pieds d'Ethan.

Quand, à mon tour, j'abandonnai le mien, je cherchai le regard d'Ethan avant de retourner à ma place. Il hocha la tête, et je me faufilai de nouveau dans la foule.

— Nous nous attendons également à ce que le PG utilise les contrats le liant à notre Maison pour revendiquer nos biens. Nous devrons honorer une partie de cette exigence ; nous contesterons l'autre partie. Quoi qu'il en soit, demain, afin de nous acquitter de cette prétendue dette, nous donnerons une somme substantielle au PG. (Il marqua une pause pendant que le public échangeait des murmures nerveux.) Cette Maison existe depuis des siècles et continuera d'exister. Mais nous devrons nous serrer la ceinture. Pour quelque temps, nous vivrons davantage comme des humains que des vampires disposant d'un confortable capital accumulé depuis des décennies. Nos finances devront être consolidées. Nous vendrons certaines antiquités. Mon véhicule, qui, je le conçois, était d'un luxe ostentatoire, sera retourné au concessionnaire.

Des gémissements déçus d'origine masculine s'élevèrent dans l'assistance.

Ethan sourit d'un air compréhensif et leva la main pour obtenir le silence.

— Cet exercice nous prouvera deux choses. Première-ment, que le PG est exactement ce que nous croyons : une organisation égoïste qui se sert de la peur pour asseoir son autorité et ne se soucie pas des besoins de ses vampires. Deuxièmement, que nous sommes forts. Que nous apprécions le confort et l'élégance, mais pouvons survivre sans. Car nous sommes des vampires Cadogan. (Des sifflets approbateurs fusèrent dans le public.) Comme vous le savez, nous sommes sur le point de devenir des Solitaires, du moins d'un certain genre. Vous avez sans doute été informés que deux de nos frères et sœurs Solitaires ont récemment été tués. Oliver et Eve étaient, aux dires de tous, des personnes charmantes et généreuses. Observons un moment de silence en leur mémoire. Et espérons que nous retrouverons le meurtrier et leur rendrons justice. (Tout le monde se tut, et même la magie s'apaisa pendant que nous dirigions nos pensées vers Oliver et Eve.) Il nous reste un sujet à aborder, reprit Ethan. Même si l'issue de la contestation des clauses du contrat concernant nos provisions demeure incertaine, nous croyons qu'il existe un moyen de simplifier et consolider notre position.

Les lumières s'éteignirent brusquement, provoquant un moment de panique parmi les vampires, du moins jusqu'à ce qu'ils prennent conscience de la lueur dorée qui émanait de l'entrée de la salle.

Je m'avançai discrètement pour mieux voir.

—Malik, déclara Ethan. Approche, s'il te plaît.

Malik monta sur l'estrade, un cierge blanc dans les mains.

L'assistance retenait son souffle dans l'attente de la suite, le silence uniquement troublé par le doux chuintement de la flamme vacillante.

—Tu es sûr ? lui demanda Ethan.

—Oui.

—Tu as les documents ?

—Oui, confirma Malik avant de placer la bougie dans un chandelier posé sur la scène.

Il tira de la poche intérieure de sa veste une feuille pliée puis passa un bâton de cire rouge dans la flamme du cierge. Des gouttes s'en écoulèrent dès qu'il commença à fondre.

La lumière de la bougie projetant des ombres sur son visage, Malik dirigea son regard sur Ethan.

—Cette nuit, j'appose mon sceau sur cette page et te confie la Maison, mon Sire. Tu en es le seul et légitime Maître.

Un tonnerre d'applaudissements et des cris de joie accueillirent cette déclaration.

Ethan reprenait sa place à la tête de la Maison Cadogan.

Malik maintint le bâton de cire au-dessus du document, sur lequel se déposèrent d'épaisses et odorantes gouttes écarlates. Après avoir mis le bâton de côté, il sortit de sa poche un cachet en laiton qu'il pressa sur la tache de cire, rendant officiel l'acte que nous attendions depuis si longtemps.

Cette formalité accomplie, Ethan poussa un soupir qui ressemblait à du soulagement. Cependant, au même moment, il redressa les épaules, comme s'il avait endossé son habit de pouvoir et s'apprêtait à en faire usage. Ma peau se couvrit de chair de poule, mais non en raison de l'appréhension.

Il balaya des yeux la salle de bal pleine de vampires. Ses vampires. Une flamme embrasa son regard lorsqu'ils croisa le mien.

—Je suis vivant, déclama-t-il. Vivant et en bonne santé. La Maison m'a été confiée et j'ai accepté d'en reprendre les rênes. Je suppose que personne n'a d'objection à émettre ?

Une fois de plus, la foule l'acclama. Notre monde s'écroulerait peut-être bientôt, mais, à cet instant, nous avions retrouvé notre Maître, et, de toute évidence, il assumait pleinement ses responsabilités.

Ethan s'attarda pour répondre aux questions de ses vampires. L'aube approchant, je montai l'escalier pour regagner notre chambre, et découvris un message sur mon téléphone. Il provenait de Jonah.

« Le phare. Demain soir. 21 heures. Attention aux rochers. Nous t'attendrons. » C'était tout.

Le phare, qui se dressait à l'entrée du port principal de Chicago, guidait les navires cherchant à s'abriter des déferlantes et éviter les côtes rocheuses du lac Michigan. Il les aidait à trouver leur route en toute sécurité. Ironie du sort, il m'orienterait moi aussi vers une nouvelle voie.

Assise sur le lit, je tournai et retournai mon téléphone dans ma main. Plus le moment de mon engagement approchait, plus la culpabilité m'étreignait, et plus je doutais d'avoir pris la bonne décision.

Nous traversions une époque troublée. Les vampires Cadogan étaient sur le point de subir un changement identitaire bouleversant, et je fuyais en plein milieu du chaos pour rejoindre une organisation rebelle. Qui plus est une organisation dont je ne pouvais pas parler à Ethan ni à qui que ce soit d'autre. Mon attitude ne me semblait ni honorable ni honnête.

D'un autre côté, il paraissait évident que la Garde Rouge allait aider la Maison. Alors que je n'en faisais même pas encore partie, elle nous avait déjà informés que le Présidium tenterait d'accaparer nos richesses.

La GR était exactement le genre d'allié dont nous avions besoin.

Arrête de geindre, m'admonestai-je avant d'envoyer une réponse à Jonah :

« Je serai là. Et merci pour l'info au sujet du contrat. Tu as peut-être sauvé notre peau. »

À peine avais-je rangé mon téléphone que la porte s'ouvrit.

J'avais pris la décision d'intégrer la GR depuis longtemps. Mais à cet instant, Ethan était là, aussi me levai-je pour le rejoindre. La nuit s'achèverait bientôt ; la peur attendrait.

9

Au bord du gouffre

Des heures plus tard, la nuit tomba de nouveau, comme elle l'avait fait tant de fois auparavant. Le soleil disparut derrière l'horizon, les stores s'ouvrirent, et les vampires se réveillèrent.

Ce soir, nous quitterions le Présidium pour voler de nos propres ailes.

En dépit du soulagement que nous éprouvions tous à savoir notre Maison de nouveau sous le contrôle d'un seul Maître, le bourdonnement de magie anxieuse me procurait l'impression de me tenir sous des lignes à haute tension.

Je sentis Ethan frémir à côté de moi. Il était réveillé et percevait sans doute les ondes angoissées, lui aussi.

— La Maison est nerveuse, déclarai-je.

— Hmm. C'est une soirée décisive.

Je réfléchis à la meilleure manière d'exprimer l'importance du pas que nous nous apprêtions à franchir tout en affirmant à Ethan que j'avais confiance en sa capacité à nous guider dans cette épreuve.

Peut-être n'avait-il pas besoin de paroles, mais d'actes… Je m'assis, balançai mes jambes hors du lit et me retournai vers Ethan, dont le visage était entouré d'une auréole de cheveux en bataille.

—Allons courir.

—Courir?

—Pour se défouler. Dans le quartier. Ça te détendra.

Il arqua un sourcil.

—Étant donné que personne ne me pourchasse, je ne vois pas la nécessité de courir.

—Non, tu n'as pas envie de courir. C'est différent. Ça te permettra de te déstresser un peu.

—Est-ce qu'il s'agit de Lacey?

—Il s'agit de tes vampires qui se trouvent au bord d'un gouffre monumental et qui ont besoin de toi pour les aider à traverser. Et s'ils pensent que tu es nerveux, ils vont paniquer.

Ses yeux s'étrécirent.

—Est-ce que tu essaies de me coacher, Sentinelle?

Je posai les mains sur mes hanches et lui rendis son regard autoritaire.

—Tout à fait, et, d'après les règles, j'en ai le droit. Habille-toi.

Il grommela, mais finit par sortir du lit, confirmant mon statut d'éminence grise de la Maison.

En cette froide nuit d'hiver, je ne lésinai pas sur les couches de vêtements: caleçon long, soutien-gorge de sport, débardeur, tee-shirt et veste ajustée. Il était sans doute temps de remplacer mes chaussures usagées, mais elles amortissaient encore suffisamment les chocs pour me permettre de courir.

Ethan avait opté pour un pantalon de survêtement et plusieurs tee-shirts à manches longues superposés, et avait passé à son poignet une montre énorme.

Non, pas une simple montre: une montre GPS, du genre de celles qu'utilisent les sportifs assidus pour mesurer leur allure et la distance parcourue.

Je le considérai d'un air soupçonneux.

—Je croyais que tu détestais courir. Que tu ne courais que quand tu étais pourchassé ?

Un sourire rusé s'étira sur ses lèvres.

—Tu m'as dit un jour que tu n'aimais pas trop la nourriture grasse et sucrée.

—Touché, reconnus-je. Et combien de kilomètres penses-tu me mettre dans la vue, au juste ?

—Le temps le dira.

—Très drôle.

J'avais beau plaisanter, je commençais à m'inquiéter.

On descendit au rez-de-chaussée en silence, nous observant mutuellement d'un œil méfiant. L'adrénaline accompagnant l'excitation de la compétition nous apaisait déjà. Et un Maître plus calme signifiait une Maison plus calme, me disais-je.

Il pressa un bouton sur sa montre pour déclencher le chronomètre et, l'instant d'après, il avait dévalé les marches et franchissait en courant le portail menant aux rues tranquilles de Hyde Park.

—Merde, marmonnai-je en bondissant de l'escalier pour m'élancer dans l'allée.

Ethan m'attendait à trente mètres de là, une main sur la grille, l'autre sur sa hanche. Il ne me fallut pas plus de quelques secondes pour le rejoindre, et un sourire s'élargit sur son visage à mon approche.

—Qu'est-ce qui t'a retardée ?

—Je t'ai laissé prendre de l'avance. Honneur aux anciens, comme je te l'ai déjà dit et te le dirai certainement encore.

Ethan répondit par un grognement sarcastique avant de s'écarter de la grille et courir à côté de moi sur le trottoir.

—Quinze kilomètres, annonça-t-il avant de m'énoncer les points de repère qui jalonneraient notre circuit dans le quartier.

Le parcours aurait sans doute paru long à un humain, mais pour des vampires, il n'exigerait qu'un effort léger.

— Je suppose que tu me détailles l'itinéraire parce que tu sais déjà que je serai loin devant ?

— Ou loin derrière.

— Ton ego n'a vraiment aucune limite ?

Ethan Sullivan, Maître de la Maison Cadogan, m'administra une claque sur les fesses, un sourire moqueur aux lèvres.

— Pas quand c'est tout à fait justifié. Dès que tu es prête, Sentinelle.

Je ne lui laissai pas l'occasion de me distancer une seconde fois.

— C'est parti ! criai-je alors que je l'avais déjà dépassé et courais plusieurs mètres devant lui en direction de notre premier repère, l'église qui se trouvait en bas de la rue.

Nous étions des prédateurs, et par conséquent par nature plus rapides que les humains. Cela étant, tout comme eux – ou les singes, les lions et tous les grands prédateurs –, nous ne pouvions cavaler à plein régime qu'un certain temps.

Ethan me laissa prendre la tête, ce dont je profitai pleinement en piquant un sprint pour gagner autant d'avance que possible. J'étais légère, mais il était grand, avec de longues jambes. Et il courait depuis des siècles. Comme il semblait peu probable que je réussisse à maintenir notre écart jusqu'à la fin, je donnai le maximum tout de suite.

Cela ne suffit pas.

Une centaine de mètres plus loin, je risquai un coup d'œil derrière moi en entendant le claquement de ses semelles sur l'asphalte. Il tirait sur ses bras et ses jambes, sollicitant chacun de ses muscles puissants, exécutant des foulées impeccables. Si seulement les épreuves d'athlétisme des Jeux olympiques se déroulaient la nuit…

Il me rattrapa, à peine essoufflé, et courut à mon côté.

—Je crois que tu as triché.

—Prérogative des Sentinelles. Je suis sûre d'avoir lu une règle à ce sujet dans le *Canon*.

Il émit un son dubitatif.

—La révérence reconnaissante requiert une obéissance totale au Maître de sa Maison.

—Tu n'es Maître que depuis quelques heures et tu te conduis déjà en cruel despote.

—À peine, alors que toi, tu es une Sentinelle qui aurait bien besoin de quelques rappels de discipline.

J'ouvris la bouche, prête à riposter à son sarcasme, quand une alarme résonna quelque part dans mon esprit.

Je ralentis, puis m'arrêtai, les mains sur les hanches, le souffle court, et scrutai les alentours.

Se rendant compte de mon trouble, Ethan s'immobilisa à quelques mètres de là, et, avec sa prudence coutumière, revint sur ses pas pour me rejoindre.

—Qu'est-ce qu'il y a?

J'inspectai le quartier du regard, déployant tous mes sens afin de découvrir ce qui avait déclenché mon alerte interne. Je n'entendais aucun bruit inhabituel à l'exception de notre respiration haletante. Une portière qu'on ouvrait plus loin dans la rue. Un chat qui miaulait dans une allée. Le grondement de la circulation sur les avenues voisines. Je ne voyais rien de suspect. Même les odeurs me paraissaient normales. Je ne sentais rien d'autre que le froid et la fumée caractéristiques de la ville la nuit.

—Je ne sais pas. Juste un pressentiment. Une alarme interne.

J'aurais sans doute réagi par un commentaire caustique si Ethan m'avait dit la même chose, mais ses yeux ne trahissaient aucune ironie. Je considérai cela comme un compliment et une marque de confiance vis-à-vis de ma capacité de jugement, même si je n'étais pas sûre de ce que j'avais détecté.

—Il est important d'écouter son instinct, affirma-t-il. Parfois, les sens perçoivent ce que la raison n'a pas encore eu le temps d'analyser.

Je saisis sa main et me rapprochai de lui pour l'écarter de la route et le pousser vers le mur qui bordait cette partie du trottoir.

En bonne Sentinelle et disciple d'Ethan Sullivan, je commençai à élaborer un plan. Nous n'étions pas très loin de la Maison et pouvions aisément exécuter le trajet inverse en courant si nécessaire, mais cela nous exposerait tous deux un peu trop à mon goût. Il serait sans doute plus sûr d'appeler Luc pour lui demander de venir nous chercher en voiture, mais je n'avais pas envie de céder à une sorte de crainte phobique sans disposer de preuves.

—Merit ?

—Désolée d'abuser de mon autorité, mais je vais jouer mon rôle de Sentinelle et te ramener à la Maison en un seul morceau. Reste à côté de moi, et ne discute pas.

—Bien, madame.

J'étais prête à jurer qu'il prêtait à ces paroles un sens lascif.

—Continue à courir jusqu'au bout de la rue. À un rythme humain, sans faire d'esbroufe.

Il grogna avec dédain à l'idée de juguler ses performances, mais se plia néanmoins à mes exigences. On trottina en silence en direction de la Maison… et c'est alors que je l'entendis.

Un lent crissement de pneus sur le gravier.

—*Tu entends ?* demandai-je à Ethan, activant notre lien mental. *Une voiture derrière nous, à 7 heures ?*

—*Américaine, d'après le bruit. Elle a un moteur puissant.*

— *Merci de ta contribution*, plaisantai-je pour détendre l'atmosphère. *Ralentis juste un peu.*

On modéra notre allure de manière à lever à peine nos pieds du sol, comme des humains s'adonnant à un jogging léger. Pour des vampires en bonne santé, cela équivalait à piétiner.

Le véhicule avançait toujours. Je ne l'avais pas encore vu, mais je l'entendais derrière nous. Il se déplaçait en même temps que nous, à la même vitesse. Ami ou ennemi ?

S'agissait-il de quelqu'un qui nous observait dans l'attente de nous parler… ou de nous tuer ?

— *À trois, ne bouge plus. Je vais essayer quelque chose.*

— Tu seras prudente ?

— *Sire, je suis immortelle*, répliquai-je, utilisant l'une de ses phrases favorites. *Jette un coup d'œil à la plaque d'immatriculation, si tu peux. Un*, commençai-je à compter en pressant sa main pour me souhaiter bonne chance.

— *Deux*, poursuivit-il après avoir hoché la tête.

— *Trois*, lançai-je en même temps que lui.

Je bondis et m'élançai dans la rue. La voiture, qui se trouvait une cinquantaine de mètres derrière nous, pila dans un crissement de pneus lorsque je surgis dans la lumière de ses phares. Aveuglée, j'étais incapable d'identifier le véhicule, même si sa hauteur m'indiquait qu'il ne s'agissait pas d'une berline ou d'un cabriolet, mais plutôt d'une camionnette ou d'un 4 × 4.

On demeura un moment ainsi, face à face.

Le conducteur fit rugir le moteur et je toisai le pare-brise avec une assurance feinte. En fait, mon cœur battait la chamade.

J'aurais beau rester là toute la nuit, je n'apprendrais rien de plus sur cette menace – si c'en était une – si je ne passais pas à l'action.

Une main sur la hanche, je provoquai le chauffeur en l'invitant à avancer d'un signe du doigt.

Il releva le défi.

Dans un couinement de pneus, il écrasa l'accélérateur. Je serrai les poings, mon cœur tambourinant dans ma poitrine, m'armant de courage pour demeurer immobile jusqu'à ce que le véhicule s'approche suffisamment pour me permettre d'apercevoir le conducteur. Mais il faisait sombre, et la voiture était munie de vitres teintées trop opaques pour laisser entrevoir ce qui se trouvait derrière.

Je pivotai et m'écartai d'un saut de main juste à temps pour l'éviter. Il s'en était fallu d'un cheveu. Il me sembla sentir le métal lisse de la carrosserie frôler mes orteils lorsqu'elle me dépassa.

Je me réceptionnai en position accroupie et me retournai pour observer le véhicule. Il s'agissait d'un 4 × 4 noir. Sans plaque d'immatriculation. Nous avions déjà vu ce genre de modèle auparavant ; les hommes de main de McKetrick que nous avions rencontrés conduisaient des voitures semblables.

Je tressaillis quand Ethan posa une main sur mon bras.

— Tu vas bien ? s'enquit-il en sondant mon regard.

— Oui. Il est passé loin, mentis-je. Mais je n'ai pas vu le chauffeur. Et toi ?

— Non.

— Bizarre. Pourquoi s'approcher autant sans rien tenter ?

— Peut-être qu'il nous surveillait, avança Ethan d'un air sinistre.

Cette éventualité me semblait encore plus dérangeante.

— Dans quel but ?

— Je l'ignore, avoua-t-il, une pointe d'inquiétude dans la voix. Rentrons à la Maison.

Je n'avais aucunement l'intention de m'y opposer.

Malik nous attendait à la porte. Ethan l'avait sans doute informé de ce qui s'était passé par télépathie.

— Tout va bien ? interrogea-t-il en nous observant tour à tour, ayant certainement senti la magie que nous dégagions.

— Nous avons été suivis par un 4 × 4 noir. Aucune idée de qui conduisait ni de ce qu'il ou elle cherchait. Qui que soit le chauffeur, il a pris la fuite quand Merit l'a défié.

— Défié ? répéta Malik en posant les yeux sur moi.

— Je me suis approchée, la voiture est partie.

— Pas de nouvelles des membres du PG ? demanda Ethan.

Malik secoua la tête.

— Silence radio. Je suppose qu'ils viendront à l'heure prévue pour la cérémonie, mais ils ne nous ont pas contactés.

— Je me fais des idées, ou ça ne leur ressemble pas du tout ? lançai-je, mon regard passant de l'un à l'autre. Pourquoi arriver en avance s'ils n'en profitent pas pour nous harceler un peu ?

— Hélas, je tends à partager ton sentiment. Des rebondissements de dernière minute ne sont pas à exclure. (Il s'adressa ensuite à Malik.) Je monte prendre une douche. Préviens Luc au sujet du 4 × 4, s'il te plaît, et avertis les autres vampires, au cas où le chauffeur rôderait encore dehors.

Une possibilité qui n'était pas des plus rassurantes.

Me sentant crasseuse après notre footing, je sautai sous la douche dès qu'Ethan sortit de la salle de bains, puis enfilai ma tenue de cuir. Après tout, je n'avais aucune idée de ce que la nuit nous réservait.

Je relevai mes cheveux en queue-de-cheval et effleurai le creux de ma gorge, là où reposait auparavant mon médaillon Cadogan.

Je m'étais séparée du pendentif que je portais la veille lors de la cérémonie. Mais j'en possédais un second. Le premier que l'on m'avait donné m'avait été volé, puis rendu. Entre-temps, j'en avais reçu un autre en remplacement, celui que j'avais abandonné la nuit passée. L'original était enfermé dans une petite boîte dans le compartiment du bas de ma table de chevet dans la chambre d'Ethan. Étant donné que je ne le portais pas la veille, je n'avais pas eu l'occasion de le restituer.

Cela dit, je n'avais pas l'intention de m'en défaire. Je ne comptais pas le passer à mon cou. Cela paraîtrait déloyal, d'autant que tous mes camarades vampires avaient renoncé au leur. Cependant, ce médaillon m'avait été dérobé puis rendu par Seth Tate, et je n'avais aucune idée de ce qu'il en avait fait durant la période où il l'avait gardé en sa possession. Peut-être rien, peut-être l'avait-il soumis à une magie maléfique.

Le pendentif resterait dans sa boîte, du moins jusqu'à ce que je sois sûre de son innocuité ou de sa dangerosité.

Le temps que je me prépare, Ethan avait revêtu un costume qui lui seyait à merveille.

Chacun des vêtements qu'il portait lui allait parfaitement, du pantalon qui soulignait la longueur de ses jambes à la veste qui épousait ses épaules comme si elle avait été confectionnée sur mesure par un vieux tailleur européen à l'aide de fines épingles et d'un morceau de craie.

En y réfléchissant, je pariais que c'était exactement ainsi qu'elle avait été fabriquée.

Quoi qu'il en soit, Ethan était très élégant. Il irradiait la confiance et l'autorité d'un Maître.

—Il ne te faut rien pour la cérémonie du PG ?

—Non, répondit-il. Une nuit sans accrocs serait la bienvenue, mais ça me semble improbable.

Je m'armai de courage en vue du demi-mensonge – ou de la substantielle omission – dont j'étais sur le point de me rendre coupable.

— Étant donné qu'il nous reste un peu de temps avant la cérémonie, et à moins que tu aies besoin de moi ici, j'aimerais passer voir mon grand-père, au cas où il aurait découvert quelque chose au sujet des meurtres. Ça me tracasse de n'avoir aucune piste, d'autant que nous avons promis à Noah de résoudre cette affaire. Et puis, entre cette histoire et l'arrivée du Présidium – *sans compter l'autre raison dont je ne suis pas censée te parler*, ajoutai-je en mon for intérieur –, je suis assez stressée, et, d'habitude, mon grand-père m'offre des Oreos. Un bon Oreo de temps à autre, ça ne fait pas de mal.

— Qu'est-ce que tu ne ferais pas pour de la nourriture ?

Je me campai sur une hanche, une main à la taille, et lui souris, paupières mi-closes.

— Tout dépend de la nourriture.

— Je ne sais pas si c'est à prendre au sens littéral ou métaphorique. Quoi qu'il en soit, c'est peut-être la conversation la plus intéressante que nous ayons jamais eue.

Je m'approchai de lui et pressai mes lèvres contre les siennes, m'attardant un peu plus longtemps que nécessaire, savourant ce moment.

Avant que tout change.

Avant que je jure allégeance à la Garde Rouge.

Avant que la dissidence de la Maison soit entérinée par le Présidium de Greenwich.

— Tout va bien ? me demanda Ethan en inclinant la tête.

— Je suis nerveuse, répondis-je avec sincérité. C'est une nuit importante.

Il émit un vague son d'approbation.

—L'une des plus importantes. Nous verrons bien ce qui en résultera.

Nous le verrions très bientôt, je n'en doutais pas.

Je disposais d'un peu de temps avant la cérémonie, et j'avais réellement prévu de rendre visite à mon grand-père. Ou du moins de l'appeler avant de me rendre au phare.

Songeant que je méritais bien un peu de sang et de nourriture avant de partir, je traversai le couloir en direction de la cuisine.

Des bagels nature étaient posés sur le comptoir. Margot avait sans doute renoncé à la garniture par souci d'économie.

J'en enveloppai un dans une serviette et je venais de sortir une bouteille *Sang pour sang* du réfrigérateur quand Lacey entra dans la cuisine. Une fois de plus, elle portait un jean ultra moulant qu'elle avait assorti à un haut rayé tendance et une paire de bottes.

Seul un vague regard dans ma direction indiquant qu'elle avait remarqué ma présence, elle ouvrit le réfrigérateur, duquel elle tira une bouteille d'eau minérale hors de prix. *Les meilleurs méritent le meilleur*, supposai-je.

Elle ferma la porte, puis s'y adossa.

—J'ai entendu dire que vous sortiez ensemble.

Inutile de demander à qui elle faisait allusion.

—C'est vrai.

—Tu n'es pas celle qu'il lui faut.

Alors que je m'apprêtais à quitter la pièce, espérant partir en évitant tout esclandre, je m'arrêtai net.

—Pardon ?

—Ce n'est pas d'une fille comme toi dont il a besoin.

Une brusque bouffée de colère m'envahit.

—Et de quoi a-t-il besoin, au juste ?

— Pas d'un simple outil ou d'une arme. La Maison se trouve dans une situation périlleuse. Et sache que, bien que je dirige ma propre Maison à présent, mon amour pour Cadogan reste intact. Cet endroit fait partie de moi. C'est là que j'ai été transformée, et je n'ai pas l'intention de te laisser détruire Cadogan, ni détruire Ethan. C'est à cause de toi que la Maison quitte le PG. Si elle s'écroule, ce sera ta faute.

Je parvins à formuler quelques mots, ce que je n'aurais pas cru possible compte tenu de l'intensité de ma fureur.

— Ma vie amoureuse – sa vie amoureuse – ne vous regarde pas.

— Si, ça me regarde, rétorqua-t-elle. Cette Maison et le Maître qui m'a créée me concernent directement.

Maîtresse ou pas, elle commençait sérieusement à me taper sur les nerfs.

— Occupez-vous de vos affaires à San Diego. Vous avez quitté Cadogan et Ethan en vous installant là-bas. Je n'apprécie pas vraiment que vous veniez chasser sur ce qui est très clairement mon territoire.

Avant qu'elle ait pu répondre, deux vampires en tenue de sport – Christine et Michelle – pénétrèrent dans la cuisine. Elles me saluèrent d'un geste de la main et murmurèrent un bonjour poli à Lacey – révérence reconnaissante, sans doute –, puis sortirent des boissons énergisantes du réfrigérateur et prirent des bananes dans un saladier posé sur le comptoir.

Sans nous adresser un mot de plus, elles s'éloignèrent dans le couloir en parlant à voix basse, têtes penchées. Elles commentaient certainement le face-à-face opposant l'ancienne et l'actuelle maîtresse d'Ethan qu'elles venaient de surprendre dans la cuisine. Je n'essayai même pas d'écouter leurs chuchotements. Je n'étais pas sûre d'avoir envie de savoir ce qu'elles disaient… en grande partie par peur qu'elles aient raison.

Lacey avança d'un pas.

—Très bien. Supposons que sa vie sentimentale ne me regarde pas. Supposons que ça te regarde, toi. Alors, peut-être devrais-tu sérieusement réfléchir au genre de compagne dont il a besoin. Es-tu celle qu'il lui faut ? Ou mérite-t-il quelqu'un de mieux que toi ? Une femme loyale et honnête ?

—Une femme blonde ? lançai-je sèchement. Une femme exactement comme vous ?

Mon téléphone sonna. Redoutant une nouvelle crise, je m'empressai de le sortir de ma poche. C'était Jonah, qui voulait sans doute s'assurer que j'irais à mon initiation. J'éteignis mon portable et le rangeai sous le regard inquisiteur de Lacey.

—Tu as quelque chose d'autre à faire, peut-être ?

—J'essaie de résoudre un double meurtre, lui rappelai-je. C'était au sujet de l'enquête.

Elle esquissa un petit sourire.

—J'ai des dizaines d'années d'expérience, Merit. Des dizaines d'années au cours desquelles j'ai eu le temps de travailler avec lui, de l'observer, d'apprendre à le connaître. Tu as des crocs depuis quoi, huit mois, et tu crois vraiment avoir saisi tout ce qu'il y a à savoir sur un Maître vampire ? Sur ce dont a besoin un immortel ? (Elle arqua un sourcil dans une parfaite imitation d'Ethan.) Tu es une gamine à ses yeux. Une passade.

Si Lacey cherchait à me déstabiliser, à semer le doute en moi, elle y réussissait parfaitement.

—Laissez-moi tranquille, grognai-je, bouillonnant de colère.

—Très bien, dit-elle en se dirigeant vers la porte. Mais souviens-toi : je ne te fais pas confiance, et je te tiens à l'œil.

—Quelle vipère ! marmonnai-je quand elle disparut.

Je restai un moment dans la cuisine, les mains tremblant de rage contenue. Avait-elle raison ? N'étais-je qu'un fardeau pour Ethan ?

Non, me récriai-je. Il m'aimait, et il savait mieux que personne ce dont lui et la Maison avaient besoin. C'était un adulte, bon sang. Je ne l'avais pas forcé à devenir mon amant.

Je décapsulai la bouteille et bus à longues gorgées jusqu'à ce que le gremlin en moi se calme.

Le plan de Lacey visait de toute évidence à me rendre folle. Me faire douter de ma relation jusqu'à ce que j'exaspère Ethan par mon manque de confiance… ou que je rompe avec lui pour le « sauver ».

Lacey m'avait une fois qualifiée de « soldat ordinaire », mais elle confondait soldat et martyr. Mon travail consistait à défendre ma Maison et mon Maître, pas à me sacrifier bêtement par peur de le détruire.

Je ne le détruirai pas. Comme je le lui avais déjà rappelé par le passé à un moment où il avait besoin de l'entendre, nous étions plus forts ensemble que nous ne l'étions séparément. Deux âmes solitaires qui avaient trouvé l'une en l'autre le réconfort.

Elle ne pouvait pas nous prendre ça.

Du moins, je l'espérais.

D'humeur maussade et les nerfs à fleur de peau, je descendis à la salle des opérations. Il ne manquait que Juliet, sans doute affectée à la patrouille. Luc, qui avait à présent officiellement réintégré ses fonctions de Capitaine de la Garde, était assis en tête de table, comme à son habitude.

Le regard de Lindsey se posa sur moi quand je franchis le seuil, et je n'eus aucune peine à deviner ses interrogations : « *Comment se sent Merit maintenant que Lacey a passé une nuit à la Maison ?* »

Connaissant ses talents d'empathe, je jugeai inutile de la renseigner.

— Sentinelle, me salua Luc. Heureux de voir que tu n'as pas encore piqué de crise.

— Ça ne va pas tarder, affirmai-je d'un air sinistre. Pas de nouvelles de l'Agence de médiation ?

— Rien. On t'attendait pour téléphoner à Jeff.

— Merci, dis-je en m'asseyant à la table de conférence. Allons-y.

Luc hocha la tête et se pencha pour appuyer sur le deuxième bouton d'appel de la console.

— Qui est le numéro un ? demandai-je.

— *Saul's*, répondit Lindsey. À cause de toi, on ne peut plus manger d'autres pizzas.

Bien joué, me félicitai-je. *Saul's* était ma pizzeria préférée à Chicago, un petit boui-boui sans prétention situé à Wicker Park, près de la maison de grès brun de Mallory. Je l'avais fait découvrir aux vampires Cadogan.

— Jeff à l'appareil, répondit Jeff de manière tout à fait appropriée.

Je joignis les mains tandis que Lindsey approchait le tableau blanc.

— Salut, Jeff, c'est Merit. Je suis dans la salle des opérations, où on t'a mis sur haut-parleur, comme d'habitude.

— J'ai des nouvelles. Laquelle vous voulez en premier ? La bonne ou la mauvaise ?

— La mauvaise.

— Le verre trouvé dans la ruelle n'a rien donné. C'est du verre de sécurité provenant de la vitre d'une portière passager.

Il pourrait correspondre à une dizaine de modèles de véhicules, ça ne nous apprend donc pas grand-chose.

Dommage, mais pas vraiment surprenant. Quand Lindsey barra le mot « verre » du tableau, j'eus soudain l'impression de participer à un jeu télévisé où les prix disparaissaient à chaque réponse erronée.

— Qu'est-ce que vous avez découvert d'autre ? demandai-je.

— On a fouillé dans le passé d'Eve et Oliver. Rien de spécial. Ni dispute avec les voisins, ni ennemis personnels, ni problèmes d'argent. Si le tueur les visait spécifiquement, la raison de son choix reste obscure. Mais je vous transmettrai les documents si jamais vous voulez les examiner.

— Ce serait super, Jeff, merci, dit Luc en se penchant en avant. On a fait appel à un consultant en sécurité pour la transition. On lui demandera peut-être d'y jeter un coup d'œil.

— Je vous les envoie. Et maintenant, la bonne nouvelle. J'ai étudié des images satellite du centre d'enregistrement. Il se trouve qu'il y a une banque de l'autre côté de la rue. Et qui dit banque dit système de surveillance.

— Dis-moi que tu as découvert une vidéo, Jeff, priai-je en croisant les doigts.

— J'ai découvert une vidéo, confirma-t-il. Mais elle ne montre pas grand-chose. Je vous l'envoie.

Le temps que Luc tapote sur son écran digital, sa messagerie annonçait déjà la réception d'un nouveau fichier. Il appuya sur « lecture ».

Sous nos yeux défilèrent des images sombres et de piètre qualité qui s'enchaînaient de manière saccadée, comme des photos prises en rafales, mais qui correspondaient bien à l'endroit qui nous intéressait. Elles étaient focalisées sur le trottoir juste devant le distributeur de billets, mais le cadre englobait une partie du centre d'enregistrement situé en face et un tronçon de l'allée adjacente.

— Quand cette vidéo a-t-elle été prise ? interrogea Luc.

— Elle commence huit minutes avant l'arrivée d'Oliver et Eve. Ne faites pas attention au type du distributeur et observez bien la ruelle.

Un homme noir aux larges épaules vêtu d'une blouse verte retirait avec enthousiasme des billets de la machine. Il attirait le regard, mais Jeff avait raison : l'action se déroulait derrière lui.

Des voitures passaient devant le centre d'enregistrement. Quelques-unes s'arrêtaient le long du trottoir pour déposer des vampires qui allaient ensuite rejoindre la file d'attente s'étirant devant la porte.

— Les voilà, déclara Luc en pointant du doigt Oliver et Eve qui descendaient d'un véhicule non loin du distributeur avant de traverser la rue, main dans la main.

La voiture repartit aussitôt.

Mon cœur se serra. J'avais envie de leur crier de faire demi-tour et éprouvais un écrasant sentiment d'impuissance à les observer s'approcher du danger… ce qui ne fit que renforcer ma détermination à retrouver leur meurtrier.

Oliver et Eve se mêlèrent aux vampires devant le centre. À cette distance, la netteté des images laissait franchement à désirer, et la file d'attente ressemblait à un serpent de pixels qui ne permettait pas de distinguer les individus les uns des autres.

— Regardez bien la prochaine voiture qui va arriver, conseilla Jeff.

— OK, dit Luc d'un air absent, scotché à l'écran.

Et il n'était pas le seul. Tous les vampires de la salle des opérations avaient les yeux rivés sur la vidéo quand un imposant 4 × 4 noir passa devant le centre d'enregistrement.

Ou, plus précisément, roula au pas devant le centre d'enregistrement, avançant à peine, comme si le chauffeur prenait le temps d'inspecter le bâtiment et la file d'attente.

— Il ressemble au véhicule qui nous a suivis ce soir, commentai-je.

— Vous avez été suivis ? demanda Jeff.

— Oui. Je suis allée courir avec Ethan. Un 4 × 4 noir nous a filés. Il s'est enfui sur les chapeaux de roue quand j'ai tenté de m'approcher.

Le 4 × 4 sortit du champ de la caméra avant de revenir dans la ruelle en marche arrière, la lumière des phares perçant l'obscurité, exactement comme l'avait décrit le portier.

— Et voilà notre voiture, murmurai-je.

Le chauffeur lança des appels de phares, et j'observai, les yeux plissés devant l'écran, des silhouettes – ou plutôt des amas indistincts de pixels – s'avancer vers le véhicule.

Mon instinct m'indiqua aussitôt qu'il s'agissait d'Oliver et Eve. La vidéo était dépourvue de bande-son ; peut-être avaient-ils entendu un bruit qui avait attiré leur attention.

À cet instant, un gros fourgon blindé de couleur grise vint se garer devant la banque, occupant tout le champ de la caméra.

— Va-t'en ! Va-t'en ! l'admonestai-je.

L'écran devint noir.

— La voiture blindée reste là pendant quarante-cinq minutes, annonça Jeff. Le temps qu'elle s'en aille…

— Tout est fini, terminai-je à sa place.

— Exactement.

Le silence s'installa un moment dans la salle des opérations.

— Le chauffeur du 4 × 4 les a attirés dans la ruelle, conclut Luc.

— C'est tout à fait ce qui s'est passé, confirma Jeff. Marjorie a interrogé l'une des employées du centre d'enregistrement, une nana du nom de Shirley Jackson qui a travaillé pour la municipalité pendant vingt ans avant d'être transférée dans ce service quand il a été créé. Il se trouve que son bureau est situé près de la fenêtre de l'entrée. Elle se souvient d'avoir entendu une sorte de bruit de moteur dans la ruelle, comme si une voiture avait du mal à démarrer. Puis elle a remarqué « un mignon petit couple » qui passait devant sa fenêtre. Elle ne se rappelle pas l'avoir revu ensuite, mais ça ne l'a pas interpellée.

— Pas étonnant, commenta Luc. Quand tu entends un grondement de moteur qui te fait penser que quelqu'un a un souci mécanique et que le bruit cesse, tu te dis que de bons samaritains ont proposé leur aide et que le problème a été résolu.

— Oui, sauf que ce n'est pas ce qui s'est produit, cette fois, déclarai-je. Oliver et Eve ont été attirés dans la ruelle. Le conducteur du 4×4 a simulé une sorte de panne, ils ont volé à son secours et en sont morts.

Je frissonnai, me demandant si nous avions échappé au même sort, Ethan et moi, lorsque nous étions allés courir.

— Voilà pourquoi Jeff n'a rien découvert de marquant dans leur passé, poursuivit Luc. Le tueur ne les visait sans doute pas en particulier. Il a choisi ses victimes au hasard parmi les personnes qui se trouvaient sur le trottoir. Il cherchait une proie, n'importe laquelle.

— Une proie vampire, précisai-je. Il rôdait près d'un centre d'enregistrement.

— Et la voiture que vous avez vue ce soir ? s'enquit Luc.

— Peut-être que le chauffeur tournait autour de la Maison en quête de vampires ? suggérai-je. Le hasard a fait qu'il est tombé sur nous. Il espérait sans doute opérer une approche plus subtile, ce qui expliquerait qu'il soit parti quand je l'ai provoqué.

—Difficile à dire, soupira Luc avec un haussement d'épaules.

—Merci pour ces informations, Jeff.

—De rien. On continue de chercher de notre côté. Je vais examiner la vidéo d'un peu plus près pour voir si ce 4 × 4 reparaît plus tard.

—Bonne idée, approuva Luc. On se rappelle.

Lorsqu'il raccrocha, je reportai mon attention sur le tableau blanc. Lindsey y avait écrit quelques éléments clés pendant que nous regardions le film : «Oliver et Eve. Solitaires. Enlevés devant centre d'enregistrement par 4 × 4. Tués dans entrepôt.»

La chronologie d'un meurtre, du déchaînement de violence d'un sociopathe. Mais que cela signifiait-il?

Je jetai un coup d'œil à l'horloge fixée au mur. Le temps passait ; le moment était venu pour moi de me mettre en route pour le phare. Je me préparai psychologiquement à mentir par omission pour la deuxième fois de la soirée, ce qui s'avérerait risqué compte tenu des puissants talents psychiques de Lindsey.

Je me levai et glissai les mains dans mes poches.

—Je crois qu'un petit tour en voiture me fera du bien. J'ai besoin de prendre l'air.

Luc acquiesça d'un signe de tête :

—Tu as raison. Ça t'aidera à analyser tout ça, et peut-être que tu réussiras à établir des connexions.

Je jetai un regard en coin à Lindsey pour voir si elle soupçonnait quelque chose. Si c'était le cas, elle n'en montrait rien.

—Je suppose que tu seras de retour pour la cérémonie? demanda Luc d'un ton dégoulinant de sarcasme.

—Je ne manquerais ça pour rien au monde.

Tout comme les taxes, sinon la mort, on ne pouvait y échapper.

10

Membre titulaire
de la Garde Rouge

Je me faufilai à travers le portail avant de courir en direction de ma voiture, ni vu ni connu, et filai dans la nuit, prête à réaffirmer mon engagement envers la GR.

Un certain malaise m'accompagna durant tout le trajet. Je me sentais encore nerveuse et redoutais de trahir la confiance d'Ethan.

Mais comment agir dans l'intérêt de la Maison peut-il être considéré comme une trahison ?

Suivant les instructions de Jonah, je me dirigeai vers le lac Michigan, puis poursuivis ma route vers le nord, jusqu'au port de plaisance.

La marina avait depuis longtemps fermé pour l'hiver. Une cabine d'accueil en marquait l'entrée et une barrière de sécurité aux rayures jaunes et noires empêchait les voitures de passer.

Ne sachant trop comment procéder, j'avançai ma Volvo jusqu'à la cabine et abaissai ma vitre. La femme assise à l'intérieur m'étudia du regard avant de déclencher l'ouverture de la barrière en pressant un bouton.

Une amie de Jonah, peut-être ? Ou de la Garde Rouge ?

Je garai ma Volvo et, une fois dehors, remontai la fermeture Éclair de ma veste avant d'inspecter les alentours. Le petit parking était désert à l'exception de quelques voitures éparpillées çà et là.

En dépit des températures exceptionnellement élevées pour la saison, de la glace flottait sur la surface noire et lisse du lac.

Une bande de béton et de rochers s'avançait dans l'eau, formant une digue abritant les bateaux. Au bout se dressait le phare, qui perçait l'obscurité de ses signaux lumineux intermittents.

J'observai longuement les blocs composant la jetée. Imposants et verglacés, ils m'apparaissaient dangereux. Cela dit, ils avaient été placés là dans l'objectif de protéger les bateaux, non de servir d'accès hivernal aux vampires.

—J'espère que ça en vaut la peine, maugréai-je.

Bras tendus, je m'aventurai sur la digue.

Mes nombreuses années de danse classique m'aidaient certainement à conserver mon équilibre, mais les semelles de cuir de mes bottes n'étaient pas adaptées à ces pierres glissantes, et à peine avais-je franchi trois mètres que je dérapai. Je tombai à genoux et sentis le choc se répercuter dans mon dos.

—Bon sang! marmonnai-je, attendant en grimaçant que la douleur s'atténue.

Quand l'impression que quelqu'un avait abattu un maillet sur mes rotules se fut légèrement estompée, je me relevai et repris ma progression.

Après quelques minutes, dont je passai la moitié à quatre pattes, j'atteignis l'échelle menant à la plate-forme de béton qui entourait le phare.

—Tu as réussi.

Ces paroles, prononcées pourtant à voix basse, me parurent incroyablement fortes dans le silence de la nuit. Je levai les yeux.

Jonah m'attendait en haut, les mains glissées dans les poches d'une veste en laine qui lui arrivait aux chevilles. Dessous, il portait un jean et des bottes, et ses cheveux auburn dansaient dans le vent autour de son visage. Ses joues, dont les lignes parfaites semblaient avoir été sculptées dans le marbre, étaient rosies par le froid.

Il m'invita à le rejoindre d'un geste, et je gravis un à un les barreaux glacés, rouillés et branlants de l'échelle jusqu'au sommet, où Jonah m'aida à prendre pied sur la plate-forme.

— C'est joli, ici, déclarai-je en fourrant les mains dans mes poches pour les protéger du vent mordant.

Il faisait plus froid, à cet endroit, le lac n'offrant aucun abri contre les éléments.

Jonah me sourit avec une sérénité digne du Bouddha.

— La voie de la GR n'est pas facile ; tu devras te rappeler cette leçon.

— Mes genoux ne l'oublieront pas, lui assurai-je.

On se dévisagea un moment, la magie et les souvenirs faisant crépiter des étincelles entre nous.

Jonah et moi possédions des magies complémentaires, c'est-à-dire qui opéraient en quelque sorte sur la même fréquence. Un genre de connexion surnaturelle. Un jour, il avait avoué avoir des sentiments pour moi, mais s'était gracieusement effacé quand je lui avais révélé ce que je ressentais pour Ethan.

À présent, nous étions coéquipiers, et nous nous apprêtions à rendre cette relation officielle au cours d'une cérémonie qui, ironie de la situation, précéderait de quelques heures seulement celle qui formaliserait la rupture entre la Maison Cadogan et le PG.

—Allons à l'intérieur, proposa-t-il.

—À l'intérieur ?

Je n'aurais jamais imaginé monter sur cette plate-forme, encore moins entrer dans le phare. Cette perspective titillait mon côté romanesque.

—Les membres bénéficient de certains privilèges, commenta Jonah en contournant l'édifice pour me conduire à une porte rouge en bois.

Là, il écarta une plaque en laiton qui ressemblait à une sonnette, dévoilant un petit scanner. Il appuya son pouce sur l'écran, et la serrure se déverrouilla avec un « clic » audible.

—Sophistiqué, fis-je remarquer.

—On a ce qu'il y a de mieux, au QG de la Garde Rouge.

—C'est le QG de la Garde Rouge ?

—Oui, répondit-il en fermant la porte derrière nous.

J'inspectai les lieux. Le bâtiment se composait de deux petites pièces qui flanquaient la tour à la manière de presse-livres… ou de quelque chose de beaucoup plus génital. Le sol était carrelé et tous les murs comportaient des fenêtres offrant une vue sur le lac ou la ville. Le décor, minimaliste, devait dater des années 1970. Un escalier en spirale s'élevait au centre, menant sans doute au sommet du phare.

—Ce n'est pas très luxueux, mais c'est notre QG.

—Alors, c'est à ça que ressemble un phare, à l'intérieur.

—Du moins en 1979, quand les derniers employés sont partis, précisa Jonah.

—Ça explique le faux bois et le laiton.

—Oui, reconnut-il. On ne peut pas dire qu'on l'ait vraiment aménagé ; je suppose donc qu'on doit plus le considérer comme un lieu sûr qu'un QG. Mais il remplit sa fonction. Excuse-moi une minute.

Il s'approcha de l'escalier en spirale, posa une main sur la rambarde et cria en direction de l'étage :

— On est là ! Venez !

Dans une cacophonie de semelles claquant contre les marches métalliques, huit hommes et femmes descendirent l'escalier, la plupart portant des vêtements « MIDNIGHT HIGH SCHOOL », la marque d'appartenance officieuse – et secrète – à la GR.

Jonah vint me rejoindre tandis que les vampires se rassemblaient face à nous. Certains d'entre eux me semblaient familiers ; j'avais sans doute déjà vu leurs visages lors d'événements où la GR avait infiltré quelques-uns de ses agents.

L'un d'eux retint plus particulièrement mon attention. Horace, le vétéran de la guerre de Sécession que j'avais rencontré à l'entrepôt, se tenait à côté d'une fille plus petite que lui aux cheveux frisés, à la peau noire et aux yeux rieurs. Comme l'autre jour, il arborait des vêtements depuis longtemps passés de mode. Sa compagne, elle, portait des Converse et un jean, ce qui me conduisit à l'aimer immédiatement. Leurs mains étaient entrelacées, leurs pieds se frôlant à peine.

Ils dégageaient une impression de tendre complicité, et ce n'étaient pas les seuls. Les huit membres étaient répartis par paires, correspondant sans doute aux couples d'équipiers. Parmi eux, deux autres gardes rouges se tenaient la main, et leur proximité physique indiquait clairement qu'ils partageaient plus que des liens d'amitié.

Jonah m'avait un jour confessé éprouver des sentiments pour moi. En voyant ces vampires, je me demandai s'ils avaient choisi leur partenaire en fonction de ses compétences et que l'amour avait suivi, ou si le fait d'être en couple constituait tout bonnement un gage d'efficacité pour la

GR. Quoi qu'il en soit, il existait entre eux davantage que de simples relations de travail. De toute évidence, Jonah et moi étions les seuls à ne pas sortir ensemble.

De plus en plus mal à l'aise, je me mordillai la lèvre.

— Les gars, voici Merit, leur annonça Jonah avant de s'adresser à moi. Comme d'autres occupations t'attendent cette nuit, nous procéderons aux présentations formelles la prochaine fois. Pour l'instant, disons simplement que ce sont les gardes rouges de Chicago.

J'agitai timidement la main, en proie à une désagréable sensation. Jonah s'était incliné lorsqu'il avait appris que j'étais amoureuse d'Ethan… ou l'avais-je seulement cru ? Espérait-il toujours sortir avec moi ? Parce qu'en ce qui me concernait, c'était hors de question, tout comme pour Lacey et Ethan.

Voilà qui promettait une discussion déplaisante, mais inéluctable. Si je voulais vraiment m'engager au sein de la GR, il m'était impossible d'éluder ce problème. Pour m'exprimer sans détour : j'étais prête à m'investir dans la Garde Rouge et à accepter Jonah comme partenaire. Mais mon cœur appartenait à Ethan, et je tenais à ce que ce point soit bien clair.

— Je pourrais te parler un moment ? demandai-je à Jonah. En privé ?

Il esquissa un petit sourire, comme s'il s'attendait à cette requête.

— Bien sûr. Très bien, le spectacle est terminé, lança-t-il à l'intention des autres.

Des marmonnements s'élevèrent, mais tous nous adressèrent des au revoir polis avant de monter l'escalier ou sortir par la porte.

Une fois seul avec moi, Jonah prit la parole :

— Je ne te fais pas de propositions.

Je me sentis à la fois embarrassée et soulagée, et mes joues s'enflammèrent suffisamment pour réchauffer la pièce.

— Je sais. Je veux dire, je ne pensais pas que c'était le cas. C'est juste que… (Je me raclai la gorge avec un bruit aussi gênant que l'était ce moment.) Je veux que tu saches ce qu'il en est pour moi.

— Je le sais, assura-t-il. Il n'est pas exceptionnel pour des partenaires de la GR de tisser des liens amoureux. On appelle ça l'effet *Moonlight*.

J'arquai un sourcil, adoptant une expression digne d'Ethan.

— D'après la série télévisée ?

— Oui. Pendant leurs années de service, les gardes rouges travaillent ensemble, souvent clandestinement. On ne s'engage pas à faire équipe avec quelqu'un à moins d'avoir un rapport privilégié avec lui. (Il se désigna du doigt, puis pointa son index sur moi.) Toi et moi, nous avons une relation privilégiée. Mais elle n'a pas à être romantique.

— Tu en es sûr ?

— Oui, Merit, affirma-t-il avec un sourire. Tu n'es pas le centre du monde.

Je levai les yeux au ciel, ravie de ce retour aux taquineries. Là, je me sentais en terrain connu.

— Alors, tout va bien ? demanda-t-il.

— Tout va bien.

Jonah hocha la tête.

— Dans ce cas, commençons la cérémonie.

— Tu ne veux pas rappeler les autres ?

— Non. Tu es mon équipière. Cette partie ne concerne que nous.

Jonah alla chercher une boîte en bois rouge foncé posée sur une table sous l'une des fenêtres. Elle contenait de l'acier, d'après le léger picotement que je ressentais dans les mains. Il s'agissait d'un effet secondaire du rituel que j'avais accompli avec mon propre katana : depuis que j'avais trempé la lame de mon sang, j'avais développé une certaine sensibilité au métal.

Jonah souleva le couvercle. À l'intérieur, nichée sur un coussin de velours pourpre, se trouvait une dague magnifique. Constituée d'une seule pièce d'acier scintillant, la lame était torsadée de la base à la pointe, formant trois cent soixante degrés de tranchant acéré.

—Elle est superbe, soufflai-je.

—Garde cette pensée à l'esprit, dit-il avec un petit sourire.

Il souleva la dague, laissant la lumière serpenter sur la lame à la manière d'un ruban doré.

—Nous évoluons sur un fil tendu entre le monde des vampires et celui des Maisons, sans nous sentir pleinement membres d'aucun des deux. Nous voyons des choses souvent invisibles au regard des autres, et ce savoir représente notre force. C'est une malédiction, et en même temps notre meilleure arme ; ça s'avère parfois cruel, mais aussi libérateur. En tant que membre de la Garde Rouge, tu défends l'honneur, et non la fierté. Tu défends les vampires, et non leurs organisations. Tu défends ceux qui sont dans l'incapacité de se protéger eux-mêmes, dans le respect de ce que nous sommes.

Jonah se piqua le doigt sur la pointe de la lame. Une perle écarlate apparut sur sa peau, dégageant dans l'air un arôme doux et métallique.

—Tu me défends, déclara-t-il. Et je te défends. (Il étala la goutte de sang sur la lame incurvée, qui scintilla en absorbant la magie qu'elle contenait, tout comme cela s'était produit avec mon katana.) À toi.

Me crispant en prévision de la douleur, je me piquai le doigt puis le passai à mon tour sur la lame. Celle-ci, déjà marquée du sang et de la magie de Jonah, se mit à briller d'une légère lueur rouge.

—Puisse cette lame ne plus jamais faire couler ton sang ni le mien, poursuivit-il. Et puisse l'acier nous rappeler la puissance de l'amitié, de l'honneur et de la loyauté. (Il posa les yeux sur moi.) Jures-tu allégeance aux vampires, alliés ou non, indépendamment de leur Maison et de leur affiliation ? Jures-tu de devenir une gardienne de l'ordre, de la justice et de l'équilibre, et de te dresser contre toute autorité menaçant ceux qui sont dans l'incapacité de se défendre ?

Je déglutis, sachant que nous en étions arrivés au moment crucial. Soit je tournais le dos à la Garde Rouge… soit je m'engageais à la servir pendant vingt ans.

Cette organisation poursuivait un but honorable ; j'avais déjà arrêté mon choix.

—Je le jure, dis-je, certaine d'avoir pris la bonne décision.

Il se pencha pour m'embrasser sur la joue, un baiser purement amical, mais qui n'en fit pas moins naître une étincelle magique.

—Dans ce cas, tu es ma partenaire, et à partir de maintenant, tu devras me supporter, ma petite.

—Je ferai de mon mieux, promis-je avec un sourire. De toute manière, rien ne peut être pire que le PG, pour l'instant.

—C'est vrai.

Il reposa la boîte et la dague sur la table, puis ouvrit un tiroir dans lequel il fouilla.

—Encore une chose, déclara-t-il en me tendant une petite médaille en argent.

Approximativement de la taille d'une pièce de vingt-cinq cents, elle était ornée d'une gravure représentant un homme à cheval au-dessus de l'inscription «Saint George».

—Saint George?

—Le saint patron des guerriers, précisa Jonah. On l'a adopté pour la GR. Cette médaille est un symbole qui te rappellera que tu n'es pas seule, que nous sommes là, prêts à t'aider.

—Merci, dis-je en glissant le présent dans ma poche.

—Tu sais, ta vie va devenir beaucoup plus compliquée.

—Oh, tant mieux, commentai-je d'un ton léger. Je commençais à m'ennuyer.

—C'est bien ce que je pensais. Je te sauve de la monotonie et du désespoir, en fait.

—Je n'ai pas connu la monotonie depuis ma transformation en vampire.

—Eh bien, ce n'est pas maintenant que ça va changer, affirma-t-il avant de poser une main sur mon bras. Je sais que la tâche paraît écrasante, mais tu y arriveras. (Je hochai la tête, le laissant avoir confiance pour nous deux.) Il est temps que tu rentres à la Maison. Ethan piquerait une crise si tu te pointais en retard à la cérémonie.

—Le lac Michigan ne suffirait pas à éteindre sa colère.

—On a terminé! cria-t-il, annonce qui fut accueillie par les hululements joyeux des vampires qui étaient restés à l'étage.

Une fois dehors, il ferma la porte et actionna la poignée afin de s'assurer qu'elle était verrouillée. Je me tournai vers le port et les lumières scintillantes de Streeterville.

—Jonah, parmi tous les endroits de cette ville que vous auriez pu choisir pour cachette, pourquoi vous être installés ici?

—Écoute, murmura-t-il.

Nous nous trouvions au bout d'une étroite jetée de béton et de rochers au-dessus de lac Michigan, à une soixantaine de mètres de la rive. Le silence régnait. Même le ressac des vagues restait très discret, atténué par la glace. Il n'y avait aucun bruit. Rien que le calme, la quiétude et le froid de l'hiver.

—Ah, compris-je. L'isolement.

Jonah approuva d'un hochement de tête et esquissa un petit sourire, comme si j'avais fourni la réponse correcte.

—Notre position nous contraint parfois à trop nous impliquer dans le monde qui nous entoure. Cet endroit est notre retraite. Si tu as besoin de réconfort, d'un refuge, ou que tu n'arrives pas à me joindre, viens ici. Tu y trouveras de l'aide. Oh, j'allais oublier : j'ai quelque chose pour toi dans ma voiture.

J'étais curieuse de savoir ce que ça pouvait être, mais le trajet de retour mobilisa toute ma concentration. Après avoir traversé la digue avec précaution, Jonah fourragea un moment dans sa voiture et finit par tirer de la banquette arrière un sac en papier brillant qu'il me tendit.

—Qu'est-ce que c'est ?

—Un petit cadeau.

Je jetai un coup d'œil suspicieux à l'intérieur du sac. Il contenait des tee-shirts « Midnight High School » de deux couleurs différentes, un sweat à capuche et un coupe-vent orné de la mascotte de la GR, une araignée.

Je levai les yeux sur Jonah. Ce présent me posait un léger problème.

—Qu'est-ce qu'il y a ? s'enquit-il.

Autant me montrer honnête avec lui. C'était mon partenaire, après tout.

—Je vis avec Ethan.

Jonah ouvrit la bouche, puis la referma.

—Ah. Je vois.

—Il faut que je sois prudente. Très prudente.

—Rapport à la colère que le lac Michigan ne suffirait pas à éteindre et tout ça. Oui. Ça fait partie des inconvénients de la GR. La contrepartie étant que nous vivons dans un monde meilleur et plus sûr.

—Bien entendu.

—Tant que nous sommes là, tu as du nouveau en ce qui concerne Oliver et Eve?

—Eh bien, en fait, oui, répondis-je avant de lui résumer nos dernières découvertes.

—Qu'est-ce que tu comptes faire, maintenant?

—Pour être honnête, je ne sais pas vraiment. Je crois que nous sommes coincés, à moins que Jeff trouve autre chose.

—Il trouvera, assura Jonah en montant dans sa voiture. Tiens-moi au courant.

Je le saluai de la main tandis qu'il s'éloignait, puis m'installai au volant de ma Volvo et fis chauffer le moteur quelques instants avant de quitter le parking et de reprendre le cours de ma vie.

Le temps d'arriver à Cadogan, il ne restait plus que quelques minutes avant le début de la cérémonie. Le sac que m'avait offert Jonah à la main, je descendis de voiture, puis m'arrêtai sur le trottoir pour réfléchir.

Entrer dans la Maison avec mon cadeau de bienvenue de la GR n'était peut-être pas une très bonne idée. Mieux valait ne pas prendre le risque de provoquer de nouveaux drames, avec le chaos qui régnait déjà. J'ouvris le coffre de ma Volvo et fourrai le sac à l'intérieur, entre les gants rembourrés dont je m'étais servie une fois pour un cours de kickboxing, la couverture que je gardais en hiver pour les cas d'urgence et la trousse de secours que je n'avais jamais utilisée depuis que j'en avais fait l'acquisition des années auparavant.

Une voiture se gara à côté de la mienne dans un crissement de pneus.

Je m'apprêtais à refermer la main sur la poignée de mon sabre quand je vis Lacey sortir du véhicule, toujours aussi grande, blonde et séduisante. Elle claqua sa portière, puis se dirigea vers moi.

Et elle semblait particulièrement satisfaite.

— Eh bien, eh bien, eh bien, lança-t-elle en approchant. Je suppose qu'on a tous nos petits secrets, n'est-ce pas ?

Un nœud se forma dans mon estomac. *Oh, non*, fut l'unique pensée cohérente qui me traversa l'esprit. Qu'avait-elle vu ?

— Nos petits secrets ? répétai-je en m'empressant de fermer le coffre.

Elle appuya une hanche contre la carrosserie puis croisa les bras avant de se pencher très légèrement vers moi.

— Je sais où tu étais, affirma-t-elle. Où, avec qui, et ce que tu faisais.

Une vague de panique m'envahit. Elle m'avait vue avec Jonah et avait tout deviné au sujet de la GR. Mais impossible de reculer, à présent. Il ne me restait plus qu'à espérer qu'elle n'avait pas encore découvert pourquoi j'étais allée là-bas.

Joue l'innocente, m'admonestai-je.

— Je ne vois pas de quoi vous voulez parler.

— Tu le sais très bien. Je t'ai vue sur le parking. Avec lui.

La colère enfla aussitôt en moi.

— Vous m'avez suivie ?

— J'ouvre l'œil pour mon Maître et sa Maison.

— Votre Maître se débrouille très bien tout seul, et sa Maison est entre de bonnes mains.

— Ce n'est pas ce qui m'a semblé. Et je n'arrive pas à déterminer ce qui me choque le plus. Que tu le trompes avec Jonah, ou que tu le fasses cette nuit, l'une des plus importantes de sa très longue existence.

Je ravalai une bouffée de culpabilité et de peur à l'idée qu'elle puisse avoir raison. Cela étant, je continuai de bluffer comme on me l'avait appris.

— Je ne trompe personne, assurai-je. Vous ne savez pas de quoi vous parlez.

— Ah bon ? rétorqua-t-elle avec un sourire narquois. Très bien. Dans ce cas, allons voir Ethan tout de suite, et mettons les points sur les « i » avant la cérémonie du PG. Tu as vraiment choisi ton moment.

— Peut-être que vous devriez vous occuper de vos affaires.

— Peut-être que tu devrais arrêter de t'occuper de ce que tu ne comprends pas, cracha-t-elle d'une voix soudain chargée d'intonations féroces.

Je la dévisageai. J'avais beau savoir qu'elle éprouvait des sentiments pour Ethan, les émotions qu'elle manifestait semblaient dépasser la simple jalousie.

— Je comprends tout très bien, merci. Il a pris un pieu pour moi. J'ai pleuré sa mort.

Elle aboya un rire.

— Ha ! Tu as pleuré sa mort ? Toi, qui ne le connaissais que depuis quelques mois ? Tu crois savoir à quoi ressemble le chagrin ? (Elle pointa son index sur moi.) Tu n'as pas réussi à le protéger. Tu étais sa Sentinelle, tu as failli à ta tâche, et il est mort. S'il est revenu à la vie, c'est à la suite d'un improbable accident magique, pas grâce à toi.

— Vous pensez que c'est ce qui s'est passé ? Que j'étais là, à tailler la bavette avec le maire, et que j'ai laissé Ethan se faire empaler ?

—Tu étais là, insista-t-elle. C'est tout ce que je sais.

Bon sang, j'avais l'impression d'entendre Seth Tate. Comme lui, elle me considérait responsable de ce qui s'était produit dans cette pièce, alors que je n'avais été qu'une spectatrice innocente.

Ces reproches étaient-ils motivés par le chagrin ? Par les émotions qu'elle avait dû affronter à la mort d'Ethan et avait refoulées depuis ? Par la colère qu'elle nourrissait parce qu'il n'était pas retourné vers elle en rampant après sa résurrection ? Quoi qu'il en soit, elle éprouvait des sentiments profonds, assez intenses pour la pousser à m'espionner.

—Il a reçu ce pieu en essayant de me protéger, révélai-je. Célina me visait, et Ethan s'est interposé. Il m'a sauvé la vie. Comment osez-vous bafouer son sacrifice ?

Elle me menaça du doigt, les yeux brûlant de colère.

—Tu n'es qu'une sale menteuse.

—Je ne mens pas.

Elle dut lire la sincérité sur mon visage, car son assurance s'évanouit et, l'espace d'un instant, elle afficha la tristesse d'une humaine qui vient de se faire plaquer. Devant son air vulnérable et un peu pathétique, mon cœur se serra. Pas beaucoup, d'accord, mais tout de même.

Elle éprouvait des sentiments pour Ethan et s'était fait des idées sur leur relation, sur ce qu'elle représentait pour lui, et, plus important, sur ce que moi, je représentais pour lui. Et si j'avais vu juste, elle venait de comprendre qu'elle s'était sérieusement trompée. Ce qui ne devait pas lui plaire.

Elle renifla délicatement puis, comme si elle avait appuyé sur un bouton – et n'avait pas perdu son sang-froid devant moi –, elle retrouva son aplomb, son calme et sa froideur habituels.

Très bien. Moi aussi, je pouvais jouer la fille imperturbable et sûre d'elle. Si elle pensait vraiment avoir fait une découverte compromettante pour moi, elle en parlerait à Ethan tout de suite, cérémonie du PG ou pas. Mais elle ignorait la signification exacte de ce qu'elle avait vu. Elle m'avait juste aperçue avec Jonah sur un parking. Elle ne savait pas que notre rencontre était liée à la Garde Rouge ni que je venais d'en être proclamée membre.

— Tu le lui diras, m'intima-t-elle.

— Il n'y a rien à dire.

— Si tu ne le fais pas, c'est moi qui m'en chargerai, menaça-t-elle en avançant d'un pas. Comment oses-tu me sermonner sur le sacrifice qu'il a consenti pour toi alors que tu refuses de te montrer honnête avec lui ? (Malheureusement, elle marquait un point, et ce constat me tordit l'estomac.) Dis-le-lui, insista-t-elle, retroussant peu à peu les lèvres en un sourire inquiétant. Dis-le-lui, ou donne-moi la satisfaction de prouver ce que j'ai toujours su. Que tu es vraiment tout ce qu'il y a de plus ordinaire, persifla-t-elle en baissant la voix, crachant ses paroles comme du poison. Tu as vingt-quatre heures.

Sur ce, elle fit volte-face et s'éloigna, ses talons aiguilles cliquetant sur le trottoir tandis qu'elle se dirigeait vers la Maison.

Je restai immobile, une boule dans le ventre, et tentai d'imaginer un moyen de me sortir de ce pétrin.

J'étais foutue, j'en avais la certitude.

Le cœur cognant dans ma poitrine, je pénétrai à l'intérieur de la Maison. Une sueur froide perlait sur ma peau. Les vampires Cadogan étaient rongés par l'angoisse, et je ne faisais pas exception. J'avais besoin de temps pour me ressaisir. Aussi, je gravis quatre à quatre les marches de l'escalier jusqu'au premier étage et courus m'enfermer dans ma chambre, celle que j'occupais avant de partager la suite d'Ethan.

J'arrachai ma veste, la jetai à terre et filai dans la salle de bains, où je m'aspergeai de l'eau froide sur le visage jusqu'à ce que ma frange soit trempée. Puis je m'agrippai au rebord du lavabo.

Lacey savait.

Peut-être pas tout, mais elle en savait assez, et j'étais persuadée qu'elle allait s'en servir contre moi. Elle aimait Ethan, me haïssait, et m'estimait indigne de lui. Un jugement étrange, au vu de mes diplômes, de mes aptitudes au combat, de mes parents fortunés et de mon fabuleux sens de l'humour.

J'observai mon reflet dans le miroir, mes cheveux mouillés plaqués sur mon front, ma peau plus pâle que d'habitude, mon cou dénué de médaillon. Nous devions tous remodeler notre identité, passer de membres d'une organisation vampire internationale à quelque chose d'autre. M'étant fait les crocs en qualité de vampire Cadogan, je prenais part au processus et expérimentais ce changement en même temps que le reste de mes camarades. Mais qu'étais-je en train de devenir au juste ?

J'attrapai une serviette que je pressai contre mon visage, réticente à descendre affronter l'autre drame sur le point de s'abattre sur la Maison.

À des moments comme celui-ci, je regrettais qu'il n'existe pas de bouton « retour en arrière » me permettant de revenir sur mes actes et mes erreurs – ou de remarquer les fouineuses qui me suivaient à travers la ville – et de tout recommencer à zéro.

Mais ce qui était fait était fait. Il faudrait que je m'en accommode et que j'en assume les conséquences comme une adulte. Et non pas comme la thésarde recluse de vingt-sept ans que je rêvais de redevenir.

Je resserrai ma queue-de-cheval, appliquai un peu de brillant à lèvres, puis me brossai les cheveux jusqu'à ce qu'ils scintillent. Quand je me jugeai présentable et que j'eus maîtrisé ma peur, j'empruntai l'escalier menant au rez-de-chaussée.

11

ÉTERNELLEMENT IRRÉVOCABLE

E than, Luc et Malik se trouvaient déjà en bas, vêtus d'élégants costumes noirs. Ethan hocha la tête lorsqu'il m'aperçut.

J'arrivai dans le hall au moment où Darius et les autres membres du PG pénétraient à l'intérieur de la Maison, dans la même formation en V que lors de leur précédente visite. Ils occupaient chacun une position bien précise, comme les danseurs d'un corps de ballet, sauf qu'ils présentaient un spectacle bien moins agréable.

Tandis que je me faufilais dans la foule de vampires Cadogan qui s'étaient réunis pour les accueillir, Lacey s'avança pour saluer les nouveaux arrivants. C'est là que commencèrent les civilités. Ethan avait raison : j'avais beau détester Lacey Sheridan, Darius, lui, l'appréciait sans l'ombre d'un doute.

— Lacey, déclara ce dernier d'une voix mielleuse.

Il tendit les mains pour saisir les siennes et l'embrassa à plusieurs reprises sur les joues à la mode européenne.

— Monseigneur, dit Lacey avec déférence.

— Vous êtes très élégante, la complimenta-t-il en détaillant son tailleur noir parfaitement coupé.

— Vous aussi.

Elle reporta ensuite son attention sur les vampires qui l'accompagnaient et croisa le regard de chacun d'eux.

— *Je t'avais dit qu'ils étaient proches,* me rappela Ethan par télépathie.

— *C'est vrai. Et, de toute évidence, tu avais raison.*

Lacey joignit les mains puis les porta à son front, signe évident de révérence reconnaissante. Ou de fayotage.

— Messeigneurs, je suis honorée par votre présence.

— Je doute que ce sentiment soit partagé par tous, répliqua Darius en jetant un coup d'œil en direction d'Ethan.

Un silence gêné s'ensuivit.

— Darius, dit Ethan.

Ce mot résonna comme une provocation en duel, une mise au défi.

Darius restait le seigneur d'Ethan, son roi, son commandant, pour encore au moins quelques minutes ; l'appeler par son prénom ne constituait pas franchement une marque de respect.

Darius plissa les yeux. Il avait noté l'affront et ne l'avait pas apprécié. Un sourire s'étira sur ses lèvres, encore plus terrifiant que son air réprobateur.

— Ethan. Apparemment, nous avons choisi de nous comporter comme des manants jusqu'à ce que ce soit terminé, assena-t-il, l'insulte évidente. Mais peu importe. Ces problèmes seront bientôt résolus. Si nous commencions ?

— Allons-y, répondit Ethan en tendant la main vers l'arrière du bâtiment.

Je supposai qu'il n'avait pas oublié toutes ses bonnes manières.

Tout à fait réveillés en dépit du froid et de l'heure tardive, les résidents de la Maison se rassemblèrent en silence autour du foyer en briques aménagé dans le jardin.

Nous avions été rejoints par environ la moitié des vampires Cadogan qui ne vivaient pas avec nous mais avaient souhaité manifester leur soutien et gonfler nos rangs pour affronter notre futur ennemi. Je reconnus plusieurs collègues dans la foule, mais me trouvai incapable de les aborder. J'éprouvais l'impression de les avoir trahis, d'avoir trompé la confiance d'Ethan et de la Maison. Je me sentais isolée de tous ceux qui n'étaient pas actuellement victimes de chantage.

Les représentants du Présidium de Greenwich nous faisaient face. Alors que nous les surpassions en nombre, nous dégagions une magie nerveuse, comme s'ils détenaient le pouvoir de nous détruire d'un claquement de doigts.

Ils arboraient tous des costumes qui leur conféraient une allure très professionnelle. Avec une parfaite synchronisation, ils joignirent les mains devant eux, tels des jurés sévères sur le point de prononcer leur verdict.

Sauf que nous connaissions déjà la décision de ce tribunal métaphorique. Et le Présidium était sur le point de la rendre officielle.

— Qui représente la Maison, aujourd'hui ? s'enquit Darius.

— Moi, répondit Ethan en avançant d'un pas.

Les membres du PG échangèrent des regards surpris.

— Vous n'êtes pas le Maître de cette Maison, objecta une petite femme menue en le scrutant par-dessus les montures de ses lunettes.

— Je suis le Maître de cette Maison à la suite de la concession du titre par mon prédécesseur et à ma réinvestiture formelle.

Ethan tendit la main, et Malik lui donna les documents qu'ils avaient signés et scellés la veille.

Ethan les montra aux membres du PG, sans toutefois les leur confier. Je ne l'en blâmais pas. Ils auraient été capables de jeter les papiers dans les flammes.

—Nous n'avons pas été invités à la cérémonie, commenta Darius.

—Cette cérémonie était destinée aux vampires Cadogan, répliqua Ethan. Pas à vous.

Darius accueillit cette repartie avec une remarquable indifférence.

—Ainsi, c'est vous le Maître de Cadogan ?

—Oui.

—Inutile de s'attarder sur ce point, poursuivit Darius avec un sourire qui n'avait de toute évidence rien de sincère. Ethan Sullivan, puisque vous êtes apparemment Maître de la Maison Cadogan, reconnaissez-vous avoir décidé par vote, vous et vos vampires, de vous retirer du Présidium de Greenwich ?

—Oui.

—À partir de cette nuit, vous et vos vampires serez considérés comme non affiliés, et votre Maison, la Maison de Peter Cadogan, ne sera plus certifiée. Vous perdrez les droits et les privilèges accordés aux membres du Présidium de Greenwich. L'acceptez-vous ?

—Oui.

—Vous et vos vampires rejetez l'autorité du Présidium de Greenwich et vous soumettez à celle des humains, consentant par là à rejoindre le monde dans lequel ils vivent. Le confirmez-vous ?

Il paraissait évident que le PG n'avait pas actualisé son texte depuis un bon moment. Cela n'arrêta pas Ethan pour autant.

—Oui.

—Avant que vous fassiez un choix irrévocable, nous vous offrons une dernière chance, proposa Darius. Si vous acceptez de suivre les règles appropriées, nous vous permettrons de rester au sein du PG... à titre d'essai.

Ethan esquissa un mince sourire et croisa les bras.

—Je devine aisément en quoi consistent ces règles. En préparant notre départ, vous vous êtes rendu compte de l'importance économique de cette Maison. Et vous avez vu notre décision de quitter le PG sous un jour moins favorable. Vous devez cependant savoir une chose : nous n'avons pas besoin de vous ni de votre organisation. Nous pouvons survivre sans vous, et c'est ce que nous ferons.

—Ce que vous mésestimez, ce sont les bénéfices que vous avez retirés de votre appartenance au PG. Le fait que vous n'en ayez pas conscience n'efface pas leur réalité. Pensez-vous honnêtement que Peter Cadogan serait heureux d'apprendre ce qu'il est advenu de l'institution qu'il a fondée ? Que les membres de sa Maison ont fait le choix de quitter le PG, l'organisation qui les a protégés pendant si longtemps ?

Le silence s'abattit sur la foule, mais la magie enfla.

Ethan baissa la tête, bravant Darius du regard.

—Peter Cadogan avait foi en ses vampires. Ils représentaient sa priorité, comme ils représentent la mienne. Je ne crois pas que vous ayez jamais compris cela, Darius.

—Je comprends tout ce qu'il y a à comprendre, monsieur Sullivan. Les médaillons, s'il vous plaît.

Kelley s'avança pour lui donner la boîte contenant les pendentifs.

Darius la saisit et la jeta sans façon dans les flammes.

—Par le pouvoir qui m'est conféré en qualité de dirigeant du Présidium de Greenwich, je romps le lien qui nous unit. Votre Maison est décertifiée. Vos vampires sont non-affiliés, privés de Maison, des droits et des privilèges qui leur étaient accordés. Les documents, ajouta-t-il avant de tendre la main.

L'une des membres du PG, une femme grande et mince qui paraissait d'origine indienne, lui donna un dossier. Darius le maintint au-dessus du feu, juste assez bas pour que des flammes orangées viennent lécher le papier.

Darius posa son regard glacial sur Ethan.

— Tout retour en arrière est impossible.

— Nous allons de l'avant, rétorqua Ethan. Toujours. Affirmer notre affiliation au PG ne constituerait pas un pas en avant.

— Ce commentaire ne représente pas la meilleure manière de mettre un terme à la longue relation que vous avez partagée avec le PG.

— Nous sommes là pour enterrer César, lança Ethan, les dents serrées. Pas pour chanter ses louanges.

— Alors, qu'il en soit ainsi. C'est votre choix.

Darius ouvrit les doigts, laissant le dossier tomber dans le feu, où il fut englouti par les flammes. En même temps que des siècles d'histoire.

Durant un moment, le silence régna. Je m'étais attendue à me sentir transformée quand tout serait terminé. Plus légère, ou plus effrayée. Mais je ne ressentais aucune différence, et c'était justement ce qu'Ethan avait tenté de nous faire comprendre. Appartenir au PG ne faisait pas de nous des vampires, mais uniquement des membres. Nous restions nous-mêmes, avec ou sans le Présidium.

Sans surprise, Darius fut le premier à briser le silence.

— C'est terminé.

Le ton de sa voix exprimait clairement son changement d'attitude. À présent que nous avions quitté sa société secrète, nous ne représentions plus rien. Nous étions devenus des marginaux, et il avait bien l'intention de nous traiter comme tels. Pas de révérence reconnaissante pour les vampires Cadogan, pas de concession à l'âge et la respectabilité de notre Maison. Tout cela ne signifiait plus rien, comme nous ne signifiions plus rien pour Darius.

— Ce n'est pas terminé, objecta Ethan. Nous avons quelque chose à ajouter.

— Vous n'avez rien à nous dire, Solitaire, lança la femme de type indien.

Les yeux d'Ethan virèrent aussitôt à l'argenté.

— *Voilà, ça commence*, me dit-il par télépathie.

— *On dirait*, approuvai-je.

— J'ai beaucoup de choses à vous dire, rétorqua Ethan. Des mots que j'ai tus pendant des siècles. Des mots que vous ne vouliez pas entendre alors. Peut-être ne les écouterez-vous pas aujourd'hui, mais je regretterais de ne pas essayer.

Il glissa les mains dans ses poches, le geste d'un homme calme et détendu. Mais tous ceux qui connaissaient Ethan – et c'était sans doute le cas de Darius – devinaient sans peine que son attitude détachée n'était qu'une façade.

— Peter Cadogan était quelqu'un de bien, poursuivit Ethan. Un vampire et un homme admirables. Dans les années qui ont suivi sa création, le PG a oublié comment respecter ces deux attributs. Vous attachez plus de valeur au caractère «vampire» qu'à la générosité ou la justice. Vous avez perdu votre sens moral et perpétuez votre ignorance. Quand vos propres membres causent du tort aux Maisons que vous avez juré de protéger, vous fermez les yeux et nous reprochez de nous défendre. Vous représentez une organisation anachronique qui n'a pas sa place dans le monde moderne. Notre défection n'a rien d'une aberration, Darius. C'est un présage. Célina avait prédit la guerre. Si vous préférez ne pas tenir compte des signes avant-coureurs, c'est à vos risques et périls.

Au fil de son discours, Ethan s'enflammait, emporté par une passion que sa voix trahissait sans équivoque. Et l'unique pensée qui m'occupait l'esprit, c'était que, s'il considérait vraiment le PG sous un jour aussi défavorable, peut-être qu'il ne me tuerait pas, après tout.

— L'emphase ne vous va pas, répliqua Darius, peu ébranlé par les paroles d'Ethan. De plus, vos propos sont inacceptables, car il existe deux faits que vous avez commodément passés sous silence. Premièrement, je présume que vous rencontrerez certaines difficultés à subsister étant donné que c'est grâce aux largesses du PG que votre Maison a prospéré depuis la date de sa fondation.

— Malik. (À cette injonction, le vampire au teint caramel tendit à Ethan un document que ce dernier donna aussitôt à Darius.) Voici un chèque correspondant aux bénéfices que nous nous attendions à vous voir revendiquer. Je crois que vous trouverez ce montant tout à fait raisonnable.

Ethan afficha un sourire satisfait... tout comme Darius. Le chef du PG confia le chèque à la femme de type indien, qui avait écarquillé les yeux en entendant la révélation d'Ethan.

— Ce n'était que le premier point, Ethan. Le deuxième est bien plus important.

L'un des membres du Présidium émit un sifflement sonore. Une décharge d'énergie nerveuse s'échappa de l'assemblée tandis que tous les vampires regardaient autour d'eux, devinant que ce signal préfigurait une menace.

Soucieuse de la sécurité d'Ethan, je posai la main sur le pommeau de mon sabre et me faufilai dans la foule pour me rapprocher de lui. J'ignorais ce que nous réservait Darius au juste, mais j'étais certaine qu'il s'agissait d'une fourberie quelconque.

Le suspense ne dura pas longtemps. Une seconde plus tard, dans un bruit retentissant, une brigade de fées mercenaires surgit dans le jardin, sabre au poing. Toutes en tenue militaire noire, elles arboraient un sourire redoutable… et pointaient leurs katanas sur nous. À l'exception de Claudia, toutes les fées se ressemblaient, aussi étais-je incapable de déterminer si nous avions affaire aux gardes postés d'habitude à nos grilles ou à une équipe spécialement appelée pour l'occasion. Mais peu importait. L'essentiel, c'était que les fées avaient rompu la paix qui existait entre nous.

Les vampires Cadogan dégainèrent leurs sabres et se rapprochèrent pour faire bloc pendant que ces garces hypocrites tentaient de nous encercler. Au temps pour les progrès accomplis, l'aide que nous leur avions fournie et l'amitié que je pensais avoir commencé à forger avec elles.

Face à nous, les membres du Présidium de Greenwich affichaient des sourires calmes et cruels.

Ils jubilaient.

Des vagues de colère émanaient des Novices Cadogan et de leur Maître dupés, et je me doutais que bien des yeux avaient dû virer à l'argenté.

Mais le plus important d'abord.

—*Je suis là*, rassurai-je silencieusement Ethan tout en cherchant du regard Luc et Malik dans la foule.

Je les trouvai non loin de moi, et ils se placèrent de manière à former un arc protecteur autour de notre Maître.

—*Reste en position, Sentinelle*, m'intima Ethan avec nervosité.

—Qu'est-ce que c'est que ça? demanda Lacey.

Sa voix, quoique calme, trahissait une pointe d'irritation. En dépit de son statut de Maîtresse affiliée au PG, elle demeurait l'une des vampires d'Ethan. Et, pour une fois, cela nous rendrait peut-être service.

— Ça, c'est notre deuxième point, répondit Darius. Le Présidium de Greenwich revendique la Maison Cadogan.

Ethan éclata d'un rire si sonore que Darius plissa les yeux de colère.

— Cette Maison et les biens qui lui restent appartiennent aux vampires qui y vivent, rétorqua Ethan. Je crois que vous le savez très bien.

— Ce que je sais, c'est que votre irrévérence à l'égard du PG a assez duré. Vous pensez que vous pouvez agir en toute impunité parce que nous nous trouvons de l'autre côté de l'océan. Vous vous trompez. Le contrat qui nous lie inclut une clause nous donnant droit à un dédommagement en cas de violation de vos obligations envers le PG. Nous jugeons que vous n'avez pas respecté vos obligations, en conséquence de quoi nous revendiquons la Maison. Et, de toute évidence, nous avons les moyens de faire appliquer nos exigences, ajouta-t-il avec un geste désinvolte en direction des fées.

— Vous menacez les vampires que vous venez d'inviter à rejoindre vos rangs, juste parce que votre fierté a été blessée ? lança Ethan avec dédain. Vous nous mettez à la porte de notre Maison et provoquez une guerre entre fées et vampires pour satisfaire votre ego ? Peter Cadogan aurait honte, en effet, Darius, mais honte de votre comportement et du Présidium.

— Vous ne faites que me donner raison, Ethan. Vous créez la panique, la confusion, vous attirez l'attention des médias sur les vampires de cet état et de ce pays, et vous nous reprochez de prendre les mesures nécessaires pour protéger notre institution ? Vous manquez cruellement de clairvoyance. Votre attitude est très… humaine.

— Je considère cela comme un compliment.

—Je n'en attendais pas moins de vous. Quelle que soit votre opinion, vous devez assumer les conséquences de vos actes. Compte tenu de la proximité de l'aube et du nombre de vampires à déplacer, nous vous accordons un peu de temps pour rassembler vos effets personnels et quitter les lieux. Vous avez quarante-huit heures. D'ici là, résignez-vous à votre sort et partez. Si vous vous y refusez, vous trouverez une légion de fées armées prêtes à vous escorter. Et réfléchissez bien à ceci, Ethan : considérant tous les ponts que vous avez rompus, qui va vous aider, maintenant ?

Les membres du PG et leurs troupes s'éclipsèrent. Pendant un moment, tout le monde demeura immobile, encore sous le choc.

—Les fées, grommela Ethan. Ces maudites fées.

Elles avaient la réputation de ne pas aimer les vampires, ce qui n'en rendait pas leur prise de position moins insultante pour autant. Elles gardaient notre Maison, bon sang. Elles veillaient sur nous pendant notre sommeil. Du moins jusqu'à présent.

—Qu'est-ce qui a bien pu les motiver à agir ainsi ? demandai-je. Que peuvent-elles convoiter au point de faire une chose pareille ?

Je jetai un coup d'œil à Ethan… et compris. Elles convoitaient quelque chose qui nous appartenait.

—Monte vérifier nos appartements, m'intima Ethan.

Partageant ses craintes, je me précipitai à l'intérieur de la Maison et gravis les marches de l'escalier quatre à quatre jusqu'au deuxième étage. Dans le couloir, je m'arrêtai net.

La porte de notre suite était ouverte. Les battements de mon cœur s'accélérèrent.

Malik surgit derrière moi, essoufflé d'avoir couru.

—Je suppose que tu sais ce que tu cherches.

—Je crois, oui.

Je déployai mes sens de vampire pour analyser l'environnement, et, une fois sûre qu'aucun intrus ne se trouvait dans l'appartement, j'entrai et inspectai la pièce.

Au premier coup d'œil, rien ne semblait avoir été dérangé : pas de coussins déchirés ou éventrés, pas de lampes ni de tiroirs renversés. En fait, tout paraissait normal… à l'exception de la vitrine au coin du salon.

L'une des parois avait été brisée, et l'œuf de dragon avait disparu.

—Malik ! appelai-je en m'approchant de l'armoire vitrée.

—Un membre du PG a dû le voler, commenta-t-il d'une voix teintée de dégoût. Certainement au cours de la cérémonie. Pendant qu'ils nous insultaient, ils ont envoyé quelqu'un pour s'emparer d'un objet sur lequel ils n'ont aucun droit. Comme s'il n'y avait pas déjà assez de problèmes dans ce monde, Darius en créé de nouveaux.

Malik s'approcha et observa ce qui restait de la vitrine.

—Dois-je ramasser le verre ? interrogeai-je.

—Non, Ethan voudra y jeter un coup d'œil, de toute façon. Nous demanderons à Helen de s'en charger.

—On pourrait porter plainte, suggérai-je.

—À quoi cela servirait-il ? objecta Ethan en entrant dans la pièce, accompagné de Luc et Lacey.

Luc m'adressa un signe de tête, tandis que Lacey faisait mine de ne pas me voir. Ses yeux, et sans doute son esprit, étaient fixés sur Ethan. Avais-je tort d'espérer qu'elle reviendrait à la raison, qu'elle oublierait ce qu'elle imaginait avoir vu et nous laisserait traverser cette crise avant d'en déclencher une nouvelle ?

Ethan posa sa veste sur une table à côté de la porte et s'approcha de la vitrine.

— Je doute fort qu'ils se soucient de la disparition d'un colifichet appartenant à un vampire.

Ce constat, quoique désabusé, n'en était pas moins réaliste.

— Ce colifichet possédait assez de valeur pour que le PG le vole et l'agite sous le nez des fées à la manière d'une carotte, protesta Luc.

— Les fées aimeraient récupérer l'œuf ? m'enquis-je.

— Sans doute, vu qu'elles ont accepté de prendre les armes contre nous, répondit Ethan.

— Pourquoi maintenant ? s'interrogea Luc. Nous détenons cet œuf depuis des siècles, et ça fait des années qu'elles gardent la Maison. Pourquoi ne nous l'ont-elles pas tout simplement demandé ?

— Elles ignoraient probablement où il se trouvait, avançai-je. Claudia l'a évoqué dans sa tour. Ses gardes étaient là. Peut-être que c'est à ce moment qu'ils ont appris que nous l'avions en notre possession.

— Et quand Darius a sollicité leur aide, elles ont tout de suite su quelle rétribution exiger, ajouta Malik.

— C'est possible, reconnut Ethan. Ou alors, elles ont attendu parce qu'elles ne voulaient pas mettre en péril le revenu qu'elles recevaient de la Maison. En voyant notre stabilité ébranlée, elles ont dû se dire que cet argent n'était plus garanti et qu'il était temps de se risquer à s'emparer de l'œuf.

— Et elles espéraient peut-être que les nouveaux « locataires » de la Maison continueraient à leur payer un salaire décent pour monter la garde. D'une pierre deux coups.

L'air soudain épuisé, Ethan s'assit dans un fauteuil et rejeta la tête en arrière en desserrant son nœud de cravate. Il ferma les yeux un moment et prit de profondes inspirations pendant que Luc, Malik et moi attendions ses directives.

Je profitai de l'occasion pour envoyer un message à mon grand-père et à Jonah, les informant des derniers événements et évoquant la possibilité que je séjourne pour une durée indéterminée dans la chambre d'amis de mon grand-père.

—À une époque, je considérais la moindre baisse de nos finances comme une tragédie, confia Ethan. Les temps ont bien changé.

—Les problèmes restent les mêmes, sauf que l'échelle est différente, intervint Lacey.

—Tu veux du sang, patron? demanda Luc. Ou boire un verre?

—Deux doigts de whisky, s'il te plaît. Oh, et puis merde. Apporte-moi la bouteille.

Me trouvant à proximité du minibar de l'appartement, je me chargeai de sa boisson. Je n'étais pas sûre que l'alcool, même un litre de whisky écossais haut de gamme, suffirait à atténuer l'amertume causée par la trahison de Darius. Quand je versai le liquide ambré dans un verre, les puissants arômes me chatouillèrent le nez. Je le donnai à Ethan après avoir rebouché la bouteille, puis m'assis dans un fauteuil à côté du sien.

—Les fées sont parties, annonça Luc. On a les responsables de l'entreprise de remplacement au téléphone. Ils nous enverront tout un contingent de gardes dans l'heure qui vient, et Michael Donovan a accepté de les rencontrer.

—Qui va garder la Maison? demandai-je.

Luc s'appuya à un guéridon non loin de moi.

—Des humains. Nous avons sélectionné une deuxième société spécialisée en sécurité il y a de ça des années, mais son nom doit rester confidentiel. On ne le révèle même pas aux gardes. Ni aux Sentinelles, ajouta-t-il d'un ton contrit.

—C'est une mesure destinée à prévenir toute tentative de sabotage, précisa Lacey en me regardant, les yeux plissés.

D'accord. De toute évidence, elle n'avait pas l'intention de nous laisser gérer une seule crise à la fois.

— Exactement, approuva Luc sans remarquer l'allusion. À l'époque, nous avions décidé d'engager les fées, étant donné qu'elles sont plus fortes et généralement plus fiables. (Son visage se rembrunit.) Généralement.

Ethan but son whisky à petites gorgées, puis reposa son verre d'un geste brusque sur la table basse à côté de lui.

— Qui aurait pu prédire ça, bon sang ? Que les représentants du Présidium nous forceraient à nous battre ? Qu'ils préféreraient nous jeter à la rue plutôt que se contenter d'accepter de nous laisser partir dignement ? Les salauds !

— Ils ne peuvent pas vraiment nous prendre la Maison, si ? demandai-je, mon regard passant d'un vampire à l'autre.

Personne ne me répondit, et mon cœur se serra.

J'effleurai la clé de l'appartement dans la poche de ma veste et observai l'endroit où j'avais emménagé si peu de temps auparavant. Je me considérais à présent chez moi, dans cette Maison. Je n'avais aucune envie d'y renoncer, encore moins au profit de Darius West et sa clique. Ce serait vraiment un comble.

— Darius a déployé une stratégie, déclara Lacey. Quoi qu'il advienne, il la poursuivra s'il croit servir les intérêts à long terme de ses vampires.

— Le mot-clé étant « ses » vampires, commenta Luc. Nous venons juste de nous définir comme n'appartenant pas à cette catégorie.

— Nous savions qu'il nous considérerait comme des ennemis, intervint Ethan. J'avais tout de même espéré une approche un peu plus « vivre et laisser vivre ». Et l'ironie, dans tout ça, c'est que Michael a évoqué la dangerosité potentielle des fées la nuit dernière.

Il m'en avait également parlé. Nous n'ignorions certes pas les risques qu'elles représentaient, mais nous avions pesé les avantages et les inconvénients, et, jugeant le compromis acceptable, nous les avions gardées à notre service.

— Et voilà. Les conflits opposant les vampires et les fées reprennent. Et moi qui croyais que nous avions accompli des progrès significatifs.

— C'était le cas, lui assurai-je, détestant le voir si abattu. Nous étions en contact avec Claudia. Nous ne pouvons pas les laisser s'en tirer comme ça. (Je considérai Luc, Ethan et Malik tour à tour, mais tous évitèrent mon regard.) Il doit forcément exister une solution. Et on la trouvera. Tous ensemble, d'accord ? (J'adressai un sourire à Ethan, éprouvant la subite et étrange impression de jouer la pom-pom girl pour la Maison Cadogan, sans la jupe plissée et la culotte de rigueur.) Je veux dire, tu as chargé l'équipe de transition de nous accompagner. Le moment est venu de la mettre à contribution.

Ethan reporta son attention sur moi, et je décelai une étincelle familière dans ses yeux. Il se redressa et nous regarda les uns après les autres.

— Elle a raison. Affrontons ce problème comme n'importe quel autre, et trouvons une solution. Est-ce que c'est compris ? (Tout le monde hocha la tête.) Malik, fais installer un compte à rebours dans mon bureau avant l'aube afin d'afficher les heures qu'il nous reste pour régler cette situation. Heureusement que nous sommes en hiver ; nous serons réveillés la majeure partie du temps.

— Sire, acquiesça Malik, un petit sourire au coin des lèvres devant le soudain sursaut d'énergie de son supérieur.

Ethan se leva et se passa les mains dans les cheveux, puis posa les poings sur les hanches.

—Je vous l'affirme, et n'hésitez pas à le répéter autour de vous : nous ne partirons pas de cette Maison. Peter m'a nommé capitaine de ce bateau, et, tant que je serai en vie et Maître de ce navire, je le commanderai. Ils devront me passer sur le corps pour nous prendre Cadogan. Appelez Paige, le bibliothécaire et Michael Donovan. Je veux les voir immédiatement dans mon bureau.

Ethan se montrait parfois énervant ou exaspérant, mais aucun doute : il avait la stature d'un Maître.

Le moral des troupes regonflé, Luc, Lacey et Malik sortirent de l'appartement, prêts à enclencher le processus de commencement du processus. J'attendis qu'ils aient disparu pour me tourner vers Ethan.

—Tu vas bien ?

Il s'approcha et déposa un doux baiser sur mes lèvres.

—J'ai survécu à plusieurs guerres mondiales, Sentinelle. Ce que nous vivons, ce n'est rien de plus qu'une bagatelle.

Nous savions tous les deux qu'il exagérait, mais je lui pardonnai sa fanfaronnade.

—Alors, descendons régler ça vite fait bien fait, déclarai-je en tendant le bras en direction du couloir.

Ma tirade lui arracha un sourire, ce qui en était le but.

—Vite fait bien fait ?

—Après tout, ce n'est rien de plus qu'une bagatelle, répondis-je avec un haussement d'épaules.

Il glissa sa main dans la mienne, et je quittai nos appartements à son côté, prétendant entrevoir une solution. Une manière de tout arranger.

Et priant pour en trouver une.

Lacey attendait devant la porte du bureau d'Ethan. Elle plissa les yeux en me voyant avec lui. Je savais que je devais révéler la vérité à Ethan au sujet de la GR – au moins pour couper l'herbe sous le pied de Lacey –, mais ce n'était pas le moment d'en ajouter à ses soucis. J'espérais qu'elle se montrerait assez mature pour en arriver à cette conclusion, elle aussi.

Michael Donovan, Paige, le bibliothécaire, Luc et Malik se trouvaient déjà à l'intérieur. Le compte à rebours qu'Ethan avait demandé était fixé au mur. De taille assez imposante, il était muni d'un écran noir sur lequel s'affichaient des chiffres blancs de forme carrée égrenant les secondes, les minutes et les heures qui nous restaient avant que les fées tentent de nous chasser de la Maison. À moins que nous découvrions le moyen de les arrêter.

Luc avait déniché un nouveau tableau blanc qu'il dressa près de la table de conférence.

—On dirait qu'on s'amuse, ici.

Toutes les têtes se tournèrent vers la porte. Gabriel Keene, Meneur de la Meute des Grandes Plaines, se tenait sur le seuil, un casque de moto noir à la main. Il était originaire de Memphis, mais considérait Chicago pratiquement comme sa ville. Les cheveux brûlés par le soleil et les yeux couleur d'ambre, il dégageait une impression de force et de puissance. À juste titre.

Il pénétra dans le bureau.

—À ce qu'il paraît, vous avez un problème. J'ai pensé que vous pourriez avoir besoin de mon aide.

Les nouvelles se répandaient vite, parmi les surnaturels. En l'occurrence, mon grand-père avait dû transmettre le message que je lui avais envoyé à Jeff, qui en avait ensuite parlé à Gabriel. Je savourai le changement d'expression sur le visage d'Ethan : l'espoir et la joie éclairèrent ses traits. Peut-être pour la première fois, il semblait sérieusement envisager une issue à cette situation.

Passant outre aux conventions, il se dirigea vers Gabriel et le gratifia d'une chaleureuse accolade.

— N'en fais pas trop, mon vieux, sinon Chaton va être jalouse, plaisanta Gabriel en lui tapotant le dos. (Il croisa mon regard par-dessus l'épaule d'Ethan.) Salut, Chaton.

Gabriel avait pris l'habitude de me surnommer ainsi en grande partie pour se moquer de moi, les chatons figurant parmi les animaux les plus faibles en lesquels pouvaient se transformer les métamorphes.

— Gabe. Bienvenue à la fête.

— C'est très important pour nous que tu sois là, déclara Ethan tandis qu'ils contournaient la table de conférence.

— Oui, bon, ne crois pas que je fais ça uniquement pour toi, ironisa-t-il avant d'étudier les personnes présentes, s'attardant sur Michael Donovan. Je ne suis pas sûr de connaître tout le monde.

Quand Ethan eut procédé aux présentations, l'assemblée s'installa autour de la table.

— Oh, encore une petite chose, dit Gabriel avant de s'asseoir, laissant tomber un sac à dos noir d'un mouvement d'épaule.

Il l'ouvrit et en sortit un paquet entouré d'aluminium qu'il me tendit. Une odeur de barbecue se répandit dans la pièce.

— Mallory te transmet ses amitiés, ajouta-t-il.

En m'offrant de la viande par l'intermédiaire de Gabriel ? Pour sûr, c'était une belle preuve d'amitié.

— Maintenant que Merit a de quoi manger, ce qui constitue clairement notre principale préoccupation, nous pouvons passer aux choses sérieuses, se moqua Ethan.

Je posai le paquet devant moi, sans toutefois l'ouvrir. Ce n'était pas le moment.

— Nous disposons du peu de temps qui nous reste ce soir et de la nuit prochaine pour découvrir le moyen de conserver la Maison et empêcher le PG de détruire ce que nous avons construit dans cette ville, déclara Ethan, debout à l'extrémité de la table. L'échec n'est pas une option, ajouta-t-il en regardant tour à tour chacun des membres de l'équipe de transition. Je me fiche que la solution prenne la forme d'un contrat légal ou d'une bonne vieille bagarre ; nous devons élaborer un plan assurant que la Maison demeurera entre nos mains. Bien, dit-il en s'asseyant. Mettons-nous au travail. (Il posa les yeux sur Paige, puis sur le bibliothécaire, qui se trouvait à côté de moi.) Le contrat ?

— Le contrat comporte ce qui équivaut à une clause de bonne conduite, déclara le bibliothécaire en tendant à Ethan un dossier contenant une feuille marquée d'un signet. En substance, elle stipule que la Maison s'engage à agir d'une manière conforme aux valeurs du PG. En cas de non-respect de cette règle, le PG est en droit de réclamer un dédommagement.

Ethan feuilleta les documents, lisant leur contenu en diagonale.

— Est-ce qu'il est précisé quelque part que ce dédommagement inclut la Maison ?

— Non. Mais les termes utilisés restent vagues, de sorte qu'il est difficile de savoir comment un tribunal les interpréterait. (Il haussa les épaules.) Mais ce n'est que mon opinion, et je ne suis pas avocat.

— Et que disent nos avocats ? demanda Ethan à Malik.

— Ils sont en train d'étudier la question. Ils ont indiqué qu'ils ne pourraient sans doute pas fournir de réponse définitive avant le lever du soleil, mais ils nourrissent effectivement quelques inquiétudes au sujet de l'interprétation judiciaire.

— Comme toujours, répliqua Ethan. Le principal problème étant que nous devrions traduire le PG devant le tribunal, à supposer qu'il existe une juridiction traitant des litiges des vampires. Cette «solution» entraînerait des années de procédures, ce qui ne nous permettrait pas d'atteindre l'objectif que je me suis fixé, qui consiste à résoudre cette crise avant que Darius parte pour Londres. (Il s'adressa ensuite à Luc.) Et une démonstration de force ?

— Nous pourrions affronter les fées, mais tu sais comment elles se battent : jusqu'à la mort. Sinon, elles estiment que ça n'en vaut pas la peine. Elles préfèrent se faire hara-kiri plutôt que perdre, si bien qu'un conflit impliquerait au minimum la mort de toutes les fées et de nombreux vampires.

Gabriel siffla.

— Ça ne plairait pas à la ville de Chicago.

— Non, approuva Ethan. Et c'est une solution que je ne peux pas accepter. Et j'ai tout de même peine à croire que Darius cautionnerait de tels agissements.

— Il pense que tu n'iras pas jusque-là, intervint Lacey depuis l'autre bout de la table, regardant Ethan par-dessus plusieurs piles de documents. Il sait que tu ne tolérerais pas de risquer la vie de tes vampires pour sauver un bâtiment et suppose que tu t'inclineras avant de prendre des mesures aussi extrêmes.

— Pourquoi vouloir mettre la main sur Cadogan ? interrogeai-je. S'intéressent-ils au symbole, ou à l'édifice ?

— Les deux, répondit Lacey du tac au tac, s'arrogeant le rôle de spécialiste des motivations du PG, ce qu'elle était sans doute. D'une manière symbolique, cela démontre le pouvoir du Présidium. Il prouve par là que les Maisons tombent sous son contrôle et que le non-respect des règles les laissera assez littéralement sans ressources.

— Et l'édifice définit qui nous sommes, ajouta Ethan, les yeux posés sur moi. Nous sommes unis par le nom de Peter, mais c'est la Maison qui nous fédère. Si nous ne suivons pas la ligne de conduite qu'il a fixée, Darius brisera le lien qui nous rassemble.

Gabriel se pencha en arrière sur sa chaise, la faisant grincer sous son poids.

— C'est un sacré numéro que vous avez là.

— Nous en sommes très fiers, lâcha Ethan d'un ton sec.

Gabriel se redressa pour s'adresser à Ethan :

— Nous sommes amis, mais je ne peux pas offrir des soldats pour l'instant. Pas alors qu'il existe un autre moyen.

Il voulait dire : pas alors qu'il nous restait la possibilité d'éviter le combat en quittant la Maison. Ethan ne parut pas ravi d'apprendre que la Meute refusait de se battre à nos côtés – les métamorphes représentaient, et de loin, notre plus important groupe d'alliés en dehors des vampires –, mais il accusa le coup avec dignité.

— Je comprends ta position, assura-t-il. Cela ne m'enchante pas, mais, si j'étais à ta place, je prendrais sans doute la même décision. (Il considéra tour à tour le reste des membres de l'équipe de transition.) D'autres idées ?

— Du chantage ? suggéra Paige. Je ne connais pas bien ces vampires, mais saurait-on quelque chose sur l'un d'eux que nous pourrions utiliser pour les faire changer d'avis ?

J'échangeai un regard avec Ethan. Nous avions appris par le passé qu'Harold Monmonth avait commis un meurtre au nom de Célina, mais je doutais que ce crime touche Darius et les autres représentants du PG. Ils jugeaient en général les vies humaines indignes de leur considération. Un assassinat perpétré plusieurs siècles auparavant ne soulèverait pas un grand intérêt.

— Pas à ma connaissance, répondit Ethan.

— Nous ne pouvons pas les corrompre, ajouta Malik. Nous n'avons plus d'argent.

— Et l'œuf? demanda Gabriel.

Tous les regards convergèrent vers lui.

— Comment ça, l'œuf? interrogea Ethan.

— C'est la clé de toute cette histoire. Les fées le veulent. Darius l'a en sa possession. Je suppose qu'il ne leur a pas encore donné et ne le fera pas avant qu'elles aient honoré leur promesse de vous attaquer. Si vous parvenez à le récupérer…

— Alors, le trophée sera entre nos mains et les fées se moqueront des ordres du PG, compléta Ethan. (Il s'appuya au dossier de sa chaise et regarda Michael.) Qu'est-ce que tu en penses?

— C'est une idée, approuva le consultant. Assouvir le désir des fées résoudrait la question immédiate de la Maison, mais pas le problème de fond. Darius ne se contentera pas d'une tentative. S'il veut Cadogan, il essaiera encore.

— C'est juste, admit Ethan. Mais tâchons de nous concentrer sur les cartes que nous avons en main pour l'instant. Où l'œuf pourrait-il se trouver?

— Darius et les autres membres du PG séjournent au *Dandridge*, avança Malik. Peut-être l'ont-ils emporté là-bas.

— Je n'en suis pas si sûr, objecta Luc. Ils misent gros, sur ce coup, et ils doivent avoir prévu qu'on se poserait cette question. Cet endroit me paraît trop évident.

— Trop évident, et trop difficile à infiltrer, de toute manière, intervins-je. Des célébrités et des sénateurs logent au *Dandridge*. Pour fouiller les chambres, il faudrait déjà déjouer la sécurité, et je ne suis pas certaine que nous y réussirions.

— Je crois que nous pouvons sans risque partir du principe qu'ils l'ont dissimulé à Chicago, déclara Michael.

Ils n'ont pas pu l'emporter trop loin. Ils n'auraient pas le temps d'aller le chercher pour le remettre aux fées.

J'étais prête à parier qu'il avait raison. Hélas, Chicago était une grande ville.

—Il faut le retrouver, affirma Ethan. On engage les recherches tout de suite. (Il se tourna vers Malik.) Commence par interroger les Seconds des autres Maisons. Demande-leur ce qu'ils savent et s'ils ont des informations sur l'endroit où l'œuf pourrait avoir été caché.

—Ils refuseront peut-être de nous aider, objecta Luc. C'est exactement le genre de comportement anti-PG que Darius réprouve.

—Possible, convint Ethan. Tâche tout de même de les convaincre. Quelqu'un détient la solution à notre problème ; je veux la connaître ce soir.

Malheureusement, son souhait ne fut pas exaucé. Deux heures plus tard, même après avoir partagé la viande que Gabriel avait apportée, nous n'avions toujours pas avancé. Aucun des dirigeants des autres Maisons n'avait de proposition à offrir quant à la localisation de l'œuf, hormis le *Dandridge*. Et encore s'étaient-ils montrés réticents à nous faire part de cette suggestion, aussi inutile fût-elle. Leur mutisme ne me surprenait pas outre mesure. Ni Navarre ni Grey ne souhaitaient s'impliquer plus que nécessaire. C'était cette attitude qui leur avait permis d'échapper au radar du PG par le passé, et la menace nucléaire que Darius laissait planer sur nous n'avait fait que les inciter à poursuivre dans cette voie.

—L'aube approche, déclara Ethan en se passant la main sur le visage. Nous nous réunirons de nouveau au crépuscule. (Il s'adressa à Gabriel.) Merci de nous avoir consacré du temps.

Un sourire carnassier s'étira sur les lèvres du métamorphe qui répliqua :

— Mieux vaut un mal connu qu'un mal inconnu. Je préfère vous voir vous dans cette Maison plutôt qu'une bande de trous du cul du PG.

Là, nous ne pouvions pas le contredire.

Quelques minutes avant que le jour se lève, Ethan, exténué, vint chercher le réconfort dans mes bras. La peur me rongeait. Lacey et ce qu'elle savait de ma rencontre avec Jonah. Le mystérieux tueur qui rôdait dans les rues. Les menaces qui pesaient sur notre Maison.

Nous étions allongés dans le noir, nos corps entrelacés, tandis que l'aube pointait à l'horizon. Tandis que les minutes et les heures qui nous restaient à vivre dans notre sanctuaire s'envolaient, les unes après les autres.

— Je ne peux pas perdre cette Maison, murmura Ethan d'une voix ensommeillée. Je ne peux pas… les décevoir.

Je brûlais d'envie d'apaiser ses souffrances et me jurai de l'aider à lutter pour conserver Cadogan, mais même l'amour se révélait incapable d'arrêter la course du soleil.

12

La première règle du Fright Club

J'émergeai lentement du sommeil après avoir rêvé que j'avais dû repasser un entretien pour mon poste de Sentinelle et qu'Ethan ne m'avait pas jugée suffisamment compétente. Il n'était pas difficile de deviner l'origine de cette peur, à savoir qu'une femme amoureuse de mon petit ami me faisait chanter et que ma Maison risquait d'être anéantie d'ici peu de temps.

Ethan s'était déjà levé et le silence régnait dans la chambre. Je remontai les draps au-dessus de ma tête par indulgence à mon propre égard, prétendant qu'aucune menace ne planait sur moi.

Je n'avais aucune envie de lui en parler. D'ailleurs, je n'étais pas censée lui en parler. Après tout, quelle était la première règle de la GR ? « Il est interdit de parler de la GR. »

L'organisation avait pour but de surveiller les Maîtres et le PG afin de les empêcher d'agir de manière dictatoriale et d'éviter qu'ils maltraitent des vampires. Objectif difficile à remplir une fois qu'on vous avait identifié comme un espion. Oserais-je dénoncer la Garde Rouge à un Maître ? Oserais-je faire payer à Jonah mon manque de discernement et l'attirance obsessionnelle de Lacey pour Ethan ? Si je confessais où je m'étais rendue, n'allais-je pas anéantir les minutieux efforts déployés par la GR pour demeurer anonyme, ruiner des dizaines d'années de travail et trahir tous les membres qui avaient consacré vingt années de leur vie à son service ?

N'allais-je pas tromper la confiance de Jonah ?

D'un autre côté, je ne pouvais pas laisser Lacey tout dévoiler à Ethan. Il n'était rien censé connaître de mon engagement, certes, mais ne devrait certainement pas l'apprendre de sa bouche à elle. D'autant qu'elle avait l'intention d'utiliser ce qu'elle savait pour s'interposer entre nous.

Peut-être m'étais-je montrée trop optimiste, trop ambitieuse en voulant intégrer la GR tout en sortant avec rien de moins qu'un Maître vampire. Peut-être cela marquerait-il la fin de notre relation. De notre amitié, de notre complicité, de notre amour.

Je m'effrayais déjà de la conversation à venir. J'étais persuadée qu'Ethan se mettrait en colère et se sentirait trahi, exactement comme l'avait prédit Lacey. En bonne Sentinelle, j'analysai les risques, envisageant toutes les conséquences potentielles de ma confession…

1. Ethan, éperdu d'amour pour moi, m'avouerait être fier que j'aie choisi de servir les vampires en intégrant la GR.

2. Il me plaquerait au cours d'une cérémonie spéciale devant tous les vampires Cadogan.

3. Il m'expulserait de la Maison au cours d'une cérémonie spéciale devant tous les vampires Cadogan. Des tee-shirts commémoratifs portant l'inscription « J'ai survécu à l'excommunication de Merit » circuleraient parmi mes camarades.

4. Il accomplirait les points 2 et 3, puis tuerait Jonah.

5. Il se murerait dans le mutisme avant d'éclater dans une rage silencieuse mais meurtrière, qui entraînerait la destruction de la Maison Cadogan et de la majeure partie de

Hyde Park. Diane Kowalczyk accuserait notre patrimoine génétique. Catcher accuserait l'amour.

Ces scénarios n'avaient rien de rassurant, car, dans tous les cas, Ethan découvrait la vérité, et Jonah finissait démasqué.

Quoi que je choisisse, je perdais ; je n'appelais pas vraiment cela un choix.

Je détestais les remords, et pourtant, c'était ce que j'éprouvais à cet instant. Pas tant le regret d'avoir dit oui à Jonah que de ne pas m'être montrée plus prudente la veille et d'avoir provoqué Lacey au point de la pousser au chantage.

Malheureusement, geindre en restant assise ne résoudrait rien du tout. Un tueur rôdait toujours dans la ville, et ma Maison était censée désamorcer une bombe à retardement. Quelqu'un devait se battre pour Oliver, Eve et Cadogan, aussi écartai-je les draps et m'extirpai-je du lit. Arriverait ce qui devait arriver. Je préférais affronter la situation comme un soldat, la tête haute et sans peur, plutôt que me cacher sous une couverture.

Je trouvai un message de Jonah sur mon téléphone : « Me mets en rapport avec contact GR au sujet Cadogan. Te tiendrai au courant. »

J'ignorais la fiabilité de ce contact. Cependant, il avait vu juste au sujet de la clause du contrat. Peut-être serait-il en mesure de nous aider. Ce serait véritablement une aubaine.

Pendant qu'Ethan et l'équipe de transition tentaient d'infléchir notre destin en bas, je pris une longue douche chaude en réfléchissant aux meurtres que je n'avais toujours pas réussi à élucider. Nous savions qu'Oliver et Eve avaient été tués après s'être rendus au bureau d'enregistrement. Leurs corps avaient été retrouvés dans un entrepôt de Little Italy, et des éclats de tremble jonchaient le sol à proximité, provenant peut-être d'une arme conçue par McKetrick.

Nous savions également qu'un 4 × 4 noir avait participé à leur enlèvement et nous avait suivis près de la Maison, un véhicule du même genre que ceux que McKetrick avait déjà utilisés par le passé pour nous terroriser.

Bien sûr, à Chicago, on trouvait des 4 × 4 noirs à la pelle. Et McKetrick avait nié toute implication dans ces meurtres, rejetant notamment la possibilité que quelqu'un se soit servi de son arme. Et puis, après tout, s'il était persuadé bénéficier d'une immunité politique totale, pourquoi aurait-il menti ? Pourquoi n'aurait-il pas avoué son crime, sachant que personne ne me croirait si je l'accusais ?

Je ne me sentais certainement pas prête à rayer McKetrick de la liste des suspects, mais je commençais à penser que l'affaire était plus complexe qu'il n'y paraissait.

Une fois propre et habillée, mes cheveux noués en un chignon de ballerine, je bus autant de sang que je pus en avaler – sans que Lacey fasse aucune apparition dans la cuisine, grâce au ciel – et descendis l'escalier.

Je trouvai Ethan seul dans son bureau, assis à son meuble de travail. Il portait une chemise blanche dont il avait retroussé les manches et déboutonné le col. Il semblait prêt à s'attaquer à une longue nuit de labeur, mais paraissait épuisé. Il n'avait sans doute pas bien dormi.

— Bonjour, dit-il.

Aucune colère ne perçait dans sa voix, ce qui me conduisit à penser que Lacey ne lui avait encore pas révélé le secret qu'elle croyait avoir découvert. Je respirai un peu plus facilement.

— Bonjour, lançai-je à mon tour en m'asseyant sur une chaise devant son bureau. Du nouveau ?

— Rien de notable. Les humains montent la garde dehors, et la journée s'est déroulée sans incident. Je suis agréablement surpris que Darius ne les ait pas achetés, eux aussi.

— La corruption fait clairement partie de ses méthodes. Rien de neuf non plus au sujet des meurtres. En tout cas, je n'ai reçu aucun message de l'Agence de médiation.

— Le tueur a bien effacé ses traces, commenta Ethan. Ce qui ne signifie pas qu'il n'a pas laissé un indice quelque part.

C'était exactement la raison pour laquelle je ne voulais pas renoncer. Pas encore.

— Je vais demander à tout le monde de préparer ses affaires, ajouta Ethan.

Je le dévisageai, submergée par une vague de découragement. Il croyait que nous allions échouer. Que nous ne parviendrions pas à résoudre cette crise et perdrions la Maison. Que je dormirais sur le canapé de mon grand-père le jour suivant.

Son regard vaincu me fit monter les larmes aux yeux.

— Il nous reste encore cette nuit et une bonne partie de la nuit prochaine. On trouvera une solution.

— Vraiment ? demanda-t-il. Sans faire couler le sang ?

J'ouvris la bouche, puis la refermai, manquant d'une repartie appropriée.

Quelqu'un frappa à la porte. Lacey apparut, vêtue d'un élégant tailleur noir au liseré blanc. Elle adressa un sourire à Ethan avant de me décocher un regard noir.

— Lacey, la salua Ethan. Un café ?

— Oui, merci, dit-elle en entrant.

— Et toi ? me proposa-t-il.

— Non merci, répondis-je en observant Lacey.

Ethan appela Margot pour lui demander deux expressos. Pendant qu'il passait commande, Lacey s'avança vers moi, son expression de plus en plus glaciale à chaque pas.

— Est-ce que tu lui as parlé ?

Nous nous trouvions à moins d'un mètre du bureau d'Ethan, et mon cœur se mit à battre la chamade. Il ne faisait aucun doute que, dans quelque partie primitive de son cerveau, elle pensait avoir débusqué une traîtresse et espérait que me dénoncer la rapprocherait d'Ethan.

Mais je n'avais pas l'intention de la laisser détruire mon couple, quelles que soient ses motivations. Je plissai les yeux et rétorquai :

— Il n'y a rien à dire, et j'ai plus important à faire que m'inquiéter de ce que vous croyez avoir vu.

— J'en ai assez vu, affirma-t-elle à voix basse en observant Ethan, qui bavardait avec Margot au téléphone.

— Vous ne pourriez pas vous concentrer sur la crise que nous devons gérer au lieu d'en inventer une nouvelle ?

— Inventer ? cracha-t-elle en me fusillant d'un regard argenté qui me donna la chair de poule. Je suis là, chuchota-t-elle avec ferveur, dans cette ville, parce que tu n'es qu'une gamine incapable de se rendre compte de la gravité de la situation. Parce que tu ne peux pas lui donner ce dont il a besoin.

— Je lui donne exactement ce dont il a besoin.

— Non. Tu es facilement accessible, c'est tout.

Je me retins de gronder.

— S'il le souhaitait vraiment, il serait avec vous. Mais ce n'est pas le cas. À la fin de la nuit, c'est moi qu'il vient rejoindre dans le lit.

Mon franc-parler m'avait déjà attiré des ennuis par le passé, et c'était précisément ce qu'il ne fallait pas dire à une femme qui me menaçait de révéler à Ethan ce qu'elle avait découvert en me suivant à l'autre bout de la ville.

— Mesdemoiselles ? s'enquit Ethan en nous observant depuis l'autre côté du bureau, le téléphone reposé sur son socle. Que se passe-t-il ?

Impossible de ne pas remarquer la tension et la magie qui planaient dans l'atmosphère.

—C'est au sujet de Merit.

Ma poitrine se souleva alors que j'essayais d'aspirer de l'air pendant que mon ennemie lançait l'assaut et déplaçait ses pions sans me laisser le temps d'élaborer ma propre stratégie.

J'aimais Ethan. Mais Jonah était mon partenaire. Je devais les protéger tous les deux. J'espérais juste me montrer assez intelligente pour y parvenir.

Ethan braqua son regard sur moi.

—Merit?

Avant que j'aie pu prononcer le moindre mot, Lacey donna l'offensive :

—Elle a une aventure avec Jonah.

J'écarquillai les yeux. C'était donc ça qu'elle pensait?

—Je n'ai aucune aventure avec Jonah.

Ethan parut confus… et sceptique.

—Jonah? Le Capitaine de la Maison Grey?

—Lui-même, répondit Lacey. La nuit dernière, elle a pris sa voiture. J'ai trouvé son comportement, son départ suspects. Alors, je l'ai suivie.

—Tu l'as suivie, répéta Ethan, l'air encore plus soupçonneux.

Lacey me lança un regard mi-accusateur, mi-provocateur par-dessus son épaule.

—Elle est allée jusqu'au port, où la sécurité l'a laissée entrer. Elle a retrouvé Jonah sur la jetée. Ils étaient seuls. (Elle releva le menton, prête à assener le coup fatal.) Il y avait une odeur de sang dans l'air. (À ces mots, les yeux d'Ethan virèrent à l'argenté.) Elle ne t'est pas fidèle. Il fallait que tu le saches. Je devais te le dire.

—Lacey, laisse-nous, s'il te plaît.

Mais elle ne l'écoutait pas. Elle le fixait d'un regard paniqué. Elle venait de jouer ses dernières cartes – les seules qu'elle avait en main – et se demandait si elle avait gagné.

— Tu ne vois pas ce qu'elle te fait ? s'écria-t-elle, dans tous ses états. Ce qu'elle t'a fait, et ce qu'elle a fait à la Maison ?

— Lacey, dehors ! aboya Ethan.

— Ethan…

Il la fusilla d'un regard non moins redoutable que celui qu'il m'avait réservé. Certes, elle m'avait accusée de le tromper, mais elle venait également de moucharder. On ne pouvait guère qualifier son comportement de louable.

Elle obéit et sortit de la pièce, claquant la porte derrière elle.

Ethan se leva et s'approcha de moi, un millier de questions dans les yeux.

— Dis-moi la vérité, m'intima-t-il. Tout de suite. Ne me laisse pas douter, Merit. Ne me laisse pas mettre notre couple entre les mains de Lacey.

Je réprimai une vague de panique. Je ne m'étais pas préparée à ça, à la supposition qu'avait émise Lacey. Qu'étais-je censée faire, à présent ?

Je ne pouvais tout de même pas faire croire à Ethan que je le trompais. Ce n'était pas le cas. Je ne ferais jamais une chose pareille, ni à lui ni à quiconque.

Ne voyant aucune issue honorable, il ne me restait qu'à opter pour la stratégie la moins offensive : me montrer honnête, prier pour qu'il me pardonne, en espérant que Jonah me pardonnerait aussi.

Je rassemblai tout mon courage, ce qui suffit à peine à forcer les mots à franchir la barrière de mes lèvres :

— J'ai rejoint la Garde Rouge.

Ethan blêmit, les yeux écarquillés. Il me considéra avec incrédulité, et j'eus l'impression que mon cœur cessait de battre.

—Tu... Tu..., balbutia-t-il, l'intensité de sa fureur l'empêchant de parler. Tu as fait quoi ?

Je me raclai la gorge, m'efforçant de retrouver ma voix et de me rappeler pourquoi j'avais pris cette décision en premier lieu. *Parce qu'on m'en a offert l'opportunité, et que j'étais sûre de faire le bon choix.*

—J'ai rejoint la Garde Rouge. Je fais partie des membres, maintenant.

Il resta là à me dévisager, tandis que les secondes, les minutes, ou peut-être les heures passaient. J'attendis, sur des charbons ardents, pendant qu'il jaugeait mon honnêteté, et sans doute la validité de notre relation. N'y tenant plus, je finis par briser le silence :

—Tu étais parti, et le PG nous détruisait de l'intérieur. Les membres de la Garde Rouge m'ont proposé de les rejoindre, et j'ai accepté, pour la Maison, pour ce qui subsistait de nous après ta disparition.

Il porta la main à sa poitrine.

—Pour ma Maison, tu as intégré une organisation dont l'unique but est de nous espionner ?

—Nous ne sommes pas des espions, insistai-je. C'était la bonne décision. Et ça le reste. Tout s'écroulait autour de nous, et on ne peut pas dire que la situation se soit arrangée. Je suis vraiment désolée. Je m'en voulais de te le cacher, Ethan. Vraiment. Mais je ne pouvais pas t'en parler.

—Je ne veux pas connaître tes motivations, assena-t-il en me jetant un regard noir. (Il s'humecta les lèvres et détourna les yeux.) Tu as été intronisée ?

La peur m'étouffait, et il me fallut un moment pour me ressaisir. Il n'était plus possible de revenir en arrière, à présent ; pour aucun de nous deux.

— Oui. Lacey m'a vue. Elle m'a suivie jusqu'au point de rendez-vous.

— Et Jonah est ton partenaire ? demanda-t-il, la mâchoire crispée.

Je me recroquevillai intérieurement, redoutant que ma réponse scelle mon destin. Si je n'avais pas couru le risque de perdre Ethan, je me serais tue. Mais il aurait été irrespectueux de lui mentir.

— Oui, finis-je par admettre.

— Tu te fous de moi ?

Un éclair argenté illumina ses yeux, et une décharge de magie brûlante, furieuse, épaissit l'atmosphère.

Je déglutis. Le torse d'Ethan se gonflait au rythme de sa respiration, la stupeur et la colère se mêlant sur son visage. Il semblait se demander s'il devait crier ou pleurer, hurler sa souffrance ou maudire les dieux.

— Tu étais parti, répétai-je.

Il aboya un rire.

— C'est bien ça le hic, non, Merit ? Je suis revenu. Je suis là depuis un mois, et tu n'as pas pris la peine de m'en parler. (Il avança d'un pas menaçant.) Et c'est comme ça que je dois le découvrir, par l'intermédiaire d'un autre Maître, Merit ? D'une vampire que j'ai formée ? Une vampire visiblement plus honnête envers moi que ma propre petite amie.

— Je ne pouvais pas t'en parler. Peut-être que tu n'approuves pas ma décision, mais tu sais pourquoi cette organisation existe. Ce qu'elle défend.

Le droit et la justice, pensai-je.

Mes propos ne semblèrent pas produire le moindre effet sur lui.

— Tu as partagé ton sang avec lui ?

— Juste une goutte. Sur une lame. Personne n'a bu. Je te le jure.

Un voile de tristesse envahit soudain ses yeux, une ombre qui me peina plus que tout le reste et me brûla comme un fer rouge. Il n'était pas seulement en colère ; il était blessé.

— Je suis vraiment désolée. Je ne voulais pas que ça nous éloigne l'un de l'autre.

— « Ça », Merit, est une organisation qui présume que je ne sais pas faire mon travail, que je mérite d'être surveillé, que je ne vaux pas mieux que ce foutu Présidium de Greenwich, qui essaie en ce moment même de me prendre ma Maison.

Je me redressai un peu ; ses arguments abondaient dans mon sens.

— C'est exactement la raison pour laquelle j'ai accepté, Ethan. Parce que les membres du PG sont des tyrans. Et c'est ce contre quoi lutte la Garde Rouge. Je suis désolée de ne pas t'en avoir parlé. Que ce soit bien ou mal, ce n'était pas à moi de révéler ce secret.

Toujours aussi furieux, Ethan secoua la tête.

— Tu m'as dit que Jonah t'avait rendu service pendant que j'étais parti. Il s'avère que ce n'était pas un hasard.

— Il m'a aidée à résoudre cette affaire de raves pendant que tu étais occupé à gérer les problèmes de la Maison. Et quand tu as disparu, nous avons travaillé ensemble et avons fini par découvrir ce que trafiquait Mallory.

— Est-ce que tu as d'autres mensonges à m'avouer ?

Sa question me fit l'effet d'une gifle.

— Je ne t'ai pas menti.

— Tu as menti par omission. Quoi qu'il en soit, tu vas démissionner.

— Quoi ?

— Tu vas démissionner. (Il décrocha son téléphone et me le tendit, des flammes dans les yeux.) Tu vas appeler Jonah tout de suite pour lui dire que tu as commis une erreur et que tu démissionnes.

— Je ne démissionnerai pas, affirmai-je, soutenant son regard. J'ai fait une promesse, et je compte la tenir.

Ses yeux s'embrasèrent de nouveau.

— Tu as prononcé un serment qui te lie à moi. À cette Maison.

— C'est pour ça que j'ai pris cette décision ! Ethan, nous avons besoin de la Garde Rouge, maintenant plus que jamais. Nous avons besoin de tenir le PG à l'œil. Nous avons besoin de vampires capables de voir au-delà de ce qu'affirme le PG et de penser de manière critique. Nous avons besoin d'aide.

— Nous avons besoin d'une Sentinelle loyale.

Je m'avançai d'un pas. Je cédais à mon tour à la colère, mais, bon sang, je préférais mille fois cela à la culpabilité et la peur.

— Je suis Sentinelle de cette Maison, et ma loyauté est totale, assenai-je en pointant un doigt sur ma poitrine. Mon boulot consiste à agir de manière appropriée, et, d'après moi, c'est ce que j'ai fait.

— Tu as intégré une organisation secrète dont le but est de saper mon autorité et de me déstabiliser !

Il paraissait sidéré.

— Non, j'ai intégré une organisation secrète pour surveiller les sales types qui déstabilisaient – et continuent à déstabiliser – tes vampires.

— Et tu vas démissionner.

— Certainement pas.

Les quelques doutes que je nourrissais encore au sujet de mon appartenance à la GR se dissipaient rapidement, en dépit des efforts qu'Ethan déployait pour me prouver que j'avais tort.

Il frémissait de rage, peu accoutumé à ce qu'on lui tienne tête.

— Je suis le Maître de cette Maison.

Ah, nous nous retrouvions enfin en territoire familier.

— Et je suis la Sentinelle de cette Maison. Ethan, si la GR te proposait de rejoindre ses rangs demain, tu accepterais sans hésiter. Oui, j'ai pris une décision difficile. J'ai pris une décision qui te fait clairement douter de ma loyauté, ce que je regrette vraiment. Mais c'était la bonne décision pour la Maison, je le maintiens. Et si tu arrêtais de t'appuyer sur des préjugés et commençais à réfléchir – sérieusement – aux avantages que cela nous apporte, tu en arriverais à la même conclusion que moi.

— Je t'ai confié ma Maison, mon honnêteté et mon cœur, Merit. Était-ce la bonne décision ?

Comme pour répondre à ma place, mon portable sonna. Je n'esquissai pas le moindre geste pour m'en saisir, ce qui n'empêcha pas Ethan de me considérer avec un air soupçonneux.

— Qui est-ce ?

— Ethan…

— Sors ce fichu téléphone, Merit.

Je l'extirpai de la poche de ma veste d'une main tremblante et consultai l'écran. Je fermai les yeux.

— Qui est-ce ? demanda-t-il, autant une question qu'une accusation.

Je rouvris les paupières et le regardai droit dans les yeux, mon irritation s'opposant à sa méfiance.

Pendant ce temps, la sonnerie de mon téléphone retentissait toujours, nouvelle bande-son de notre bataille.

— C'est Jonah.

Quand Ethan crispa la mâchoire, mon cœur s'emballa.

— Réponds, m'intima-t-il, les dents serrées.

— On est en plein milieu de…

— Oh, non, rétorqua-t-il. Nous en avons terminé. Décroche, Merit. Voyons ce qui amène notre intrépide Capitaine à ta porte.

Je n'appréciais guère son ton insultant et chargé de sous-entendus, mais n'insistai pas. Ce débat était clos. J'avais pris ma décision ; il devrait vivre avec.

À moins qu'il s'y refuse. Je me répétai les paroles qu'il avait prononcées : « Nous en avons terminé. » Qu'avait-il voulu dire par là ? Que nous en avions terminé tous les deux ? Que tout était fini entre nous ?

Je portai le téléphone à mon oreille, m'efforçant de maîtriser le tremblement de ma main.

— Je sais que le moment est mal choisi, commença Jonah, me conduisant à penser que de quelconques facultés psychiques lui avaient permis de capter notre dispute. Vous avez une crise à régler au sujet de votre Maison. Mais on a un problème.

— Qu'est-ce qui s'est passé ?

Ethan me dévisagea un instant en silence. Voyant l'inquiétude se peindre sur mes traits, son expression se radoucit un peu.

— Deux des vampires de Morgan sont morts. Décapités, comme Oliver et Eve. Ils ont été retrouvés au crépuscule. Le Capitaine de la Garde de Navarre vient de m'appeler. Mais cette fois, Merit, c'est encore pire : le meurtre a été commis à l'intérieur de la Maison.

Je sentis le sang quitter mon visage tandis que je me demandais pourquoi Morgan ne nous en avait pas informés d'abord. Mais je connaissais la réponse : à cause de moi, de Morgan et de notre futile histoire qui provoquait toujours chez lui un comportement étrange.

— D'accord, dis-je. Je vais voir ce que je peux faire.

— Je suis à Navarre. Viens dès que possible.

Je raccrochai et glissai de nouveau mon téléphone dans ma poche. Je lisais sur le visage d'Ethan le débat intérieur qui l'agitait : « *Devrais-je lui montrer combien je suis blessé et furieux par un commentaire cinglant, ou me calmer et lui demander ce qui ne va pas ?* »

— Que s'est-il passé ? finit-il par demander d'une voix qu'il prit soin de rendre neutre.

— Deux des vampires de Morgan sont morts. Ils ont été retrouvés à l'intérieur de la Maison Navarre au crépuscule.

Ethan écarquilla les yeux.

— Le tueur était dans la Maison ? (Je confirmai d'un hochement de tête.) Tu devrais en parler à ton grand-père, conseilla-t-il en se passant la main dans les cheveux d'un geste distrait. Il pourra les aider à gérer les procédures, l'enquête… tout ce qui sera nécessaire.

J'acquiesçai de nouveau.

— Désolée que ça soit arrivé maintenant. Je sais que ce n'est vraiment pas le moment. Je ne voulais pas que tu l'apprennes… au sujet de la GR.

Pour la deuxième fois de la soirée, j'avais prononcé exactement les mots qu'il ne fallait pas. Je venais de lui rappeler ce que j'avais fait, les raisons de sa colère.

Il s'empara de sa veste suspendue au dossier d'une chaise et l'enfila.

— Où tu vas ?

— Je croyais que tu l'aurais deviné, Sentinelle, déclara-t-il en glissant son téléphone dans sa poche. Je t'accompagne.

— Et la Maison ?

— Il nous reste plusieurs heures, et les avocats étudient la question. Peut-être que, si l'occasion se présente, je pourrai échanger quelques mots avec ton partenaire.

L'expression qu'il affichait laissait peu de doutes quant aux propos qu'il comptait lui tenir.

Ethan avisa Malik de notre départ. Ce dernier sembla surpris, mais, après avoir scruté nos visages quelques instants, il prit la sage résolution de ne pas discuter.

Ethan lui relata les meurtres commis à la Maison Navarre et le chargea d'en informer Luc. J'attendis ensuite un moment pendant qu'Ethan s'entretenait en tête à tête avec Lacey, sans doute pour lui conseiller de ne pas ébruiter ce qu'elle avait vu et lui garantir que ses accusations d'infidélité étaient infondées.

J'imaginais qu'il ne lui avait pas parlé de la Garde Rouge, mais préférai ne pas prendre le risque de poser la question.

La Maison Navarre était située près du lac dans le quartier de Gold Coast, au nord de Hyde Park. J'y emmenai Ethan en Volvo, notre moyen de transport par défaut.

Le trajet se déroula dans le silence le plus total. Ethan, furieux contre moi, ne décrocha pas un mot. D'ailleurs, je n'avais pas particulièrement envie de lui parler. Je m'étais compromise pour protéger Cadogan du PG. À ma place, il aurait fait la même chose.

Et puis, vous savez quoi ? Si j'avais été du genre à me désengager de mon devoir pour plaire à mon petit ami, Ethan ne se serait jamais intéressé à moi.

Aussi, je me concentrai sur ma conduite afin d'éviter que mon irritation monte encore d'un cran.

Quand j'arrivai à proximité de la Maison Navarre, un imposant manoir blanc flanqué d'une tourelle, je me garai sur la première place que je rencontrai.

Ethan se tourna vers moi et déclara avec froideur :

—Si Jonah t'a appelée, je suppose que Scott est au courant des meurtres.

Scott Grey était le Maître de la Maison du même nom, la troisième Maison vampire de Chicago.

—Je pense. Noah a dû le prévenir.

—Il sait, pour la GR ?

—Non. Juste Jonah et moi. Et maintenant toi.

—C'est pour ça que Jonah t'a contactée ?

—Je ne crois pas. Il sait qu'on enquête sur l'assassinat des Solitaires. Ethan…

Je prononçai son prénom, ignorant comment poursuivre, mais certaine que nous devions parler. À cet instant, il leva la main pour m'interrompre. Très bien. Il ne m'entendrait plus avant un moment.

—Contentons-nous d'y aller, lança-t-il.

13

Démence

J'empruntai l'allée au côté d'Ethan. Son langage corporel l'indiquait clairement : nous travaillions ensemble, rien de plus. Du moins tant que nous n'aurions pas vraiment parlé.

Et ce n'était pas le moment.

Personne ne se tenait derrière le bureau d'accueil situé à l'entrée de la Maison Navarre. Les trois jolies brunes qui recevaient habituellement les visiteurs avaient disparu.

On pénétra plus avant dans la demeure, où régnait un silence sinistre chargé de tristesse. Chaque Maison possédait son style propre. Grey évoquait un loft urbain, Cadogan dégageait un charme européen, tandis que Navarre se caractérisait par un décor lisse et moderne. Alors que l'extérieur de la bâtisse ressemblait davantage à un château de princesse qu'à un antre de vampires, l'intérieur s'apparentait à une galerie d'art. Les murs et le sol, de marbre luisant, se paraient çà et là de meubles et d'œuvres d'art.

Une foule de vampires s'étaient rassemblés au rez-de-chaussée, tous amassés derrière une ligne invisible ménageant un espace entre eux et les Maîtres, Morgan Greer et Scott Grey. Les deux hommes avaient les cheveux bruns. Tandis que Scott, avec son torse puissant, sa taille étroite et ses lèvres soulignées d'un bouc, ressemblait à un ancien athlète, Morgan avait l'allure d'un top model masculin. Ses cheveux ondulés lui arrivaient à présent aux épaules, et son beau visage aux pommettes hautes, au menton volontaire et aux yeux bleu foncé était à cet instant figé en un masque de chagrin.

Notre relation ne s'était pas révélée des plus épanouissantes, mais ce n'était pas le moment de s'attarder sur nos disputes mesquines. Il souffrait, et nous ferions tout notre possible pour l'aider. De plus, la dernière fois que Morgan m'avait parlé, c'était pour me sauver la vie. Le soutenir en cet instant était vraiment la moindre des choses.

Jonah se tenait légèrement à l'écart. À l'instar de son Maître, il portait un polo bleu et jaune, l'un des vêtements de sport que Scott avait préférés aux médaillons pour identifier les vampires de sa Maison. Un homme blond que je ne connaissais pas, mais que je supposai être le Capitaine de la Garde de Navarre, accompagnait le groupe.

Ethan les salua d'un signe de tête, traitant Jonah avec une royale indifférence, avant de déclarer :

— Toutes nos condoléances.

Lorsque Jonah me jeta un coup d'œil interrogateur, je me sentis incapable de soutenir son regard. Un poids me pesait sur l'estomac. Je me disputais avec mon petit ami au sujet de mon nouvel équipier, lequel se trouvait juste devant nous.

— Que s'est-il passé ? demanda Ethan.

Morgan s'écarta, révélant les corps de leurs camarades gisant à côté de l'escalier, dans une mare de sang. Ils les avaient recouverts d'un drap, leur rendant la dignité dont les avait privés l'assassin.

— Deux de mes vampires ont été tués, annonça Morgan. La première s'appelle Katya. C'est la sœur de ma Seconde.

Mes lèvres s'entrouvrirent. Je ne connaissais pas Katya, mais j'avais déjà brièvement rencontré la Seconde de Morgan, Nadia, une femme magnifique au chic européen.

— Je suis désolée, dis-je.

Morgan accueillit mon témoignage de sympathie avec un signe de tête.

— La deuxième victime est Zoey, l'une des membres de notre équipe administrative. Elles étaient amies.

— Quand les avez-vous retrouvées ? s'enquit Ethan.

— Au crépuscule. C'est Will, notre Capitaine, qui les a découvertes, ajouta Morgan en esquissant un geste en direction du blond aux cheveux bouclés qui se tenait à côté de lui.

— Peut-on les voir ? demanda Ethan en désignant les corps.

Will hocha la tête, l'air grave, puis mit un genou à terre et repoussa le drap. Je ne reconnaissais pas ces jeunes femmes, mais, après tout, hormis Morgan et, autrefois, Célina, je n'avais guère fréquenté les vampires Navarre.

Katya avait des courbes plus généreuses que Nadia, de longs cheveux noirs et des traits angéliques. Elle portait ce qui ressemblait à une tenue de nuit, un négligé de satin rose pâle et des pantoufles à fourrure blanche. Zoey aussi était vêtue d'un pyjama, composé d'un pantalon de coton et d'un débardeur assorti. Elle avait la peau foncée et des cheveux plus sombres encore, courts et frisés.

Comme dans le cas d'Eve et Oliver, le tueur avait séparé la tête des victimes de leur corps à l'aide d'une lame. Elles se tenaient la main, leurs doigts tachés de sang entrelacés.

— Merci, dit Ethan.

Will recouvrit les deux jeunes femmes, mais leurs visages éteints restaient gravés dans mon esprit. Peut-être devenais-je insensible, car le sang et la violence de la scène m'affectaient moins que les pantoufles aux pieds de Katya. Leur douceur et leur côté enfantin inspiraient la compassion et accentuaient d'une certaine manière la brutalité du meurtre.

— S'étaient-elles comportées de manière étrange la nuit dernière ? Ou bien s'étaient-elles absentées un moment ? demanda Ethan à Will.

— Elles sont sorties, répondit Will. Elles ont passé la soirée au *Red* (il s'agissait du bar officiel de la Maison Navarre) avec des amis puis sont rentrées. Elles occupaient la même chambre. Personne n'a rien remarqué d'anormal jusqu'à ce qu'on les retrouve au coucher du soleil.

— Et leur chambre ? demandai-je doucement, m'attirant tous les regards. Je veux dire, elles sont en pyjama. Soit on les a forcées à sortir, soit elles sont venues ici pour une raison ou pour une autre.

Will esquissa un léger hochement de tête, comme pour approuver mon raisonnement, avant de préciser :

— Leurs lits étaient défaits, et la porte était entrouverte. La cuisine de la Maison se trouve ici, au rez-de-chaussée. Il est possible qu'elles soient descendues pour chercher quelque chose à boire ou à manger.

— Et le tueur attendait, en déduisit Ethan. (Will acquiesça.) Est-ce que vous savez si elles étaient mortes depuis longtemps quand vous les avez retrouvées ?

Will se racla la gorge, visiblement mal à l'aise.

— Les corps étaient encore tièdes. Le meurtre s'était donc produit peu de temps auparavant.

— Vous avez des caméras ? demandai-je.

— Nous avons un système de vidéosurveillance, mais aucun enregistrement n'est effectué, répondit Morgan d'une voix que le chagrin rendait atone. Et nous n'avons pas de personnel de sécurité externe permanent. Nous n'en avons pas besoin.

Il n'avait toutefois pas à se justifier auprès de moi. Du reste, on ne pouvait pas vraiment affirmer que notre sécurité externe s'acquittait à merveille de sa tâche, ces derniers temps.

— Il semblerait donc que le meurtre ait été perpétré juste après le crépuscule, conclut Ethan. De quel genre de sécurité disposez-vous à la porte ? Qui aurait pu entrer ?

— C'est un système biométrique, répondit Will. Il était enclenché, et nous avons obtenu la confirmation qu'il fonctionnait. Aucune effraction n'a été signalée.

— Ce système garde-t-il en mémoire l'identité de ceux qui pénètrent dans la Maison ? s'enquit Ethan.

— Non. Il n'enregistre pas les informations. Il marche à la manière d'un verrou. Si vos données correspondent à celles du serveur, la porte s'ouvre.

— C'était le choix de Célina, précisa Morgan. Elle ne voulait pas que ses vampires aient l'impression de vivre dans un état policier.

Ou alors, elle ne voulait pas que l'on puisse suivre les allées et venues de ses amants et de ses alliés secrets, songeai-je.

— Qu'analyse exactement le scanner ? demandai-je. Les empreintes digitales ? rétiniennes ?

— Il est programmé pour reconnaître les vampires Navarre, répondit Morgan.

En dépit de son ton égal, il venait de prononcer des propos lourds d'implications. Et même très lourds. Les éclats de tremble que nous avions découverts sur le sol de l'entrepôt nous avaient conduits à suspecter McKetrick. Mais ce dernier était humain, comme le démontrait la conférence de presse qu'il avait tenue avec le maire en plein jour, et, de toute évidence, il n'appartenait pas à la Maison Navarre.

Quatre vampires étaient morts, assassinés par l'un des leurs… ce qui signifiait que nous avions affaire à un tueur en série muni de crocs.

J'échangeai un regard inquiet avec Ethan. Dieu merci, la colère qu'il éprouvait à mon égard ne nous empêchait pas de travailler ensemble. Ce constat suffit à me faire ressentir un élan d'amour pour lui.

—Aucun membre de la Maison Navarre ne ferait une chose pareille, affirma Morgan, comme s'il lisait dans nos pensées.

—Sans vouloir te manquer de respect, si votre système de sécurité fonctionne, seul un vampire Navarre a pu commettre ce meurtre, objecta Scott.

Alors que Morgan ouvrait la bouche pour protester, des éclats de voix s'élevèrent dans l'entrée.

Nadia, Seconde de Morgan et sœur de Katya, se précipita dans la pièce. Les joues rosies par le froid, elle portait un jean, des bottes et un long sweat ample sous un manteau qu'elle n'avait pas pris la peine de boutonner.

—Katya! cria-t-elle entre deux sanglots en s'élançant vers le corps de sa sœur.

Morgan arrêta sa course en l'enlaçant étroitement et lui murmura à l'oreille quelques mots qui m'évoquèrent du russe.

Depuis quand Morgan parlait-il le russe?

—C'est ma sœur! hurla Nadia en se débattant. Lâche-moi!

Morgan ne desserra pas sa prise sur elle, et elle finit par se blottir contre lui, sa rage se muant en chagrin tandis qu'il l'embrassait sur la tempe, tâchant d'apaiser ses plaintes déchirantes.

À ce qu'il semblait, Morgan et sa Seconde étaient plus proches que je ne le pensais.

— Je l'emmène en haut, déclara Morgan avant d'escorter Nadia en direction de l'escalier.

Will les observa s'éloigner, puis se tourna de nouveau vers nous, le désespoir gravé sur ses traits.

— Vous savez qui a fait ça ? Vous avez découvert qui a tué ces deux Solitaires ?

Je jetai un coup d'œil à Ethan, qui me donna son assentiment d'un hochement de tête.

— Ces meurtres ressemblent à ceux d'Oliver et Eve, reconnus-je. Le mode opératoire est identique, et les corps ont été positionnés de la même manière. Oliver et Eve aussi se tenaient la main.

— Sauf que, cette fois, le tueur n'a pas emmené les victimes dans un autre lieu, ajouta Jonah.

— Nous avons un moment suspecté McKetrick, le nouveau Médiateur, avouai-je. Mais c'est un humain, pas un vampire. Et si seuls des vampires Navarre peuvent pénétrer dans la Maison…

— … vous êtes dans de sales draps, termina Scott.

Je n'appréciai pas particulièrement son intervention ni le ton qu'il avait employé, d'autant qu'il n'avait pas vraiment participé à l'enquête ni proposé d'assistance. Heureusement que son Capitaine se montrait plus disposé à nous aider.

— Nous devons nous appuyer sur les informations dont nous avons connaissance, ajouta Ethan.

— Vous allez vous en occuper ? s'enquit Scott en se tournant vers lui.

Ethan le considéra en silence un moment avant de demander :

— Will, pouvez-vous nous excuser un instant, s'il vous plaît ?

Ce dernier hocha la tête et s'éloigna, nous laissant seuls, Ethan, Scott, Jonah et moi. Ethan s'approcha de nous, s'assurant que personne d'autre n'entendrait ses paroles.

— Pourquoi ne pas encourager Morgan à appeler la police ?

— Parce que la police fait partie de l'administration qui a engagé McKetrick, répliqua Scott, apparemment surpris de la proposition. Tu crois qu'ils nous réserveraient un traitement équitable ? Tu ne penses pas plutôt qu'ils nous accuseraient de raconter des inepties et sauteraient sur l'occasion pour nous oppresser davantage ? Ou encore qu'ils en profiteraient pour répandre le bruit que c'est probablement un vampire qui a commis ces crimes ?

Je savais d'expérience que la police de Chicago comptait des individus tout à fait honorables, parmi lesquels mon grand-père, mais Scott marquait un point. Si Morgan ne se trompait pas en affirmant que seuls des membres de Navarre avaient la possibilité d'entrer, cela signifiait que le meurtrier appartenait à la Maison. Ce que je trouvais presque dommage, car nous ne disposions d'aucune autre preuve suggérant l'implication d'un vampire Navarre.

— Nous mettrons tout en œuvre pour confondre le tueur, assura Ethan. Cela étant, nous ne sommes pas là pour nous salir les mains à ta place et à celle de Morgan. Nous avons assez souffert des conséquences de cette ligne de conduite. Tu as une dette envers notre Maison, et j'espère bien que tu vas t'en acquitter.

Le visage de Scott se crispa d'une colère évidente ; il ne devait pas souvent subir de telles critiques. Mais Ethan ne faisait pas partie des Novices de la Maison Grey. C'était déjà un vampire – et un Maître – alors que Scott n'était pas encore né.

Je pensais depuis longtemps que la mort prématurée d'Ethan l'avait transformé. L'avait rendu plus audacieux, peut-être. Son attitude actuelle prouvait que j'avais vu juste. Et puis, étant donné qu'il avait cent pour cent raison, je ne pouvais qu'approuver. Cadogan n'avait pas pour fonction de servir Grey ou Navarre, et, même si nous désirions plus que tout arrêter le meurtrier, j'appréciais qu'ils prennent note que nous ne ferions plus tout le travail à leur place.

Je décelais autre chose dans l'expression de Scott. Du respect. Il me donnait l'impression d'être un homme droit, franc et direct. S'il n'aimait pas particulièrement entendre des vérités blessantes, une partie de lui admirait peut-être la sincérité d'Ethan.

— D'accord, finit-il par dire.

— Dans ce cas, nous laissons la Maison prendre ses dispositions, conclut Ethan. Nous te préviendrons, ainsi que Morgan, si nous apprenons de nouvelles informations.

Scott hocha la tête, acceptant le marché.

Sans accorder le moindre regard supplémentaire au Maître de Grey et à son Capitaine, il tourna les talons et se dirigea vers la porte. Au moins, il avait réussi à se retenir de défier Jonah au sujet de mon entrée dans la Garde Rouge. Je remerciai intérieurement le ciel de ce miracle.

On quitta la Maison Navarre et le voile de deuil et de colère qui l'assombrissait.

Malheureusement, ces émotions lugubres nous suivirent jusqu'à Cadogan. Ethan restait muré dans le silence, et mon agacement ne faisait que monter. Mon enrôlement dans la Garde Rouge se justifiait tout à fait et était censé demeurer secret. En parler à Ethan aurait réduit à néant l'intérêt de faire partie d'une organisation clandestine.

Non que je ne comprenne pas sa réaction. J'avais longuement hésité à rejoindre la GR pour la raison exacte qui expliquait sa colère : parce que ce serait perçu comme une trahison d'Ethan et de la Maison. Ce qui n'était pas le cas. J'en étais plus sûre que jamais. Mais cela ne diminuait en rien la culpabilité qui me faisait l'effet d'une pierre dans l'estomac.

Une fois sorti de la voiture, Ethan m'attendit pour franchir le portail de la Maison Cadogan, sans toutefois m'adresser la parole.

— Tu informeras Luc ? demanda-t-il en pénétrant dans le hall.

— Bien sûr, répondis-je.

Avec un signe de tête, et sans un mot de plus, il s'éloigna vers son bureau.

Et moi qui croyais que l'atmosphère s'était détendue. Je supposai que la cessation des hostilités ne s'appliquait qu'au contexte des enquêtes de meurtre, et pas à celui de la destruction de la Maison par des subtilités contractuelles.

Mon estomac se noua à cette pensée, mais chaque chose en son temps. À Navarre, je n'avais pas eu l'occasion de révéler à Jonah ce qui s'était passé, et il devait être mis au courant. Je sortis donc sous le porche pour composer son numéro, décidée à aller droit au but.

— Allô ?

— Ethan est au courant pour la GR. (Le silence s'installa au bout du fil, et je sentis la déception de Jonah irradier à travers mon téléphone.) J'ai été forcée de le lui dire. Lacey Sheridan m'a suivie jusqu'au phare.

— Elle t'a suivie ? Mais pourquoi ?

— Parce qu'elle est amoureuse d'Ethan et cherche un moyen de se débarrasser de moi.

— Et alors, elle l'a trouvé ?

— Je ne sais pas, confiai-je. Il est en colère. La GR représente une sorte d'insulte pour les Maîtres, et il l'a pris comme un affront.

— Ça explique les regards mauvais qu'il n'arrêtait pas de me lancer à la Maison Navarre.

— Oui.

— Merde, Merit. La nuit s'annonçait déjà assez difficile comme ça.

— Je sais. J'aurais préféré éviter ça. Je ne démissionne pas, assurai-je. Je me suis engagée envers toi et la GR, et je suis sûre d'avoir pris la bonne décision.

— Et Ethan ?

Il ne s'agissait pas vraiment d'une question, mais je savais exactement ce qu'il se demandait : « *Va-t-il nous dénoncer ?* »

— Il ne révélera rien, affirmai-je. Il n'a personne à qui se confier, de toute manière. Il ne va pas appeler Darius. Je lui ai dit que je ne démissionnerais pas. Je pense qu'il finira par se calmer – tu le connais, il réfléchit toujours en termes de stratégie –, mais il faut patienter un peu.

Une boule se forma dans mon ventre tandis que j'envisageais le pire scénario possible, à savoir qu'Ethan n'accepte pas mon engagement et mette un terme à notre relation.

Je rejetai toutefois cette éventualité. Ethan m'aimait ; il n'allait pas me quitter juste parce qu'il désapprouvait l'une de mes actions, d'autant que celle-ci était motivée par de nobles intentions et visait à aider la Maison.

Malheureusement, Ethan n'était pas la seule personne impliquée dans ce mélodrame. Lacey s'y était insinuée. J'espérais que sa colère ne le pousserait pas à entreprendre avec elle quelque chose qu'il regretterait plus tard.

— Et Lacey ?

—Elle croit que toi et moi sommes amants. Ethan a eu une petite conversation avec elle ce matin. Je suppose qu'il a essayé de la détromper.

—Il faudra que j'en parle aussi à Noah, ajouta Jonah. En théorie, tu as été démasquée. Étant donné qu'Ethan ne fait plus partie du PG, ça ne posera peut-être pas trop de problème. Mais nous devons évaluer les risques.

Un poids m'oppressa la poitrine. Il ne m'avait pas traversé l'esprit que ce que Lacey avait vu ou ce que j'avais confessé à Ethan pourrait me valoir d'être exclue de la GR.

Cette nuit s'annonçait de mieux en mieux.

—Merit, attends une minute, d'accord?

À peine avait-il terminé sa phrase que j'entendis un «clic», puis plus rien. Jonah avait dû prendre un autre appel. Quinze ou vingt secondes s'écoulèrent avant qu'il revienne vers moi:

—J'ai peut-être une solution pour votre Maison.

Une bouffée d'espoir m'envahit.

—Ah bon? Laquelle?

—Le contact de la GR qui m'a donné le tuyau au sujet du contrat affirme que les choix de Darius soulèvent pas mal de critiques. La situation est délicate, très délicate, mais elle y travaille.

—Elle y travaille? Comment ça?

—On a quelqu'un à l'intérieur du PG.

Mes yeux devaient ressembler à des soucoupes.

—Vous… Quoi?

—Un membre bienveillant à notre égard, mais c'est tout ce que je peux te révéler pour l'instant. Laisse-moi discuter de tout ça avec elle, et je t'en dirai davantage plus tard. Je te rappelle dès que possible.

—D'accord. Et je suis désolée. Pour tout.

— Ce sont des choses qui arrivent. Après, il faut se ressaisir et repartir au combat.

Il avait tout à fait raison.

Une fois que j'eus raccroché, je retournai à l'intérieur de la Maison. Une partie de moi brûlait d'envie de courir dans le bureau d'Ethan pour le supplier de me pardonner. Cependant, il ne m'avait pas invitée à le suivre, et je ne m'attendais pas à être la bienvenue. Il avait sans doute suffisamment de problèmes à gérer pour ne pas vouloir affronter la trahison présumée de sa petite amie.

J'optai pour une visite à la salle des opérations, mais m'arrêtai en haut de l'escalier en entendant mon nom. Je me retournai. Michael Donovan se tenait dans le couloir, près du bureau d'Ethan.

— Vous allez bien ? me demanda-t-il, les sourcils froncés. Vous semblez pâle. Enfin, plus pâle que d'habitude.

— La nuit a été longue. Je suppose que vous êtes en plein brainstorming ?

Il souleva une bouteille de *Sang pour sang*.

— Oui. On étudie les contrats en espérant trouver un moyen de déjouer les projets de Darius.

Je hochai la tête.

— Je dois descendre. Bon courage.

— Bon courage à vous, répliqua-t-il en agitant la main avant de disparaître dans le bureau d'Ethan.

Quand je franchis le seuil de la salle des opérations, l'ambiance me sembla presque aussi maussade que ma propre humeur.

Juliet et Luc, assis côte à côte à la table de conférence, vérifiaient les procédures d'évacuation de la Maison. Malheureusement, cela n'indiquait rien de très positif quant à nos chances de résister à Darius quand il reparaîtrait avec sa bande de mercenaires.

Lindsey, installée devant l'une des stations informatiques, tourna vers moi un regard inquiet quand je passai la porte. Je présumai que je dégageais une magie désagréable, compte tenu de mon état d'esprit.

—C'était comment ? s'enquit Luc.

—Comme tu peux l'imaginer quand deux vampires ont été assassinés.

Je me dirigeai vers le tableau blanc, sur lequel j'ajoutai les noms de Katya et Zoey, m'excusant intérieurement de ne pas avoir arrêté le tueur avant que sa folie s'abatte sur elles.

—Le nombre de victimes a doublé, et ni Navarre ni Grey ne sont vraiment en mesure de nous aider.

—Il faudrait déjà qu'ils le veuillent, maugréa Luc, remarque qui m'arracha un petit sourire.

—Tu seras sans doute ravi d'apprendre que Scott s'est fait remonter les bretelles par Ethan pour nous laisser faire tout le sale boulot.

Luc s'appuya au dossier de sa chaise, l'air satisfait.

—Bien. Il l'a cherché. Dis-moi ce que tu sais sur ces meurtres.

J'acquiesçai.

—Je vais appeler Jeff pour que nous analysions les faits ensemble, proposai-je avant de composer son numéro sur le téléphone de la table de conférence.

—Milady, répondit-il.

—C'est Merit et le gang de la salle des opérations.

—Chaque fois que tu m'appelles de la salle des opérations, c'est pour m'annoncer de mauvaises nouvelles.

—Triste, mais vrai, reconnus-je en m'asseyant en tailleur sur ma chaise. (Si je devais me sentir pitoyable, autant être confortablement installée.) Deux vampires Navarre ont été tuées. La sœur de Nadia, Katya, et son amie Zoey. Elles ont été retrouvées ce soir au rez-de-chaussée de la

Maison Navarre. Elles ont été décapitées toutes les deux, et elles se tenaient la main.

Un silence suivit cet énoncé. Luc effectua un signe de croix, comme pour honorer la mémoire des victimes.

— Ça ressemble à notre homme, déclara Jeff.

— En effet, approuvai-je. La même méthode a été appliquée, jusqu'à la disposition des corps.

— Il tue toujours par paire? s'étonna Luc.

— Il semblerait, répondis-je.

— Mais ses proies ne sont pas toutes de la même affiliation, précisa Lindsey en se détournant de sa station informatique. Deux Solitaires d'abord, puis deux vampires Navarre.

— Cela étant, il a choisi ses victimes au hasard dans chacun de ces groupes, ajoutai-je. Je veux dire, rien ne suggère qu'il ait visé ces personnes en particulier.

— Il visait les groupes, en déduisit Juliet.

— Peut-être, concédai-je avec un haussement d'épaules. J'ignore si ça a une quelconque importance, mais le meurtre de la Maison Navarre ne semble pas lié à une procédure d'enregistrement. Katya et Zoey se trouvaient à l'intérieur en pyjama quand elles ont été tuées. Ça ne correspond pas au profil d'un vampire qui aurait voulu punir Eve et Oliver à cause de leur choix de se faire ficher. Oh, et les membres de Navarre sont les seuls à être autorisés à pénétrer dans la Maison en dehors des horaires d'ouverture. La porte d'entrée est munie d'un système de sécurité biométrique.

— Biométrique? répéta Jeff. C'est sophistiqué. Du moins pour une Maison.

— Doit-on comprendre que tu ne sais pas comment ce système fonctionne? demanda Luc.

— En général, ce genre d'appareil scanne les empreintes digitales ou rétiniennes, mais dans ce cas précis, je ne suis pas sûr. Cela dit, en théorie, Merit a raison : l'identification biométrique représente une solide mesure de sécurité. Je veux dire, il est plus facile de voler ou échanger un passe qu'un œil.

— Donc seul un vampire Navarre a pu commettre ce meurtre, en déduisit Luc.

— On dirait bien, approuva Jeff. Mais je vais contacter Navarre.

— Merci, déclara Luc. Nous verrons bien ce qu'ils fournissent comme explication, mais si c'est un vampire Navarre qui a fait le coup, ça lève les soupçons sur McKetrick.

— Pour le meurtre, reconnus-je. Il n'en demeure pas moins que nous avons retrouvé du tremble sur la première scène de crime.

— Il n'y avait pas de tremble à Navarre ? s'enquit Luc, les sourcils froncés.

— Je n'en ai pas vu. Et il aurait été difficile de les manquer, sur le marbre. Le tremble ne se trouvait pas là par hasard, à l'entrepôt. Si ce n'est pas McKetrick qui a commis les meurtres, peut-être qu'il entretient des liens avec le tueur ? Et s'ils étaient complices ?

— Cela paraît peu probable, si l'assassin est un vampire Navarre, objecta Luc. McKetrick n'aime pas les vampires.

— Et personne n'aime les vampires Navarre, marmonna Lindsey. (Renonçant à faire semblant de travailler, elle quitta sa station informatique, tira une chaise et s'assit avec nous à la table de conférence.) Peut-être que le tueur est un vampire qui déteste McKetrick. Si ça se trouve, il a mis la main sur cette arme et prend autant de plaisir à compromettre McKetrick que McKetrick en prend à nous compromettre.

Je hochai la tête. Son raisonnement paraissait logique. Hélas, nous n'avions aucune preuve pour l'étayer.

— J'ai fait quelques recherches pendant que vous discutiez, intervint Jeff. J'ai découvert des informations qui démontrent que ce n'est pas McKetrick qui a commis ces meurtres. Du moins pas en personne.

— Ça, c'est du rapide, commenta Luc.

— Je suis allé faire un tour sur son site Internet officiel, juste pour me marrer, et il se trouve qu'il a un alibi. D'après les nombreuses photos qu'ils ont postées sur le web sans aucune sensibilité artistique, il assistait à un pince-fesses de bienfaisance avec Diane Kowalczyk.

— Aucune chance que les photos aient été truquées ?

— Laisse-moi vérifier, répondit Jeff. Je vais les faire analyser par un programme qui détecte la manipulation d'image. Bip bip bop bop.

J'échangeai des regards perplexes avec Luc, Juliet et Lindsey, puis plissai les yeux devant le téléphone et demandai :

— Pardon, Jeff, mais est-ce que tu viens de dire « bip bip bop bop » ?

— Effets sonores de l'ordinateur, répondit-il, comme s'il énonçait une évidence. Voilà. C'est terminé. Bon, je n'en ai vérifié qu'une, mais je peux d'ores et déjà affirmer que Diane a subi quelques petites retouches numériques. Malheureusement, les portraits de McKetrick n'ont pas été modifiés. Ce ne sont pas des copier-coller rajoutés à l'image, ce qui signifie qu'il se trouvait bel et bien là avec elle. Désolé.

— Attends, quel genre de retouches ? demanda Lindsey.

Elle adorait les potins mondains et avait déjà fait la couverture d'un tabloïd de Chicago à cause de son style branché. Ce qui n'avait pas du tout amusé Luc.

— Restons concentrés, reprit Luc. Et ne t'excuse jamais d'avoir découvert des faits. Nous nous posions des questions sur le rôle joué par McKetrick, et tu viens de nous aider à écarter cette piste. Étant donné qu'il possède un alibi, nous ne perdrons pas notre temps à creuser dans cette direction. C'est bien dommage, pourtant. J'aurais vraiment aimé l'épingler pour un bon vieil homicide.

Si Luc n'avait pas été un vampire âgé d'une centaine d'années, j'aurais dit qu'il boudait, à en juger d'après son expression.

—Ça nous laisse sans suspect, déclara Juliet.

—C'est vrai, concédai-je avec regret.

—Qu'est-ce qu'on sait ? s'enquit Luc en étudiant le tableau blanc.

—Est-ce qu'on aurait déjà repéré un individu louche au sein de la Maison Navarre ? interrogea Lindsey en examinant elle aussi les éléments que nous possédions.

—Pas pour l'instant, répondis-je. Mais on en cherche un. Quelqu'un qui choisit ses victimes par paire, qui utilise toujours le même mode opératoire et dispose les corps de la même façon. Le fait qu'il s'en soit pris à des vampires non affiliés, puis à des vampires affiliés, semble montrer qu'il veut dépasser la frontière Maisons-Solitaires.

—Ou alors, qu'il va de plus en plus loin, suggéra Jeff.

Luc acquiesça, satisfait de notre conclusion.

—Bon raisonnement. Un profil ?

Je réfléchis, les sourcils froncés. Si j'étais ce type et avais commis ces crimes, quel genre de personne serais-je ?

—Il est intelligent, répondis-je. Et il a tendance à se mettre en avant. Il a commencé par tuer dans un bâtiment abandonné, puis à l'intérieur de la Maison Navarre, en laissant les corps à la vue de tous. Il est méthodique. Il aime mettre en scène.

Luc tapota sur la table du bout des doigts.

—Ça me semble un bon profil, sauf que nous n'avons aucune information pour le confirmer ou l'infirmer.

(Il abattit sa main sur la table.) Et c'est notre boulot. Trouvez-moi des éléments avant qu'il décide de s'en prendre à la Maison Cadogan. Je vais contacter Will à Navarre. Je ne pense pas que nous pourrons obtenir des entretiens avec les vampires Navarre étant donné l'ambiance qui règne là-bas, mais ça vaut le coup de demander. Et peut-être qu'il pourra nous indiquer quelques Novices mentalement instables susceptibles de correspondre à notre profil. Monsieur Christopher, je crois que nous avons terminé pour l'instant. Merci de ton aide.

— Pas de quoi, répondit Jeff avant de raccrocher.

Je me tournai vers le tableau, puis me levai pour rayer McKetrick de notre liste de suspects. J'ignorais dans quelle direction nous devions chercher à présent, mais j'avais le mauvais pressentiment que d'autres corps seraient retrouvés avant que nous découvrions l'identité du meurtrier.

Quand j'eus contemplé le tableau pendant plus d'une heure, tracé et effacé des lignes droites et en pointillés entre des faits qui semblaient liés, Luc me suggéra de faire une pause pour rendre une petite visite à Ethan. Il paraissait convaincu que nous avions besoin d'une bonne discussion et pensait que le milieu d'une crise était le moment approprié.

— D'ailleurs, tu veux bien nous dire ce qui a bien pu se passer entre notre Maître adoré et toi ce soir ? me demanda-t-il.

Tous les yeux de la salle des opérations se tournèrent vers moi. Mes joues s'enflammèrent.

— Je ne vois pas de quoi tu parles.

Luc me dévisagea un moment, puis secoua la tête :

— Sentinelle, ne joue pas à ça avec moi.

— C'est un adage cow-boy ou une réplique de film ?

Luc adorait le cinéma et n'arrêtait pas de citer des passages de ses films préférés.

— C'est un adage filmique, répondit-il avec dédain. Et à la prochaine soirée ciné, tu vas t'asseoir et regarder *Roadhouse* comme une bonne petite vampire, sinon je mettrai un joli blâme dans ton dossier. (Il agita la main, signifiant que notre conversation était terminée.) Quoi qu'il en soit, je maintiens ce que j'ai dit. Va lui parler.

— On est en pleine dispute.

Lindsey poussa un soupir avant de déclarer :

— Sans vouloir te vexer, Merit, le gros nuage chargé d'ondes négatives qui plane au-dessus de cette Maison nous l'avait déjà clairement fait comprendre.

Je grimaçai.

— Un gros nuage chargé d'ondes négatives ?

— Il y a une puissante alchimie entre Ethan et toi, mais vous dégagez aussi énormément de magie. Quand tout va bien, c'est-à-dire quand vous le faites régulièrement, et ne me regarde pas comme ça, une atmosphère agréable et joyeuse règne dans la Maison. Quand vous êtes énervés, un gros nuage noir nous arrose d'ondes négatives qui nous mettent le moral à zéro.

— Je crois que tu exagères un peu.

Elle secoua la tête, sûre d'elle.

— Tu dis ça parce que tu ne le sens pas. Tu baignes déjà dans l'angoisse existentielle. Le problème, c'est que tu nous éclabousses. (Elle fit semblant de frissonner.) On croirait nager dans le torrent émotionnel d'une crise d'ado.

— Et tu penses vraiment que la cérémonie du PG et le risque de perdre la Maison n'ont rien à voir là-dedans ?

— Seulement à hauteur de trente-cinq ou quarante pour cent, répondit Luc. Tout le reste, c'est vous.

Le fait qu'ils me jugent responsable de soixante pour cent de la morosité ambiante ne m'apparaissait pas vraiment comme une marque de confiance. Cela étant…

— Quoi qu'il en soit, ils tiennent un conseil de guerre, là-haut. Ils sont totalement concentrés sur la Maison et la recherche de solutions pour ne pas la perdre. Je préfère ne pas déranger Ethan tant que ce problème n'est pas résolu.

— Très bien, soupira Luc. Laisse-le se calmer, si tu penses que ça vaut mieux. Occupons-nous des meurtres ici en bas pendant que les autres planchent sur la Maison en haut. (Il gloussa, puis me lança un regard curieux.) Tes parents ont de l'argent, non, Sentinelle ? Quand tu étais petite, est-ce que vous viviez à l'étage, au-dessus des domestiques ?

Mon père, directeur de *Merit Properties*, comptait parmi les plus puissants promoteurs immobiliers de Chicago. Nous entretenions des relations exécrables, notamment parce qu'il aurait souhaité avoir une fille différente de celle que j'étais.

Et aussi parce qu'il avait soudoyé Ethan pour le convaincre de me transformer en vampire.

Ethan avait décliné son offre, mais la manœuvre de mon père, typique de son style dictatorial, n'avait pas contribué à nous rapprocher.

En général, je détestais que l'on évoque mes parents, mais les mots de Luc déclenchèrent une réaction en moi. Un flash se produisit dans mon esprit, et je dévisageai Luc un long moment.

— Oh, désolé, Sentinelle, s'excusa-t-il avec une grimace. Je sais que c'est un sujet délicat.

— Je ne suis pas fâchée, assurai-je avant de me tourner vers le tableau blanc. Je pensais à l'immobilier.

Nous avions identifié les endroits où Oliver et Eve avaient été vus pour la dernière fois – le centre d'enregistrement – et où leurs corps avaient été retrouvés – l'entrepôt. Mais nous n'avions pas creusé davantage.

—Le bâtiment où Oliver et Eve ont été découverts, dis-je en l'entourant sur le panneau. L'entrepôt. Jeff n'a pas réussi à dénicher le nom du propriétaire.

—Alors ?

Je rebouchai mon marqueur, avec lequel je tapotai le tableau.

—Oliver et Eve ont été trouvés dans une pièce secrète. James, l'un des amis de Noah, n'a localisé cet endroit que grâce à l'odeur du sang. Mais comment le tueur pouvait-il avoir connaissance de cette cachette ? Peut-être a-t-il un lien avec l'entrepôt.

—Il semble peu probable que quelqu'un se débarrasse d'un corps sur un terrain qui lui appartient, sachant qu'il est facile de remonter jusqu'au propriétaire.

—C'est vrai, convins-je. Mais l'assassin n'est pas forcément le propriétaire. Ce pourrait être un ancien employé devenu vampire.

—Vampire Navarre, précisa Luc.

—Encore mieux. La liste des personnes associées à ce bâtiment et membres de Navarre ne doit pas être bien longue.

—D'accord, approuva Luc. Mais Jeff a affirmé qu'il n'avait pas retrouvé d'actes de propriété.

—C'est vrai, mais ils existent forcément, même si Jeff ne peut pas y accéder. D'un autre côté, je suis prête à parier que mon père peut obtenir à peu près tout ce qu'il veut. Je pourrais aller lui parler.

Le silence s'abattit sur la salle tandis que les autres considéraient la gravité de ma proposition.

—Tu es sûre d'en avoir envie ? insista Lindsey avec une grimace.

—Je suis sûre de ne pas en avoir envie, mais il faut bien que je fasse quelque chose. Je ne veux pas rester les bras

croisés à me demander si on va perdre la Maison demain…
ou si un autre meurtre va être commis.

— Tu sais, Sentinelle, si on m'avait dit que tu tournerais
aussi bien, je ne l'aurais pas cru.

Me prouvant son amitié, Lindsey lui donna un coup de
poing dans le bras qui lui arracha un cri de douleur.

14

PATRONAGE PARENTAL

Mon père et ma mère vivaient à Oak Park, banlieue de Chicago réputée pour ses constructions conçues par l'architecte Frank Lloyd Wright et ses belles demeures. Le domicile de mes parents n'appartenait pas à cette dernière catégorie, du moins d'après moi. Il s'agissait d'un bloc de béton posé comme une verrue au beau milieu de bâtisses de brique et de bois poli de style Prairie. Je comprenais parfaitement pourquoi les voisins avaient piqué une crise quand mes parents leur avaient montré les plans.

Ce soir-là, brisant le calme et la tranquillité habituels du quartier après le crépuscule, des hommes vêtus de tee-shirts « J & FILS DÉMÉNAGEMENT » transportaient hors de la maison quelques-uns des meubles de la collection familiale en direction de leur camion.

— Vous déménagez ?

Le rire de ma mère tinta à la manière d'un carillon.

— Bien sûr que non. On change juste un peu la décoration.

Ça ne m'étonnait pas outre mesure. Mon père possédait beaucoup d'argent, et ma mère adorait le dépenser.

— La nuit ?

— Ils avaient deux heures de retard, et j'ai dit à leur responsable que je ne les libérerais pas tant qu'ils n'auraient pas terminé.

Et voilà à quoi ressemble la vie des riches, pensai-je. La scène témoignait également de la quantité de meubles que mes parents avaient amassée à l'intérieur de leur cube de béton.

— Pourquoi Pennebaker n'est-il pas dehors ?

Pennebaker était le majordome maigre et vieux jeu de mon père. C'était sans doute la personne que j'aimais le moins dans cette maison, ce qui en disait long à son sujet.

— Il se trouve qu'il est à l'opéra, ce soir. C'est son anniversaire. Je suppose que tu n'as pas pensé à lui envoyer une carte ?

— Non.

L'air pincé de ma mère m'indiqua très précisément le jugement qu'elle portait sur cette entorse à l'étiquette. Elle tourna les talons pour entrer dans la demeure, et je la suivis docilement.

— Pourquoi est-ce que vous refaites la décoration ?

— Parce qu'il est temps. Rien n'avait changé depuis quinze ans, et j'avais envie d'insuffler un peu de vie à cette maison. (Elle s'arrêta pour me regarder.) Est-ce que tu es au courant que Robert et sa femme attendent un autre bébé ?

Robert était mon frère, l'aîné des enfants Merit.

— Non, je ne savais pas. Tu les féliciteras de ma part. Quand la naissance est-elle prévue ?

— En juin. C'est très excitant. Et cette maison n'est pas vraiment l'endroit idéal pour accueillir des petits-enfants, tu ne crois pas ?

Elle posa les mains sur ses hanches et regarda autour d'elle. Elle n'avait pas tort : cette maison n'était pas l'endroit idéal pour accueillir des petits-enfants. Monochromatique, elle était exclusivement composée de béton et regorgeait d'angles saillants. Cela étant, les autres petits-enfants de mes parents l'avaient toujours connue ainsi, et ils avaient survécu.

— Si tu le dis, répondis-je sans la contredire. Est-ce que papa est là ? Il faut que je lui parle.

— Il est là, oui, et il sera heureux de te voir. Nous ne vivrons pas éternellement, tu sais. Tu devrais songer à lui donner une chance.

Je lui avais donné de multiples chances. Certes, avant qu'il essaie de corrompre Ethan, mais là n'était pas la question.

— Je dois juste lui parler, me contentai-je de dire, ne souhaitant pas m'engager outre mesure.

Elle m'accompagna dans le couloir muré de béton jusqu'au bureau de mon père, où les velléités de changement de ma mère avaient déjà laissé leur trace.

La maison, autrefois bastion strict et stérile du modernisme, évoquait à présent le décor des pages centrales d'un magazine de design italien. Une moquette pâle couvrait le sol de ciment et un chandelier de verre teinté éclairait la pièce. Des peintures contemporaines ornaient les murs. Mon père possédait sans doute ces tableaux avant que ma mère transforme cet endroit, mais ils apparaissaient sous un jour nouveau dans cet espace à présent plus lumineux et plus gai.

Mon père, en revanche, détonnait dans ce décor.

En dépit de l'heure tardive, il portait un costume noir. Il se tenait au milieu de la pièce, courbé au-dessus d'un club de golf sans aucun doute hors de prix et conçu sur mesure. Quelques mètres plus loin, un verre de cristal était posé au sol, prêt à recevoir la balle.

Il prépara son coup puis, d'un mouvement fluide, décrivit avec ses bras un arc de cercle parfait, envoyant la balle traverser la moquette en direction du trou à l'extrémité du green imaginaire. Dans un tintement, elle percuta les parois intérieures du verre.

Ce n'est qu'une fois qu'il se fut penché pour prendre la balle dans le creux de sa paume qu'il leva les yeux sur moi.

—Regarde qui est là, Joshua, dit ma mère en exerçant une pression sur mes épaules. (Elle saisit une tasse de café qui traînait sur le bureau avant de se diriger vers la porte.) Je vous laisse discuter.

—Merit, me salua mon père.

—Papa.

Il glissa la balle dans sa poche.

—Que puis-je faire pour toi?

Je fus agréablement surprise. D'habitude, il commençait ses conversations avec moi par des insultes ou des accusations.

—J'aurais besoin d'un service.

—Ah bon?

Il plaça son club dans un grand vase en céramique qui se dressait dans un coin de la pièce.

—Je me demandais si tu pouvais obtenir des renseignements au sujet d'un entrepôt de Little Italy.

Après avoir rangé ses jouets, mon père s'assit derrière un énorme bureau qui semblait composé de débris de bois recyclés.

—Qu'est-ce que tu veux savoir?

Cartes sur table, songeai-je.

—Il est possible que le propriétaire ou un individu lié à ce bâtiment soit impliqué dans le meurtre de deux vampires.

—Et tu n'as pas trouvé cette information sur Internet?

—Non.

Il me décocha un regard sceptique.

—Je considère la responsable du cadastre comme une amie, et je ne tiens pas spécialement à lui causer du tort en utilisant les renseignements qu'elle me confie pour accuser quelqu'un de meurtre.

J'insistai :

— Elle n'a pas besoin de savoir à quoi va nous servir ce renseignement.

— «Nous», répéta-t-il. Toi et Ethan ?

Je hochai la tête. Mon père et moi n'avions pas parlé d'Ethan – ni de quoi que ce soit d'autre – depuis que ce dernier était revenu d'entre les morts.

— J'en déduis qu'il va bien.

— Oui.

— Tant mieux. Je suis heureux de l'entendre.

Son soulagement semblait sincère. Étant donné que c'était lui qui avait suscité l'animosité entre Célina et Ethan qui avait abouti au décès brutal de celui-ci, il se sentait sans doute coupable, du moins quelque part au fond de lui.

Ce n'était pas que je croyais mon père insensible ; il n'était pas indifférent aux sentiments de ses semblables, mais était si absorbé par ses propres désirs qu'il manipulait les gens comme des pions afin d'obtenir ce qu'il voulait… même s'il était persuadé agir dans l'intérêt des autres.

Il leva les yeux sur moi avant de déclarer :

— Toi et moi n'avons pas parlé. De ce qui s'est passé, je veux dire.

— Nous en avons suffisamment parlé.

Mon estomac se noua, comme souvent lorsque mon père suggérait que nous devions discuter. Ce genre de conversations se terminait rarement bien pour moi.

— Avons-nous suffisamment parlé pour que tu apprennes certains faits ? Peut-être. Mais toute la vérité ? Probablement pas.

Il contempla une rangée de portraits disposés sur son bureau et s'empara d'un petit cadre argenté. Je savais quelle photo il contenait : celle de la petite fille que j'aurais dû avoir pour grande sœur, la première Caroline Evelyn Merit.

—Elle n'avait que quatre ans, Merit. Ça a été un miracle que ta mère et ton frère réussissent à s'extirper de la voiture après l'accident, mais ce miracle n'a pas suffi à la sauver, elle. (Sa voix était chargée de mélancolie.) C'était une enfant si gaie… si joyeuse et pleine de vie… Quand elle a disparu, je crois qu'une partie de nous s'est éteinte avec elle.

Je compatissais. J'imaginais combien il devait être difficile de perdre un enfant, de le voir mourir, surtout si jeune.

Mais Charlotte et Robert avaient traversé cette épreuve, eux aussi, et ils avaient eu besoin de mes parents.

—Quand tu es née, nous étions si heureux… Nous avons essayé de te donner la vie que nous n'avons pas pu lui offrir.

Mon père était animé de l'intime conviction qu'il pouvait contrôler et façonner le monde qui l'entourait. Il avait grandi dans la privation, pensait-il, car mon grand-père ne rapportait à la maison qu'un salaire de policier. La solution ? Créer l'une des plus puissantes entreprises de Chicago.

Je représentais le remède à la mort de Caroline. J'étais destinée à me substituer à elle, jusqu'à porter son nom, raison pour laquelle je me faisais encore à ce jour appeler Merit au lieu de Caroline. Mais ce fardeau était injuste, et bien trop lourd pour une petite fille.

—Je ne la remplacerai jamais. Je n'ai jamais pu. Et tu as décidé de faire de moi une immortelle… sans me demander ce que moi, je voulais.

Il reposa la photo et me dévisagea avec un regard qui avait retrouvé une certaine froideur.

—Tu es obstinée, comme ton grand-père.

Je ne relevai pas son commentaire, ne le considérant pas comme une insulte.

Mon père rangea les éléments de son bureau afin de les aligner de façon parfaite.

— Je devrais pouvoir obtenir l'information que tu me demandes, ajouta-t-il.

Le soulagement me submergea.

— Merci, dis-je avec gravité, espérant qu'il ne douterait pas de ma gratitude.

Je m'emparai d'un stylo et d'un calepin sur son bureau afin d'écrire l'adresse de l'entrepôt, puis les reposai.

Mon père contempla le bloc-notes en silence quelques instants, la tête penchée, comme s'il était en proie à un débat intérieur.

— Garde cependant à l'esprit que j'approche de la retraite, Merit. Ton frère prendra bientôt la relève. Je ne compte pas le condamner immédiatement à l'échec en disposant les pions de cette ville contre lui. Alors, j'aimerais que tu me rendes un service, toi aussi.

Je trouvai sa demande presque rassurante. Cette requête – comme tant d'autres choses – me rappelait que, concernant mon père, rien n'était gratuit. Nous étions de retour en terrain familier, avions retrouvé un schéma bien défini.

— Quel genre de service ?

— Il y a quelque temps, tu as affirmé être d'accord pour rencontrer Robert. J'aimerais que tu donnes suite à cette promesse.

Je connaissais également ce refrain. Mon père était persuadé que nouer des relations avec une Maison donnerait à Robert plus de chances d'assurer le succès de l'entreprise familiale.

— D'accord.

Mon père haussa les sourcils.

—C'est tout? Aucune protestation?

—C'est mon frère, me contentai-je de répondre. Et tu as raison : je m'y étais engagée. Mais si tu escomptes des bénéfices politiques, je préfère te prévenir que ce n'est pas en rencontrant des vampires qu'il s'attirera les bonnes grâces des humains. Nous ne sommes pas très populaires, en ce moment.

—Peut-être pas, déclara-t-il. Mais tu es populaire parmi ceux de ton espèce.

—Et quelle est « mon espèce », exactement?

—Les surnaturels et tout ça, répondit-il avec un geste désinvolte.

Je me mordis la langue pour ne pas réagir à ce stéréotype. Après tout, il nous accordait une faveur.

—Existe-t-il un marché pour toi parmi les populations surnaturelles?

—Je n'en suis pas sûr. Cependant, étant donné que cette ville semble abriter un nombre non négligeable de surnaturels, nous pensons que cela vaut la peine de nous y intéresser.

Je ne lui confiai pas que tous les vampires vivant à la Maison Cadogan chercheraient peut-être de nouveaux logements dans un futur très proche. D'ailleurs, il fallait que je me remette au travail.

—Je ne te dérange pas plus longtemps, déclarai-je. Dis à Robert de m'appeler, s'il te plaît.

Je quittai son bureau sans me retourner pour voir si un sourire victorieux flottait sur ses lèvres. Mais j'aurais parié une belle somme là-dessus.

Je considérais ma visite au camp Merit comme un succès, mais il n'entraînerait pas de résultats immédiats. Même si mon père dénichait des renseignements sur la propriété, rien n'assurait que ceux-ci se révéleraient utiles.

De plus, il se faisait tard ; le service du cadastre devait être fermé depuis longtemps.

Après avoir dit au revoir à ma mère, je m'engouffrai dans ma voiture et restai un moment devant le domicile familial pour réfléchir aux démarches à entreprendre ensuite, indifférente au fait que ma vieille Volvo orange devait déprécier la valeur de la maison à chaque minute qui passait. Je pouvais retourner à la salle des opérations et au sentiment d'inutilité qui y régnait, ou alors au bureau d'Ethan, qui ne débordait pas non plus d'espoir à cet instant.

Vérifiant mon téléphone, je ne trouvai aucun message, ce qui me serra un peu le cœur. Je ne m'attendais certes pas à ce qu'Ethan évacue soudain toute colère et se réjouisse que j'aie intégré une société secrète, mais un petit mot m'aurait fait plaisir. Même si je savais bien que d'autres soucis l'accaparaient. La Maison, par exemple.

Et peut-être que là résidait la solution.

La GR jouait un rôle précieux. J'en étais persuadée. J'avais vu ses membres en action. Ils m'avaient plusieurs fois tirée du pétrin et nous avaient fourni une information cruciale sur la manière dont le PG comptait nous attaquer, même s'ils avaient sous-estimé la scélératesse des représentants de cette organisation.

Si mes relations avec la GR permettaient de sauver la Maison, cela ne résoudrait-il pas tous nos problèmes ? Si j'aidais les vampires Cadogan à conserver leur foyer de cette façon, peut-être Ethan prendrait-il conscience de la nécessité et de l'honorabilité de la GR et ne la verrait plus comme un groupe déterminé à saper son autorité. Alors, il ne considérerait plus le fait que j'aie rejoint les rangs de la Garde Rouge comme une trahison.

Je fermai les yeux et appuyai ma tête contre le dossier de mon siège. Oui, et peut-être que, comme Mallory me l'avait dit un jour, des leprechauns chieraient des arcs-en-ciel sur mon oreiller. Nous parlions de vampires, d'individus tous aussi têtus les uns que les autres… comme mon grand-père.

Mais je devais essayer. Sinon, je ne servirais ni la GR, ni la Maison, ni Ethan.

Je commençai par Jonah.

Il m'accueillit par un sarcasme :

—Est-ce que tu m'appelles pour m'apprendre que tu as invité Ethan à notre prochaine réunion de la GR ?

—Tu es hilarant. Malheureusement, j'ai encore de mauvaises nouvelles. McKetrick a un alibi pour le meurtre de Navarre, donc, même dans l'hypothèse où le système biométrique n'aurait pas fonctionné, ce n'est pas lui qui est entré.

—Au moins, on peut éliminer cette piste.

—C'est exactement ce que nous nous sommes dit. Rien de neuf au sujet d'un éventuel coup de pouce à la Maison Cadogan ?

—Pas encore. Notre contact au sein du PG est nerveuse. Et à raison : si jamais ses collègues découvrent qu'elle a transmis des informations à la GR, elle risque le pieu dans le cœur.

—Tant pis, Jonah. C'est ma Maison qui est en jeu. Dis-lui… Dis-lui que je veux juste la rencontrer. Demande-lui si elle serait d'accord.

—Merit, c'est impossible.

Je n'étais prête à accepter aucun refus, et, en bonne petite vampire, j'avais lu mon *Canon*.

—Tu as dit «elle». Il n'y a que deux femmes dans le PG, Jonah. La Norvégienne, Danica, et l'Anglaise, Lakshmi quelque chose. Ce qui signifie que j'ai cinquante pour cent de chances de deviner laquelle est ton contact.

Il marmonna un juron. Il n'avait pas pensé que je relèverais la subtilité.

—Ce n'est pas aussi simple.

—Elle ne nous aide pas assez, Jonah. On est au pied du mur. Soit Darius nous prendra Cadogan, soit il déclenchera une guerre entre fées et vampires, juste par orgueil. Quelle solution est-ce que tu préfères ? La prochaine fois que Scott fera quelque chose qui déplaît à Darius, de quelle manière voudras-tu que le PG gère le problème ? On ne peut pas tolérer ça, ni en tant que membres de la GR, ni en tant que Solitaires ou quoi que ce soit d'autre. On ne peut pas permettre à Darius de détruire tout ce que nous avons construit pour la simple raison qu'on a décidé de se passer de lui.

Jonah marqua une pause.

—C'est Lakshmi Rao. Je vais lui parler.

—Merci, Jonah. Je ferais la même chose pour toi, tu sais.

—Je sais. Et c'est ce qui me fait peur.

Il raccrocha.

Je démarrai le moteur et montai le chauffage, toujours garée devant chez mes parents. Les voisins ne tarderaient sans doute pas à prévenir la police qu'une fille à l'air louche dans un vieux tacot « surveillait » la maison, mais je n'avais pas envie de retourner à l'intérieur pour attendre une réponse. Peut-être mon père et moi avions-nous amorcé un processus de paix ; peut-être se sentait-il simplement d'humeur nostalgique. Quoi qu'il en soit, je savais quand m'éclipser.

Mon téléphone sonna à peine une minute plus tard.

—Allô ?

—Elle est d'accord pour te rencontrer, mais c'est tout.

—C'est suffisant. Merci.

—Il y a un bar à donuts près de la station State et Van Buren, sous la ligne de métro. Le *Donut Dirigeable*, à côté de la bibliothèque.

—Je connais, lui assurai-je.

Le fast-food se trouvait près de la bibliothèque Harold Washington, et n'était pas très éloigné du *Dandridge*, l'hôtel où séjournaient les membres du PG.

—Retrouve-nous là-bas dans une heure. Et n'en parle à personne, pas même à Ethan. Considère qu'il s'agit de ta première mission en tant que membre de la Garde Rouge : empêcher la destruction de la Maison Cadogan.

Au lieu d'alourdir le poids qui pesait sur mes épaules, ce qui aurait paru logique, ces paroles ne firent que renforcer ma détermination.

—À tout à l'heure, lui dis-je avant de boucler ma ceinture.

Peut-être ma tactique de jeu manquait-elle d'élégance, mais seul comptait le résultat final.

À cette heure tardive, le calme régnait au Loop. Je me garai sur Van Buren, un peu loin à mon goût, puis suivis la ligne de métro jusqu'à State Street, là où se trouvait le *Donut Dirigeable* que notre réticente membre du PG avait choisi comme lieu de rendez-vous.

Le logo argenté de la chaîne de fast-food brillait dans l'obscurité. Il représentait un ballon dirigeable sur le flanc duquel était écrit « Donuts » en lettres cursives roses qui clignotaient.

Quand j'ouvris la porte, des arômes de sucre et de levure m'assaillirent. Le restaurant, de taille modeste, était désert, à l'exception de l'adolescent aux traits tirés qui se tenait derrière le comptoir et de Jonah, assis à une table rose dans un coin, les yeux rivés sur son téléphone.

Lorsqu'il m'avisa, il se leva pour venir à ma rencontre.

— Elle devrait arriver d'une minute à l'autre.

Je hochai la tête, les paumes soudain moites. Cette femme détenait le pouvoir de sauver ou briser la Maison Cadogan rien qu'en claquant des doigts, ou peut-être en glissant les paroles appropriées à Darius West.

D'ailleurs, à en juger d'après son apparence, elle détenait le pouvoir de sauver ou briser bien des rêves.

Lakshmi Rao franchit l'entrée d'une démarche majestueuse. Comme la plupart des vampires – grâce au processus de sélection –, elle était sublime. Grande et mince, elle avait de longs cheveux noirs et raides, une peau couleur caramel et de grands yeux verts pailletés de brun. Elle portait une robe drapée haute-couture à tissu imprimé sous un long manteau de cachemire, les pieds chaussés de talons aiguilles.

Je l'avais vue à la Maison, en formation avec ses confrères, mais elle ne m'était alors apparue que comme une membre du PG parmi les autres. Là, elle rayonnait de toute sa prestance. À l'évidence, elle était une vampire, et une vampire puissante. En dépit de l'absence des traits caractéristiques – crocs allongés et yeux argentés –, la magie irradiait d'elle en ondes vibrantes. J'avais beau bénéficier d'une immunité naturelle au pouvoir de séduction vampire, je sentis le sien glisser dans la pièce et effleurer le garçon debout derrière le comptoir. Il détourna la tête d'un air rêveur et se mit à compter à voix haute les donuts qui se trouvaient dans les casiers à côté de lui.

Mais le plus intéressant, ce fut quand Lakshmi aperçut Jonah : elle le couva du regard comme si c'était le premier verre d'eau qu'elle voyait après des mois passés dans le désert.

Lui, en revanche, affichait une expression tout à fait professionnelle.

Ainsi, Mme Rao, une ambassadrice du PG originaire de la même patrie que Darius, en pinçait pour Jonah, Capitaine de la Garde et membre d'une organisation secrète chargée de la tenir à l'œil. Et cette attirance, à ce qui semblait, n'était pas réciproque.

Une intrigue parfaite pour un feuilleton à l'eau de rose.

Elle se tourna vers moi et me jaugea d'un rapide regard.

— Vous devez être Merit.

Je n'avais aucune idée de l'étiquette à respecter. Comment étais-je censée m'adresser à un membre du PG dans ces circonstances ? Rien de mieux ne me venant à l'esprit, j'optai pour un simple « oui ».

— Enchantée de vous connaître, dit-elle avec un sourire avenant. Désolée que ça se produise en pareil contexte.

— Avez-vous été suivie ? s'enquit Jonah.

— Je ne pense pas. Et si c'était le cas, je sèmerai mes poursuivants en rentrant à l'hôtel. Malheureusement, je ne dispose que de très peu de temps. J'ai bien peur de ne rien pouvoir faire pour vous aider.

Tous mes espoirs s'envolèrent d'un seul coup.

— Rien ? Comment ça, rien ? Le Présidium est sur le point de nous prendre notre Maison !

— Moins fort, murmura Jonah en jetant un coup d'œil au serveur, qui était cependant toujours absorbé par ses comptes.

— Je ne suis que l'une des membres du Présidium, Merit, et ma position ne représente pas du tout la majorité. Darius a prononcé une sanction bien trop sévère, mais je n'ai pas le pouvoir de le défier. Je suis désolée.

— Il est sur le point de déclencher une guerre, insistai-je.

— Seulement si Cadogan se rebelle, et nous savons tous qu'Ethan n'ira pas jusque-là. Il ne prendrait pas le risque de mettre en péril la vie de ses vampires… ou la vôtre.

Je supposai que la rumeur de ma relation avec Ethan s'était répandue parmi les membres du PG.

— Nous ne pouvons pas perdre la Maison. Ce serait une insulte à Peter Cadogan, à Ethan, à toutes les Maisons qui ont fait de leur mieux depuis que Célina a révélé notre existence au public.

Lakshmi lança un coup d'œil à Jonah, qui hocha la tête.

— Merit, reprit-elle, je vous en prie, croyez-moi… J'ai déjà soulevé la question – d'une manière détournée, bien sûr –, mais il n'y a tout simplement aucun moyen d'infléchir la décision de Darius. (Son regard exprimait un regret évident, ce qui ne m'apporta qu'une consolation minime.) Je suis désolée, mais c'est impossible. Je ne suis pas en mesure de l'amener à changer d'avis.

— Et l'œuf de dragon ?

Lakshmi marqua une pause.

— Comment cela, l'œuf de dragon ?

— Je suppose que Darius ne l'a pas encore donné aux fées et n'en fera rien tant qu'il n'aura pas l'assurance qu'elles rempliront leur part du contrat. Savez-vous où il se trouve ?

Elle me considéra un moment avec intensité.

— Je ne connais pas l'endroit exact.

— Je vous le revaudrai, persistai-je. Je suis prête à vous faire une promesse, à m'engager à vous rendre service, tout ce que vous voulez. Je vous supplierai, s'il le faut. S'il vous plaît, je vous en prie, ne le laissez pas s'emparer de ma Maison, Lakshmi. C'est chez moi. Pour la première fois de ma vie, je me sens quelque part chez moi.

Cette pensée – et prise de conscience – me bouleversa.

— Je suis désolée, répéta-t-elle. Tout ce que je sais, c'est qu'il a été caché en haut lieu.

Je me détournai pour essuyer une larme qui avait coulé sur ma joue. Je me refusais à pleurer devant mon équipier et une membre du PG. Peut-être que, comme Darius l'avait reproché à Ethan, j'étais moi aussi trop humaine.

—Je devrais y aller, déclara Lakshmi. Je vous souhaite bonne chance. (Son regard s'attarda sur Jonah.) J'ai été heureuse de vous revoir. Je suis désolée que cela ait dû se produire en de telles circonstances.

Sur ce, elle franchit le seuil et s'évanouit dans la nuit.

J'avais envie d'éclater en sanglots. De m'asseoir et de laisser libre cours à mes larmes ou, encore mieux, engloutir quelques-unes des dizaines de donuts que le serveur inventoriait avec méticulosité pour soulager mon chagrin.

—Sortons, proposa Jonah en me guidant vers la porte avec douceur.

L'air frais m'apaisa, tout comme le grondement régulier du métro aérien au-dessus de nos têtes.

Jonah m'accompagna jusqu'à l'angle de la rue, non loin de là où je m'étais garée, et resta un moment à côté de moi dans l'obscurité.

—Elle est amoureuse de toi, déclarai-je.

Il se racla la gorge avec nervosité avant de dire :

—Je sais.

—C'est pour ça qu'elle a accepté ce rendez-vous, je me trompe ? C'est ce qui t'a permis de la convaincre de venir ? (Il confirma mes conjectures d'un imperceptible hochement de tête.) On est vraiment dans la merde. Je suppose que ce serait déplacé de ma part de te suggérer de jouer à « sept minutes au paradis » avec elle pour l'inciter à nous rendre cet œuf ?

Il me jeta un regard en biais.

—Tu voudrais que j'offre mon corps pour sauver ta Maison ?

J'esquissai un petit sourire.

—Oui, qu'est-ce que tu en dis ?

— Non. Et tu devrais rentrer. Tout le monde va se demander où tu es passée.

Ça, j'en doutais.

Accablée par un sentiment de défaite, je retournai à la Maison. Je trouvai la porte du bureau d'Ethan entrebâillée, aussi risquai-je un coup d'œil à l'intérieur, m'attendant à l'apercevoir en pleine réflexion, penché sur des contrats, en compagnie de Michael Donovan.

Je ne vis cependant nulle trace du consultant en sécurité, ni de Paige ou du bibliothécaire.

Ethan et Lacey étaient seuls, un concerto de piano en fond sonore, une bouteille de vin sur la table. Ils étaient assis côte à côte sur le canapé du coin salon. Ethan, les jambes négligemment croisées, étudiait une liasse de documents. Lacey, ses bottes posées par terre, ses pieds ramenés sous elle, travaillait sur une tablette numérique.

Ils paraissaient détendus, et même très à l'aise, à tel point que je sentis mon estomac se nouer et qu'un sentiment d'insécurité digne d'une adolescente s'empara de moi.

Toutefois, d'autres émotions livraient bataille en moi. Je venais de supplier une membre du PG de sauver cette Maison, j'avais même pleuré devant elle, et je revenais pour trouver ça ? Ethan était peut-être furieux, mais moi aussi.

Percevant sans doute le tsunami magique qui m'accompagnait, Ethan leva les yeux lorsque je pénétrai dans la pièce.

— Oui ? lança-t-il d'un ton égal, signifiant qu'il éprouvait encore de la colère.

Alors, nous étions deux, vu que j'interrompais ce qui s'intitulerait dans le prochain chapitre du journal intime de Lacey « l'agréable soirée que j'ai passée avec Ethan Sullivan et une bouteille de merlot ».

Je la détestais. Vraiment.

—Pourrais-je te parler, s'il te plaît, Sire?

Ethan m'observa quelques instants avant de poser ses documents.

—Lacey, tu peux nous excuser un moment?

Elle me regarda avec un petit sourire satisfait qu'Ethan ne vit pas, puis déplia les jambes et se leva du canapé avec grâce.

—Bien sûr. Un peu d'air frais me fera du bien.

Elle se dirigea vers la porte, laissant ses bottes à côté du divan, indiquant sans équivoque qu'elle avait l'intention de revenir.

Le contraire m'aurait étonnée.

—Le temps nous est compté, Sentinelle. De quoi souhaitais-tu me parler?

En fait, je n'avais rien de précis à lui dire. Je voulais juste que Lacey quitte cette pièce et peut-être profiter de l'occasion pour assainir l'atmosphère.

Cependant, refroidie par l'attitude distante d'Ethan, je dus fournir un effort pour me retenir d'émettre un commentaire cinglant pour critiquer la présence de Lacey dans son bureau et lui rappeler qu'elle nourrissait le projet évident de l'attirer dans ses filets.

—Est-ce que vous avez avancé? demandai-je.

—Pas vraiment. Nos avocats ont préparé une motion d'urgence pour contrer les actions du PG, mais, comme nous nous en doutions, il est difficile de convaincre les juges que ce litige particulier relève de leur juridiction. Aucune des personnes que j'ai connues au cours de ma très longue existence ne possède aucune donnée concernant un chantage tel que celui auquel nous soumet le PG, et Michael a découvert que la tour de Claudia a été placée sous garde renforcée, ce qui signifie qu'il est inutile d'essayer d'implorer les fées.

Ses traits étaient tendus. Il paraissait profondément inquiet, ce que je ne pouvais lui reprocher.

—Et toi ? s'enquit-il.

—Nous avons confirmé que McKetrick n'a pas tué Katya et Zoey. Il se trouvait à une soirée de bienfaisance avec Mme Kowalczyk la nuit du meurtre.

—Ce qui ne nous laisse pas beaucoup de pistes.

—Et même aucun suspect. Nous savons juste que les filles ont été assassinées par un vampire Navarre. Jeff s'intéresse de plus près au système de sécurité biométrique, et Luc compte demander à Will s'il n'aurait pas remarqué des vampires au comportement étrange, récemment.

—Hmm, marmonna-t-il en tirant un fil invisible au genou de son pantalon avant de lever les yeux sur moi. Tu as parlé à Jonah de ces derniers développements ?

—Oui.

—Forcément. Vous êtes proches, tous les deux.

Sa voix trahissait une colère redoutable ; peut-être était-elle provoquée par la peur ou la jalousie, mais l'unique aspect qui m'importait, c'était qu'elle était dirigée contre moi.

Je devinais sans peine que ce changement d'attitude était à mettre sur le compte de la vampire blonde que j'avais chassée de la pièce. Elle semait le doute dans notre relation, et j'étais prête à parier que plus elle passerait de temps avec Ethan, plus la situation s'envenimerait.

—Nous ne sommes pas proches de la façon que tu suggères. Pas de la façon que Lacey t'a suggérée. Et ça n'a rien à voir avec cette enquête.

—Et tu es disposée à fixer cette limite ?

—Est-ce que tu es disposé à fixer des limites entre Lacey et toi ? Elle semblait plutôt à l'aise, sur le canapé.

—C'est complètement différent.

— Pourquoi ? Parce que Jonah sait que toi et moi entretenons une relation sérieuse, mais qu'elle n'en est pas convaincue ?

Il se raidit.

— Es-tu en train d'insinuer que je t'ai été infidèle ? lança-t-il.

— Est-ce que toi, tu insinues que je t'ai été infidèle ?

— Est-ce le cas ?

Je tressaillis.

— Comment oses-tu me poser cette question ?

— Il y a des rumeurs qui circulent au sujet des membres de la Garde Rouge, Merit. Il paraît que ceux qui font équipe ensemble travaillent… disons… en très étroite collaboration.

Il avait adopté un ton condescendant, et je me sentis soudain comme une petite fille réprimandée par son père après avoir commis une quelconque bêtise. Ethan était en colère, et je regrettais qu'il éprouve le sentiment que les serments me liant à la Garde Rouge s'opposaient à ceux qui m'attachaient à la Maison Cadogan ou aux obligations que j'avais envers lui. Mais je connaissais Jonah et savais les craintes d'Ethan infondées. Je croyais toujours à la cause défendue par la GR, et je ne comptais pas me répandre éternellement en excuses.

Mes yeux virèrent à l'argenté, mon cœur s'emballa, et le sang battit contre mes tempes sous l'effet du ressentiment qui enflait en moi.

— On travaille ensemble. C'est tout, il n'y a rien de plus.

Il arqua un sourcil avec arrogance, ce qui ne fit que m'irriter davantage. Peut-être ce mouvement le caractérisait-il, il n'en restait pas moins qu'il représentait une réponse ridicule. Une réponse ridicule… à une querelle qui l'était tout autant. Étions-nous vraiment en train de mettre en doute notre fidélité? Dieu sait que j'aimais cet homme, mais ce n'était qu'une tête de mule, un orgueilleux qui éprouvait le besoin obsessionnel de tout contrôler et avait le don de m'exaspérer.

—Ethan, nous valons mieux que ça, déclarai-je. J'ignore ce qu'elle te raconte, mais tu sais bien que je ne te tromperais jamais. Elle te manipule. Elle essaie de dresser un mur entre nous, et pas par intérêt pour cette Maison, mais parce qu'elle a des sentiments pour toi.

—Personne ne me manipule.

Son affirmation manquait de conviction, mais il semblait inutile de poursuivre ce débat.

—Très bien, dis-je.

Un affreux silence chargé de gêne plana quelques instants.

—Je me sens trahi, confia-t-il.

Je me mordis la lèvre pour réprimer un soudain accès de larmes.

—Je sais. Et j'en suis désolée. (Il hocha la tête, mais ne prononça pas un mot.) Bon. Je devrais retourner au travail.

Je me dirigeai vers la porte, oppressée par la tristesse et la colère.

—Où est-ce que tu vas?

—Je ne sais pas encore. Mais je crois qu'il vaut mieux que je parte avant qu'on ne dise des choses que nous finirions par regretter.

À supposer que ce ne soit pas déjà fait.

15

DES MECS, DU BŒUF,
DE L'ALCOOL ET DES GAGES

Quinze minutes plus tard, je roulais sur Lake Shore Drive, le lac à ma droite, les imposants gratte-ciel de Chicago à ma gauche. Malheureusement, cette promenade en voiture n'avait pas vraiment contribué à m'apaiser. Malgré le calme ambiant, mon esprit et mon cœur fonctionnaient à toute allure.

Peut-être Lacey et Ethan avaient-ils travaillé. Peut-être les avais-je surpris alors qu'ils s'offraient une pause après une longue et pénible nuit de labeur. Mais sans doute aurait-il pu passer ce temps-là avec moi, s'il n'avait pas été aussi en colère.

Il avait préféré la compagnie d'une amie, d'une personne susceptible de le conforter dans ses sentiments.

Il n'aurait pu choisir meilleure complice, même s'il avait eu un catalogue à disposition.

Elle était tout ce que je n'étais pas : gracieuse, stylée, capable de garder son sang-froid en toutes circonstances. Elle ressemblait plus à Ethan que moi. Lindsey m'avait un jour affirmé que c'était exactement la raison pour laquelle Ethan avait besoin de moi. Je représentais le feu qui pouvait faire fondre sa glace. Lacey ne provoquerait sans doute jamais sa colère, mais elle ne l'enflammerait jamais non plus.

Cependant, cette réflexion ne m'apporta aucun soulagement. Cela ne suffisait pas, à cet instant.

Je frappai le volant des deux mains jusqu'à ce que mes paumes me brûlent et que la colonne de direction ait du jeu. Pauvre Volvo. Ce produit perfectionné de l'ingénierie suédoise n'était pas conçu pour résister aux mauvais traitements d'un vampire.

Je ne voyais qu'une seule option.

Je bifurquai vers Ukrainian Village et le tripot que la Meute des Grandes Plaines considérait comme sa base, du moins à Chicago, un petit bar de motards du nom de *Little Red*. Il se trouvait que cet établissement servait l'une des meilleures viandes fumées de la ville ; j'étais bien placée pour le savoir.

En dépit des températures glaciales, plusieurs métamorphes traînaient dehors, le long de la rangée de Harley-Davidson et d'Indian qui occupaient le trottoir devant l'entrée. Je leur adressai un sourire poli en les dépassant, même si ces grands costauds bourrus se fichaient totalement d'une petite vampire maigrichonne comme moi, malgré ma tenue en cuir luisante et bien ajustée.

Dès que je pénétrai dans le bar, je fus assaillie par The Clash et une odeur aigre de chou cuit. Ça devait être une soirée spéciale « fabrication de conserves de choucroute ».

Je trouvai Berna dans sa position préférée, debout derrière le comptoir, vêtue d'un tee-shirt trop étriqué pour son imposante carrure. Mais cette fois, elle avait une acolyte.

À côté de Berna, Mallory, ses cheveux au dégradé de bleu relevés en deux chignons sur les côtés – genre fille de ferme –, s'entraînait à verser de l'alcool dans une rangée de verres à liqueur.

Les instructions de Berna parvinrent à mon oreille tandis que je m'approchais :

—Non. Tu dois aller vite pour pas mettre à côté. Je montre. Je montre.

Elle poussa Mallory d'un coup de coude, s'empara de la bouteille d'alcool dépourvue d'étiquette qu'elle tenait dans la main, puis remplit les six verres d'un mouvement fluide et rapide, sans répandre la moindre goutte sur le comptoir.

Mallory hocha la tête à contrecœur.

—Je ne suis pas certaine de t'apprécier, déclara-t-elle avec franchise. Mais il faut bien admettre qu'en matière de viande et d'alcool, tu t'y connais.

—Ce qui fait deux des quatre groupes alimentaires, intervins-je en m'asseyant au bar. Les Mallocakes et les pizzas formant les deux autres.

Mallory n'était certes pas parfaite, et nous marchions encore sur des œufs, toutes les deux, mais il lui suffit d'un regard pour comprendre la source de mes soucis… et lever les yeux au ciel.

—Qu'est-ce que tu as encore fait ?

—Pourquoi est-ce que tu supposes que j'ai fait quelque chose ?

—Parce que tu te trouves dans ce bar, de l'autre côté de la ville, alors que tu as bien des problèmes à gérer.

—Tu as parlé à Catcher ?

Cette nouvelle me faisait plaisir. Elle indiquait – ou du moins suggérait – que la situation s'arrangeait.

—On a parlé, oui. On se parle. On ne fait que ça, parler, échanger, communiquer, discuter. (Elle mima les mouvements d'une bouche du pouce et de l'index.) Mais tu n'es pas là pour parler de nous.

Elle m'observa en plissant les yeux, et je ressentis un léger picotement magique qui cessa quand Berna lui pinça le bras.

—Aïe! s'écria Mallory en frottant la marque rouge qui apparaissait déjà sur sa peau. Bon sang, Berna! Il a dit que je pouvais m'en servir un petit peu.

—Avec modération, décréta la métamorphe avant d'esquisser un geste dans ma direction. Regarde. Elle vampire toute maigre. Amoureuse, mais loin du chéri. Pas besoin de magie pour comprendre. (Elle se tapota la tempe.) Besoin d'yeux.

Elles me dévisagèrent toutes les deux. Je hochai la tête, penaude.

—On dirait que tu as vu juste, déclara Mallory. Et étant donné qu'il a pris un pieu à sa place, ce qui tend à prouver qu'il tient à elle, je parie qu'elle a elle-même provoqué ses problèmes, je me trompe?

Je détestais son raisonnement. Non parce qu'il était faux, mais parce que je le jugeais humiliant. J'avais vingt-huit ans et étais destinée à vivre éternellement. Étais-je condamnée à demeurer maladroite pour toujours, du moins en ce qui concernait l'amour?

Et combien de fois avais-je tout gâché sans qu'elle le sache?

Mallory se tourna vers Berna avant d'annoncer :

—Je prends quinze minutes de pause, et on va poursuivre cette conversation en haut.

—Vous pouvez rester! Je n'écouterai pas.

—Tu écouteras, affirma Mallory, et tu répéteras tout à tes copines du club de lecture.

—Est *Twilight* en vrai! protesta la métamorphe. Étincelles et tout!

Mais Mallory me tirait déjà par la main en direction de la porte.

—Ne fais pas attention aux métamorphes à moitié à poil, m'avertit-elle.

Avant que j'aie pu lui demander de quoi elle parlait, nous traversions au pas de course l'arrière-salle du bar, où trois ou quatre métamorphes – je n'eus pas le temps de les compter –, la plupart torse nu, jouaient aux cartes, assis à la vieille table en Formica. J'étais certaine que Gabriel faisait partie du lot.

L'instant d'après, je me trouvais dans la cuisine, les rétines brûlées par l'éclat de tous ces pectoraux et abdominaux reluisants, et Mallory me traînait derrière elle dans l'escalier en direction de la minuscule chambre qu'elle occupait depuis qu'elle avait commencé le traitement destiné à la guérir de son addiction à la magie noire, celui-ci reposant sur un dur labeur, la supervision des métamorphes et l'accomplissement de multiples tâches ménagères dans une ambiance quasi militaire.

Mallory claqua la porte et se laissa tomber sur le lit deux places adossé au mur.

— Oh, bon sang, Merit, je crois que je vais la tuer !

— S'il te plaît, n'en fais rien. Ça n'améliorerait pas les relations entre les sorciers et les métamorphes de Chicago.

— Elle fourre son nez partout ! Et elle me dit sans arrêt ce que je dois faire !

— Un peu comme les parents que tu n'as jamais eus ?

Elle leva les yeux et demanda :

— C'est à ça que ça ressemble ?

— J'ai bien peur que oui, répondis-je en m'asseyant en tailleur par terre.

— Bon, très bien. Je ne la tuerai pas. Pour l'instant. Et maintenant qu'on a un peu d'intimité, pourquoi ne cracherais-tu pas le morceau ? Qu'est-ce que tu as fait ?

Cette partie s'annonçait délicate, vu le serment de confidentialité que j'avais prononcé et déjà trahi malgré moi.

— Je ne peux pas te révéler tous les détails. Disons juste qu'Ethan a découvert quelque chose dont j'aurais dû lui parler avant. Et qu'il l'a plus ou moins appris de la bouche de Lacey Sheridan.

Mallory plissa les yeux, comme elle était censée le faire. Elle se souvenait de Lacey, qu'elle avait rencontrée lors de son dernier séjour à Chicago.

— Qu'est-ce qu'elle fait là ?

— Elle est venue apporter son aide dans le cadre de la transition. Elle s'entend bien avec Darius et Ethan espérait qu'elle réussirait à l'amadouer un peu. Vu que le PG a l'intention de nous prendre la Maison, on ne peut pas dire que ça ait vraiment fonctionné.

— Oui, Catcher m'en a parlé. Quel rapport avec ton histoire ?

Je m'efforçai de trouver le moyen de lui révéler le principal sans dévoiler mon secret.

— Pendant qu'Ethan était parti, j'ai confidentiellement accepté d'aider un ami de manière à rendre aussi service à la Maison. Et j'ai continué quand Ethan est revenu. Sauf que je ne lui en ai pas parlé, et que Lacey l'a découvert et le lui a raconté à ma place. Il n'a pas été ravi.

L'expression de son visage ne me consola pas vraiment.

— Tu l'as trahi.

— Je ne l'ai pas trahi. Je comprends qu'il ait cette impression, mais j'ai agi selon ce qui me semblait juste. Ce que je croyais, et crois toujours, juste.

— Est-ce que ça a quelque chose à voir avec ce type, là, Jonah ?

Je la dévisageai, les yeux écarquillés.

— Comment est-ce que tu le connais ?

— Catcher, répondit-elle d'un ton acerbe. Il est en pleine phase «autopsie de couple». C'est un genre de mécanisme de défense bizarre, sans doute provoqué par ces foutus navets qu'il regarde tout le temps. (Elle marqua une pause.) Est-ce que je t'ai déjà parlé de la fois où il a passé une audition pour jouer dans un de ces films ? Avant le Nebraska, je veux dire.

Curieux comme cette simple phrase compartimentait notre amitié. « Avant le Nebraska » et « après le Nebraska ». « Avant le *Maleficium* » et « après le *Maleficium* » aurait été plus juste, mais je n'avais pas très envie d'utiliser un acronyme comme « av. M-C » pour me référer à une période de notre relation.

— Catcher a passé une audition pour jouer dans un film à l'eau de rose ?

— Eh, oui. Ils cherchaient des figurants pour une scène d'une comédie romantique qu'ils tournaient au Loop. Il n'a pas décroché le rôle, ce qui ne l'a clairement pas fâché avec cette « forme d'art » (elle mima les guillemets). Bref, il m'avait dit que tu traînais avec ce Jonah après la disparition d'Ethan. Qui est-ce ?

— Le Capitaine des gardes de la Maison Grey. C'est juste un ami. Il m'a aidée à gérer certains problèmes – dont le tien – après la mort d'Ethan. Il se trouvait au Midway la nuit où…

Je ne terminai pas ma phrase, peu désireuse de lui rappeler qu'elle avait failli brûler tout le quartier. Ce soir-là, elle n'avait sans doute guère prêté attention à mon équipier, de toute manière.

— Ah, lâcha-t-elle, visiblement gênée.

— Comme tu dis. Ah.

Je me recoiffai. Je n'en avais pas vraiment besoin, mais je ne savais tout simplement pas quoi faire de mes mains. Je ne me sentais encore pas tout à fait à l'aise avec Mallory.

— Lacey lui mettra le grappin dessus dès qu'elle en aura l'occasion.

—Et tu crois qu'il offrirait une prise à son grappin?

Bonne question. J'avais la certitude qu'il m'aimait, mais il était blessé, en colère, et se demandait sans doute si j'étais digne de confiance.

—Mets-toi à la place d'Ethan. Si tu te sentais trahi et qu'une jolie jeune femme venait te consoler en t'assurant qu'elle est la seule à vraiment se préoccuper de toi, à comprendre exactement ce dont toi et ta Maison avez besoin, est-ce que tu te laisserais convaincre?

Comme elle ne répondait pas, je levai la tête, et fus frappée par la tristesse qui se peignait sur son visage. Mon estomac se noua quand je pris conscience de mon erreur.

—Oh, non, ne me dis pas que Catcher a… tu sais, trouvé quelqu'un d'autre?

—Non, et puis, je veux dire, après ce que j'ai fait, je ne mérite même pas qu'il m'adresse la parole, et c'est pareil pour toi, d'ailleurs. C'est juste que… je comprendrais s'il avait… tu sais, s'il avait fait ça. (Elle s'empressa d'essuyer les larmes qui lui embuaient les yeux.) Je l'ai planté au milieu d'une crise que j'avais provoquée. Bien sûr qu'il avait besoin de réconfort, d'une épaule sur laquelle s'appuyer. On ne peut pas dire que j'ai été présente pour lui.

Je poussai un soupir.

—Franchement, tu crois qu'on sera capables un jour de ne pas foutre en l'air nos relations avec les autres? Est-ce qu'on est destinées à faire ça le restant de nos vies?

—Tout bousiller?

—Tout bousiller, vivre sous la surveillance permanente des métamorphes ou une connerie comme ça, et en être réduites à participer à des *speed datings* parce qu'on est incapables de maintenir des relations de couple saines.

—Quand tu seras vieille et que tu auras des cheveux gris, je serai honnête avec toi à propos de tes racines.

— Les vampires ne vieillissent pas et leurs cheveux ne blanchissent pas. Je suis coincée avec les miens pour toujours.

Mallory se laissa retomber sur le lit.

— Infortunée Merit, vampire immortelle aux cheveux qui ne deviendront jamais gris, aux longues jambes et au copain blond et sexy.

— Au copain parasité par une blonde sexy, tu veux dire ?

Elle gloussa et se redressa.

— Je crois que nous sommes revenues à la case départ.

— Qu'est-ce que je dois faire, Mallory, sérieusement ?

— Tu t'es excusée ? (J'acquiesçai d'un signe de tête.) Alors, tu fais la seule chose que tu puisses faire, celle qui explique que tu te trouves ici. Tu attends.

— Franchement, il n'y a rien de pire.

— Tu l'as dit.

Le silence s'installa un moment pendant que notre rire s'évaporait et que le poids du monde pesait de nouveau lourdement sur nos épaules.

— Pour en revenir au problème de la Maison Cadogan, tu crois que Gabriel connaîtrait des crasses sur Darius qu'on pourrait utiliser pour le faire chanter ?

Un sourire sournois s'étira sur les lèvres de Mallory.

— Merit, petite maligne. Je suis tellement fière que tu aies posé cette question. C'est si… vampire. Mais, pour être honnête, je n'en ai aucune idée. Il est en bas, n'hésite pas à le lui demander. Cela dit, je te préviens : c'est soirée poker, aujourd'hui.

— Ce qui signifie ?

— Ce qui signifie que si tu veux parler à un métamorphe, tu dois jouer.

J'arquai un sourcil, mouvement qui lui arracha un affreux grognement.

— Bon sang, tu es déjà devenue Mme Sullivan. Descendons.

Je consultai mon téléphone ; aucun message. Je ne voyais pas l'intérêt de rentrer à la Maison sans solution, donc autant rester.

— Il faut vraiment que je joue au poker ?

— Oui. Heureusement, ils jouent torse nu. Si tu aimes ça. Ce qui n'est pas mon cas, bien entendu.

Nul besoin de magie pour comprendre qu'elle m'avait menti en affirmant ne pas apprécier les joueurs de poker à demi dénudés. Moi aussi, je savais me servir de mes yeux.

Ils étaient quatre assis à table. Tous des métamorphes, dont trois seulement torse nu, mais le spectacle valait le détour.

Gabriel, le seul vêtu d'un tee-shirt, battait un épais paquet de cartes patinées.

— Chaton, me salua-t-il en me gratifiant d'un regard. Mon frère, Derek. Je crois que tu as déjà rencontré Ben et Christopher.

Mme Keene avait prénommé ses enfants en ordre alphabétique inverse, commençant par Gabriel, l'aîné. Adam, le plus jeune de la fratrie, avait été livré à la police après sa tentative infructueuse d'arracher la place de Meneur de Meute à Gabriel. Entre les deux, il y avait Ben, Christopher et Derek.

Ben et Christopher avaient les épaules puissantes et les cheveux bruns éclaircis par le soleil de leur aîné. Ils étaient assis en face de Gabe, tandis que Derek était positionné à sa droite. Ce dernier avait les mêmes yeux d'ambre que son grand frère, mais des cheveux plus sombres et des traits plus fins. Il avait sans doute hérité des caractères de l'autre branche de la famille.

—Vampire? lança Christopher sans lever le regard de ses cartes. Tu gères un foyer d'accueil pour surnaturels, frangin?

—Je n'ai pas besoin de foyer d'accueil, lui assurai-je.

—Le chaton a des griffes, commenta Derek d'un ton appréciateur.

—Grrrr, lâchai-je.

—Tu ne te bats pas contre les fées, Chaton? demanda Gabriel.

—Non. Et c'est pourquoi j'interromps ta partie.

Gabriel darda son regard sur moi, m'étudia un instant, puis reporta son attention sur ses cartes.

—Asseyez-vous, mesdemoiselles.

Gabriel possédait une magie puissante, et je me doutais que son coup d'œil, quoique bref, n'en était pas moins lourd de sens.

—Est-ce que je peux vous poser une question au sujet de vos tee-shirts? demandai-je en m'installant en face de Mallory. Ou plutôt au sujet de l'absence de tee-shirts?

—Non, répondit Christopher.

—Mais si, bien sûr, rétorqua Gabriel avec ironie. Une fois de plus, les chiots y ont laissé leur chemise, Chaton. Au sens figuré comme au sens propre. (Derek marmonna quelques mots peu flatteurs.) Baisse le ton, ou je lance un nouveau pari, déclara Gabriel en fustigeant son frère d'un regard cinglant. Et on sait tous les deux comment ça va se terminer. (Il entreprit de distribuer les cartes, en empilant sept devant chacun de nous.) On joue au Nantucket.

—Qu'est-ce que c'est, le Nantucket?

—C'est juste une manière de tricher, affirma Derek avec un sourire en buvant à petites gorgées le verre d'alcool translucide posé devant lui. Ne le laisse pas te berner.

—Je ne triche jamais, assura Gabriel. Il n'y a pas plus honnête que moi.

— Ni plus menteur, répliqua Ben.

— Je ne suis pas un menteur, rétorqua Gabe en présentant le reste du paquet à Christopher.

Celui-ci le sépara en deux, transféra la moitié inférieure sur le dessus, puis le fit glisser en direction de Gabriel, qui le divisa en trois piles au centre de la table. Il retourna ensuite la première carte des tas extérieurs : deux piques.

— Pique est la couleur à battre, déclara-t-il.

Je n'avais pas le moindre pique en main, mais j'ignorais totalement si je devais m'en réjouir ou non. Il fallait battre les piques, d'accord, mais avec quoi ?

— Figure, premier tour, annonça Gabe en posant la reine de carreau sur l'un des piques, sans que je comprenne vraiment pourquoi.

Ne sachant pas ce que je devais jouer, je choisis la reine de cœur et la mis sur l'autre pique.

— Bien joué, me félicita-t-il avant de se concentrer sur ses cartes.

Chaque fois que j'avais la main, je tentais d'orienter la conversation vers la Maison, mais Gabriel ne me laissa pas placer un mot. Pas de politique, en tout cas. Il s'écoula ainsi une heure, au terme de laquelle je n'étais toujours pas certaine d'avoir saisi les règles du Nantucket. J'abattais sans grande conviction les cartes que je croyais appropriées, tandis que les métamorphes posaient les leurs avec une apparente nonchalance. Il ne faisait aucun doute qu'ils auraient raflé la mise à une table de poker, à supposer qu'un casino les laisse jouer assez longtemps.

Derek finit par jeter ses deux dernières cartes.

— Nantucket bec de mouette, lâcha-t-il.

À ce signal, les autres métamorphes retournèrent les leurs.

— C'est terminé ? demandai-je à Gabriel.

Avant qu'il ait pu répondre, la porte du bar s'ouvrit et Berna passa la tête par l'entrebâillement.

— Clients ! s'exclama-t-elle en pointant sur Mallory un doigt arthritique. Tu sers !

Mallory demeura assise quelques instants, se massant les tempes en silence. Visiblement, Berna mettait sa patience à rude épreuve.

— C'est un bon avant-goût, déclara Gabriel.

— Un avant-goût de quoi ? demanda-t-elle.

— De ce qui t'arrivera si tu ne tiens pas le coup quand tu nous auras quittés. Là, elle te ménage.

— Elle me ménage ? Tu plaisantes ?

— Est-ce qu'elle t'a déjà fait nettoyer le collecteur de graisse ? s'enquit Christopher.

— Non, lâcha Mallory avec prudence, la lèvre retroussée.

— Alors, elle te ménage, conclut-il avec un soupir. Tante Berna peut se montrer peau de vache.

— Tante Berna ? répétai-je en me tournant vers Gabriel.

Il esquissa un sourire, puis désigna de la main la table en Formica, les posters de séries B encadrés au mur et le lino qui s'écaillait au sol.

— Chaton, aurions-nous autorisé Berna à pénétrer dans ce bastion du chic et de l'élégance si elle ne faisait pas partie de la famille ?

— Il s'agit d'un compliment, ou d'une insulte ? demandai-je.

— L'un des deux, indéniablement.

Christopher, Ben et Derek s'excusèrent avant de disparaître dans la cuisine, sans aucun doute attirés par les boissons que Mallory était supposée servir. Gabriel rassembla les cartes et les battit de nouveau. L'aube approchait, d'après la pendule à l'emblème d'une marque de bière qui était fixée au mur, et je n'avais toujours obtenu aucune réponse.

— Au sujet de la Maison…, commençai-je.

— Oui?

— Je suis à court d'idées, les avocats ne nous sont d'aucun secours, nous n'avons pas retrouvé l'œuf et il est impossible de contacter Claudia. Tu ne disposerais pas par hasard d'une information sur les membres du PG que nous pourrions utiliser à notre avantage?

— Tu parles de chantage? lâcha-t-il avec un petit rire.

— Oui.

— Désolé, Chaton, mais la réponse est non. Je ne connais le PG que de réputation, ce qui suffit à m'ôter l'envie d'en apprendre davantage.

Je posai les coudes sur la table et me pris la tête entre les mains.

— Gabriel, nous sommes sur le point de perdre la Maison. Le temps presse. Un Novice Navarre déséquilibré court toujours, tuant des vampires sans raison apparente, et je n'ai aucune idée de qui il peut s'agir. Qu'est-ce que je vais faire?

— Tu me demandes conseil?

Je ramenai quelques mèches de ma frange derrière mes oreilles et levai les yeux sur lui.

— Oui, je crois.

— Et tu ne consultes pas Sullivan parce que…?

— Il est furieux contre moi.

— Ah, dit lentement Gabriel. Ça explique cette grisaille.

Je me retins d'aller regarder par la fenêtre pour vérifier le temps qu'il faisait à l'extérieur.

— La grisaille?

— La grisaille psychique. Les mauvaises vibrations. Tu es triste.

— Je suis triste, c'est vrai. Et tu sais ce qui m'aiderait ? Un conseil. Tu n'en as aucun à m'offrir ?

— Eh bien, résumons la situation : Darius veut la Maison, ou punir les vampires, ou les deux. Pour atteindre ses objectifs, il a convaincu les fées de vous faire sortir par la force, quand, demain soir ?

— Oui.

— Et il a acheté leurs services en leur faisant miroiter l'œuf de dragon, un objet précieux qu'elles ont fabriqué mais vous ont ensuite donné, et qu'elles réclament à nouveau, ou une connerie du genre ?

— En gros, c'est ça, oui.

— Et où se trouve l'œuf de dragon ?

— Aucune idée. Le PG l'a pris, mais nous ne l'avons pas retrouvé, et les autres Maisons refusent de coopérer.

— Bon, au risque de paraître un peu abrupt, si les fées représentent l'unique moyen de pression que le PG a sur vous et qu'elles veulent l'œuf de dragon, il faut que vous mettiez la main dessus.

— Plus facile à dire qu'à faire.

— Vraiment ? Vous avez affaire à des vampires et à un vol qui s'est produit dans un laps de temps très court. Réfléchis.

Le paquet dans sa paume, il commença à retourner les cartes une par une sur la table.

Alors qu'il les avait longuement mélangées sous mes yeux, il dévoila le valet de pique, puis la dame, le roi et l'as de la même couleur. À la suite, sans que j'aie remarqué quoi que ce soit de suspect. Et pourtant, je l'avais bien observé.

— Les vampires du Présidium de Greenwich, que je ne tiens pas en haute estime, ont réussi à dérober un objet à l'intérieur de la Maison Cadogan, juste sous votre nez. Je trouve ça étrange.

—Comment ça, tu trouves ça étrange ? Tu ne crois pas qu'ils l'ont volé ?

Gabe posa le paquet sur la table.

—J'ignore s'ils l'ont volé ou non. À mon avis, le PG comprend les vampires les plus malins qui soient. Malins en raison de leur fourberie, non de leur habileté. Cela m'étonnerait qu'ils disposent des talents de cambrioleur nécessaires pour s'emparer d'un objet juste sous le nez des vampires de la Maison Cadogan, de leur Maître et de leur Sentinelle.

Il marquait un point, même si cela ne m'indiquait pas où l'œuf pouvait être caché.

Gabe jeta un coup d'œil à la pendule.

—Il va bientôt faire jour. Tu devrais rentrer.

Je hochai la tête et me levai.

—Merci pour ton aide.

—Tout se résume à ça, Chaton : ne te laisse pas guider par ta peur de Darius et du PG, et surtout, ne les crois pas plus doués qu'ils ne le sont.

Alors qu'il ne restait plus qu'une demi-heure avant l'aube, je repris la route de la Maison, envahie par un sentiment d'échec.

La scène qui m'accueillit dans le hall suffit à me faire monter les larmes aux yeux. Les décorations de Noël avaient été enlevées ; des dizaines et des dizaines de valises noires les remplaçaient.

D'accord, le soleil ne tarderait pas à pointer à l'horizon, mais avions-nous vraiment baissé les bras ? Allions-nous céder la Maison Cadogan au PG sans même nous battre ?

Je descendis au sous-sol et trouvai la salle des opérations déserte. Luc et les autres avaient dû partir se coucher. Ne me sentant pas prête à subir une nouvelle confrontation avec

Lacey, j'évitai le bureau d'Ethan et montai directement dans notre appartement.

Pour passer le temps en attendant Ethan, après avoir enfilé mon pyjama, j'étudiai les procédures d'évacuation de la Maison consultables en ligne. Luc avait fait preuve d'une incroyable minutie, allant jusqu'à créer un manuel de sécurité comportant plusieurs chapitres émaillés de milliers de notes de bas de page. Le troisième en comprenait pas moins de cent quarante-deux évoquant des leçons tirées de sa propre expérience – « les râteaux ne s'avèrent pas aussi efficaces que ce que l'on croit sur les ratons laveurs-garous » –, des anecdotes – « je me souviens de l'époque où un "message" désignait une lettre transportée par un cheval » – et quelques trucs et astuces – « le miel apaise de manière très efficace les griffures de plante cobra ».

Non content d'avoir rédigé les protocoles, Luc avait également conçu des tests destinés à évaluer nos connaissances, comme le suivant, que j'affectionnais tout particulièrement :

« Q : Quelle est la méthode la plus efficace pour maîtriser un centaure enragé ?

R : Ha ! Les centaures n'existent pas, espèce d'ignare. Pose tes fesses sur une chaise et lis ton *Canon*. »

Je ne préparai pas mes affaires, cependant. Je m'y refusai, m'interdis de renoncer. Seuls quelques rares objets possédaient assez de valeur à mes yeux pour que je les emporte : les perles de mon héritage familial, le médaillon Cadogan que j'avais dissimulé, la balle de baseball qu'Ethan m'avait donnée, un jour. Mais ils demeureraient à leur place, car les mettre dans une valise s'apparenterait à un aveu de défaite. Et Ethan ne m'avait pas appris à capituler si facilement.

Je me brossai les cheveux pour la seconde fois, puis rangeai le tiroir de ma table de nuit, qui renfermait des mouchoirs, du baume à lèvres et des chaussettes pour les froides journées d'hiver.

Il ne restait plus que quelques minutes avant l'aube, et il n'avait toujours pas reparu.

Il reviendrait forcément avant le lever du jour. Où dormirait-il, sinon?

Je me blottis dans son fauteuil à oreillettes au salon et écoutai la pendule égrener les secondes de son absence. Les volets roulants occultèrent les fenêtres, et le soleil pointa à l'horizon. Mes paupières se faisaient de plus en plus lourdes, mais la porte demeurait close.

Des craquements s'élevèrent dans l'appartement, les gémissements d'une bâtisse ancienne subissant les assauts du vent.

Je résistai jusqu'à me trouver sur le point de m'effondrer de sommeil, puis me traînai vers la chambre et me glissai sous les couvertures. Je grelottais, et je me roulai en boule pour préserver ma chaleur, ménageant un îlot de tiédeur dans la toundra de coton repassé qu'était devenu notre lit.

Je m'étais laissée entraîner dans une guerre d'usure, de draps froids… et j'étais en train de perdre.

16

Tours de passe-passe

J e me réveillai seule dans le lit, les draps froids à côté de moi.

Je m'assis, l'esprit tourmenté par toutes sortes de possibilités, en particulier celle qu'il ait décidé de laisser Lacey le consoler. Mais avant que j'aie posé les pieds à terre, la porte s'ouvrit. Ethan entra, en bras de chemise, sa veste à la main.

Je prononçai une prière muette pour remercier le ciel, soulagée qu'il aille bien et que l'assassin vampire ne se soit pas faufilé à l'intérieur de la Maison Cadogan pour le tuer. Mais ensuite, la colère refit surface.

— La nuit a été longue? demandai-je d'un ton aussi calme que possible.

— Une interminable session de stratégie, répondit-il. Nous avons travaillé jusqu'à l'aube, et je me suis endormi sur le canapé dans mon bureau.

— Et Lacey?

— Elle était là, se contenta-t-il de dire.

Il s'approcha pour étendre sa veste sur le lit, puis ôta ses boutons de manchette et sa montre.

— Et tout cela parce que tu es en colère contre moi?

— On travaillait, Merit, répliqua-t-il sans poser les yeux sur moi.

—Jusqu'à l'aube? Sans prendre le temps de revenir te coucher dans ton lit? Avec moi?

—Qu'est-ce que tu veux que je te dise?

—Je veux que tu admettes que tu es furieux contre moi. Que tu fais en sorte qu'elle te désire, et que tu l'encourages parce que tu es fâché.

—Tu es simplement jalouse, rétorqua-t-il avec dédain, comme s'il jugeait mes reproches puérils.

—Bien sûr que je suis jalouse. Vous êtes taillés dans la même étoffe, tous les deux. Et je crois qu'au fond de toi, tu t'es toujours imaginé que tu partagerais ta vie avec une femme comme elle.

—Plutôt qu'avec la brune entêtée qui se trouve en face de moi?

—Exactement, approuvai-je avant de rassembler mon courage. Est-ce que tu cherches sa compagnie pour me punir d'avoir intégré la GR?

—Je n'ai pas le temps de jouer à ce genre de jeux.

—Tu m'évites.

—Je suis occupé.

—Tu es en colère.

Le barrage céda. Il me décocha un regard noir.

—Bien sûr que je suis en colère, Merit. Je suis fou de rage que tu te sois engagée dans une voie semée de dangers sans m'en avertir et que tu aies fait équipe tout ce temps avec lui sans m'en parler. (Il avança d'un pas.) Si je te disais que Lacey et moi ne travaillons pas ensemble uniquement en raison de notre vision commune, de notre formation commune, mais parce que nous sommes unis par un lien auquel tu n'as pas le droit de toucher, comment te sentirais-tu?

Il avait raison; je me sentirais affreusement mal. Rien que l'hypothèse me rendait malade. D'un autre côté…

—Je ne passe pas du temps avec Jonah pour te blesser.

—Si c'est ce que tu penses, tu dois avoir oublié les défis auxquels est confrontée la Maison en ce moment même.

Il évita toutefois mon regard en prononçant ces paroles. Certes, je l'avais offensé, et d'autres soucis l'accaparaient, je n'en doutais pas. Mais il savait très bien ce qu'il faisait et de quelle manière son comportement m'affectait. Il essayait de me faire mal, même s'il refusait de l'admettre. Même s'il préférait s'imaginer au-delà de ce genre de bassesses humaines.

Il s'accouda à la commode puis posa son front dans sa main.

—Nous battre ne nous aidera pas.

Il avait raison. Nous nous trouvions dans une impasse, dont nous ne sortirions que quand l'un de nous deux reculerait, convaincu de la fidélité de l'autre.

Il changea de sujet :

—L'équipe de transition se réunit dans une demi-heure pour réfléchir à notre réponse. Nous croyons possible de mettre en doute le contrat et la nécessité de payer le PG compte tenu de son comportement indigne. Nous avons aussi appelé la banque. Cela étant, si nous ne découvrons pas une solution au problème relatif à la Maison en elle-même, nous devrons nous incliner.

—Ils espèrent nous détruire, soufflai-je, les larmes aux yeux à la perspective de quitter Cadogan.

—Ils s'attendent à ce que nous cédions.

Mais nous ne céderions pas. Nous ne le pouvions pas. Les colonies avaient résisté aux Anglais ; il me semblait impossible de ne pas en faire autant.

—Où en est l'enquête sur les meurtres ? s'enquit-il.

—Nous ne sommes pas plus avancés qu'hier. Je n'ai rien, Ethan. Rien du tout.

Et nous sommes si loin l'un de l'autre, songeai-je. *Si loin que ça me tue. Bon sang, j'ai besoin de toi. J'ai besoin d'aide, de quelqu'un qui me guide dans la bonne direction. J'ai besoin d'une réponse.*

Je lui avais cependant déjà demandé plus que ce qu'il était capable de donner. Après avoir consenti un bref au revoir, il descendit retrouver son équipe.

De laquelle je ne faisais apparemment plus partie.

Après m'être douchée, j'enfilai mon ensemble en cuir, au cas où la transition se révélerait plus chaotique que prévu, puis m'adonnai à mon rituel de beauté habituel : je démêlai ma frange, rassemblai mes cheveux en queue-de-cheval et appliquai du brillant à lèvres.

Je descendis dans le hall, où la présence d'environ deux cents valises appartenant aux quatre-vingt-dix et quelques vampires qui vivaient à la Maison Cadogan semblait me rappeler mon échec : *si tu avais trouvé un moyen de nous sortir de là, si tu avais réussi à convaincre Lakshmi de nous aider, nous ne serions pas obligés de partir.*

Je jetai un coup d'œil à l'intérieur du bureau d'Ethan, où j'aperçus tout un groupe de vampires, dont Malik, Lacey, le bibliothécaire et Michael Donovan, mais aucun objet de décoration. En dépit de la crise, ou à cause d'elle, quelqu'un avait rangé tous les bibelots d'Ethan : trophées, photographies, souvenirs matériels des années qu'il avait vécues à la Maison.

Ce constat me déprima.

Je passerais très probablement le reste de la nuit en compagnie de mes semblables. Mais à cet instant, j'avais envie d'un moment d'intimité avec la Maison, mon foyer, afin de lui dire adieu. Aussi, je dépassai le bureau et traversai le couloir jusqu'à la porte de derrière, que j'ouvris.

Je fus aussitôt saisie par un froid mordant que je trouvai revigorant, comme s'il possédait un pouvoir purifiant. J'empruntai le sentier menant au jardin où Ethan et moi nous étions retrouvés à plusieurs reprises. L'eau de la fontaine avait été coupée pour l'hiver.

Je me retournai pour contempler le manoir qui brillait d'un éclat doré dans l'obscurité de Hyde Park, avec ses deux étages de pierre, de sang et de souvenirs.

Deux étages témoins du problème que nous n'avions pas été capables de résoudre avec le PG.

De quatre meurtres que nous n'avions pas réussi à élucider.

D'une relation que j'avais gâchée.

Et si je m'étais trompée ? Et si, en rejoignant la Garde Rouge, j'avais violé mes devoirs envers la Maison et trahi la confiance d'Ethan ? Et si j'avais jeté à la poubelle, sur un coup de tête, tout ce que ma vie comportait de meilleur : ma place à Cadogan, ma famille vampire et Ethan ? Et si je m'étais fourvoyée en pensant qu'intégrer la Garde Rouge était la bonne décision ? Et si j'avais commis une erreur qui m'avait coûté tout ce que je possédais ?

Pourquoi tout était-il si compliqué ? La politique. Mes amitiés. Ma famille.

Mes amours.

Cependant, aussi séduisante l'idée d'une séance d'auto-apitoiement fût-elle, ce n'était pas le moment de céder aux regrets. À présent, je devais savourer les souvenirs liés à cette Maison que je devrais bientôt quitter. Je m'assis sur un banc, un peu plus loin, et me remémorai les instants que je voulais garder gravés dans mon esprit. Le dîner partagé avec Mallory et Catcher dans le bureau d'Ethan. La première fois que j'avais pénétré dans la bibliothèque.

La nuit de ma Recommandation, quand Ethan m'avait nommée Sentinelle.

Un battement d'ailes au-dessus de ma tête attira mon attention. Un oiseau noir – un corbeau, ou peut-être une corneille – survola la propriété avant de s'éloigner par-delà les grilles. Ne serait-ce pas agréable de pouvoir si facilement fuir les drames et les mauvaises décisions ?

Je reportai mon regard sur le jardin. En raison de l'hiver, la plupart des parterres ne laissaient voir qu'un sol brun dénué de fleurs. Quelqu'un, sans doute Helen, avait installé une boule réfléchissante de l'autre côté du banc, une sphère parfaite composée de verre bleu. Entourée de lampes enterrées, sa surface convexe renvoyait une image déformée du paysage.

Je me glissai le long du banc et la contemplai, faisant le vœu d'y trouver sagesse et lumière. La matière lisse me livra le reflet de mon visage, affublé d'un nez crochu et de joues roses. Une vision différente de celle que j'étais… et de ce que j'étais devenue. Un soldat, peut-être, même si je ne triomphais pas toujours.

Je me levai et rajustai ma veste. Si j'incarnais une guerrière et que nous devions tous sombrer avec le bateau sur lequel nous avions embarqué, je préférais vivre cette épreuve avec mes compagnons, dans la Maison où j'avais amassé tant de souvenirs, plutôt que seule dans le froid et l'obscurité du jardin.

Mon téléphone m'avertit de la réception d'un nouveau texto au moment même où je franchissais la porte.

Il provenait de Jonah. « Message de Lakshmi », annonçait-il.

Mon cœur se mit à battre la chamade. « Et ? » lui demandai-je.

« Elle écrit : Merit me doit une faveur. »

Je me figeai en lisant ces mots. La veille, j'avais proposé de lui rendre un service en échange de la révélation de la cachette de l'œuf. Si elle se croyait en droit de me demander une faveur… était-ce parce qu'elle avait déjà répondu à ma requête ?

« Elle ne répond pas à mes messages », ajouta Jonah, ce qui, d'après moi, signifiait que nous ne tirerions plus rien d'elle.

Mes mains se mirent à trembler sous l'effet de l'adrénaline. Je fermai très fort les paupières pour mieux me concentrer et tâchai de me rappeler les paroles qu'elle avait prononcées au sujet de l'œuf et de l'endroit où il était dissimulé. En hauteur ? Dans un lieu réputé ?

— Non, « en haut lieu », chuchotai-je en rouvrant les yeux.

Mais où cela pouvait-il être ? Un « haut lieu » pouvait indiquer toutes sortes d'emplacements, si elle avait voulu dire « élevé ». Chicago ne manquait pas de gratte-ciel, après tout. Le PG pouvait-il l'avoir caché dans la Willis Tower ? Ou le Hancock Center ?

Que m'avait conseillé Gabriel ? De ne pas surestimer leurs talents de cambrioleurs.

Les membres du Présidium avaient très clairement commis un vol : l'œuf ne se trouvait plus dans sa vitrine. Et si ce n'était qu'une illusion, à l'instar du tour de cartes de Gabriel ?

Peut-être le moment était-il venu d'examiner ce qui s'était réellement passé pendant la cérémonie du PG.

Je rangeai mon téléphone et courus jusqu'au bureau d'Ethan, où l'équipe de transition était installée autour de la table de conférence.

Ethan se tenait debout, légèrement à l'écart, semblant observer la scène composée des vampires et des documents empilés sur la table. Des outils incapables de l'aider à résoudre le problème auquel il était confronté.

Mais peut-être me montrerais-je utile.

Je me dirigeai vers lui et posai une main sur son bras :

— Je dois te parler dehors.

Il me jeta un coup d'œil par-dessus son épaule, doutant visiblement de l'intérêt de ma proposition.

— Le temps presse, Merit. Ils arriveront dans moins d'une heure.

— Je te promets que ça en vaut la peine.

Il me considéra un moment, clairement plus réticent que d'habitude à m'accorder sa confiance, mais il finit par hocher la tête et me suivit dans le couloir.

— Je crois que nous devrions visionner les vidéos que les caméras de sécurité ont enregistrées pendant la cérémonie du PG. L'arrière de la Maison a dû être filmé. J'aimerais voir exactement ce qui s'est passé quand l'œuf a été volé.

Son expression demeura impassible ; je me rendais bien compte qu'il refusait de céder à l'espoir.

— Pourquoi ?

Je m'humectai les lèvres avec nervosité.

— Je ne suis encore sûre de rien, mais j'ai parlé avec la source que tu désapprouves, et disons simplement que j'estime que ça vaut le coup de vérifier.

Il m'observa en silence quelques instants.

— Merit…

Je savais qu'il allait me dire que je me trompais.

Mais ce n'était pas le cas. J'avais raison, j'en étais certaine. J'ignorais juste en quoi j'avais raison.

— Je te demande de me faire confiance. Je sais que je ne suis pas très douée en tant que petite amie, mais depuis que

317

j'ai rejoint cette Maison – contre mon gré, je me permets de le préciser –, j'ai fait de mon mieux pour la protéger. Pour assurer sa sécurité.

— Contre ton gré ?

— J'ai dit ça juste pour détendre l'atmosphère, répliquai-je avec un petit sourire. Mais revenons-en à notre sujet. Accorde-moi quelques minutes, Ethan. S'il te plaît.

Il se tapota la hanche du bout des doigts, hésitant visiblement à concéder de précieuses minutes à un plan impromptu plutôt que les consacrer à peaufiner ceux qu'il avait déjà élaborés.

Sans un mot, il tourna les talons et s'éloigna dans le couloir. Je le suivis, découragée, me demandant s'il avait refusé de me croire parce qu'il était toujours en colère contre moi ou parce que mon idée ne valait vraiment pas la peine qu'on s'y attarde.

Contre toute attente, il passa devant son bureau pour atteindre l'escalier, puis descendit au sous-sol.

La salle des gardes bourdonnait d'activité. Sur l'écran du vidéoprojecteur s'affichait une série de photos, des portraits de vampires Navarre, certains barrés d'une croix, sans doute parce que Luc les avait éliminés de la liste des suspects.

Je ne fus guère surprise de voir tous les gadgets électroniques encore en place et fonctionnels. Il existait également un plan d'urgence concernant la salle des opérations : il suffisait d'appuyer sur la touche d'une télécommande pour effacer toutes les données à distance. Luc n'avait pas à se soucier de ranger et n'avait pas non plus à craindre que d'éventuels nouveaux résidents de la Maison Cadogan s'emparent d'informations sensibles.

— Sire ? demanda Luc en nous regardant tour à tour. Est-ce que tout va bien ?

— Il faudrait que l'on visionne la vidéo de la cérémonie du PG, déclara Ethan. Tu peux t'en occuper ?

— Euh, bien sûr. Je peux savoir de quoi il retourne ?

— Nous aimerions en apprendre davantage sur le vol de l'œuf.

— OK, dit Luc en recherchant les fichiers concernés sur une tablette numérique.

L'écran vira au noir, puis un film se déclencha. En dépit des images en noir et blanc au grain grossier, les silhouettes postées dans le jardin se détachaient de manière assez nette. Les représentants du PG apparaissaient dans leur formation en V caractéristique.

— Des oies dans le jardin, lâcha Luc.

— Des oies ? répétai-je.

— Cette organisation en V. J'aime utiliser des termes désobligeants pour nommer le PG chaque fois que j'en ai la possibilité.

Ce n'était pas moi qui le lui reprocherais.

— Ils sont tous là, commenta Ethan, balayant l'écran du regard tandis qu'il comptait les membres du Présidium. Personne ne manque.

— Patience, dis-je, espérant que j'avais raison et que je ne lui faisais pas perdre son temps.

Sur la vidéo, Ethan et Darius s'admonestèrent, puis les fées apparurent pour se livrer à leur démonstration de force.

C'est alors que je le vis.

— Là ! m'exclamai-je en montrant du doigt la dernière des « oies », Harold Monmouth, l'acolyte de Célina, alors qu'il disparaissait du champ de la caméra.

— Ce petit merdeux, lâcha Ethan. Avance un peu.

Luc passa le film en accéléré. Quatre minutes plus tard, Harold Monmonth reprit sa place à l'extrémité du V, comme s'il ne l'avait jamais quittée.

—Zoome sur ses mains, recommandai-je, aussitôt obéie par Luc.

Elles étaient vides.

—Est-ce qu'on peut s'assurer qu'il est entré dans la Maison ? s'enquit Ethan.

—Oui, répondit Luc. Il y a une caméra au-dessus de la porte de derrière.

Luc changea de vue et rembobina un peu. Sans surprise, Harold pénétra à l'intérieur de la Maison… et reparut quatre minutes plus tard, les mains vides.

—Il est entré, puis ressorti, résumai-je. Il a dérobé l'œuf, mais ne l'a pas gardé sur lui. (Je reportai mon attention sur Ethan.) Les membres du PG savaient qu'ils devraient revenir à la Maison Cadogan avec l'œuf pour payer les fées, nous mettre dehors et prendre le contrôle. En fait, ils espéraient que nous baisserions les bras et préférerions partir plutôt que risquer de faire couler le sang. Ils devaient également s'attendre à ce que nous passions la ville au peigne fin pour le retrouver… sans penser à regarder ici, sous notre nez, à la Maison Cadogan.

—L'œuf de dragon se trouve dans la Maison, conclut-il avec stupéfaction. (Il me dévisagea avec émerveillement, puis m'enveloppa dans une solide étreinte qui me réchauffa le cœur… et tout le reste du corps.) Il est dans cette Maison, bon sang !

—Ça alors, Sentinelle, lâcha Luc en se levant avant de m'administrer une claque dans le dos. Tu m'as écoutée, on dirait.

Lui, une renégate du PG et un métamorphe. Mais lui aussi, c'était vrai.

—Il n'y a qu'un petit problème, objecta Luc en consultant la pendule fixée au mur. Il ne nous reste plus beaucoup de temps avant leur arrivée, et la Maison est vaste.

— Est-ce que ta… source t'a fourni un indice sur l'endroit où il pourrait avoir été caché ? m'interrogea Ethan.

— En haut lieu. On m'a dit qu'il se trouvait « en haut lieu ».

Heureusement, j'avais eu le réflexe de ne pas utiliser de pronom féminin. Ethan et Luc échangèrent un regard.

— Mes appartements ? proposa Ethan. Ou peut-être la bibliothèque ?

— Le bibliothécaire n'a pas assisté à la cérémonie, précisa Luc. Il l'aurait su si quelqu'un était entré. La salle de bal ?

Ethan hocha la tête.

— Toi, tu restes ici. Je vais voir dans la salle de bal. Merit, occupe-toi de notre suite.

J'acquiesçai avant de me précipiter vers l'escalier et de gravir les marches au pas de course jusqu'au deuxième étage. J'ouvris les portes de notre appartement à la volée et entrepris de fouiller les pièces. J'inspectai les tiroirs de tous les meubles, écartai les rideaux, regardai derrière les vêtements de la penderie. J'ôtai les housses des coussins, vérifiai sous les fauteuils et rampai sous le lit.

Je mis la suite sens dessus dessous, en vain.

Vaincue, je venais juste de regagner le couloir quand Ethan surgit de l'escalier, le souffle court.

— Rien ?

Je secouai la tête. Juste à ce moment, son bipeur sonna. Poussant un soupir, il le détacha de sa ceinture.

— Ils sont là, annonça-t-il. Les fées attendent dehors.

— Ce n'est pas terminé, Ethan, affirmai-je. Je le sais.

— Je ne peux pas leur permettre de répandre le sang dans cette Maison, déclara-t-il, sa posture et son visage trahissant son sentiment de défaite.

Il tourna les talons et se dirigea vers l'escalier… mais je refusais de renoncer.

— Haut lieu, marmonnai-je, avançant d'un pas seulement. Haut lieu. Haut, comme prestigieux ? Comme mémorable ? Comme le contraire de bas ? (Je me figeai.) Le contraire de bas.

Ethan me jeta un coup d'œil par-dessus son épaule.

— Merit ?

— Un haut lieu, comme un lieu élevé, déclarai-je, cette conclusion se fondant à mes souvenirs. Je sais où il est caché. Vas-y, descends. Je te rejoins. Je te le promets.

Il semblait sceptique, mais je ne lui laissai pas le temps de protester. Je fis demi-tour et traversai le couloir en courant jusqu'à la porte qui menait non pas à une simple pièce, mais à un grenier… et au toit de Cadogan.

La chambre était vide à l'exception de l'escalier escamotable, que quelqu'un avait déjà déplié. Des bouffées d'air froid et poussiéreux provenant des combles s'engouffraient par la trappe. Je gravis les marches à la hâte, pour émerger parmi les chevrons et l'isolant. Je jetai un regard alentour, sans rien remarquer d'anormal.

Jusqu'à ce que je pose les yeux sur la fenêtre donnant accès au toit ; elle était ouverte.

— Bon sang ! m'exclamai-je en me précipitant vers la lucarne, par laquelle je me hissai sur l'étroit balcon ceint d'une rambarde en fer forgé, dans la noirceur de la nuit.

Je me mis à genoux et inspectai les bardeaux les uns après les autres dans l'obscurité, espérant sentir sous mes doigts l'objet d'or et d'émail que je m'attendais à trouver… en vain. Je me redressai et regardai en contrebas les vampires et les fées qui se rassemblaient dans le jardin alors qu'Ethan sortait de la Maison.

Soudain prise de vertige, je tendis le bras pour assurer mon équilibre… et rencontrai une bosse. Je soulevai le fin bardeau déformé, glissai la main par-dessous… et extirpai un paquet entouré de soie.

— Je crois que vous avez quelque chose qui m'appartient.

Je jetai un coup d'œil par-dessus mon épaule. Harold Monmonth, debout devant la fenêtre, me fusillait de ses yeux sombres, une expression menaçante sur le visage. Les fées étaient arrivées, et le moment était venu pour lui d'offrir la récompense promise.

Mais j'avais d'autres projets en tête.

— Vous vous trompez, répliquai-je.

Alors qu'il se ruait sur moi, je sautai sur la rambarde du balcon, puis fis un pas dans le néant.

Les vampires entretenaient avec la gravité une relation spéciale que j'avais appris à exploiter.

Une seconde plus tard, l'œuf de dragon dans la main, j'atterris dans l'herbe, jambes ployées, avec un bruit sourd qui attira sur moi tous les regards.

Avec toute l'assurance dont j'étais capable, je me redressai et me dirigeai vers Ethan, lui présentant mon trophée.

— Sire, je crois que tu cherchais ceci, déclarai-je avec un sourire malicieux.

Une cacophonie de cris jaillit de la foule, les acclamations joyeuses des vampires Cadogan se mêlant aux grondements rageurs du PG et des fées. Quoique ces dernières se moquaient bien de savoir qui portait le trésor. Elles voulaient juste s'en emparer.

Sous les yeux de Darius, Harold, Lakshmi et des autres représentants du Présidium, Ethan balaya du regard les troupes fées déployées dans le jardin, gonflé de fierté.

— Je suppose que vous êtes venues récupérer l'œuf de dragon ?

— Il nous appartient, déclara l'une d'elles en avançant d'un pas. Nous l'avons fabriqué de nos mains.

— Peut-être, mais il a été créé à l'intention de l'un d'entre nous et nous a été offert par un membre de votre royauté. Il nous revient de droit. Même si, par vos actes, vous avez démontré que le droit et la justice vous importent peu. (Les fées le gratifièrent d'une profusion de regards mauvais.) Mais ce soir, je vous propose un marché. Prenez notre œuf de dragon. En retour, vous devez nous jurer de ne plus jamais traiter avec le Présidium de Greenwich ni menacer la Maison Cadogan, et nous considérerons que nous sommes quittes.

Quittes, car nous ne pouvions plus nous fier à elles pour garder la Maison, supposai-je.

Les fées se concertèrent un moment, puis celle qui s'était adressée à Ethan hocha la tête.

— Nous acceptons, dit-elle avant de prendre l'œuf de dragon.

Comme une armée surnaturelle en déroute, elles firent volte-face, se mirent en marche et franchirent le portail.

Ethan se tourna lentement vers Darius, un sourcil arqué d'un air impérial.

Je dus me mordre les lèvres pour ne pas sourire, et je suis sûre que je n'étais pas la seule dans ce cas dans la foule.

— On dirait que votre plan a été… déjoué, déclara-t-il.

— Elles ne représentaient qu'un instrument, répliqua Darius. Vous nous avez fait défaut, et nous revendiquons toujours votre Maison, indépendamment des bras dont nous sollicitons le concours.

— Eh bien, cette position est aussi regrettable qu'erronée. Ce que vous n'avez pas anticipé, Darius, c'est que votre petit jeu de pouvoir, votre levée d'armes contre la Maison et ses vampires, constitue une rupture très nette de votre contrat avec Peter Cadogan. (Le sourire de Darius s'évanouit, et Ethan glissa les mains dans ses poches.) Et vous savez ce que signifie une rupture de contrat ? Selon les termes que celui-ci stipule, les obligations de la Maison Cadogan envers le PG sont abrogées. (Ethan claqua des doigts.) Annulées. Non seulement vous n'aurez pas la Maison, mais vous n'encaisserez pas non plus notre chèque. Nous avons appelé la banque, qui est plus que ravie de conserver nos substantielles richesses bien en sécurité dans ses coffres. (Ethan croisa les bras et dévisagea Darius en arquant un sourcil.) Étant donné que vous avez perdu votre armée et cette bataille, je vous suggère de foutre le camp de mon jardin.

— Ce n'est pas terminé, Ethan, cracha Darius, les dents serrées.

— J'en suis sûr, rétorqua Ethan. En amour comme à la guerre, tous les coups sont permis, après tout.

N'ayant d'autre choix que se résigner à leur défaite, Darius et les membres du PG s'éclipsèrent tandis qu'Ethan se faisait submerger par une marée de vampires Cadogan célébrant notre victoire sur le fil du rasoir.

Il chercha mon regard dans la foule, une promesse dans les yeux.

— *Tout le chocolat du monde*, me dit-il par télépathie.

Je supposai qu'il s'agissait de ma récompense, mais ce n'était pas grâce à moi que nous avions gagné. Je m'étais contentée de mettre à profit l'indice que l'on m'avait transmis. Je croisai les yeux de Lakshmi Rao par-dessus la mer de vampires. Campée sur ses jambes, les épaules droites, elle arborait une expression juste assez arrogante pour répondre aux critères du PG.

Elle soutint mon regard, et je lus dans ses prunelles un rappel très clair : « *Vous me devez une faveur.* »

Lorsqu'elle quitta la Maison avec les autres, je frissonnai.

Chassés du jardin par le froid, tous les vampires Cadogan se rassemblèrent dans le hall pendant qu'Helen, Margot et son équipe déballaient des flûtes en cristal pour servir du champagne.

—Novices, déclama Ethan, il serait naïf de ma part d'affirmer que nous vivons désormais dans un monde dénué de défis. Nous sommes des Solitaires, et, si ce n'était pas déjà le cas, nous nous sommes indéniablement fait un ennemi du Présidium ce soir. Nos gardes recherchent toujours un tueur qui rôde dans les rues de notre ville. Mais par-dessus tout, nous sommes des vampires Cadogan. Buvons (il leva son verre), puis remettons-nous au travail.

Un vrai chef, songeai-je avec un sourire.

Pendant quelques minutes de félicité, j'autorisai Luc à remplir mon assiette de bœuf séché à plusieurs reprises, prétendant être aussi compétente qu'il le laissait entendre à tous ceux qui étaient assis autour de nous. Cependant, la découverte de l'œuf offrait une leçon sur la nature humaine et vampire : mieux vaut se montrer sympathique avec les autres – notamment les métamorphes –, car on ne sait jamais quand on aura besoin de leurs lumières.

Au bout d'un moment, je me levai pour rejoindre Ethan. Il fallait que je retourne au travail, mais nous devions tout d'abord parler. J'espérais lui avoir démontré que la Garde Rouge représentait un bénéfice pour la Maison, et non un fardeau. Un lien qui fonctionnait dans les deux sens, et pour le bien de tous les vampires.

Je me dirigeai vers son bureau, où je trouvai la porte entrouverte. Je jetai un coup d'œil par l'entrebâillement. Lacey et lui se tenaient debout au centre de la pièce.

—Je te remercie d'être venue, déclara Ethan d'un ton poli. Tu es une excellente Maîtresse, et encore meilleure ex-Novice.

Il avait beau la taquiner, elle ne se départissait pas de sa gravité ; je devinais ce qu'elle avait en tête.

— Ethan, je me dois de te le dire : je crois qu'il est temps que tu considères sérieusement ta relation avec Merit.

— Lacey...

— Il te faut quelqu'un de fort, l'interrompit-elle. Quelqu'un d'honorable. Quelqu'un qui ne courra pas dans les bras d'un autre vampire en pleine crise. Tu as besoin d'une femme digne de cette Maison. Digne de toi.

Quelle que soit l'intensité des sentiments qu'elle éprouvait pour lui, elle n'avait pas le droit de diminuer l'importance de ce qu'il avait fait – bondir au-devant d'un pieu pour moi – en suggérant que son geste n'avait pas été intentionnel.

Il était grand temps de lui mettre les points sur les « i ». Je poussai donc le battant et franchis le seuil.

Dès que Lacey m'aperçut, et avant que je puisse prononcer un mot, elle empoigna Ethan par le revers de sa veste... et l'embrassa avec ardeur.

— Bon sang ! s'exclama Ethan en s'écartant avant de s'essuyer la bouche de la main. Lacey, maîtrise-toi !

— Elle t'a laissé mourir ! insista-t-elle. Elle ne t'a pas protégé, elle a failli à sa tâche. Est-ce que tu as une idée du mal que ça nous a fait ? À tous ?

Pensant qu'il valait mieux réduire au minimum le nombre de témoins de ce drame, je fermai la porte, qui claqua derrière moi avec bruit.

Ethan se retourna, les yeux écarquillés, se demandant probablement ce que j'avais vu.

— Si vous voulez m'insulter, ayez au moins la décence de ne pas le faire dans mon dos, déclarai-je d'une voix calme, mais assez forte pour qu'elle porte jusqu'à l'autre bout de la pièce.

L'espace d'une fraction de seconde, je décelai de la peur dans le regard de Lacey. L'instant d'après, elle avait disparu, remplacée par une insupportable arrogance.

— C'est comme ça que tu formes ta Sentinelle ? Tu lui apprends à interrompre les conversations ? À se montrer désobligeante ? Elle te trompe, Ethan, et elle te ment en affirmant le contraire. (Elle plongea la main dans sa poche, d'où elle sortit la médaille à l'effigie de saint George que m'avait donnée Jonah.) J'ai trouvé cette pièce par terre, dans ton appartement, et elle pue la Maison Grey à plein nez.

Mes yeux s'agrandirent, et je me retins juste à temps de vérifier si ma médaille était toujours dans ma poche. De toute évidence, je l'avais perdue ; elle avait dû tomber de ma veste.

Un mélange de fureur, de déception et de stupeur se peignit sur les traits d'Ethan.

— Tu es entrée dans mon appartement ?

— Oui, parce que j'ai raison, Ethan. J'ai toujours eu raison à son sujet. Peu importe qui est son père. Elle est malhonnête, et elle te fait du mal.

Je me demandai si Ethan appréciait l'ironie de la situation : deux de ses étudiantes vampires avaient pris des initiatives sans le consulter, poussées par la conviction de faire ce qu'il fallait. J'avais agi pour le bien de la Maison. Quant à Lacey… Avait-elle en tête les intérêts d'Ethan ? Ou les siens ? Me croyait-elle vraiment aussi dangereuse qu'elle le prétendait, ou n'avait-elle simplement pas trouvé de meilleur prétexte pour s'immiscer entre nous ?

Et puis, cette pique sur mon père m'avait franchement déplu. C'était un point sensible ; elle devait le savoir.

Percevant la colère qui enflait en moi, Ethan leva la main pour me dissuader de parler :

— Le fait que tu sois entrée chez nous sans ma permission est inacceptable.

« Chez nous. » Ces deux petits mots me procurèrent un tel soulagement que les larmes me montèrent aux yeux, mais je les retins. Je n'avais aucune envie de pleurer devant Lacey.

Elle blêmit.

— Je l'ai fait pour t'aider, Ethan. Je t'assure. (Elle brandit de nouveau sa trouvaille.) Regarde ! Regarde ça ! Ça prouve ce que je viens de te dire !

— Merit n'a aucune raison d'avoir honte de cette médaille. Et tu n'as aucune raison de t'en préoccuper.

Attendez… Ethan venait-il de me défendre ? Moi… et la GR ?

— Tu l'avais déjà vue ? demanda-t-elle.

Ethan ne répondit pas. Il se contenta de tendre la main jusqu'à ce que Lacey se résigne à lui remettre la pièce. Puis, il se tourna vers moi et me la rendit.

— Je suppose que tu as égaré ceci, Sentinelle ? lança-t-il avec un regard insondable.

— Euh, oui, dis-je avant de la fourrer de nouveau dans ma poche.

— Je crois qu'il est temps que tu rentres à San Diego, déclara Ethan en reportant son attention sur Lacey.

Cette fois, il ne parlait pas sur le ton d'un Maître s'adressant à un collègue, mais celui d'un Maître réprimandant un Novice qui l'avait déçu.

— Ethan…

— Lacey, je n'aime pas être manipulé. Nous entretenons une relation de longue date, et j'apprécie les services que tu rends à cette Maison, mais, au nom de cette relation, tu dois clore ce chapitre. Si tu ne t'en montres pas capable, je m'en chargerai à ta place.

Elle esquissa un bref signe de tête, les yeux embués de larmes.

— Sire, dit-elle avant de tourner les talons et se diriger vers la porte, par laquelle elle disparut, laissant le battant entrouvert.

Je me demandai si elle avait intentionnellement négligé de le fermer, espérant peut-être qu'Ethan change d'avis et la rappelle.

Il posa le regard sur moi. Pour la première fois depuis des jours, je vis une ombre de sourire flotter sur ses lèvres.

— Saint George ?

— C'est un cadeau que j'ai reçu de la GR, en tant que nouvelle membre. Merci de m'avoir couverte.

— La dernière chose dont nous ayons besoin, c'est que Lacey croie que Jonah et toi fomentez un complot pour vous emparer de la Maison.

J'acquiesçai.

— Je suis désolée pour toute cette histoire. Je suis désolée que Lacey et la GR s'interposent entre nous. Ce n'était pas comme ça que je voulais que ça se passe.

— Je comprends que tu te sentes attirée par la Garde Rouge, avoua-t-il. C'est en raison de ce que tu es. De ton humanité, de ta nature rebelle, de ton mépris de l'autorité. Et, comme nous avons pu le constater ce soir, ton lien avec la GR représente une défense très efficace contre le Présidium.

— Je te l'avais dit.

— Tu aurais une crise cardiaque si je t'obligeais à démissionner, je me trompe ?

— Oui, parce que tu n'aimerais pas m'y obliger, et que je ne pourrais pas me résoudre à t'obéir. Ce genre de comportement ne te ressemblerait pas, Ethan, et ça ne me ressemblerait certainement pas. Si tu m'as nommée Sentinelle de cette Maison, ce n'est pas pour rien. Tu m'as choisie parce que tu savais que je ne suivrais pas aveuglément tous tes diktats ou ceux du PG.

—En effet, il y a peu de chances que ça arrive, rétorqua-t-il avec sarcasme.

Je pris ses mains dans les miennes.

—Si j'étais capable de penser rien qu'une seconde qu'il fallait que je rejoigne la GR pour te tenir à l'œil et faire de toi un meilleur Maître, nous ne serions pas ensemble. Tu m'as appris à être une vampire, un soldat, à défendre ceux qui ne sont pas entendus par les politiciens de notre monde. Même si tu n'as pas cette impression, la GR représente un hommage à tes convictions, et non une menace.

Il sonda mon regard, et sembla satisfait par ce qu'il y lut.

—Suis ton instinct, Merit. Si tu crois que la GR fait partie de ton chemin de vampire, va jusqu'au bout. Mais rappelle-toi que la priorité, c'est nous.

Alors qu'un sourire s'étirait sur ses lèvres, je me hissai sur la pointe des pieds et l'embrassai.

—Bien sûr, dis-je. Je t'aime.

—Je t'aime aussi. J'accepte que tu serves la GR parce que je te connais. Je sais que tu feras en sorte d'améliorer l'existence des vampires de cette ville. Mais notre époque est ce qu'elle est. Le fait que je trouve cela tolérable ne signifie pas que les autres réagiront de même. Qui est au courant, à part moi ?

—Personne. Enfin, tous les vampires de la Maison savent que nous nous sommes disputés, mais pas à quel sujet. Mallory aussi. (Ethan étrécit les yeux.) Quoi ? Il fallait bien que j'en parle à ma copine.

—Et qu'en a-t-elle dit ?

—Elle a pris ton parti.

À ces mots, il adopta une expression suffisante.

—Essaie de ne révéler à personne d'autre ton affiliation top secrète, si tu le peux.

— Je ferai de mon mieux. Et si jamais je l'annonçais par inadvertance au *Sun-Times*, rappelle-toi que, au moins, on est ensemble.

— C'est vrai. J'accepte que tu fasses partie de la GR. Mais si jamais tu partages de nouveau ton sang avec Jonah, tu devras me rendre des comptes.

Ses yeux étaient devenus argentés et il me dévisageait avec intensité.

Le mélange entêtant de peur et de désir qui flottait dans l'air me faisait tourner la tête.

— Tu m'as affirmé que tu n'étais pas jaloux, objectai-je en reculant d'un pas. Que toi et moi, c'était inéluctable.

— C'était avant que j'apprenne que tu t'étais liée par le sang à un homme d'une autre Maison, Sentinelle. (Soudain, sans me laisser le temps de répliquer, il agrippa le revers de ma veste et m'embrassa avec fougue.) Tu es à moi, à moi seul, et il semblerait que tu aies besoin d'un rappel. Je te suggère de retourner à notre appartement. Sinon, je te sauterai dessus ici même, avec la porte ouverte.

Je le dévisageai alors que toute rationalité me quittait et que toutes les protestations que j'aurais pu formuler s'évanouissaient de mon esprit. J'étais reconnaissante d'être en vie, et j'avais en face de moi Ethan dans toute sa splendeur, vampire, alpha et prédateur. Le spectacle était grisant. Ce qui ne voulait pas dire que je renonçais à le défier. Je savais que mes yeux avaient viré à l'argenté et qu'il s'en était aperçu, lui aussi, mais fis comme si de rien n'était.

— Tu n'oserais pas.

Il se baissa, effleurant mon oreille de ses lèvres. Mon sang s'échauffa par réflexe, et je renversai la tête en arrière, lui offrant l'accès à mon cou.

— Ne me tente pas, Sentinelle.

— Ethan, susurrai-je.

M'entendre murmurer son nom lui fit perdre pied.

— Trop tard, souffla-t-il avant de se diriger vers la porte du bureau, qu'il claqua, puis ferma à clé.

Avant que j'aie pu émettre la moindre objection, il me rejoignit et s'empara de mes lèvres en un baiser passionné, ses mains revendiquant chaque parcelle de mon corps tandis qu'il retirait ma veste et la laissait tomber au sol.

— Tu es affamé, plaisantai-je.

Il s'approcha pour se plaquer contre moi, puis prit mon menton dans sa paume.

— Je t'aurai tout entière. Corps, esprit et âme. Et je ne te partagerai avec personne.

Il incarnait à présent l'archétype du mâle dominant, possessif et autoritaire.

J'avais beau être une femme intelligente, bien éduquée et diplômée, cela ne diminua en rien l'effet de son désir primal et prédateur. S'il m'avait demandé de me mettre à genoux et de ramper à ses pieds, j'aurais obéi.

Heureusement, il n'en fit rien.

Agrippant sa chemise par l'ourlet, je la relevai et la passai par-dessus sa tête, prenant tout mon temps pour savourer le spectacle de sa peau lisse, éternellement dorée, et de ses muscles fins. Je le caressai de la taille à la poitrine, me délectant de son contact. Il recula puis leva les bras pour passer les mains dans ses cheveux blonds. Ce mouvement fit saillir ses muscles obliques et contracter son ventre plat.

— Frimeur. (Avec un sourire espiègle, il m'invita à approcher d'un signe du doigt.) Je ne joue pas sur commande. (Il défit le premier bouton de son jean.) Espèce de tricheur.

Je me mordis la lèvre de plaisir en observant l'ancien, présent et futur Maître de Cadogan dans un état de total abandon : chemise au sol, jean déboutonné offrant la preuve évidente de son excitation.

Sans pudeur, il prit ma main et la guida vers son érection avant de la faire aller et venir sur son jean tendu. Les yeux fermés, il renversa la tête en arrière, les dents serrées, la respiration saccadée, ondulant des hanches à la rencontre de ma main.

Fascinée, je le regardai un moment, contemplai ses traits se tordre sous l'intensité des sensations, de la sensualité de l'instant. Puis, il ouvrit les paupières, retroussa les lèvres, et plongea les yeux dans les miens tandis que je le caressais, attisais son désir, l'amenais aux portes de la passion.

Lorsqu'il jugea que cela avait assez duré, il m'embrassa de nouveau, puis enroula mes jambes autour de sa taille et me fit reculer jusqu'à ce que mes cuisses heurtent son bureau et que je me retrouve perchée au bord.

—Tu as envie de moi, dit-il.

—Je n'ai jamais cessé d'avoir envie de toi, et ce depuis le moment où je suis entrée pour la première fois dans cette Maison, il y a des mois.

Il se figea un instant, peut-être choqué par cet aveu, puis reprit une expression impérieuse.

—Enlève ton haut, intima-t-il.

Cependant, je n'avais pas vaincu Ethan Sullivan – et réciproquement – en jouant à la petite mijaurée exécutant tous ses ordres de prédateur alpha. Je redressai le menton.

—Je ne t'appartiens pas.

—Ah non ?

Devant mon refus, il s'avança et empoigna l'ourlet de mon tee-shirt. Effleurant ma peau de ses doigts, il le souleva, de plus en plus haut, jusqu'à ce qu'il ait dévoilé mon soutien-gorge. Puis tee-shirt et sous-vêtement disparurent, et il savoura des yeux mes seins nus.

Il me titilla à l'aide de sa bouche et de ses dents jusqu'à ce que le désir m'embrase, et m'ôta ensuite tous mes autres vêtements. Ses mains enflammaient mon corps, me soumettaient totalement à sa volonté. Chacune de mes cellules brûlait d'impatience. Quand je l'implorai par télépathie, il passa enfin aux choses sérieuses.

Il ne perdit pas de temps en préliminaires ; je n'en éprouvais d'ailleurs pas le besoin. D'un coup de reins, il me pénétra, m'arrachant un gémissement étranglé et me coupant le souffle.

—Regarde-moi, m'ordonna-t-il. (Quand j'enfouis ma tête contre son cou, il prit mon menton dans sa main et tourna mon visage vers lui.) Merit. Regarde-moi, bon sang.

Ses iris, déjà argentés, étaient traversés de tourbillons évoquant du métal en fusion. Ses yeux rivés aux miens, il accéléra la cadence de ses mouvements, nos cœurs et nos corps battant à l'unisson, puis, envoûtée, intimidée et en même temps terriblement excitée, j'observai ses pupilles se contracter et ses lèvres trembler alors qu'il atteignait le paroxysme du plaisir.

En contemplant la délicieuse agonie s'imprimer sur son visage, je songeai que je n'avais jamais rien vu d'aussi mémorable, d'aussi marquant que son expression à ce moment-là, et la gravai au plus profond de mon âme.

Mais, dans toute histoire, un chapitre cède la place à un autre.

Deux heures plus tard, nous nous trouvions dans l'appartement, nus, étendus dans une pose langoureuse sur le lit que nous nous étions réappropriés en y témoignant de notre amour.

J'étais couchée sur le ventre, Ethan allongé à mon côté, me caressant le dos du bout des doigts tandis que l'aube approchait.

—Alors, tout va bien ? demandai-je.

—En tout cas, moi, je vais très bien.

Je lui flanquai une tape sur l'épaule.

—Tu sais ce que je veux dire.

—Tout va bien, confirma-t-il. Et si jamais Jonah ose ne serait-ce que poser la main sur toi, il ne vivra pas assez longtemps pour le regretter.

—Tu ne serais pas un peu présomptueux ?

Il esquissa ce sourire léonin, arrogant et profondément masculin que je lui connaissais bien.

—Ça n'a rien de présomptueux, si c'est justifié. Tu veux que je te montre à quel point c'est justifié, Sentinelle ?

Loin de moi l'idée de refuser.

17

Never Gonna Give You Up[1]

Lorsque je me réveillai, l'esprit encore embrumé, j'aperçus Ethan nouer ses cheveux avec un ruban de cuir de l'autre côté du lit. Il était torse nu, mais portait un pantalon de kimono.

—Où tu vas?

—M'entraîner. J'ai accumulé beaucoup de tension, ces derniers jours. J'ai besoin de me défouler.

Je me hissai sur un coude, un sourire aux lèvres.

—Et hier soir, tu ne t'es pas assez défoulé?

—Ça ne m'a pas épuisé autant que toi, même si je bénis le jour où tu as décidé de devenir une ballerine et travailler ta souplesse.

Je me sentis rougir jusqu'aux orteils.

Ethan se dirigea vers la fenêtre. Je m'enveloppai d'un drap et le rejoignis, une traîne de coton égyptien derrière moi.

Dehors, des nuages sombres s'amoncelaient dans le ciel nocturne, présageant une tempête hivernale.

—Il va neiger cette nuit, affirma Ethan.

---

1. *Never gonna give you up* est une chanson de Rick Astley datant des années 1980 dont le titre pourrait être traduit par « Je serai toujours là pour toi ». (*NdT*)

— On dirait bien, approuvai-je avant de poser les yeux sur lui. Qu'est-ce que tu as de prévu après ton entraînement ?

— Je dois travailler avec Michael sur nos protocoles de sécurité. Étant donné qu'un membre du PG a réussi à entrer et ressortir en un temps record, nous avons apparemment des lacunes à combler.

— C'est vrai, dis-je, même si je ne voyais pas vraiment ce qui nous aurait permis d'empêcher cet incident, hormis des alarmes à chaque chambre et des caméras intérieures.

— Je suppose que tu descendras à la salle des opérations une fois que tu seras prête ?

— C'est ce que j'avais en tête. Luc a passé les vampires Navarre en revue ; j'espère qu'il a découvert quelque chose. J'aimerais aussi appeler Jeff pour savoir s'il a du nouveau. Et j'ai rendu visite à mon père.

Ethan me dévisagea, visiblement stupéfait.

— Quand ?

— Pendant notre escalade de tension.

— Qu'avait-il à dire ?

— Il s'est excusé d'avoir voulu faire de moi une vampire, du moins à sa manière. Je lui ai demandé de se renseigner sur le propriétaire du bâtiment où Oliver et Eve ont été tués. Jeff n'a rien trouvé, et peut-être que ça ne mènera à rien, mais j'ai pensé que ça valait la peine d'essayer.

— C'est une bonne idée, Sentinelle. Peut-être que tu vas enfin découvrir une piste. Je te vois plus tard.

Il m'embrassa sur la joue et se dirigea vers la porte, ses pieds nus heurtant le plancher. Une crise en moins à l'esprit, mais une autre, substantielle, à résoudre, je laissai tomber le drap et me glissai sous la douche. Je savourai le jet d'eau brûlante, remerciant le ciel de me trouver toujours sous le toit de la Maison Cadogan et non dans un hôtel à l'autre bout de la ville en train de reconsidérer mon avenir de vampire, avec pour unique bagage une valise.

Quand je pénétrai dans la salle des opérations, tout le monde paraissait absorbé par sa tâche. Je ne vis Luc nulle part. En fait, seuls Lindsey et quelques-uns des intérimaires étaient là.

—Où sont-ils tous passés? m'étonnai-je.

—Je crois que tu ferais mieux d'aller à côté, répondit Lindsey. Ethan et Jonah sont en train de se battre.

—Oh, tu n'es pas sérieuse, lançai-je, certaine qu'elle plaisantait.

Mais non, elle ne plaisantait pas du tout.

Ils se faisaient face au milieu du tatami, tous deux torse nu et en pantalon de kimono. La magie, mêlée à l'odeur de la transpiration et du sang, épaississait l'air.

Pendant que je me préparais pour descendre au sous-sol, ils s'étaient copieusement tapé dessus, et, de toute évidence, sans retenir la force de leurs coups. Jonah avait un œil tuméfié, la lèvre fendue et enflée. Ethan boitait, son pied gauche visiblement douloureux, et ses articulations étaient écorchées et ensanglantées.

Jonah essuyait une traînée écarlate sur sa mâchoire quand j'entrai. Il donna un coup de coude à Ethan, qui se retourna.

Je croisai les bras et le dévisageai.

—Jonah s'est déclaré volontaire pour un petit duel d'entraînement, se justifia Ethan.

Le menteur.

Mais Jonah, qui avait imaginé ce prétexte avec lui, hocha la tête:

—L'ancien voulait se battre. Je me suis dit que c'était une bonne idée, alors je me suis porté candidat.

Je levai les yeux vers le balcon, qui grouillait de vampires ravis du spectacle.

— Vous pourriez nous excuser un moment ? leur demandai-je.

Comme je n'avais aucune autorité sur eux, ils se tournèrent tous vers Ethan, qui acquiesça. À ce signal, ils sortirent de la salle les uns après les autres. Quand ils furent tous partis, je reportai mon attention sur Ethan et ouvris le feu :

— Un assassin vampire sévit à Chicago, et je ne dirais pas non à un peu d'aide. Qu'est-ce qui se passe, bon sang ?

— Il fallait détendre l'atmosphère, déclara Ethan, ses yeux argentés lançant des éclairs à Jonah.

Ce dernier, arborant un air étonnamment serein, approuva d'un signe de tête.

— À propos de quoi ?

— De toi, répondirent-ils en chœur.

Le fait que deux hommes adultes – et même plus que cela, chronologiquement parlant – perdent leur temps à échanger des coups de poing me sidérait.

— Et c'est le meilleur moyen que vous ayez trouvé ?

— Oui, dirent-ils encore une fois à l'unisson.

Je posai les mains sur mes hanches et fermai les yeux.

— C'est totalement ridicule, et insultant au possible.

— C'était nécessaire, grommela Ethan, les dents serrées. Nous devions fixer les limites.

— Comme s'il existait le moindre risque de les dépasser, objecta Jonah.

La magie enflait de nouveau, indiquant de manière évidente qu'ils n'avaient rien fixé du tout.

— Tu te considères comme son « partenaire », rétorqua Ethan.

— Dans la GR. Tu es son partenaire amoureux.

—Exactement. Tu seras capable de t'en souvenir ?

Jonah étrécit les yeux, non en raison d'une quelconque jalousie, songeai-je, mais parce qu'Ethan avait porté atteinte à son honneur.

—C'est ma partenaire parce qu'elle a accepté de se battre à mon côté pour protéger les vampires de cette ville, déclama Jonah. Si tu ne peux pas comprendre ça ni le respecter, c'est toi qui as un problème, pas moi.

—Hé ! les interrompis-je. Je ne suis pas un jouet qu'on se dispute. (Je pointai le doigt sur Jonah.) Je suis sa collègue (je désignai ensuite Ethan), et sa petite amie. Voilà les limites, et elles ne bougeront pas.

—Nous avions besoin de nous en assurer, ajouta Ethan.

—Vous aviez besoin de faire les coqs et de comparer vos muscles, le corrigeai-je avant de considérer Jonah. J'apprends toujours à te connaître, et tu es mon partenaire. J'apprécie que tu te montres prêt à recevoir des coups pour moi. (Je m'approchai d'Ethan et le fusillai du regard.) Mais tu devrais avoir honte, Ethan Sullivan.

Je marchai à grandes enjambées vers la porte, puis, jetant un coup d'œil derrière moi, j'aperçus Ethan qui tendait la main. Au bout d'un moment, Jonah la serra.

Les mecs…

Laissant Ethan et Jonah conclure leur duel de testostérone, je regagnai la salle des opérations pour étudier notre tableau blanc. Hélas, aucun indice n'était miraculeusement apparu dans la journée.

—On dirait que tu as bien travaillé, déclarai-je.

Les photos des vampires Navarre affichées sur l'écran du vidéoprojecteur parlaient d'elles-mêmes : elles avaient toutes été barrées d'une croix.

— Oui, mais pour de bien maigres résultats, affirma Luc en effectuant un tour complet sur sa chaise pivotante avant de reprendre sa place devant la table. J'ai appelé Will. Il n'y a pas un seul suspect valable dans le groupe. Soit ils possèdent un alibi, soit ils n'ont aucun mobile.

Je fronçai les sourcils.

— Mais comment est-ce possible ? On sait que c'était un vampire Navarre, non ? L'un d'entre eux est forcément le tueur.

Luc se passa la main dans les cheveux.

— C'est aussi ce que je me disais. Mais à moins que Will ait menti, ce dont je doute fortement, ils sont tous hors de cause.

Je grimaçai.

— Est-ce qu'il y a une chance pour que Will soit l'assassin ?

— Il y a une chance pour tout ce que tu peux imaginer, Sentinelle, déclara Luc, m'offrant une leçon de philosophie. Ce qui ne veut pas dire que cette chance soit bien grande.

— Et le système biométrique ? s'enquit Lindsey. Est-ce que Jeff nous a donné des nouvelles à ce sujet ?

— Non, répondis-je en m'emparant du téléphone. Appelons-le.

Jeff décrocha presque immédiatement, mais il régnait en fond sonore une telle cacophonie de musique et de piaillements que je l'entendais à peine.

— Baisse le son ! hurlai-je en écartant l'écouteur de mon oreille jusqu'à ce que le bruit retombe à un niveau approchant celui d'une rixe de bar. Qu'est-ce qui se passe ?

— On fête l'anniversaire d'une nymphe ! cria-t-il par-dessus le tapage résiduel.

Je levai les yeux au ciel.

— Tu ne pourrais pas sortir ?

— Oh, si, bien sûr !

Quelques instants plus tard, j'entendis la porte-moustiquaire claquer et le vacarme diminua considérablement.

— Désolé. Ça fait partie de mes obligations envers les nymphes. Je comptais vous appeler dès que ce serait terminé.

— Tu as du nouveau sur le système biométrique ?

— En fait, oui. Il se trouve que c'est un appareil ultra perfectionné. Il ne scanne ni les empreintes digitales ni les rétines, mais le sang.

— Le sang ? Comment ? Et pourquoi ?

— Avec une toute petite piqûre, répondit-il. Une sorte de minuscule aiguille transperce la peau et recueille une goutte de sang. Ce n'est pas le groupe ou les rhésus qui sont analysés, mais l'hérédité. Le système ne laisse entrer que les vampires créés par Célina.

Bingo.

— Alors, pour passer, il ne faut pas forcément appartenir à la Maison Navarre. Il suffit d'avoir été transformé par Célina.

— Tu as tout pigé.

— Merci, Jeff. C'est super. Amuse-toi bien.

— À plus, Merit.

Il raccrocha et je reposai le combiné avec gratitude en me frottant l'oreille. J'étais prête à jurer que je venais d'entendre Rick Astley à un niveau de décibels capable de percer les tympans, une expérience que j'espérais bien ne jamais renouveler. Jamais.

— Du nouveau ?

— L'une des nymphes fête son anniversaire, et le scanner biométrique de Navarre identifie les vampires engendrés par Célina.

Luc siffla.

— Un petit bijou de technologie. Et ça élargit notre liste de suspects.

Il se dirigea vers le tableau blanc, où il effaça « vampire Navarre » du bout du doigt avant d'inscrire à la place « engendré par Célina ».

— Il y a beaucoup de vampires créés par Célina qui n'appartiennent pas à la Maison Navarre ?

— Aucune idée. J'aurais tendance à dire non, mais, avec Célina, difficile d'affirmer quoi que ce soit. Impossible de savoir exactement comment elle gérait sa Maison.

Pas très bien, à mon avis, étant donné que nous devions identifier un tueur qu'elle avait engendré.

Un peu plus tard, l'équipe me chargea d'aller chercher un casse-croûte en cuisine. Même si je ne souhaitais à personne d'avoir à enquêter sur une affaire de meurtre, je trouvais agréable d'être de retour dans la salle des opérations et de travailler à peu près normalement.

Après avoir pris les commandes des uns et des autres, je gravis l'escalier avant de traverser le couloir du rez-de-chaussée. Voyant la porte du bureau d'Ethan toujours close, je supposai qu'il révisait encore nos plans de sécurité avec Michael.

Je jetai un coup d'œil dans la cuisine, m'assurant au préalable que personne ne s'apprêtait à foncer dans la porte battante avec un chariot chargé de vaisselle. La pièce bourdonnait d'activité et il semblait qu'on s'y préparait à réaliser une expérience de fusion nucléaire froide.

Les comptoirs en inox étaient couverts de fioles, de béchers et d'éprouvettes associées à d'autres éléments de laboratoire pour former des assemblages complexes s'élevant sur une cinquantaine de centimètres.

— Qu'est-ce qui se passe, ici ? m'étonnai-je à haute voix.

Margot, qui avait assorti sa veste blanche de chef à un pantalon de la teinte la plus criarde que j'avais jamais vue – un vert chartreuse électrique douteux qui paraissait presque radioactif – tourna la tête vers moi et esquissa un sourire.

—On réalise des extractions, expliqua-t-elle. On réduit la nourriture à ses composants chimiques essentiels pour obtenir le cœur de la saveur.

—Cool, commentai-je, même si j'avais toujours préféré les hamburgers aux aspics, mousses et autres élixirs que j'avais eu l'occasion de goûter chez mes parents.

—Oui. Je me suis dit que c'était le soir idéal pour essayer des trucs, déclara-t-elle d'une voix plus posée et chargée de gravité. C'est comme si on s'apprêtait à entrer dans une nouvelle ère, tu vois?

—Crois-moi, je vois très bien.

Margot m'aida à garnir un plateau d'en-cas et de boissons, sans oublier le jus de salsepareille dont raffolait Luc.

J'avais traversé la moitié du couloir quand Ethan – à présent vêtu d'un jean et d'un tee-shirt manches trois-quarts – sortit de son bureau.

—Ça te dirait d'aller dîner?

Je baissai les yeux sur le plateau que je tenais dans les mains.

—J'ai déjà de quoi dîner.

—Je pensais à un vrai repas, avec des tables et des serveuses. Je meurs de faim, et je n'ai aucune envie de grignoter devant mon bureau. J'aimerais manger quelque chose vite fait, juste à quelques minutes de la Maison. Tu ne connaîtrais pas un restaurant, par hasard?

Bien sûr que je connaissais un restaurant, et même des tas. Si seulement il me posait toujours des questions aussi simples que celle-ci.

—Qu'est-ce qui te ferait envie ? demandai-je.

Il se passa la main dans les cheveux.

—Un hamburger, peut-être ? Rien de trop branché ni trop exotique. Je ne veux pas de bœuf élevé sous couvert forestier, de salade macrobiotique ou de consommé de betterave, ajouta-t-il, reflétant mes pensées.

—Du bœuf élevé sous couvert forestier. Marrant.

Je réfléchis un instant aux options qui s'offraient à nous. Chicago présentait de nombreuses possibilités question gastronomie. Le bœuf élevé sous couvert forestier en faisait partie ; tout comme les mousses modernistes, le *pho* traditionnel et les fast-foods où une serveuse vous proposait des donuts tout frais dès que vous franchissiez le seuil. Loin de moi l'intention de hisser Chicago sur un piédestal. Cette ville connaissait indéniablement son lot de problèmes, dont la pauvreté, le crime et les querelles entre gens ou communautés – y compris les vampires – qui s'accusaient mutuellement d'être « différents ». Mais franchement, sur la nourriture, il n'y avait rien à redire.

—Je conduis, décrétai-je quand je me fus décidée pour un restaurant.

—On ne peut pas faire autrement, je n'ai plus de véhicule, me rappela-t-il. Cela étant, par curiosité, pourquoi faudrait-il que tu conduises ?

—Parce que je t'emmène dans un endroit exclusivement fréquenté par les locaux. Discret. Bonne cuisine. Ambiance agréable. Si tu empruntais une voiture, tu choisirais un modèle forcément… trop.

—En dépit du fait que je vivais déjà dans cette ville avant la naissance de tous les mortels qui y habitent aujourd'hui, tu as peur qu'on me prenne pour un touriste.

—Tes voitures sont toujours tellement voyantes !

—Et la tienne est tellement… orange.

Sa voix trahissait sans équivoque son dégoût. Cela dit, il n'avait pas tout à fait tort.

— Et totalement à moi, et totalement payée. Je conduis. (Je soulevai mon plateau.) Je leur apporte ça en bas. Prends ton manteau.

Il marmonna quelques protestations, mais uniquement parce qu'il savait que j'avais gagné. Ethan Sullivan préférerait mourir plutôt que me laisser avoir le dernier mot.

Au-dessus du trottoir, une enseigne lumineuse indiquait LE GRILL DE CHRIS. Quand j'ouvris la porte, le tintement d'une énorme cloche en laiton annonça notre arrivée. Le décor, simple et chaleureux, comprenait de petites tables, des chaises en plastique et une rangée de box composés de banquettes en vinyle orange le long d'un des murs.

— Asseyez-vous, nous enjoignit une jeune femme vêtue d'une robe noire et d'un tablier blanc en passant au pas de course devant nous, les bras chargés de ce qui ne pouvait être qu'une manne divine.

Je ne voyais pas les plats, mais ils dégageaient un fumet délicieux.

— Allons-y, proposa Ethan en posant une main dans mon dos pour me guider vers un box.

Nous n'étions installés que depuis une quinzaine de secondes quand une serveuse blonde avec une queue-de-cheval nous apporta des verres et des menus plastifiés.

— Désirez-vous boire quelque chose ?

Ethan ne répondit pas, déjà totalement absorbé par la lecture de la carte.

— Juste de l'eau, merci, dis-je.

Elle sourit avant de s'éloigner, nous laissant le temps de réfléchir à notre commande.

Chacun de nous étudia le menu en silence pendant que les rares clients qui occupaient la salle savouraient leur dîner tardif.

La cloche de l'entrée tinta et deux policiers en uniforme franchirent le seuil. Ils se dirigèrent vers le comptoir, où ils s'assirent avant d'engager la conversation avec la serveuse.

— Qu'est-ce que tu me conseilles ? demanda finalement Ethan, interrompant le débat qui faisait rage en moi.

— Le croque-burger au fromage, répondis-je en le montrant du doigt sur le menu. Avec des frites. C'est leur spécialité.

— Et apparemment, j'ai le droit d'ajouter toutes sortes d'ingrédients. Beurre de cacahouète. Œufs. Cornichons. (Il leva le regard sur moi.) Qu'est-ce que c'est, un *jalapeño* farci ?

— Quelque chose qui manque à la culture générale d'un vampire de quatre cents ans, visiblement. C'est un piment fourré au fromage.

— Ah. Ça semble… gras.

— Je n'avais pas terminé. C'est aussi pané et frit.

Il écarquilla les yeux de manière comique. Un jour, je devrais vraiment l'emmener à la foire et lui montrer l'un de ces stands qui ne servent que de la nourriture frite présentée en brochettes. Rien que la vue lui causerait sans doute une attaque cardiaque.

— Prends le croque-burger, recommandai-je en continuant d'étudier mon menu.

Que valait-il mieux manger quand on essayait de ne pas penser à un crime qu'on n'arrivait pas à résoudre ? Une salade ? Le plat d'abnégation par excellence. Un pain de viande ? Avec la charge de protéines et de glucides qu'il comportait, c'était moins un mets de pénitence que de complaisance.

Pour finir, j'optai pour quelque chose de simple. Un plat qui ne me pèserait pas sur l'estomac, même si cette affaire de meurtre continuerait, elle, à peser sur ma conscience.

—Un matinal maison, dis-je à la serveuse quand elle reparut avant de lui tendre le menu.

—Je crois que je vais prendre le croque-burger, ajouta Ethan en adressant un sourire à la jeune femme avant de lui rendre à son tour sa carte.

—Tout ce que tu voudras, chéri, lança-t-elle avec un clin d'œil.

Elle tapota les menus contre la table pour les aligner puis disparut dans l'arrière-salle. Je me demandai si une Mallory travaillait dans les cuisines du *GRILL DE CHRIS*, une sorcière en disgrâce s'efforçant de se racheter en faisant la plonge et en émincant des oignons.

Je saupoudrai la nappe d'un peu de sel, sur lequel je plaçai mon verre d'eau.

—Qu'est-ce que tu fais ?

J'esquissai un petit sourire.

—C'est censé empêcher le verre de coller à la table quand on n'a pas de sous-verre. Je n'en connais pas les principes scientifiques et je ne sais même pas si ça fonctionne vraiment. Je l'ai juste déjà vu faire.

—Ah bon, dit-il avant de m'imiter et de verser un peu de sel devant son assiette. Testons la théorie, nous verrons bien ce que ça donne. (Il reporta son attention sur moi.) Tu vas bien ?

—Oui. Je suis fatiguée, c'est tout.

Je décelais également une certaine lassitude dans ses yeux. C'était la fin d'une ère, et sans nul doute la fin de la politique telle qu'Ethan la pratiquait.

—Tu es nostalgique, je me trompe ?

—Nostalgique ? répéta-t-il.

— Tu es triste d'avoir quitté le PG, de ne plus être impliqué dans toutes sortes d'intrigues internationales. Ton monde, celui de la Maison, se réduit. Ça ne t'enchante pas.

— Je suis très fort en Strat', répliqua-t-il.

Les vampires divisaient leurs compétences en catégories – psychiques, physiques, stratégiques – et en niveaux – très faible, faible, fort et très fort. Il n'y avait pas plus stratège qu'Ethan, au sens littéral.

— À partir de maintenant, la politique ne présentera plus la même forme, admit-il avant de marquer une pause pendant que la serveuse déposait nos assiettes sur la table.

Chacun lorgna le plat de l'autre. Il m'apparut assez vite qu'Ethan convoitait ma pile de beignets de pomme de terre accompagnés de crackers et de jus de viande. Et, pour être franche, son croque-burger me mettait l'eau à la bouche.

— On échange ? proposai-je.

— Je savais que je ne t'aimais pas pour rien, lâcha-t-il avant de me donner son assiette et de se jeter sur les biscuits et la sauce avec l'abandon d'un homme affamé.

Non qu'il y ait quoi que ce soit à reprocher à son croque-burger. Il était chaud et huileux, et contenait juste ce qu'il fallait de sel et de fromage.

Je soulevai le pain de mon sandwich et arrosai la viande de Ketchup ; une abomination pour certains, mais un délice pour moi. J'en versai également un peu dans mon assiette pour y tremper mes frites. Une fois la bouteille de sauce reposée et mon burger en main, je pris une bouchée, puis une autre, puis une autre. On mangea dans un silence complice, deux vampires épuisés reconstituant leurs réserves d'énergie.

Quand j'eus avalé la moitié de mon sandwich, je détachai une feuille de ma serviette en papier, que je pliai dans le sens de la longueur. J'enroulai ensuite la fine bande obtenue et nouai les extrémités de manière à former un anneau. Je le tendis à Ethan.

— Comme ça, tu garderas un souvenir de ce merveilleux dîner au *GRILL DE CHRIS*.

— Sentinelle, tu m'offres une bague ?

— Juste une bague temporaire.

Après avoir consulté la note, Ethan extirpa son mince portefeuille allongé de la poche intérieure de sa veste et en sortit des billets qu'il posa sur la table. Quelques minutes plus tard, nous avions repris place dans la voiture et roulions en direction de la Maison.

À peine nous étions-nous garés que Lindsey accourait à notre rencontre sur le trottoir.

— Vous devez rentrer tout de suite, intima-t-elle. Margot est blessée.

Poussée par une décharge d'adrénaline, je m'élançai dans l'allée, Ethan sur les talons.

Quand je franchis le seuil de la Maison, je m'arrêtai net. Malik se tenait au centre du hall, Margot dans les bras. Elle avait les yeux fermés et une traînée écarlate courait autour de son cou.

Retenant un cri, je me couvris la bouche de la main.

Malik porta Margot dans le salon et la déposa avec délicatesse sur le canapé, écartant les cheveux qui retombaient sur son visage. Sa veste blanche était rougie par le sang qui coulait de la plaie à son cou.

— Est-ce que Delia est là ? s'enquit Ethan.

— Delia ? répétai-je.

— Elle est médecin, précisa Malik. C'est une amie d'Aaliyah. (Il faisait référence à sa femme.) Ses horaires de travail sont variables. Je ne sais pas si elle est à la Maison.

— Que quelqu'un aille la chercher ! ordonna Ethan.

— J'y vais, proposa l'un des vampires derrière nous avant de sortir de la pièce en courant.

— Qu'est-ce qui s'est passé ? interrogeai-je en m'agenouillant à côté du canapé.

Quelqu'un me tendit un foulard, que je pressai contre le cou de Margot afin de juguler l'hémorragie.

Mon cœur battait la chamade. La peur et l'anxiété que je ressentais n'étaient égalées que par la fureur que j'éprouvais. Quelqu'un avait blessé Margot. Mon amie. Mon alliée culinaire.

Pas seulement blessé ; quelqu'un avait tenté de la supprimer. Et, au vu de la plaie qu'elle portait – une décapitation manquée ? –, notre tueur en série était le suspect numéro un.

— Il y a quelques minutes à peine, je lui parlais dans mon bureau, déclara Malik. Elle me demandait si elle pouvait aller cueillir du chou frisé. Elle disait qu'il y avait des légumes d'hiver dans le jardin et qu'elle voulait en prendre quelques-uns. J'ignore ce qui s'est passé ensuite, mais elle s'est écroulée peu après devant ma porte.

Les yeux d'Ethan virèrent à l'argenté.

— Quelqu'un l'a attaquée ici ? Dans ma Maison ?

Non content d'être lié à Navarre, notre assassin se réclamait également de Cadogan ?

— Je suis là, annonça Delia en entrant dans la pièce avec le vampire qui était allé la chercher.

Grande, la peau sombre, Delia avait de longs cheveux noirs qui lui retombaient sur les épaules. Elle portait une blouse bleu pâle et des sandales.

— Je m'apprêtais à prendre une douche. Qu'est-ce qui s'est passé ?

— Elle a été agressée dans le jardin, révéla Ethan. Elle a une coupure à la gorge.

Je m'écartai afin de lui permettre d'accéder au sofa.

—Quelqu'un a appliqué une pression sur la plaie, remarqua-t-elle. Bien. (Elle souleva avec précaution le foulard dont je m'étais servie et esquissa une légère grimace.) C'est une entaille très nette, ce qui indique l'utilisation d'une arme tranchante. Ce genre de lésions se referme souvent moins bien que celles qui sont plus irrégulières. Compte tenu de la profondeur de la blessure, le processus de guérison prendra un peu de temps, mais, si nous pouvons lui donner du sang, son état devrait se stabiliser, et elle devrait se rétablir complètement. (Regardant par-dessus son épaule, elle avisa Helen dans un coin du salon.) Est-ce que vous pouvez aller me chercher la trousse médicale d'urgence, de l'eau, des serviettes propres et un couteau? J'aimerais nettoyer la plaie afin qu'elle cicatrise correctement et ne laisse pas de marque.

Avec un hochement de tête, Helen disparut.

—Un couteau? s'étonna Ethan.

—Il nous faut un donneur de sang, annonça Delia. Tout le monde n'aime pas déchirer sa peau avec les dents.

—Elle est venue à moi, déclara Malik. Quand elle a été blessée, elle est venue à moi. Je lui donnerai mon sang. Et je n'ai pas besoin de couteau.

Sans attendre l'approbation de Delia, il se mordit le poignet. Aussitôt, les arômes sucrés et puissants du sang mêlés à la magie emplirent l'atmosphère. Je fermai les yeux, savourant ce parfum avant que Delia se racle la gorge et nous chasse d'un geste.

—On ne peut pas dire que l'environnement soit stérile, et votre présence n'arrange rien. Partez, s'il vous plaît. Je vous tiendrai au courant.

Son ton autoritaire ne souffrant aucune protestation, tout le monde se dirigea vers la sortie tandis que Malik portait son poignet ensanglanté aux lèvres de Margot.

—Une coupure à la gorge, commenta Luc. Toujours le même mode opératoire, si on suppose que le tueur n'a pas eu le temps de terminer sa tâche.

—C'est ce qu'on peut penser, renchérit Ethan. Vérifie les vidéos des caméras de surveillance. Je veux savoir exactement ce qui s'est passé dehors. Partons de l'hypothèse qu'il s'agit d'un nouvel acte de violence de notre assassin. Personne ne quittera cette Maison tant qu'il n'aura pas été arrêté. Pas sans la permission de l'un des dirigeants. Je me fiche que nos vampires aient envie d'aller travailler, dîner, boire un verre au bar ou jouer au bon samaritain.

Luc esquissa une grimace.

—Sire…

—Pas d'excuses, l'interrompit Ethan. Je ne veux pas entendre en quoi c'est impossible. Dis-moi plutôt comment tu comptes le rendre possible. Trouve une solution. Fais-leur clairement comprendre qu'ils n'ont pas le choix. Cet enfoiré s'en est pris à l'un de mes vampires, ce qui signifie qu'il tombe désormais sous mon autorité.

—D'accord, concéda Luc avant de partir en trottinant vers le sous-sol.

Ethan posa sur moi un regard qui trahissait son sentiment d'impuissance. Nul besoin de paroles pour deviner ce qu'il éprouvait : il se sentait coupable de ne pas avoir empêché l'agression de Margot.

—Qu'aurions-nous pu faire différemment ?

—Je ne sais pas, répondis-je. Mais nous le découvrirons.

La porte d'entrée s'ouvrit et se referma derrière nous. Je me retournai.

Mon père se tenait dans le hall, vêtu d'un élégant costume, un épais rouleau de papier dans les mains. Les gardes l'avaient sans doute autorisé à franchir les grilles en raison de nos liens familiaux. J'espérais sincèrement qu'il nous apportait un indice.

—Merit. Ethan, nous salua-t-il.

—Joshua, dit Ethan. Qu'est-ce qui vous amène ?

—Meredith et moi rentrons à la maison. Nous étions au centre-ville et j'en ai profité pour aller chercher ceci.

—Je suis heureux de vous voir, mais, si vous voulez bien m'excuser, je retourne m'occuper de cette affaire.

Ethan disparut. Au vu du drame qui se jouait dans le salon, je préférai guider mon père vers la porte.

—Et si nous discutions dehors ?

Les sourcils froncés, il jeta un regard par-dessus son épaule en sortant.

—Est-ce que tout va bien ?

—Malheureusement, non. L'une de nos vampires a été attaquée, probablement par le tueur que nous recherchons. Qu'est-ce que tu as apporté ?

Il déroula les documents, révélant plusieurs feuilles grand format. Y figuraient un plan de bâtiment, plusieurs contrats et une carte cadastrale représentant plusieurs dizaines de parcelles, pièces de puzzle carrées et rectangulaires qui s'assemblaient pour former une partie de Cook County.

Je pensai tout d'abord qu'il avait découvert quelque chose au sujet de la propriété de Little Italy, mais je ne reconnaissais pas le site sur la carte. Les limites étaient tracées de manière étrange, et je ne distinguais aucune construction.

—Qu'est-ce que c'est ?

Il désigna un point sur la carte à l'aide de son doigt.

—Là, c'est l'adresse que tu m'as indiquée. Ces parcelles sont détenues par une société à responsabilité limitée. Cette entreprise est rattachée à une autre société à responsabilité limitée, et ainsi de suite. En remontant la chaîne, on aboutit à un propriétaire unique : Carlos Anthony Martinez.

—Qui est-ce ?

—Je n'en ai aucune idée. J'ai pensé que tu le connaîtrais peut-être.

Hélas, ce n'était pas le cas. Mon cœur se serra. Je m'étais accrochée à l'espoir que l'entrepôt se révélerait appartenir à un certain vampire H. Tueur ou un nom équivalent qui m'aurait aussitôt évoqué quelque chose et lancée sur une piste.

Mon père me considéra un moment, puis esquissa un imperceptible hochement de tête.

—Ce terrain a de la valeur. Si tu as découvert qu'il s'y tramait des activités répréhensibles…

—Tu peux sauter sur l'occasion, acheter le terrain pour une bouchée de pain à l'actuel propriétaire et le transformer en autre chose.

—Il est bien situé, ajouta-t-il. Le quartier est agité, mais prometteur. Il pourrait s'agir d'une bonne affaire.

Et voilà comment opérait mon père, ce qui expliquait sans doute son succès. Pour lui, il y avait toujours un marché à conclure, de l'argent à gagner. Quand une opportunité se présentait, il fallait la saisir, sans laisser de menus détails tels qu'un meurtre – ou une relation tendue avec sa fille – freiner sa croissance économique.

—Merci pour cette information. Si ça mène à quelque chose, je te le ferai savoir.

Mon père parut apprécier cette marque de gratitude, qu'il méritait compte tenu de l'effort qu'il avait fourni. Le problème, c'était que je me retrouvais sous le porche avec une carte et une référence à un mystérieux individu prénommé Carlos. Qu'étais-je censée faire de ces renseignements?

18

DERNIERS BAISERS

J'enroulai de nouveau la carte puis me dirigeai vers le bureau d'Ethan ; inutile de retarder plus que nécessaire l'annonce de mauvaises nouvelles. Je trouvai la porte ouverte, mais Ethan était parti. Michael Donovan se tenait devant le bar.

— Est-ce qu'Ethan est dans le coin ? demandai-je.

Michael leva les yeux.

— Il est allé voir Helen dans son bureau. Ils devaient discuter des dispositions à prendre au sujet de Margot. Est-ce que vous voudriez boire quelque chose ?

Je poussai un soupir.

— Pourquoi pas ? La même chose que vous.

— Je savais que je vous aimais bien, déclara-t-il avec un sourire.

Il ouvrit l'une des carafes d'Ethan et remplit deux verres de scotch. Il m'en tendit un.

J'avais beau ne pas être une grande amatrice de whisky, je l'acceptai sans faire la fine bouche. Je bus à petites gorgées, savourant la chaleur provoquée par l'alcool qui me brûlait la gorge. L'ambiance était imprégnée d'une violence telle que même un vieux scotch ne pouvait y remédier, ce qui n'en rendit pas la sensation moins agréable pour autant.

—Comment avance votre travail sur les procédures de sécurité ?

—Lentement. Nous nous occupons en ce moment des caméras. Nous étudions leur disposition de manière à couvrir davantage de zones tout en préservant l'intimité des vampires.

—Je comprends que ce soit difficile, admis-je avec un sourire. Nous aimons préserver notre intimité.

Michael s'assit sur l'un des fauteuils du coin salon et m'invita à le rejoindre d'un geste.

—Qu'est-ce que vous avez là ? interrogea-t-il en croisant les jambes.

—Des cartes cadastrales que mon père m'a données. J'espérais qu'elles nous aideraient à identifier le tueur, mais j'ai bien peur qu'elles ne nous mènent nulle part.

Ethan entra alors que le téléphone de Michael se mettait à sonner. Fronçant les sourcils, ce dernier s'excusa avant de quitter la pièce, commençant à parler avec son interlocuteur.

—Tu as des nouvelles de Margot ? demandai-je à Ethan.

—Je viens de passer la voir. Elle n'a pas encore repris connaissance, ce qui n'a rien d'anormal compte tenu de la gravité de sa blessure, mais elle se rétablit très vite. Delia s'attend à une guérison complète.

—Bien, soufflai-je, traversée par une vague de soulagement.

Margot était une fille extra et une amie, sans oublier une chef de talent. C'était également un potentiel témoin, ce qui pourrait s'avérer utile pour prévenir d'autres attaques.

—Qu'est-ce que c'est ? s'enquit Ethan.

Baissant les yeux, je me rendis compte que j'avais toujours les rouleaux de documents à la main.

—Des informations sur la propriété de Little Italy.

Michael reparut sur le seuil :

— Ethan, si tu veux bien m'excuser, j'ai un problème personnel à régler. Je ne devrais pas en avoir pour longtemps.

— Bien sûr, acquiesça Ethan.

Après m'avoir saluée d'un signe, Michael disparut dans le couloir.

Le téléphone fixe d'Ethan sonna. Je posai mes cartes sur la table de conférence, espérant que le nom de notre mystérieux propriétaire lui évoquerait quelque chose. Je m'assis pour patienter le temps qu'il termine sa conversation, et mon regard se porta sur une pile de documents comportant le même genre de cachet de cire écarlate que Malik avait utilisé au cours de la cérémonie de passation de pouvoirs.

J'avais toujours adoré les sceaux. Je leur trouvais un charme désuet et mystérieux. J'effleurai la paraffine du bout des doigts, m'attendant à sentir le relief de la marque de la Maison Cadogan. Au lieu de quoi je découvris une surface lisse, à l'exception de trois petites empreintes.

Piquée par la curiosité, je tournai vers moi le document, qui ressemblait à un plan de la Maison. Le sceau se composait d'un cercle entourant trois lettres : C.A.M.

Mon cœur cognant dans ma poitrine, je dépliai la carte du quartier de l'entrepôt que mon père m'avait transmise.

Là, en bas de la page, figurait le nom du propriétaire : Carlos Anthony Martinez. C.A.M.

Troublante coïncidence.

Quand Ethan eut raccroché, il s'approcha de moi et posa une main sur mon épaule. Il avait dû sentir la magie.

— Qu'est-ce qui ne va pas ?

— Ce sceau, répondis-je en levant les yeux sur lui. À qui appartient-il ?

Ethan se pencha pour observer les documents.

— Ce sont des plans que Michael a préparés pour travailler sur le placement des caméras. C'est le vieux cachet qu'il utilise. Il prétend aimer le côté mystérieux de la chose.

— Que signifient les initiales ?

Les sourcils froncés, Ethan examina la marque avec attention.

— Je n'en ai aucune idée. C'est pratique, cela dit. Les lettres sont gravées sur sa chevalière. Pourquoi cette question ?

Je fis pivoter la carte de manière qu'il puisse la lire.

— L'entrepôt de Little Italy où Oliver et Eve ont été tués appartient à un individu du nom de Carlos Anthony Martinez. Et Michael utilise un sceau portant les initiales C.A.M.

Ethan blêmit.

— Carlos Anthony Martinez ? Tu en es sûre ?

— Oui, pourquoi ?

— Carlos était le Second de Célina, le prédécesseur de Morgan.

Bien sûr. J'avais entendu parler de lui, mais uniquement en de rares occasions, et personne n'avait jamais mentionné son patronyme devant moi.

— Michael a affirmé connaître Célina. Tu en sais davantage ?

Ethan secoua la tête.

— Non. Sauf qu'il n'a jamais fait partie de la Maison Navarre.

— Oui, c'est ce qu'il m'a dit. Que sais-tu du travail effectué par Carlos en qualité de Second ?

Ethan s'appuya d'une main sur la chaise à côté de lui, l'autre posée sur sa hanche, tandis qu'il fouillait dans sa mémoire, le front plissé.

— Il a été exclu pour avoir été impliqué dans un scandale. J'ignore toutefois les détails de l'affaire. Célina ne m'en a jamais parlé. À l'époque, elle se tenait sur la réserve. Ce n'est que plus tard qu'elle s'est prise d'intérêt pour la notoriété.

Il composa un numéro sur le téléphone de la table de conférence.

—Bibliothèque, répondit une voix masculine dans le haut-parleur.

—Carlos Anthony Martinez, déclara Ethan. Qu'est-ce que tu sais de lui ?

—Second de la Maison Navarre avant Morgan. Destitué, présumé mort par empalement, mais je n'ai jamais rien lu d'officiel le confirmant.

—Pourquoi a-t-il été renvoyé ? demandai-je.

—Il n'existe aucune donnée à ce sujet, affirma le bibliothécaire. Cela étant, je connaissais bien l'archiviste de la Maison Navarre il y a quelques années, et elle m'a laissé entendre qu'il aurait engendré des vampires en catimini.

—Engendré des vampires ? répétai-je. Tu veux dire qu'il transformait des gens sans l'accord de Célina et à son insu ?

—Exactement. Autre chose ?

—Non, merci, déclara Ethan.

Il raccrocha, puis posa les yeux sur moi.

—Nous devons parler à Morgan, affirmai-je. Même si je répugne à l'interroger dans les circonstances actuelles.

—Malheureusement, je partage ton sentiment. Il n'en reste pas moins que ça concerne sa Maison. Cette discussion est indispensable. Cela dit, j'essaierai d'y aller en douceur, et pas « les fusils au poing », comme dirait Luc.

Ethan retourna à son bureau et rechercha des fichiers sur son ordinateur. Au bout d'un moment, il ouvrit un portrait de Michael Donovan. Il s'agissait d'un cliché très professionnel sur fond blanc, sans doute réalisé à des fins commerciales pour son entreprise.

Ayant trouvé ce qu'il désirait, Ethan composa un numéro sur son téléphone fixe. Morgan décrocha rapidement.

—Oui ?

—Je vais te faire parvenir la photo d'un vampire. Est-ce que tu peux me dire si tu le reconnais ?

—Pourquoi ? demanda Morgan, laissant transparaître dans ce simple mot un extrême épuisement.

—Question de contexte, répondit Ethan. Ça nous aidera dans le cadre de l'enquête sur les meurtres.

Sans attendre sa permission, Ethan envoya le fichier par e-mail. Il y eut une pause à l'autre bout de la ligne.

—Bien reçu, déclara Morgan. Il s'appelle Stephen Caniglia. Je ne l'ai jamais rencontré en personne, mais son visage ne m'est pas inconnu.

—C'était un vampire Navarre ? s'enquit Ethan.

—Pas exactement. Il n'a pas été intronisé. Qu'est-ce que vous savez sur Carlos ?

Ethan croisa mon regard.

—Dis-nous tout, le pressa-t-il.

—Carlos était le premier Second de Célina. C'est elle qui l'a transformé en vampire ; c'est l'un des premiers qu'elle a créés. Je n'ai pas vraiment eu l'occasion de le connaître. Carlos n'est pas resté très longtemps dans la Maison avant que le scandale éclate.

—Au sujet des vampires engendrés clandestinement ? interrogea Ethan.

—Oui. Carlos avait recruté des gens qui n'étaient pas tout à fait sûrs de vouloir devenir vampires. Il insistait et les changeait contre leur gré. J'ai remplacé Carlos peu après.

—Et que lui est-il arrivé ?

—Je n'ai jamais rien lu d'officiel, mais j'ai entendu dire qu'elle l'avait fait supprimer. Pour être franc, ça ne me surprendrait pas. Elle n'a pas vraiment apprécié qu'il outrepasse son autorité.

— Et quel est le lien avec le vampire de la photo que nous t'avons envoyée? demanda Ethan, les sourcils froncés.

— Il fait partie des quelques infortunés que Carlos a transformés de force. Célina lui a proposé d'intégrer la Maison, mais il a décliné son offre.

La fureur d'Ethan se matérialisa dans la pièce sous la forme d'un nuage de magie. Je l'avais déjà vu en colère par le passé, mais jamais comme à cet instant.

— Carlos ne possédait-il pas, par hasard, une chevalière sur laquelle étaient gravées ses initiales? s'enquit Ethan.

— Euh, il se trouve que si, répondit Morgan d'un ton surpris. Une grosse bague en or. Il la portait à l'auriculaire comme s'il faisait partie de la Mafia.

— Merci, dit Ethan avant de raccrocher sans cérémonie.

Pendant un moment, il demeura immobile, se contentant de respirer, prenant la mesure de ce que nous avions appris.

Ainsi, Michael Donovan avait été changé en vampire par Carlos contre son gré. Il utilisait à présent la chevalière de son sire, et quelqu'un – Michael? – avait abandonné deux cadavres dans un bâtiment appartenant à Carlos, ou plutôt à ses héritiers, désormais. Mais pourquoi?

— Pourquoi Michael Donovan s'intéresserait-il à cet entrepôt?

— Je l'ignore, reconnut Ethan. Ce lieu doit être important pour lui, d'une manière ou d'une autre. Sinon, il aurait choisi une solution plus simple pour dissimuler les corps.

— Et comment a-t-il réussi à s'introduire dans la Maison Navarre? D'après Jeff, le système de sécurité biométrique identifie les vampires engendrés par Célina, et non les membres de la Maison.

—Michael Donovan a été transformé par Carlos, qui avait été lui-même changé par Célina. Il doit donc présenter la même altération chimique que les autres vampires Navarre, la même mutation. (Si c'était vrai, Michael Donovan pouvait bien être notre tueur.) Ce fils de pute ! Je lui ai ouvert les portes de notre Maison, Merit. Je lui ai demandé conseil et j'ai partagé nos protocoles de sécurité avec lui. Comment ai-je pu me montrer aussi stupide ? Aussi naïf ?

—Oh non, lâchai-je. Je lui ai parlé de la carte, puis tu es arrivé, et il est parti. Est-ce qu'il sait ? Est-ce qu'il se doute que nous avons compris ?

—Bon sang ! s'exclama Ethan, bondissant de son siège pour courir en direction de la porte d'entrée. (Je le suivis dehors tandis qu'il se précipitait vers le portail à présent surveillé par des humains.) Le vampire aux cheveux bruns, dit-il avant d'indiquer sa taille d'un geste. Est-ce qu'il est passé ?

Les gardes échangèrent un regard.

—Il est parti, annonça celui de droite, une femme. Il y a environ cinq minutes. (Elle porta la main à son revolver.) Il y a un problème ?

—Nous ne savons pas vraiment. Quel véhicule conduisait-il ?

—Un 4 × 4 noir.

Le même modèle que la voiture qui avait attiré Oliver et Eve dans la ruelle et celle qu'Ethan et moi avions rencontrée lors de notre jogging quelques nuits auparavant.

Ethan proféra un nouveau chapelet de jurons, incluant cette fois des mots que je n'avais encore jamais entendus ; de fait, certains d'entre eux devaient être du suédois.

—Réunis l'équipe, Sentinelle. Je crois qu'il est temps d'élaborer un plan pour arrêter Michael Donovan.

Il ne fallut pas longtemps pour rassembler Luc, Malik et les gardes. Après leur avoir présenté notre théorie, j'organisai une réunion téléphonique au pied levé avec Catcher, Jeff, mon grand-père ainsi que Jonah, en qualité de mandataire de Scott. J'hésitai un moment à appeler Morgan, mais jugeai préférable d'attendre que nous ayons finalisé une stratégie pour le contacter.

Quand tous les vampires Cadogan eurent pris place autour de la table de la salle des opérations, Ethan se lança :

— Nous croyons que le consultant en sécurité que j'ai engagé, Michael Donovan, est l'auteur des meurtres d'Oliver, Eve, Katya et Zoey. Il a également blessé un membre de ma Maison. (Il marqua une pause pour laisser à ses interlocuteurs le temps d'exprimer la stupeur et le choc provoqués par cette nouvelle.) Morgan Greer a confirmé que Michael Donovan avait été transformé en vampire par Carlos Anthony Martinez, Second de Célina avant la nomination de Morgan. Malheureusement, Carlos a agi contre la volonté de Michael, et en passant outre aux objections que celui-ci a pu soulever. Carlos est présumé mort. Nous pensons que Michael a tué Oliver et Eve dans un entrepôt appartenant autrefois à Carlos. Nous avons appris qu'il estampillait ses documents à l'aide d'une chevalière portant les initiales C.A.M., bague que possédait Carlos. Le fait que Célina ait créé Carlos et que celui-ci ait ensuite changé Michael nous semble expliquer qu'il ait pu pénétrer dans la Maison Navarre en dépit des mesures de sécurité en place.

— Jeff, tu penses que c'est possible ? demandai-je.

— Sans l'ombre d'un doute, répondit-il avec gravité. Le vampirisme affectant le génome, les marqueurs génétiques de Célina sont la clé. Ils doivent être présents chez tous les vampires qu'elle a engendrés ou qui l'ont été par l'un de ceux qu'elle a transformés.

Ethan m'adressa un signe de tête. Il avait vu juste.

— Nous savons également que Michael conduit un 4 × 4 noir correspondant à la description du véhicule qui a attiré Oliver et Eve dans la ruelle et qui nous a suivis, Merit et moi.

— Notre théorie actuelle, c'est que Michael Donovan a été changé contre son gré, expliqua Luc. Il prend ça personnellement, peut-être qu'il prépare une vendetta contre les vampires qui l'ont privé de son humanité et ainsi de suite. C'est sans doute un connard rempli de haine de soi, mais on a déjà vu des individus tuer pour moins que ça.

— Et tout ça parce qu'il en veut toujours à Carlos, ajouta Jeff, incrédule.

Je comprenais la surprise de Jeff, mais également une partie de la colère de Michael. Ethan m'avait transformée en vampire contre mon gré. Même s'il l'avait fait dans le but de me sauver la vie, j'avais passé mes premières nuits dans le monde surnaturel à ressasser avec frustration tout ce à quoi je devrais renoncer.

— Le fait qu'il utilise la chevalière et les initiales de Carlos tend à montrer qu'il nourrit un certain ressentiment, déclara mon grand-père. Dans un sens, il revit son expérience chaque fois qu'il commet un meurtre, sauf que, à présent, c'est lui l'agresseur.

— Il a tué Oliver et Eve dans une pièce secrète d'un entrepôt appartenant à Carlos, poursuivis-je. Nous ne savons toujours pas pourquoi il a choisi ce bâtiment ou cette pièce en particulier, mais il n'est pas difficile d'imaginer que ce lieu a un rapport avec Carlos.

— Peut-être que c'est là qu'il a été changé en vampire, proposa Catcher. C'est un endroit qu'il n'a sans doute pas oublié.

—C'est une idée, approuva Ethan. Nous vérifierons auprès de Morgan.

—Après Oliver et Eve, il s'enhardit, repris-je. Il s'aventure jusque dans la Maison Navarre et commet un meurtre alors que tout le monde dort.

—Là, la connexion est facile à établir, déclara Luc. Il se venge de la Maison qui a créé le monstre dont il a été victime.

—Et ce soir, il attaque Margot dans le jardin.

—Malheureusement, la vidéo ne nous est d'aucune utilité, cette fois, déplora Luc. Il se trouve justement que suite à la cérémonie du PG, Michael nous a recommandé de modifier la disposition des caméras de manière à couvrir une zone plus étendue, et nous sommes en plein dans les branchements. Nous n'avons pas de film de l'arrière de la Maison.

Luc ne paraissait pas amer, non. Pas du tout.

Je vis une ombre de regret voiler le regard d'Ethan. C'était lui qui avait engagé Michael, et il s'en mordait les doigts.

—Pourquoi Cadogan ? s'enquit Jonah. Quel est le lien avec Carlos ?

—Nous ne savons pas vraiment, reconnut Ethan. Peut-être que ça participe d'une sorte d'escalade. Après avoir tué des Solitaires, puis des vampires Navarre, il s'en prend à un vampire Cadogan.

—Pour ensuite s'attaquer à la Maison Grey ? demanda Jonah.

—Possible, admit Ethan.

—Je ne le laisserai pas faire, affirma Jonah. Comment allons-nous agir ?

—Il se doute certainement que nous l'avons démasqué, déclarai-je. Mon père est passé pour me donner la carte cadastrale sur laquelle figure l'entrepôt, et je l'ai mentionnée à Michael. Après ça, il a très vite quitté la Maison.

—Dans ce cas, il se dévoilera peut-être, à en juger d'après sa manière théâtrale de disposer les corps. Il voudra qu'on sache qui il est et ce qu'il fait.

Le téléphone d'Ethan sonna. Lorsqu'il consulta l'écran, la surprise se peignit sur ses traits.

—Qui est-ce?

—Diego Castillo. C'est un membre du PG, ajouta-t-il à l'intention des non-vampires. Un représentant du Mexique.

Une sensation désagréable m'oppressa la poitrine. Pourquoi un membre du Présidium appelait-il Ethan?

Ce dernier décrocha:

—Ethan Sullivan.

J'aurais pu mettre à profit mes sens aiguisés de vampire pour espionner la conversation, mais, après les remous liés à la GR, je jugeai qu'il valait mieux attendre qu'Ethan nous apprenne ce que nous devions savoir.

Cependant, quand il se raidit, mon cœur s'emballa.

—*Ethan?* l'interrogeai-je en silence.

Il ne répondit pas.

—Diego, je suis avec mon équipe. Je vais brancher le haut-parleur. (Ethan posa son téléphone sur le bureau et appuya sur un bouton.) Allez-y.

—Darius et Lakshmi ont été enlevés, annonça Diego d'une voix dont l'accent mélodieux n'atténuait pas la fermeté.

Une onde de magie angoissée traversa la pièce.

—Enlevés? répéta Luc. Comment ça?

—Nous attendions le taxi qui devait nous conduire à l'aéroport dans le hall du *Dandridge*. Darius est sorti fumer une cigarette et Lakshmi l'a rejoint. (Je me rappelai que Darius appréciait les cigarettes aux clous de girofle, et le souvenir très précis de leur odeur poivrée resurgit dans ma mémoire.) Par la fenêtre, j'ai vu un véhicule s'arrêter au bord du trottoir. Le conducteur est descendu pour discuter avec Lakshmi et Darius. J'ai pensé qu'il s'agissait d'un vampire, même si je ne l'avais jamais rencontré.

—Les cheveux bruns ? s'enquit Ethan. Plutôt mince et athlétique ?

—*Sí*. Vous connaissez cet homme ?

—C'est possible. Que s'est-il passé ensuite ?

—Notre limousine est arrivée et nous sommes sortis, mais la voiture avait disparu, ainsi que Darius et Lakshmi.

—Quel genre de véhicule était-ce ? interrogea Ethan.

—Je ne sais pas. Un gros modèle. Noir, avec des vitres teintées.

Ethan plissa les yeux, laissant deviner sans peine la teneur – et la violence – de ses pensées.

—Attendez, intervint Luc en se penchant au-dessus du micro du téléphone. Le conducteur a forcé Darius et Lakshmi à monter dans sa voiture ? Comment ?

Sans doute de la même manière qu'il avait convaincu Eve et Oliver de le suivre, songeai-je.

—Il possède une arme chargée de munitions en tremble, annonçai-je. Un tir à bout portant, et ils sont morts.

—Aucun humain n'a assisté à la scène ? s'enquit Jonah.

—Les portiers se trouvaient à l'intérieur, répondit Diego, une pointe de culpabilité dans la voix. Ils nous aidaient à rassembler nos bagages.

—Quand cela s'est-il passé ? demanda Ethan.

—Il y a sept ou huit minutes.

—Nous les retrouverons, promit Ethan. Restez à l'intérieur de l'hôtel, au milieu des humains, et ne sortez pas avant que je vous rappelle.

Sans attendre la réaction de Diego, il raccrocha, puis reporta son attention sur nous. Il semblait soudain harassé.

—Il les tuera tous les deux, dis-je à voix basse. Si on ne l'arrête pas, il les tuera tous les deux.

—Cela ne fait pas l'ombre d'un doute, approuva Ethan. Je ne porte pas le PG dans mon cœur. Nous sommes ennemis, mais ça n'a aucune importance, à cet instant. Nous ne pouvons pas les abandonner aux mains d'un meurtrier. (Il se tourna vers Luc.) De plus, si on ne les retrouve pas, il est fort probable que le PG nous rende responsables de leur mort.

Luc acquiesça d'un hochement de tête.

—Il faut les retrouver, concéda Jonah.

Ses motivations différaient quelque peu de celles d'Ethan. Lakshmi était une amie, une alliée qui avait trahi son camp pour aider à sauver la Maison… et à qui je devais une faveur.

—Pourquoi Darius et Lakshmi? s'interrogea Jeff. Quel intérêt pour lui?

—Quel intérêt avait-il à tuer les autres? répliqua mon grand-père. Il cherche l'apaisement moral, l'absolution ou autre chose que la violence ne lui permettra certainement pas de trouver. Ce qui ne l'empêchera pas de continuer.

—À cet instant, peu importe ce qui le pousse à agir, intervint Ethan en se levant. La mission de sauvetage commence tout de suite. Où Michael ira-t-il?

—Il avait choisi l'entrepôt, répondit Luc. Mais maintenant que nous avons établi le lien qui l'unit à cet endroit – et qu'il le sait –, il n'y retournera pas.

—Tu as raison, concédai-je. Mais il visera peut-être un autre lieu important pour lui. Je reviens tout de suite.

Je gravis l'escalier au pas de course puis me précipitai dans le bureau d'Ethan pour prendre les documents que mon père avait apportés. Une fois de retour au sous-sol, je les déroulai sur la table de conférence.

Heureusement, mon père faisait preuve d'une grande minutie.

— Dites-nous ce qui se passe, intima Catcher.

— On étudie les documents que Joshua nous a fournis, déclara Ethan en parcourant les papiers des yeux. Il nous a donné des informations sur toutes les propriétés de Carlos Anthony Martinez.

Je m'emparai du contrat et le lus en diagonale.

— Il y en a trois : l'entrepôt ; le Comstock, un immeuble qui se trouve quelques centaines de mètres au nord de Streeterville…

— Ce n'est pas loin de la Maison Navarre, commenta Jonah.

— C'est vrai. Et la troisième… (je fis glisser mon doigt sur le document, qui comportait une police de caractères minuscule) est une sorte de centre commercial qui se situe à Roseland.

— À l'opposé, remarqua Ethan. Se dirigerait-il plutôt vers le nord, ou vers le sud, en partant du *Dandridge* ?

— Il lui faudrait plus de temps pour aller à Roseland, avança mon grand-père. Le trajet retarderait l'acte qu'il est si impatient d'accomplir : le meurtre. Je ne suis pas sûr qu'il opterait pour une destination si éloignée.

— Très bien, conclut Ethan, sa décision prise. (Il feuilleta les documents, sans trouver ce qu'il cherchait.) Nous n'avons pas de plan du Comstock.

— Jeff, tu pourrais nous donner des détails sur cet immeuble ? demandai-je dans le micro du téléphone.

— Je suis en train de chercher, déclara Jeff. C'est un gratte-ciel de vingt étages. Ceux du bas sont occupés par des commerces, ceux du haut par des appartements.

— Comment allons-nous les retrouver dans un gratte-ciel de vingt étages ? soupirai-je.

— Scanners thermiques, répondit Jeff. On peut utiliser certains satellites pour obtenir l'image thermique du bâtiment en recherchant la gamme de température des vampires, ce qui nous donnera une idée de l'endroit où il se cache. Fastoche.

—Ça ne me semble pas si «fastoche», répliqua Ethan en considérant le téléphone d'un air sceptique. Tu dis ça pour nous rassurer ou tu le penses vraiment?

—Je n'ai pas dit que c'était légal, juste que ce serait facile, précisa Jeff.

De manière étrange, je me sentis soulagée.

—Le problème, c'est que le scanner détectera tous les autres vampires du bâtiment, objecta Jonah.

—Oui, mais quelles sont les probabilités de découvrir une cabale vampire dans le Comstock? reprit Jeff. Si on trouve un groupe de trois vampires, ce sera certainement eux.

—Donc, on scanne l'immeuble, on entre, on élimine Michael et on ramène Darius et Lakshmi sains et saufs, résumai-je.

—J'aimerais avoir une idée de l'intérieur, déclara Ethan. C'est possible?

—Je me suis connecté au site du gestionnaire immobilier, annonça Jeff. Je suis en train de sortir des documents… Voilà. Je vous les envoie.

Luc appuya sur quelques touches et le plan d'un bâtiment apparut à l'écran.

—Est-ce je peux te demander comment tu as réussi à t'infiltrer dans la section privée du site Internet?

—Mieux vaut que tu t'en abstiennes. Rappelle-toi simplement ceci: «123kitty» pas un puissant mot de passe ne fait.

—Noté.

—J'irai avec Merit, dit Ethan en se levant.

— Il vous faudra être plus nombreux que ça, surtout si des vampires sont blessés, déclara Jonah. Je vais demander à Scott la permission de vous accompagner.

Ethan considéra son offre en silence quelques instants, hésitant.

— C'est moi qui commande, déclara-t-il finalement. On suit mes ordres. Personne ne joue au héros.

— Je n'en avais pas l'intention.

— Excellent.

— Heureux de l'entendre.

Tout le monde se tut lorsque Jeff siffla.

— Vampires, s'il vous plaît, lança-t-il. Il va me falloir du temps pour obtenir les images thermiques. Je les aurai, mais je dois d'abord réquisitionner un satellite, ce qui va nécessiter un coup de fil et quelques autorisations de sécurité.

— Tu avanceras pendant notre trajet jusque là-bas, affirma Ethan.

— J'y travaille. Mettez-vous en route, je vous rappelle dès que possible.

— Luc, technologie ?

— J'arrive.

Il courut en direction d'un placard duquel il sortit quelques-uns des gadgets qu'il adulait, de minuscules appareils combinant micro et oreillettes qui nous permettraient de communiquer à l'intérieur du bâtiment.

— En voici un chacun, dit Luc en nous les distribuant. J'en ai un supplémentaire pour Jonah. Nous coordonnerons la communication d'ici, en assurant la liaison avec Jeff et Catcher.

Ethan hocha la tête avant de glisser l'écouteur dans son oreille, geste que j'imitai.

— On les retrouve, on récupère Darius et Lakshmi et on élimine Michael, répéta Ethan. Des objections à ce plan ?

En période de stress, mon instinct me poussait à émettre des commentaires sarcastiques, mais je parvins à me retenir de demander si nous recevrions des tee-shirts en souvenir de cette mission une fois que nous aurions terminé, ou peut-être une photo de groupe, comme le proposaient de nombreuses attractions de Chicago.

—Aucune objection, affirma Jonah d'un ton grave.

Sabre au poing, oreillette en place, je montai avec Ethan au rez-de-chaussée avant de sortir. Sur la ville tombaient de gros flocons qui avaient déjà formé une couche blanche sur le gazon.

—La neige arrive, remarquai-je.

—En effet, reconnut Ethan tandis que nous franchissions la grille.

Il s'installa derrière le volant ; Jonah nous retrouverait là-bas.

Alors que nous bouclions notre ceinture, la voix de Luc s'éleva dans nos oreilles :

—Vous m'entendez ?

—On t'entend, affirma Ethan. En route. Nous l'arrêterons.

J'espérais que l'avenir lui donnerait raison.

19

Chasse à l'homme

Dix minutes plus tard, nous foncions sur Lakeshore Drive, ma Volvo lancée au maximum de ses capacités. Luc avait relié Jeff et Jonah – qui n'avait pas encore d'oreillette – à notre réseau de communication afin de nous permettre de finaliser notre stratégie en chemin.

—J'ai une bonne et une mauvaise nouvelle, annonça Jeff. Et comme on n'a pas le temps de débattre, je vous donne d'abord la mauvaise : le Comstock doit être démoli demain matin. Le site Internet que j'avais trouvé n'était pas à jour. Le bâtiment a changé de mains et le nouveau gestionnaire immobilier a décidé de transformer la propriété.

Mon cœur tambourina dans ma poitrine sous l'effet de la peur. Des vampires meurtriers étaient une chose ; l'explosion d'un gratte-ciel en était une autre.

—L'immeuble sera gardé, mais il y a de grandes chances qu'une partie des explosifs et des câbles soient déjà en place, intervint Jonah.

—S'il y a des gardes, Michael les a sans doute déjà tués, avançai-je. Il n'hésitera pas à abattre des humains.

—Je partage cet avis, approuva Ethan. Tu disais que tu avais une bonne nouvelle, Jeff ?

—Deux, en fait. La première, c'est que je suis en route avec Catcher. J'ai dû le laisser prendre le volant, vu que je dois pianoter sur mon clavier magique, mais on a pensé que vous auriez besoin d'un peu d'aide. Et la deuxième, c'est que l'immeuble n'est plus qu'une coquille vide, ce qui va nous simplifier la tâche. Cloisons, aménagements intérieurs, tout a été enlevé en prévision de la démolition.

—Ce qui facilite grandement le travail du scanner thermique, commenta Jonah.

—Exact. J'ai piraté les satellites – vous pouvez remercier Big Brother et quelques gentils hackers – et j'ai les images thermiques. Mais il n'y a aucun vampire dans le bâtiment.

—Merde, marmonna Ethan. Est-ce que ça veut dire qu'il n'est pas encore arrivé, ou qu'il est allé ailleurs?

—Je ne sais pas. Je cherche. Je suis en train de me connecter aux systèmes de vidéosurveillance existant entre le *Dandridge* et le Comstock.

—Merde! répéta Ethan en tapant du poing sur le tableau de bord.

—Hé! protestai-je. C'est l'unique moyen de transport que nous ayons pour l'instant.

Regardant la route, Ethan repéra une sortie. Le doute s'imprima sur son visage.

—Nous pourrions reprendre la direction du sud, vers Roseland. Il est peut-être là-bas.

—Il n'y serait pas encore, objectai-je. Tu as pensé d'abord au Comstock, et je suis d'accord avec toi. C'est plus proche du *Dandridge*, et Michael est pressé de commettre son meurtre. Il tuera plus vite s'il va au Comstock.

Voyant qu'il ne paraissait guère convaincu, j'insistai, exactement comme il l'avait fait pour moi:

—Tu te souviens de ce que tu m'as dit? Fais confiance à ton instinct.

Le regard d'Ethan se durcit, et il appuya plus fort sur l'accélérateur… passant en trombe devant la sortie qui lui aurait donné une chance d'accéder à l'autre site.

Ouf.

—Je l'ai ! s'écria soudain Jeff. (Ethan poussa un soupir de soulagement.) Je vérifie en même temps les vidéos de sécurité et les images thermiques. Un 4 × 4 noir est garé en face du Comstock. Trois vampires sont à l'intérieur du bâtiment… et ils se déplacent.

—Tu avais raison, affirmai-je en pressant la main d'Ethan. Maintenant, allons-y. Vite.

Dix minutes et de multiples infractions au code de la route plus tard, Ethan s'engagea dans la rue du Comstock, ou du moins de ce qu'il en restait. Il ne ressemblait plus qu'à un squelette de béton couvert de bâches qui claquaient dans le vent. Le quartier avait déjà été barré en vue de la démolition.

L'avantage, c'était que les places de parking ne manquaient pas.

Jonah nous attendait devant le bâtiment. Catcher et Jeff n'étaient pas encore arrivés. Je donnai son oreillette à Jonah, puis chacun passa son katana à la ceinture tandis que la neige tombait autour de nous. Je ne voyais aucun garde, mais une odeur de sang flottait dans l'air. Selon toute probabilité, ils avaient été sacrifiés sur l'autel de la mission diabolique de Michael.

—Jeff ? appela Ethan en portant les doigts à son écouteur. Qu'est-ce que tu vois ?

—Deux vampires sur le toit. Un autre au quinzième étage.

—Il ne les aurait pas séparés, intervins-je. Ce n'est pas normal.

—Oh, merde, souffla Jeff. Celui du quinzième est en train de changer de couleur.

—Changer de couleur ? répéta Jonah.

—Sa température baisse, précisa Jeff. Il est en train de mourir.

Mon estomac se noua et des larmes m'embuèrent les yeux. Nous étions si proches…

—Entrons, proposa Jonah. Ethan, occupe-toi du vampire au quinzième. Merit et moi montons sur le toit.

—Pas question, objecta Ethan.

—Je ne te laisserai pas approcher d'un fusil à tremble, affirmai-je en lui décochant un regard déterminé. Ne discute pas. Va voir qui est ce vampire. Il n'est pas encore mort. Sauve-le.

—Escaladons la grille, reprit Jonah. Ensuite, allons à l'intérieur. Tenez-vous prêts à utiliser votre sabre.

Je hochai la tête, et on passa à l'action.

La barrière, constituée de grillage, se révéla facile à franchir. On sauta de l'autre côté, où régnait un silence inquiétant. De la neige recouvrait déjà le sol, de sorte que le gratte-ciel semblait surgir du néant. Cette impression n'avait rien de rassurant.

—Le toit ? demandai-je en levant les yeux. Est-ce qu'on peut y accéder, au moins ?

—L'équipe de démolition doit pouvoir utiliser les échelles et les escaliers, affirma Jonah. Monter ne posera pas de problème.

Après avoir traversé un hall fantomatique, sale et poussiéreux, on s'engagea dans la cage d'escalier. On gravit les marches jusqu'au quinzième étage, où Ethan nous quitta.

—*Sois prudente*, m'intima-t-il en silence.

—*Je te le promets*, lui assurai-je.

Puis il disparut dans le couloir.

—Concentre-toi, me pressa Jonah.

Repoussant mes craintes pour la sécurité d'Ethan, je le suivis, poursuivant la lente ascension en direction du sommet du gratte-ciel.

On émergea dans une sorte de sas muni d'une porte sur laquelle était écrit « Toit ». Je ravalai une bouffée de nervosité.

—Tu es prête?

—À trois, répondis-je.

— *Un... deux... trois*, articula-t-il de manière muette avant d'ouvrir la porte à la volée.

Un vent glacial nous saisit de l'autre côté. À cette hauteur, il soufflait en de violentes rafales, transperçant ma veste, et mes doigts serrés autour de la poignée de mon sabre ne tardèrent pas à s'engourdir.

Le toit, encore couvert d'un revêtement noir rugueux, ressemblait à tous ceux que j'avais eu l'occasion de voir dans des films policiers : une surface plane hérissée de canalisations, d'antennes et de lucarnes. Un parapet de béton l'entourait, destiné à empêcher les gens qui s'aventuraient là de chuter dans le vide.

J'espérais sincèrement que nous n'en aurions pas besoin.

La voix d'Ethan s'éleva soudain dans mon oreillette :

—J'ai trouvé Lakshmi. Elle saigne, mais j'essaie de freiner l'hémorragie. Je vais la faire sortir. Luc, appelle Delia et dis-lui de se tenir prête à intervenir.

—Je m'en occupe, assura Luc.

—Michael et le deuxième vampire sont au nord du bâtiment, annonça Jeff.

J'avançai avec précaution. La neige tombait toujours, mais elle fondait au contact du matériau noir couvrant le toit, formant une gadoue glissante.

—Derrière moi, intima Jonah.

La surface était parsemée d'abris et d'extracteurs d'air qui n'avaient pas été démontés. Nous progressions d'obstacle en obstacle, tâchant de nous approcher le plus possible de Michael sans dévoiler notre présence… ou prendre le risque qu'il tue Darius avant que nous l'ayons atteint.

— Six mètres, déclara Jeff.

Je m'arrêtai à côté de Jonah derrière une rangée de climatiseurs.

Baissant la garde, je déployai mes sens à la recherche de la magie. J'en détectai en abondance : un nuage autour de nous, et une bouffée émanant de l'autre côté des aérateurs. Elle indiquait la position de Michael, que je signalai à Jonah.

— Je passe devant pour faire diversion, murmura-t-il. Toi, fais le tour pour le surprendre par-derrière. J'attendrai dix secondes avant de bouger.

Je hochai la tête.

— Sois prudent.

Je me glissai en position accroupie le long des installations d'air conditionné jusqu'à ce que je dépasse Michael, me faufilai derrière un énorme extracteur d'air et jetai un coup d'œil de l'autre côté.

Michael Donovan se tenait à côté d'un ensemble de tuyaux qui perçaient la surface du toit, son long manteau noir virevoltant dans le vent.

Il avait forcé Darius à s'agenouiller, le menaçant d'un katana d'une main, d'un fusil de l'autre. L'arme ressemblait à celle que McKetrick avait tenté d'utiliser contre moi ; sans doute Michael s'en était-il servi pour intimider Eve et Oliver.

Les balles de tremble en faisaient un engin mortel.

— Il a fallu que vous fuyiez, dit Michael à Darius. Alors que j'essayais de vous placer correctement, vous êtes parti en courant. Et maintenant, elle est en bas toute seule.

Michael brandit son sabre.

Jonah avança de manière à pénétrer dans le champ de vision du tueur :

— Michael, vous êtes cerné. Lâchez votre arme et éloignez-vous de Darius.

Surpris, Michael sursauta et lança un regard nerveux autour de lui. Je contournai discrètement la bouche d'aération et entrepris de me faufiler dans sa direction en longeant le parapet.

Mais il n'avait pas l'intention d'abandonner aussi facilement.

— Je ne peux pas vous permettre de m'interrompre, déclara-t-il. Vous voyez bien que je n'ai pas terminé.

— Vous allez devoir appuyer sur « pause », rétorqua Jonah. J'ai des gardes sur le toit et tout autour du bâtiment.

— Tant mieux, répliqua Michael. Vous ne verrez donc aucun inconvénient à ce que je fasse ceci.

Jonah bondit, mais trop tard : Michael abattit sa lame, qui entailla la gorge de Darius. Le sang gicla, emplissant l'air de l'odeur entêtante de la magie vampire.

Alors que mes yeux viraient à l'argenté, Jonah vola au secours de Darius.

Une diversion parfaite. Je brandis mon katana et, sans que Michael ait le temps de réagir, je portai un coup vers l'avant, entamant le dessous de sa main gauche. Quoique superficielle, la plaie suffit à le décontenancer. Par réflexe, il lâcha son fusil, que j'écartai de la pointe de ma lame, imitant une mauvaise frappe de base-ball. Au lieu d'atterrir aux pieds de Michael, l'arme tomba à cinq mètres de là puis glissa sous l'une des unités de ventilation, hors de portée.

Le sourire de Michael s'évanouit. Il fit un pas en arrière, son katana toujours à la main.

Darius gémit tandis que Jonah tentait d'endiguer le flot de sang qui s'échappait de sa gorge. J'avançai encore vers Michael, le forçant à reculer et à s'éloigner des deux hommes.

À présent que nous nous battions à armes égales, il ne me restait plus qu'à le vaincre. Mais avant toute chose, il fallait qu'il réponde à certaines questions.

— Vous avez tué quatre vampires, affirmai-je, tenant mon katana au niveau de mon cœur. Vous avez assassiné Oliver et Eve.

— Qui ça ? demanda Michael, l'air confus.

— Les vampires que vous avez décapités dans l'entrepôt de Carlos.

— Je ne connaissais même pas leurs noms. C'étaient les premiers vampires que j'ai croisés.

Il venait d'admettre avoir commis un meurtre – et même plusieurs meurtres en série – comme il aurait déclaré être arrivé à court de lait ou avoir oublié de voter un jour d'élection.

Michael glissa un regard à Darius à côté de lui. Il arborait une expression glaciale, comme s'il était agacé que Jonah ait contrarié ses projets – et empêché la mort de Darius.

— Pourquoi les avoir tués à l'entrepôt ?

— Ça me semblait aussi bien qu'ailleurs.

Sa nonchalance était forcément feinte. S'il avait choisi de commettre ses crimes dans différents endroits liés à son histoire et mis les corps en scène, ce ne pouvait être par hasard. Peut-être se moquait-il d'Oliver, Eve, Katya ou Zoey, mais il accordait une grande importance au meurtre.

Il est temps de faire sortir l'ours de sa tanière, pensai-je.

— Alors comme ça, Carlos vous a transformé en vampire ?

Michael reporta son attention sur moi. Un éclair d'inquiétude traversa son regard, pour disparaître aussitôt. Cependant, cette brève lueur me suffit.

Fouillant dans ma mémoire à la recherche des souvenirs de la nuit où j'avais été changée en vampire, je me replongeai dans les sentiments de peur, d'horreur, de brutalité que j'avais ressentis, et les utilisai contre lui.

—Vous n'en aviez pas envie, je me trompe ? Vous ne vouliez pas devenir un vampire. Ce genre de vie ne vous attirait pas. Mais Carlos vous a trouvé. Choisi. Et il vous a maîtrisé. Menacé, peut-être ? Puis il vous a mordu.

Michael darda sur moi un regard argenté.

—Vous ne savez absolument pas de quoi vous parlez.

Ce n'était plus Michael le consultant en sécurité que j'avais en face de moi, mais sa face sombre, hantée par la colère qu'il avait retenue pendant des années… avant d'y laisser libre cours.

Cela étant, il ne fallait pas que j'attise sa fureur, mais que je le pousse à céder à ses fêlures.

Je continuai à le provoquer :

—Vous êtes sûr que vous ne le vouliez pas ? Que vous ne convoitiez pas, au fond de vous, l'immortalité ? La force ? Êtes-vous certain que Carlos ne vous a pas donné exactement ce que vous désiriez ?

Michael montra les crocs en sifflant et fendit l'air de son katana. J'esquivai la pointe de sa lame d'un bond puis ripostai d'un coup de sabre qui déchira le bord de son manteau.

—Vous n'avez aucune idée de ce que c'était. Le sang. L'obscurité. Il était malade.

L'obscurité, relevai-je. Un mot important pour lui, non ?

—La pièce de l'entrepôt. Aucune fenêtre, pas de lumière. Le noir total. C'est là qu'il vous a transformé en vampire ?

Michael décrivit un arc de cercle autour de moi et me décocha un coup de pied. En dépit de sa rapidité, ses mouvements étaient moins précis que lors du duel qui l'avait opposé à Ethan. La peur et la colère troublaient sa concentration.

J'évitai son coup sans difficulté.

— Il m'a forcé à pénétrer dans cette pièce, avoua-t-il.

— Je n'en doute pas. Et vous vous êtes vengé, non ? Vous avez supprimé Oliver et Eve dans cette même pièce.

— J'ai éliminé des vampires.

— Et à la Maison Navarre ?

— C'est elle qui l'avait créé, répondit Michael. Elle l'avait transformé, et elle fermait les yeux sur ce qu'il faisait.

« Elle », supposai-je, se rapportait à Célina. Il n'avait pas pu la tuer, vu que je m'en étais déjà chargée.

— Pourquoi la Maison Cadogan ? Pourquoi Darius et Lakshmi ? Qu'ont-ils à voir avec Carlos ?

— Rien. C'était juste pour l'argent. Leur prix était bien plus élevé.

Je me figeai, le sabre devant moi, les mains tremblant de nervosité, de peur et de froid.

— Quel prix ?

— Le prix que me paie McKetrick pour éliminer des vampires.

— Putain de merde ! s'écria Luc dans mon oreillette, indiquant qu'il avait entendu cette confession. Sentinelle, tu avais raison.

Quoi qu'il en soit, je gardai mon regard braqué sur Michael Donovan.

— McKetrick vous a payé ? Pourquoi ?

Ma surprise dut aider Michael à se ressaisir. Il se redressa et raffermit sa prise sur son katana.

— Il voulait semer le chaos, répondit-il. Il hait les vampires. Et, pour être franc, je ne l'en blâme pas.

— Et le fusil à tremble ?

—Un test. McKetrick m'a proposé de l'essayer. J'ai trouvé que le résultat manquait d'élégance.

—Vous préférez l'acier.

Il plissa les yeux.

—Les fusils constituent un bon moyen d'intimidation, mais les vampires devraient mourir par leurs propres armes.

Le fait qu'il soit lui aussi un vampire ne semblait pas entrer en ligne de compte. Mais peut-être n'en était-il pas un, d'un point de vue émotionnel. Ma propre transition s'était révélée difficile ; la sienne n'avait sans doute pas ressemblé à une partie de plaisir. Ethan m'avait sauvé la vie, alors que Carlos avait volé celle de Michael Donovan.

—Oliver et Eve se tenaient la main. Tout comme Katya et Zoey. Pourquoi ?

La lèvre de Michael trembla sous l'effet de la colère.

—Je n'étais pas le seul. Nous étions nombreux, dans l'entrepôt. Nous savions qu'il viendrait nous prendre tôt ou tard. Le monstre dans le noir. (Carlos avait enfermé d'autres humains, compris-je.) Ils ne voulaient pas se transformer. Ils ne voulaient pas de l'immortalité. Du blasphème que représente la vie d'un vampire. Alors, cette nuit-là, au lieu d'attendre son arrivée, ils se sont suicidés. Ils ont bu quelque chose, une sorte de poison, je ne sais pas quoi au juste. (Il chassa ce souvenir d'un geste.) J'étais déjà un vampire, et je n'avais pas la force de résister quand il utilisait son charme sur moi. (Michael posa son regard sur moi.) Je les ai trouvés étendus côte à côte, main dans la main. Il m'a obligé à me débarrasser des corps. (Il secoua la tête, comme pour se rappeler ses propres motivations.) Et maintenant, je me débarrasse des Carlos de ce monde.

—Et votre mission de consultant en sécurité ?

—Vous m'avez donné une foule d'informations sur votre système de protection que je me ferai un plaisir de partager avec McKetrick, répondit-il avec une ombre de sourire. Et quelle tête pourrait valoir plus cher pour mon employeur que celle du roi des vampires ?

Darius.

—Et maintenant, que comptez-vous faire ? demandai-je.

Michael plongea la main dans sa poche. Il en sortit une petite télécommande noire munie d'un gros bouton rouge.

J'avais regardé quantité de films d'action. En général, quand on pressait un bouton rouge, il ne se passait rien de bon.

—Le détonateur, déclara-t-il. Les explosifs sont déjà en place, et le garde avait la télécommande. Ce gratte-ciel appartenait à Carlos. Il occupait un bureau, ici, vous savez. Un bureau dont Célina n'avait pas connaissance. (Il haussa les épaules.) Je ne voulais pas qu'ils le détruisent, pas sans moi. Et maintenant, je peux le faire moi-même. Je peux détruire ce qu'il a construit. L'anéantir, tout comme il m'a anéanti.

Michael s'approcha du garde-fou, les mains tendues en signe de pardon.

—Je suis désolé, Merit. J'ai été heureux de collaborer avec vous.

Il pressa le bouton, et des sirènes se mirent aussitôt à hurler, suivies par le son d'une voix féminine qui résonna dans le silence, transmise par un haut-parleur :

—Explosion dans cinq minutes.

L'entreprise chargée de la démolition avait dû installer un système d'avertissement.

—Bon sang, Michael, grondai-je en brandissant de nouveau mon katana. Vous allez tuer d'autres innocents.

—Non, rétorqua-t-il, son regard vide ne trahissant aucune émotion. Le quartier a déjà été évacué. Tout ce qui reste, ce sont des vampires et leur héritage. Vous avez un choix à faire, à présent, Merit. Soit vous me suivez pour essayer de m'arrêter, soit vous aidez vos amis à porter leurs fardeaux. Pour être franc, si j'analyse la situation d'un point de vue purement stratégique, vos chances de réussir me paraissent bien minces dans les deux cas.

— Allez vous faire foutre.

Il claqua la langue, jeta la télécommande et glissa son sabre dans son fourreau. Puis il courut vers le parapet, sauta dessus, étendit les bras et plongea dans le vide.

Je m'agrippai à la rambarde et regardai en contrebas. La hauteur me donna le vertige – je détestais l'altitude –, mais mon malaise se dissipa assez vite pour que je le voie percuter le trottoir avec une force telle qu'un creux de quatre mètres de diamètre se forma dans l'asphalte. Le sol trembla sous l'impact, mais Michael se redressa, comme s'il avait à peine senti le choc.

— Catcher ? Jeff ? appelai-je dans mon micro. Vous êtes là ? Michael Donovan vient de sauter de l'immeuble. Il travaille pour McKetrick et a collecté des informations sur la sécurité de la Maison. On ne peut pas le laisser les donner à McKetrick. Vous pouvez envoyer quelqu'un ? (Quelques secondes s'écoulèrent.) Hé ? Jeff ?

Je n'obtins aucune réponse.

Michael Donovan leva les yeux, prenant le temps de rajuster son manteau et de m'adresser un sourire troublant.

Je pouvais sauter, mais je n'avais jamais effectué un bond d'une telle hauteur. Et loin s'en fallait. Contrairement à Michael, je n'étais pas sûre de survivre à la chute. Malgré la force indéniable des vampires, rien ne garantissait de réussir l'atterrissage.

D'un autre côté, n'étais-je pas obligée de sauter ? Je ne pouvais pas le laisser s'enfuir.

Tremblant comme une feuille, l'estomac chamboulé, j'agrippai le garde-corps et commençai à m'y hisser. À quoi bon être venue sur ce toit, avoir promis d'affronter mes peurs et d'aider mes vampires, si je n'étais pas prête à joindre l'acte à la parole... et me jeter dans le vide ?

Mais avant que j'aie effectué le moindre mouvement, un éclair blanc traversa l'obscurité en direction de Michael. Une silhouette allongée, pâle et velue.

Je dus cligner des yeux pour m'assurer que je ne rêvais pas : un tigre massif mesurant trois mètres du nez à la queue, blanc avec des rayures noires, galopait en plein centre de Chicago.

— Qu'est-ce que c'est que ça ? murmurai-je en observant la scène qui se déroulait en contrebas.

Michael s'enfuit, mais le fauve courait bien plus vite que lui. Pattes avant, pattes arrière, pattes avant, pattes arrière... Puis il bondit.

Il renversa Michael et le plaqua à terre, mais le vampire avait bien l'intention de se défendre. Il repoussa le tigre en arrière d'un coup de pied, s'écarta d'une roulade et se releva.

Avant qu'il puisse dégainer son sabre, le prédateur attaqua de nouveau. S'élançant sur ses pattes postérieures, il frappa Michael Donovan au visage. Je me trouvais trop loin pour sentir l'odeur du sang, mais j'étais persuadée que le tigre en avait fait couler.

Michael se ressaisit très vite. Il tira son katana de son fourreau et l'abattit sur le dos de l'animal, entre les épaules. Celui-ci poussa un rugissement, mais ne perdit rien de son ardeur au combat.

Ils ne cessaient d'échanger des coups, le fauve frappant de sa patte, Michael ripostant de son sabre dès qu'il en avait la possibilité, mais, en face d'un adversaire aussi imposant, il s'épuisait rapidement. Lorsqu'il brandit de nouveau son katana, le tigre le lui arracha des mains d'un coup de patte. Paniqué, désarmé, Michael tituba. Profitant de ce moment d'hésitation, l'animal s'élança dans les airs et se jeta sur lui.

Sous le poids du fauve, Michael fut déséquilibré et tomba en arrière sur un tas de planches cassées hérissées de pics qui avaient sans doute été extraites du bâtiment. Le bois devait contenir du tremble, car Michael poussa un cri, puis disparut, laissant place à un cône de cendres.

Le tigre recula, le souffle saccadé. Les oreilles rabattues sur la tête, montrant les crocs, il émit un rugissement guttural et puissant qui déchira la nuit et fit vibrer les fondations de l'immeuble en même temps que mes os.

Mes bras se couvrirent de chair de poule.

Alors, en l'espace d'un instant, le tigre se métamorphosa. J'avais beau avoir déjà assisté à ce phénomène par le passé, cela n'en rendit pas le spectacle moins impressionnant pour autant. Un éclair illumina les ténèbres tandis que la magie tourbillonnait autour du fauve, et le prédateur se transforma en… Jeff Christopher.

Il agita les bras et les jambes, puis secoua la tête d'avant en arrière, comme pour s'étirer la nuque. Lorsqu'il leva le regard pour croiser le mien, je lus dans les yeux de ce jeune homme souvent maladroit, parfois costumé, toujours dragueur, un monde de compréhension, d'expérience et de maturité.

Je n'en doutais certes pas auparavant, mais Jeff Christopher était une merveille.

— Explosion dans trois minutes.

Non que j'aie le temps de l'admirer.

—Merit? Tu es là? demanda une voix par-dessus les «bips» réguliers de l'alarme. Sors d'ici, et vite!

Je portai le doigt à mon oreillette, tâchant d'améliorer la réception.

—Ethan? C'est toi?

—Oui. Je suis au quinzième. Fiche le camp de cet immeuble.

Je ne partirais certainement pas sans mon équipe. Je traversai le toit en courant et rejoignis Jonah, qui se dirigeait vers la porte, Darius dans les bras. Le chef du Présidium était blême et paraissait très faible, mais il respirait encore.

—Tu m'aides un peu? demanda Jonah.

—J'arrive.

Je me précipitai vers la porte et l'ouvris pour céder le passage à Jonah.

Il descendit les marches en trottinant avec maladresse, ployant sous le poids du chef du Présidium. Il avait beau être doté d'une grande force, comme tous les vampires, avoir fait don d'une partie de son sang à Darius l'avait épuisé.

—Explosion dans deux minutes trente, annonça la voix dans les haut-parleurs.

—Ce sera juste, marmonnai-je, agrippant la rambarde de l'escalier tandis que nous dévalions les marches aussi vite que possible en direction du quinzième étage.

Une fois sur le palier, j'ouvris la porte à la volée, pour me retrouver face à la pointe acérée du sabre d'Ethan.

—C'est moi, déclarai-je en écartant la lame. Où est-elle?

Lakshmi gisait dans un coin, inconsciente, les bras enchaînés à un tuyau qui perçait le sol à la verticale.

—Je la ferai sortir, affirma Ethan. Vous, partez d'ici.

Jonah apparut sur le seuil derrière moi, le visage blême. Ses yeux s'écarquillèrent de surprise lorsqu'il avisa Lakshmi.

— Michael l'a attachée parce qu'ils tentaient de s'enfuir, en déduisis-je. C'est pourquoi Darius a réussi à monter jusqu'au toit.

— Et tu as embauché ce salopard ? lança Jonah à Ethan, posant Darius au sol avant de courir vers Lakshmi.

— J'ignorais que c'était un salopard, à l'époque, grommela Ethan.

Ensemble, ils tirèrent sur la chaîne dans des directions opposées afin de la briser. Sous l'intensité de l'effort, la sueur perla sur leur front.

— Katana, dis-je. Je vais frapper l'un des maillons. Vous deux, écartez Lakshmi.

— Ta lame ne résistera pas, assura Jonah.

— Je l'ai trempée avec mon sang, objectai-je. Elle résistera.

J'ignorais si j'avais raison, mais avais-je le choix ? Il fallait bien tenter quelque chose.

— Explosion dans deux minutes, annonça la voix féminine.

Sans leur laisser le temps de protester, je levai mon sabre en l'air. Prenant conscience du sérieux de ma proposition, ils agrippèrent chacun un bras de Lakshmi et se préparèrent à tirer.

— Un, deux, trois ! criai-je.

M'excusant en silence auprès de ma lame, j'abattis mon katana de toutes mes forces.

Des étincelles et des particules de métal jaillirent, et j'entendis un craquement qui, j'étais prête à le jurer, provenait de l'épaule de Lakshmi, mais la chaîne se rompit, et la captive fut projetée contre Ethan.

—Explosion dans une minute quarante-cinq secondes.

—Je hais cette voix, maugréa Jonah en aidant Ethan à soulever Lakshmi. Sortons d'ici.

Il jeta un coup d'œil à Ethan, puis au parapet du quinzième étage, qui se dressait face aux ténèbres.

—Allons par là, proposa Ethan.

Je courus jusqu'au garde-fou et regardai en contrebas. De cette hauteur, le sol semblait très éloigné.

—Explosion dans une minute trente secondes.

—On saute, affirma Jonah.

Je secouai la tête, envahie d'une brusque bouffée de panique.

—C'est trop loin. Je n'ai encore jamais sauté d'aussi haut.

—Tu y arriveras, assura Ethan. Jonah t'a appris à sauter, et je t'ai vue le faire au Nebraska. Tu en es capable, Merit. Fais-moi confiance.

Il pivota vers moi, et je croisai son regard. Promesses, espoirs et rêves tournoyaient dans ses yeux, au milieu d'un océan de peur. Mais nous devions essayer.

—Explosion dans une minute quinze secondes.

—Je t'aime, déclara-t-il.

Des larmes m'embuèrent les yeux, me brouillant la vue. Je les essuyai du revers de ma manche.

—Je t'aime aussi.

—C'est le moment, les enfants ! hurla Jonah.

—Saute ! me pressa Ethan.

Chassant toute hésitation, je pris mon élan, courus à toute vitesse vers le parapet et bondis par-dessus pour me jeter dans le vide. Jonah fit de même, Darius dans les bras, imité par Ethan, qui portait Lakshmi.

Nous tombions.

L'espace d'une fraction de seconde, la ville tout entière s'étendit devant nous, l'horizon incurvé par la courbure de la Terre. Puis, comme si la gravité se soumettait à nous et non le contraire, le monde ralentit, et ce saut gigantesque devint un simple pas.

Mais un simple pas affreusement accéléré.

Je percutai le sol, formant un creux dans l'asphalte autour de moi. Mes genoux souffrirent sous la force de l'impact, mais nous étions tous debout.

Des détonations retentirent derrière nous.

—Courez! hurla Ethan.

Douleur et peur s'évanouirent. Nous n'obéissions plus qu'à notre instinct de survie, au besoin d'échapper au souffle brûlant des explosions qui se produisaient déjà derrière nous. On s'élança avec une vitesse qui nous aurait rendus flous aux yeux de tout éventuel spectateur, puis on bondit par-dessus le grillage alors que la chaleur s'intensifiait. À peine avions-nous franchi quelques mètres que l'onde de choc nous projeta vers l'avant. Jonah et Ethan nous plaquèrent au sol, Darius, Lakshmi et moi, et nous couvrirent de leurs corps pendant que la terre tremblait sous la violence des déflagrations.

J'avais déjà vécu des séismes magiques et naturels, mais l'explosion d'un gratte-ciel représentait un phénomène d'une magnitude bien différente. Ma poitrine vibrait sous l'effet des secousses et le vacarme me vrillait les tympans. Les détonations se succédèrent durant une éternité. Et quand elles cessèrent enfin, le bâtiment s'effondra derrière nous dans un fracas épouvantable.

Une minute plus tard, les tremblements s'atténuèrent. Un épais nuage de poussière flottait dans l'air imprégné du bruit des chutes résiduelles de terre, d'acier, de verre et de gravier.

—Tout le monde va bien ? s'enquit Jonah au-dessus de moi.

—Ça va, affirmai-je. Ethan ? (Il grogna, ce que je considérai comme un bon signe.) Comment va Lakshmi ?

Un autre grognement.

—Elle vient de me donner un coup de coude, donc je pense qu'elle va bien.

Je ne pris pas la peine de demander comment allait Darius.

20

Laissez-les s'envoler

Une fois que l'on fut rentrés à Cadogan, victorieux et couverts de poussière, Ethan me remercia avec un steak et du chocolat. Les membres du Présidium de Greenwich en bonne santé nous exprimèrent leur gratitude avec emphase, nous promettant qu'ils prenaient bonne note des actes courageux consentis par la Maison à l'égard du PG.

Je suppose que seules des expériences de mort imminente pouvaient leur démontrer que nous n'étions pas de vulgaires criminels.

Cependant, après la crise que nous avions traversée, ces quelques éloges ne suffirent pas à faire remonter le Présidium dans mon estime. Même si nous avions cette fois frappé les esprits, avant de sauver la vie de Darius et Lakshmi, notre Maison avait accompli d'autres actions louables dont le PG n'avait pas tenu compte.

En outre, Darius n'était pas encore rétabli ; restait à voir s'il avait vraiment changé d'opinion à notre sujet.

Mais nous nous soucierions de tout cela plus tard. Après nous être lavés, on dévalisa la cuisine avant de retrouver notre chambre – et notre lit.

— Tu vas bien ? demandai-je à Ethan.

—Je m'en veux d'avoir été aveugle à ce point. De ne pas avoir vu qui était Michael Donovan. Mais rien ne sert de revenir là-dessus, à présent.

—Tu te sentirais mieux si je te tapais dans le bras?

Il me considéra en arquant un sourcil. Typique de Sullivan.

—Et en quoi cela m'aiderait-il?

—Ça me ferait du bien, donc ça te ferait du bien, expliquai-je avec un haussement d'épaules.

Il plissa les yeux, puis, sans autre signe d'avertissement, il bondit. Je poussai un cri aigu quand il me plaqua sur le matelas, mais pas parce que j'avais mal.

—Tu sais, on doit encore s'occuper de McKetrick, déclarai-je.

—Et de son immunité politique? Oui, je sais. Dommage que le principal témoin des méfaits de McKetrick ait pris une très mauvaise décision à proximité d'un métamorphe en colère.

Cela dit, Michael ne s'en serait sans doute pas mieux tiré face à des Solitaires ou des vampires Navarre qui auraient, eux aussi, adoré le mettre en pièces.

—Tu crois qu'arrivera un jour où tout redeviendra normal? demandai-je, sourcils froncés. Où les vampires seront aimés ou haïs comme n'importe qui? Où nous mènerons une vie simple et paisible?

Ethan se hissa sur un coude et repoussa une mèche de cheveux de mes yeux de sa main libre.

—Je ne suis pas sûr que tu sois taillée pour une vie simple et paisible, Merit. Tu ne me sembles pas du genre à être femme au foyer.

Je comprenais ce qu'il voulait dire, mais son commentaire me rendit soudain mélancolique.

—J'aurais aimé avoir des enfants un jour, confessai-je.

Cela ne m'arriverait pas ; aucun vampire n'avait jamais porté d'enfant.

— Je l'ignorais, avoua-t-il, décontenancé. Tu ne me l'avais pas…

— Je sais que c'est impossible, repris-je en me forçant à sourire. Et je n'y pense pas vraiment sérieusement. Mais je me demande tout de même ce que ce serait de devenir parent. D'aborder le monde au côté d'une petite personne qui commence tout juste à le comprendre. D'apprendre avec elle tout ce qui fait que la vie vaut la peine d'être vécue.

Les yeux d'Ethan, verts et insondables, semblèrent s'agrandir.

Je repensai un bref instant à une prophétie qu'avait un jour énoncée Gabriel. Aux yeux verts qu'il avait entrevus dans mon avenir, des yeux qui ressemblaient à ceux d'Ethan, tout en étant différents. Je ne pouvais pas avoir d'enfant, mais cela soulevait une question : qui avait-il vu ?

— Vous êtes une femme remarquable, Caroline Evelyn Merit, déclara Ethan en me caressant la joue.

— J'essaie. Mais c'est épuisant.

— Je suis ton Maître et serviteur. Demande-moi ce que tu veux.

— Serre-moi juste dans tes bras, dis-je en me blottissant contre lui.

Il se figea.

— Ce n'est pas tout à fait ce que j'avais à l'esprit.

— Nuit difficile, Sentinelle fatiguée.

Il m'enlaça et posa son menton sur ma tête.

— Dans ce cas, essaie de m'arrêter.

Ce furent les derniers mots que j'entendis avant que l'aube me force à fermer les yeux.

Le soir suivant, Ethan nous réunit dans le jardin autour du foyer en pierre. Il avait reconstitué la réserve de bois que le PG avait utilisée pour la cérémonie, et un feu crépitait, irradiant une merveilleuse chaleur.

Ethan tourna vers nous son visage éclairé par les flammes :

— Nous avons pris une décision que personne avant nous n'avait prise. Nous avons choisi la liberté et le respect de nous-mêmes. Darius et le PG ont entrepris les rituels en lesquels ils croient. Je suis d'avis qu'il est important que nous ayons nos propres rituels. Des rituels qui nous rappellent qui nous sommes et pourquoi nous optons pour une voie difficile au lieu de laisser les autres justifier leur ignorance et décider à notre place. Helen.

À son injonction, cette dernière s'avança, un carré de papier fin dans les mains. Elle le tendit à Ethan.

— Il y a de cela des siècles, poursuivit-il, nous avons reçu la visite d'un samouraï, Miura, qui nous a appris à manier le sabre. À nous battre avec honneur. Il nous a également transmis la tradition des lanternes volantes.

Helen et Ethan tirèrent délicatement sur les côtés opposés du papier, qui s'ouvrit pour former une sorte de lampion cubique.

Tandis qu'Ethan tenait la lanterne par un petit anneau fixé au sommet, Helen plongea une longue allumette dans le feu et la retira une fois qu'elle se fut enflammée.

— La lanterne est symbolique, reprit Ethan.

Avec précaution, Helen alluma la mèche qui se trouvait dans le lampion. La flamme s'éleva à l'intérieur, échauffant l'air et gonflant légèrement les parois. La lanterne brillait d'une pâle lueur blanche et vacillait dans la brise, de toute évidence éprise de liberté, alors qu'Ethan la retenait d'une main ferme.

— Nous mettons nos inquiétudes et nos problèmes à l'intérieur de cette lanterne, expliqua Ethan. Nous la chargeons du poids de nos peurs… puis la laissons prendre son envol.

Il ouvrit la main et le lampion flotta dans les airs, s'élevant lentement au-dessus de la Maison telle une étoile prenant son essor.

En dépit de sa simplicité, cet acte était très beau, rempli d'espoir et de promesses. J'essuyai une larme et entendis des reniflements dans la foule derrière moi. Je n'étais pas la seule à être émue, ce qui avait sans doute été l'intention d'Ethan.

J'observai la lanterne monter de plus en plus haut dans le ciel, étoile portée par le vent qui s'éloignait des doigts toujours tendus d'Ethan. Puis elle disparut, la flamme éteinte par une brusque rafale glacée.

— Nos peurs s'envolent, déclara Ethan, rompant le silence qui s'était installé. Nous les affrontons, puis les envoyons dans les airs jusqu'à ce qu'elles s'évanouissent. (Il reporta son attention sur nous.) Ce soir, mes chers Novices, nous embarquons pour un nouveau voyage. Nous décidons de notre avenir de vampires, de celui de notre Maison. Et nous faisons ce choix nous-mêmes, indépendamment de l'interférence politique du PG. Nous nous engageons volontairement dans cette voie, sans peur, car nous avons déjà livré nos craintes au souffle du vent. Bonne nuit, mes frères et mes sœurs, et puisse le crépuscule nous apporter chaque jour paix et prospérité.

Il ne s'agissait pas d'une prière, pas vraiment.

Il s'agissait d'une promesse.

BRAGELONNE – MILADY, C'EST AUSSI LE CLUB :

Pour recevoir le magazine *Neverland* annonçant les parutions de Bragelonne & Milady et participer à des concours et des rencontres exclusives avec les auteurs et les illustrateurs, rien de plus facile !

Faites-nous parvenir votre nom et vos coordonnées complètes (adresse postale indispensable), ainsi que votre date de naissance, à l'adresse suivante :

**Bragelonne
60-62, rue d'Hauteville
75010 Paris**

club@bragelonne.fr

Venez aussi visiter nos sites Internet :
**www.bragelonne.fr
www.milady.fr
graphics.milady.fr**

Vous y trouverez toutes les nouveautés, les couvertures, les biographies des auteurs et des illustrateurs, et même des textes inédits, des interviews, un forum, des blogs et bien d'autres surprises !